KB231895

13인의 만찬

13 at Dinner

Copyright ⓒ 1975 Agatha Christie Ltd.

Korean translation edition is published by arrangement with Agatha Christie Ltd., a Chorion group company.

이 책은 Agatha Christie Ltd., a Chorion group company와 적법한 계약을 통해 출간되었습니다. 저작권법에 의해 한국 내에서 보호를 받는 저작물이므로 무단 전재와 무단 복제를 금합니다.

AGATHA CHRISTIE MYSTERY AGATHA CHRISTIE MYSTERY AGATHA CHRISTIE MYSTERY AGATHA CHRISTIE MYSTERY AGATHA CHRISTIE MYSTERY AGATHA CHRISTIE MYSTERY AGATHA CHRISTIE MYSTERY AGATHA CHRISTIE MYSTERY

애거서 크리스티 추리 문학 22

13인의 만찬

유명우 옮김

해문

■ 옮긴이 유명우

　호남대학 영문과 교수, 한국추리작가 협회 총무 이사
《오리엔트 특급살인》, 《죽음과의 약속》, 《ABC 살인사건》,
《애크로이드 살인사건》 외 다수

13인의 만찬

초판 발행일	1986년 09월 25일
중판 발행일	2009년 08월 24일
지은이	애거서 크리스티
옮긴이	유 명 우
펴낸이	이 경 선
펴낸곳	해문출판사
주 소	서울시 마포구 합정동 392-2 써니힐 202호
TEL/FAX	325-4721~2 / 325-4725
출판등록	1978년 1월 28일 (제3-82호)
가격	6,000원
ISBN	978-89-382-0222-2 04840
	978-89-382-0200-0(세트)

※ 잘못된 책은 바꾸어 드립니다.

캠벨 톰프슨 박사 부처에게

차 례

차 례

제1장

놀라운 연기

사람들은 소문에 대해서 쉽게 잊어버린다. 조지 엘프레드 세인트 빈센트 마쉬, 즉 에지웨어 남작 4세 살인사건으로 고조되었던 그 숨 막힐 듯한 흥분과 관심도 이제는 한낱 과거지사로 세인들의 기억 속에서 사라져 버렸다. 보다 새로운 관심사들이 대신 자리를 잡았던 것이다.

나의 친구 에르퀼 포와로는 결코 그 사건과 관련되어서 공공연하게 거론되었던 적이 없었다. 말하자면, 이건 순전히 포와로 본인의 희망에 따른 것이기도 했다. 그는 그 사건에 있어서 자신을 드러내고 싶어 하지 않았다. 그 공로는 다른 사람들에게 돌아갔고, 그것은 또한 그가 그렇게 되기를 원했기 때문이기도 하다. 더군다나, 포와로 본인의 그 유별난 개인적인 관점으로 볼 때, 그 사건은 그의 실패작 중 하나였던 것이다. 그가 늘 주장해 왔던 대로, 그를 바른길로 이끌어 준 것은 바로 길거리에서 우연히 마주친 낯선 사람이 무심코 던진 한마디였다는 것이다.

그건 그렇다 치더라도, 그 사건의 진상을 파헤친 것은 바로 그의 천재적인 재능이었다. 에르퀼 포와로가 없었다면, 그 사건의 범인이 잡혔을 리 없다고 나는 생각한다. 그렇기 때문에 나는 지금이 바로 그 사건에 대해서 내가 알고 있는 모든 것을 밝힐 때라고 생각한다. 나는 그 사건의 전모를 완전히 알고 있으며, 또한 그렇게 함으로써 기막히게 아름답고 매력적인 한 부인의 소망을 완전히 이루어 주게 될 거라는 사실도 아울러 밝히는 바이다.

아담하고 깔끔하게 정돈된 그의 거실에서 양탄자의 조각 무늬를 하나씩 큰 걸음으로 밟으면서, 방 안을 이리저리 거닐며 나의 자그마한 친구가 우리들에게 그 놀랍고도 완벽한 사건의 전모를 들려주던 그날을 나는 이따금씩 떠올리곤 한다. 작년 6월, 런던의 어느 극장에서 있었던 일에서부터 나의 이야기를 시작할까 한다.

그 무렵 런던에서는 캐로타 애덤스가 대단한 인기를 얻고 있었다. 그 전해에 그녀는 두 편의 주간 흥행극에 출연했으며, 그것이 크게 성공을 거두었다. 그 해에 그녀는 3주일간의 연속 공연에 출연하고 있었으며, 그날 밤이 바로 마지막 공연을 하루 앞둔 날이었다.

미국 처녀인 캐로타 애덤스는 분장도 하지 않고 무대 시설 없이도 훌륭히 원맨쇼를 해내는 놀라운 재능을 가지고 있었다. 그녀는 온갖 나라의 말을 유창하게 구사할 줄 아는 것 같았다. 어느 외국 호텔의 하룻밤 정경을 묘사한 그녀의 연기는 참으로 훌륭한 것이었다. 미국인 여행자, 독일인 여행자, 영국의 중류층 가족, 미심쩍은 부인네들, 몰락한 러시아 귀족들과 지쳐 보이면서도 정중한 웨이터들, 이런 모든 인물들이 교대로 등장했다.

그녀의 연기는 심각한 것으로부터 유쾌한 것으로, 다시 심각한 것으로 끊임없이 바뀌었다. 병원에서 죽어가는 체코슬로바키아 여인에 대한 묘사는 관객들로 하여금 목이 메게 만들었다. 그러나, 잠시 뒤 우리는 치과의사가 환자들과 익살스럽게 대화를 주고받는 대목에 이르러서는 그만 배를 움켜쥐고 웃지 않을 수 없었다.

프로그램은 그녀가 '사람들 흉내 내기'라고 소개한 순서를 끝으로 막을 내렸다. 여기에서 다시 그녀는 놀라운 연기력을 과시했다. 아무런 분장도 없이 그녀의 얼굴 표정은 갑자기 흐트러져서 저명한 정치가, 이름난 여배우, 사교계의 미녀 등의 모습으로 재구성되었다. 각 인물들에 대해서 그녀는 간단하면서도, 그 인물의 특징을 잘 나타내어 주는 대사를 곁들였다. 이런 성대모사는 정말 놀라운 재주였다. 그것은 선정된 인물의 모든 특징을 순간적으로 표현하는 것 같았다.

그녀가 마지막으로 흉내 낸 사람은 제인 윌킨슨이었는데, 그녀는 런던에서도 이름이 난 미국 출신의 유명한 여배우였다. 그것은 정말로 감탄할 만한 연기였다. 하잘것없는 말일지라도 그녀의 입을 통해 나오면 어떤 알 수 없는 강인한 호소력을 지니게 되고, 그로 인해서 관객들은 자신도 모르게 그 각각의 단어들이 무언가 심오한 의미를 지니고 있는 것처럼 느끼게 되었다. 절묘한 음조를 띤 그녀의 허스키한 목소리는 관객을 황홀경에 빠지도록 만드는 것이었다. 잘 조화된 몸짓 하나하나가 모두 묘한 의미를 내포하고 있었고, 어렴풋하게 흔들리는 상체는 그녀가 육체적으로도 매우 아름답다는 인상을 주었는데 —대체 그녀가 어떻게 그런 연기를 해낼 수 있는 것인지 나로서는 도무지 짐작조차 못할 일이었다.

나는 전부터 그 아름다운 제인 윌킨슨의 열렬한 찬미자였다. 그녀는 감동적인 연기로 나를 사로잡았으며, 또한 언제나 그녀가 아름답기는 하지만 훌륭한 배우는 못 된다고 헐뜯는 무리들에게 그녀는 훌륭한 연기력도 갖추고 있다고 주장해 왔었다.

나를 언제나 감동시키던, 숙명의 그림자를 느끼게 하는 유명한 그녀의 약간 쉰 듯한 목소리, 그리고 항상 연극의 마지막 장면에서 보여주던, 천천히 손을 쥐었다 폈다 하다가 갑자기 머리채를 뒤로 넘기며 고개를 젖히는 그녀의 자극적인 몸짓은 어쩐지 섬뜩한 기분을 느끼게 했다.

결혼으로 무대를 떠났다가 불과 2년도 채 못 넘기고 이내 무대로 다시 돌아오는 여배우들이 많았는데, 제인 윌킨슨도 그중 하나였다. 3년 전 그녀는, 부유하기는 하지만 성격이 약간 괴팍한 에지웨어 경과 결혼했다. 그 뒤 얼마 지나지 않아 그녀가 그와 별거한다는 소문이 퍼졌다. 아무튼 결혼한 지 18개월 뒤에 그녀는 몇 편의 미국 영화에 출연을 했고, 이번 시즌에는 런던에서 성황리에 공연 중인 연극에도 출연했던 것이다.

훌륭하기는 하지만 어쩐지 좀 심술궂어 보이는 캐로타 애덤스의 흉내 연기를 보고 있노라니, 문득 이런 흉내의 대상으로 선택된 당사자들이 보면 어떻게 생각할까 하는 의구심이 생겨났다. 그들은 자신의 명성—그 쇼로 인한 선전 효과에 대해 반가워할까? 아니면, 자신들 직업의 이면을 고의로 들추어내는 것으로 생각하고 화를 낼까? 캐로타 애덤스와 라이벌 관계에 있는 사람이라면 아마 이렇게 말할 것이다.

"오! 그건 낡은 수법이라고! 정말 별게 아니야. 그런 것쯤은 나도 당신에게 어떻게 하는 것인지 보여 줄 수 있지!"

만약에 내가 당사자였다면 아마도 몹시 화가 났을 거라고 생각했다. 물론

화를 노골적으로 드러내지는 않을 테지만, 마음에 들지 않는 건 확실한 일일 거다. 그런 무자비한 폭로를 아무렇지도 않게 감상하려면 아마도 대단한 관용과 뛰어난 유머 감각을 필요로 할 것이다.

내가 막 이런 결론에 도달했을 때, 무대에서 나는 유쾌하고 허스키한 목소리에 회답이라도 하듯이 내 뒷자리에서 똑같은 목소리가 들렸다. 나는 급히 고개를 돌려 보았다. 바로 내 뒷자리에서 입술을 약간 벌린 채 상체를 앞으로 기울이고 있는 사람은 바로 흉내의 주인공—에지웨어 부인, 아니 제인 월킨슨 양으로 더욱 잘 알려진 그 장본인이 아닌가! 곧 나는 앞서의 내 짐작이 전혀 틀렸다는 사실을 깨달았다. 그녀는 상체를 약간 내밀고 입술을 벌린 채, 기쁨과 흥분으로 가득 찬 시선을 하고 있었던 것이다.

'흉내'가 끝나자 그녀는 옆자리의 동행을 돌아다보며 얼굴 가득히 웃음을 짓고는 열심히 박수갈채를 보내고 있었다. 그녀의 동행자는 희랍인 조각처럼 아주 잘생기고 키가 늘씬한 미남으로, 연극계보다는 영화 쪽에 얼굴이 더 잘 알려진 사람이었다. 바로 그 당시 가장 인기가 높던 영화배우 브라이언 마틴이었던 것이다. 그와 제인 월킨슨은 몇 편의 영화에 함께 출연했던 적이 있었다.

"굉장하죠, 저 여자?" 에지웨어 부인이 말하고 있었다.

그가 웃으며 대답했다.

"제인, 당신 무척 흥분한 모양이로군요."

"그래요, 정말이지 너무 잘하는군요! 내가 생각했던 것보다 훨씬 훌륭해요."

브라이언 마틴이 재미있다는 듯이 대꾸를 했지만 내게는 들리지 않았다. 그때 캐로타 애덤스는 새로운 즉흥 연기를 시작하고 있었다. 그리고, 그 뒤에 일어난 일은 참으로 기묘한 암합(暗合:우연의 일치)이었다고 생각하지 않을 수 없다.

연극이 끝난 뒤, 포와로와 나는 사보이 호텔로 저녁식사를 하러 갔다. 우리 바로 옆 테이블에는 에지웨어 부인, 브라이언 마틴, 그리고 내가 모르는 다른 두 사람이 함께 앉아 있었다. 내가 포와로에게 그들을 가리키는 사이에 또 다른 한 쌍의 남녀가 들어와 그 건너편 테이블에 앉았다. 그 여인의 얼굴은 낯이 익은 것 같았는데, 정말 이상하게도 그 순간에는 누군지 언뜻 생각이 나질 않았다. 바로 그때, 갑자기 나는 내가 바라보는 사람이 다름 아닌 캐로타 애덤스라는 사실을 깨달았다! 남자는 내가 모르는 사람이었다. 그는 빈틈없는 차림새에 명랑한, 그러나 다소 얼간이 같은 표정을 짓고 있었다. 내가 좋아하는 타입은 아니었다.

캐로타 애덤스는 남의 눈에 잘 띄지 않는 검은색 옷차림을 하고 있었다. 그녀의 얼굴은 금방 사람들의 주의를 끌거나 쉽게 알아볼 그런 얼굴이 아니었다. 그것은 남의 흉내를 내기에는 가장 적합한, 표정이 풍부하고 민감한 얼굴이었다. 남의 특징을 쉽게 모방해 낼 수는 있지만, 그 본래의 얼굴에는 남이 쉽게 알아볼 그런 특징이 전혀 없었다.

나는 이런 내 느낌들을 포와로에게 전했다. 그는 진지하게 귀를 기울이며, 달걀 모양의 머리를 갸웃한 채 그 화제의 두 테이블 쪽으로 재빨리 시선을 던졌다.

"그렇다면, 저쪽이 에지웨어 부인이군? 맞아, 이제 생각나네. 나도 그녀의 연기를 본 적이 있지. 정말 미인이로구먼."

"게다가 훌륭한 여배우이기도 하지요."

"글쎄."

"내 말을 곧이듣지 않는군요?"

"여보게, 그건 때에 따라서 다르다고 생각하네. 그녀가 극의 중심인물이고, 극의 줄거리가 그녀 중심으로 돌아간다면, 글쎄, 그때는 자신의 역할을 잘해 낼 수 있겠지. 하지만 조연이라든가, 아니면 개성이 뚜렷한 역할도 충분히 소화해 낼지는 의문이라네. 희곡은 그녀 중심으로, 그녀를 위해서 쓰여야 할 걸세. 내게는 오로지 자기 자신밖에 모르는 그런 타입의 여성으로 비치는구먼."

그는 잠시 멈추었다가 다소 예상치 못한 말을 덧붙였다.

"그런 사람들은 매우 위험하게 일생을 보내기 마련이지."

"위험하다니요?" 내가 놀라서 물었다.

"내 말에 놀랐나 보군, 여보게. 그렇지, 위험하다마다. 왜냐하면, 저런 여자는 단지 하나밖에 모르거든—자기 자신 말일세. 그런 여자들은 자신들의 주위가 온통 위험과 불길함으로 둘러싸여 있다는 사실을 전혀 알지 못한다네. 수없이 얽혀 있는 이해관계들을 말일세, 전혀. 그들은 단지 자신들의 앞에 놓인 것만 주시하지. 그래서 곧, 얼마 지나지 않아 재앙을 겪게 되는 거라네."

나는 다소 흥미가 끌렸다. 그런 생각이 나에게는 떠오르지 않았다는 것을 솔직히 시인할 수밖에 없었다.

"그렇다면 저 여자는 어떤가요?" 내가 물었다.

"애덤스 양 말인가?"

그의 시선이 그녀의 테이블 쪽으로 쏠렸다.

"글쎄?" 그는 미소를 지으며 말했다.

"그래, 그녀에 대해서 무슨 대답을 듣고 싶은 건가?"

"그냥 그녀에게서 어떤 느낌을 받았느냐는 것뿐이지요."

"이보게, 오늘 밤에는 내가 손금을 보고 관상을 봐주는 점쟁이란 말이지?"

"그보다 훨씬 고명하시죠." 내가 맞장구를 쳤다.

"자네는 나에게 대단한 믿음을 가지고 있군, 헤이스팅스 감동을 금할 수가 없구먼. 자네도 알겠지, 여보게, 우리들은 저마다 각각 서로 다른 기질과 욕망과 열정을 지닌 혼미한 수수께끼 같은 존재라는 사실을? 누구든 어느 정도의 판단은 내릴 수 있지. 하지만, 내가 열 번의 판단을 내린다면, 그중 하나는 잘못된 것일세."

"에르퀼 포와로는 절대로 틀릴 리가 없지요." 내가 웃으며 말했다.

"에르퀼 포와로라고 하더라도 별수 없는 걸세! 오! 물론 나도 잘 알고 있지, 자네는 항상 나를 자만심에 차 있는 사람으로 여긴다는 사실을 말이야. 하지만 실은, 자네에게 분명히 말해 두지만, 나란 인간은 정말로 하잘것없는 존재라네."

나는 그만 웃지 않을 수가 없었다.

"당신이, 하잘것없는 존재라고요!"

"바로 그렇다네. 예외가 있다면(나도 그걸 인정하지만), 내 콧수염에 대해서는 약간의 긍지를 느끼고 있다는 것이지. 런던 어디에서고 내 콧수염과 비교할 만한 것은 결코 찾아볼 수 없었다네."

"그건 정말 틀림없는 사실이지요." 내가 냉담하게 말했다.

"앞으로도 그럴 겁니다. 그래서 당신은 캐로타 애덤스에 대해서 함부로 판단을 내리는 모험을 않겠다는 겁니까?"

"그녀는 예술가야! 그걸로 충분하지 않은가?" 포와로가 간단히 말했다.

"아무튼 당신은 그녀가 위험 속에서 일생을 보내리라고는 생각하지 않는군요?"

"우린 모두가 다 같은 처지라네, 여보게." 포와로는 심각하게 말했다.

"불운이란 놈은 언제나 우리를 덮치려고 대기하는 법이지. 자네의 질문에 대해서 군이 답을 하자면—애덤스 양은, 아마도 성공할 것 같구먼. 그녀는 영리해. 그리고 그것은 곧 성공으로 이어지는 길이기도 하네. 하지만, 위험한 길과도 통하고 있다네—지금 우리가 위험에 대해서 이야기를 하고 있으니까 하는 말이지만."

"그건 또 무슨 뜻입니까?"

"금전욕을 말하는 것일세. 금전에 대한 욕구는 저런 여인을 신중하고 조심스러운 길에서 벗어나게 할 수도 있다네."

"우리 모두 다 그렇게 될 가능성이 있는 것이죠."

"그건 옳은 소리야. 하지만, 자네나 나 같으면 그 속에 도사리는 위험을 감지할 수가 있을 걸세. 이해득실을 저울질해 볼 수 있지. 그러나 너무 지나치게 돈에 대해서 집착하게 되면 보이는 것이라곤 오로지 돈밖에 없게 되는 거야. 그 나머지 것들은 가려져서 보이지 않게 되는 거란 말일세."

나는 그의 진지한 태도에 그만 쓴웃음을 지을 수밖에 없었다.

"집시의 여왕 에스메랄다가 좋은 본보기라 할 수 있지요."

내가 짓궂게 한마디 했다.

"성격에 대한 심리 분석은 흥미있는 일이라네……."

포와로는 태연하게 대꾸했다.

"심리학에 흥미를 갖지 않고는 범죄에 대해서 깊은 관심을 가질 수가 없는 걸세. 전문가의 마음을 끄는 것은 단순한 살인 행위 그 자체가 아니라, 그 이면에 숨겨진 것이지. 무슨 말인지 알아듣겠나, 헤이스팅스?"

나는 알았다고 대답했다.

"나는 항상 그 점을 주목하고 있지만, 자네와 함께 사건을 다루고 있으면,

자네는 언제나 나를 구체적인 행동으로 몰아넣으려 든단 말일세, 헤이스팅스. 발자국 크기를 잰다든지, 담뱃재를 분석한다든지 등등 자네는 내가 배를 깔고 엎드려서 자질구레한 것들을 조사하기를 원한단 말이야. 자네는 결코 깨닫지 못해. 눈을 지그시 감고서 안락의자에 깊숙이 등을 기대고 앉아 있는 편이 문제 해결에 보다 가까이 다가설 수 있다는 사실을. 그때는 마음의 눈으로 사물을 꿰뚫어 보게 되는 거라네."

"나는 그렇게 되지가 않는데요." 내가 말했다.

"눈을 감고서 안락의자에 깊숙이 앉아 있노라면 내게 일어나는 일이라곤 오직 한 가지밖에 없단 말입니다!"

"나도 진작부터 그 사실을 알고 있었지." 포와로가 말했다.

"그건 참으로 이해할 수 없는 일이거든. 그럴 때엔 뇌가 휴식을 취하기는커녕 오히려 활발하게 작용할 텐데 말이야. 정신 활동이란 것은 정말 흥미있고, 자극적인 것이라네! 작은 회색 뇌세포를 작용시키는 일은 일종의 정신적인 쾌락이지. 뇌세포는, 아니 그들 뇌세포만이 안개를 헤치고 진실로 이끌어 줄 수 있는 유일한 안내자라 할 수 있다네."

나에게는 포와로가 그 작은 회색 뇌세포에 대해서 언급할 때마다 주의를 딴 데로 돌려 버리는 버릇이 있었던 모양이다. 전부터 그런 말을 귀에 못이 박힐 정도로 수없이 들어 왔기 때문일 게다. 이때에도 내 시선은 옆 테이블에 앉아 있는 네 사람 쪽을 헤매고 있었다. 포와로의 들어줄 상대 없는 독백이 끝날 무렵 나는 그만 낄낄거리고 웃고 말았다.

"당신이 대단한 인상을 준 모양입니다, 포와로. 그 아름다운 에지웨어 부인이 도무지 당신에게서 눈을 돌릴 수가 없는가 봅니다."

"틀림없이 그녀도 내 정체를 알고 있나 보군."

이렇게 말한 포와로는 겸손하게 보이려고 노력했지만, 그것도 제대로 되지 않았다.

"아마도 그 소문난 콧수염 탓일 겁니다. 그녀 역시 그 콧수염의 아름다움에 매료당했나 보군요." 내가 말했다.

포와로는 그 콧수염을 부드럽게 쓰다듬었다.

"이놈이 개성적이라는 것은 사실이지……." 그는 흐뭇해하며 말했다.

"여보게, 자네가 달고 있는, 그 소위 '칫솔 수염' 말일세, 그건 끔찍한 거야. 정말 지나친 행위라고. 자연이 내리신 선물을 그렇게 멋대로 개조한다는 것은 좋지 않은 일일세. 제발 좀 손대지 말고 그대로 두게나."

"맙소사!" 나는 포와로의 호소를 무시한 채 말했다.

"그 부인이 일어났어요. 우리에게 이야기하러 오려는 것 같군요. 브라이언 마틴이 말리고 있지만, 그녀는 듣지 않을 것 같아요."

확실히 제인 윌킨슨은 성급히 자리를 떠나서 우리 테이블로 건너왔다. 포와로가 일어나서 머리를 숙이자, 나도 덩달아 일어났다.

"에르퀼 포와로 씨 아니신가요?" 부드럽고 허스키한 목소리로 말했다.

"그렇습니다만."

"포와로 씨, 잠시 이야기 좀 나눌 수 있을까요? 당신한테 드릴 말씀이 있어서요."

"물론입니다, 부인. 자리에 앉으시죠."

"아니에요, 여기선 곤란하답니다. 선생님과 개인적으로 이야기를 나누고 싶어요. 지금 위층에 있는 내 방으로 가시죠."

브라이언 마틴이 그녀 곁으로 다가왔다. 그는 비난하듯 웃으며 말했다.

"잠깐 기다려요, 제인. 지금 식사하던 중이 아니오? 포와로 씨 역시 그렇고."

하지만, 제인 윌킨슨은 좀처럼 자신의 고집을 굽히지 않았다.

"어머, 브라이언, 그게 무슨 상관이에요? 방으로 식사를 가져오라고 하면 되잖아요. 당신이 그렇게 좀 일러주시지 않겠어요? 그리고 브라이언……."

그가 돌아서서 저쪽으로 가자, 그녀는 뒤쫓아가서 뭐라고 부탁하는 것 같았다. 눈썹을 찌푸린 채 그가 고개를 젓는 것으로 봐서 그 부탁에 응하려 하지 않는다는 걸 알 수 있었다. 하지만, 그녀가 계속해서 더욱 끈질기게 부탁하자, 결국 그도 어깨를 한 번 으쓱하고는 응낙할 수밖에 도리가 없었다.

그녀가 그에게 이야기를 하는 동안 한두 차례 캐로타 애덤스가 앉아 있던 자리로 시선을 던지는 것으로 보아서, 나는 그녀의 부탁이 그 미국 처녀와 관계가 있는 것이 아닌가 하는 생각이 들었다.

목적을 달성한 듯, 제인은 밝은 표정으로 돌아왔다.

"자, 이제 올라가시죠." 그녀는 나에게도 매혹적인 미소를 지어 보였다.

그녀의 제안에 대해서 우리가 찬성하든 말든 그런 문제는 안중에도 없는 것 같았다. 그녀는 미안한 기색은 조금도 없이 우리를 훑어보았다.

"오늘 저녁에 이곳에서 선생님을 뵙게 되다니 정말 더할 수 없는 행운이에요, 포와로 씨."

그녀는 승강기 쪽으로 우리를 안내하며 말했다.

"모든 일이 나를 위해 돌아가는 것 같아 정말 신기하답니다. 도무지 어떻게 해야 좋을지 갈팡질팡하고 있던 참에 바로 건너 테이블에 선생님이 앉아 계신 것을 보게 되었고, 그래서 나는 속으로 말했답니다. '포와로 씨라면 나에게 어떻게 해야 할지 가르쳐 줄 거야!' 하고 말이에요."

그녀는 하던 말을 멈추고는 엘리베이터 보이에게 말했다.

"2층까지."

"글쎄요, 내가 부인에게 도움이 될는지……." 포와로가 말문을 열었다.

"선생님이라면 틀림없이 하실 수 있을 거예요. 선생님은 그 누구보다도 수완이 뛰어난 분이라는 말을 들었답니다. 아무튼 누구든 나를 골치 아픈 문제로부터 벗어나게 해줘야 해요. 그리고, 그 누구란 바로 선생님을 두고 이르는 말이 아니겠어요?"

2층에 이르자 그녀는 복도를 죽 따라가서 어떤 문 앞에 멈추어 서더니, 사보이 호텔에서도 가장 호화스러운 방으로 들어갔다.

그녀는 모피로 만든 흰 숄을 벗어 의자 위에 팽개치고, 보석이 박힌 작은 핸드백은 테이블 위에 내동댕이치더니 의자에 주저앉으며 소리쳤다.

"포와로 씨, 나는 무슨 일이 있어도 남편을 몰아내야만 해요!"

제2장

어떤 저녁 모임

잠시 넋이 빠져 있던 포와로는 제정신을 찾았다.

"하지만, 부인……." 포와로는 눈을 깜박이며 말했다.

"남편을 몰아내는 일은 내 전문이 아니올시다."

"어머, 물론 나도 그건 알고 있답니다."

"지금 부인이 필요한 것은 변호사입니다."

"그건 선생님이 잘못 알고 계신 거예요. 난 이제 변호사라면 신물이 난답니다. 정직한 변호사, 악덕 변호사 할 것 없이 모두 다 채용해 보았지만 내겐 아무런 소용이 없었거든요. 변호사들이란 법률만 알 뿐이지, 인간적인 상식이라곤 도무지 없는 것 같아요."

"그러면, 나는 그런 걸 갖고 있다고 생각합니까?"

그녀가 소리를 내며 웃었다.

"어머, 모두들 선생님을 '고양이수염(수완이 좋고 탐지를 잘하는 사람이라는 뜻)'이라고 부르는 것을 들었답니다, 포와로 씨."

"무슨 말씀이신지요? 고양이수염이라뇨? 나는 이해를 할 수가 없군요."

"어머나, 당신이 바로 그렇다는 거예요."

"부인, 나에게 수완이 있건 없건(하긴 있기는 합니다만), 어찌 내가 감히 내세울 수 있겠습니까? 또 설사 그렇다고 하더라도, 부인의 사소한 일은 내 분야가 아니랍니다."

"어째서 안 되는지 도통 모르겠어요. 바로 그게 문제랍니다."

"오! 문제라!"

"그리고 어려운 일이기도 하고요." 제인 윌킨슨이 이어서 말했다.

"나는 선생님이 어려운 일이라고 해서 꽁무니를 뺄 분은 아니라고 생각해요."

"당신의 통찰력에는 찬사를 보내지 않을 수가 없군요, 부인. 하지만, 역시 나로서는 이혼을 위한 조사 같은 건 할 수가 없어요. 고상한 일이 못 되거든 요—그런 일은."

"어머 저런, 나는 선생님에게 스파이처럼 뒷조사나 해 달라고 부탁드리는 게 아니랍니다. 그런 짓은 도무지 쓸데없는 일일 거예요. 하지만, 어떻게 하든 나는 그 사람을 몰아내야만 하거든요. 그리고, 선생님이라면 틀림없이 내게 그 방법을 일러주시리라고 믿어요."

포와로는 대답하기 전에 잠시 뜸을 들였다. 그러고 나서는 완연히 달라진 투로 말문을 열었다.

"먼저 내게 말씀해 주시지요, 부인. 어째서 그토록 에지웨어 경을 '몰아내려 고' 갈망하시는지요?"

그녀는 전혀 망설이거나 주저함도 없이 곧바로 대답했다. 말이 거침없이 술 술 나왔다.

"어머나, 그야 당연한 일이죠. 나는 다시 결혼하고 싶거든요. 그 밖에 달리 무슨 이유가 있을 수 있나요?"

그녀는 커다랗고 푸른 눈을 천진스럽게 떠 보였다.

"하지만, 이혼 승낙을 얻어내는 일은 그리 어려운 일이 아닐 텐데요?"

"선생님은 내 남편을 몰라요. 그는, 그는……."

그녀는 몸을 흠칫하고 떨었다.

"글쎄, 어떻게 설명해야 할지 모르겠군요. 아무튼 이상한 사람이에요. 다른 사람들과는 전혀 다르답니다." 그녀는 잠시 멈추었다가 다시 말을 이었다.

"그는 결혼하지 말았어야 했어요—그 누구와도 말이에요. 나도 지금 내가 무슨 말을 하고 있는지 잘 안답니다. 그가 어떤 위인인지 제대로 설명할 수가 없군요. 하지만 그는, 아무튼 이상한 사람이에요. 그의 첫 번째 아내는—선생 님도 아실 테지만, 도망쳤어요. 태어난 지 석 달밖에 안 되는 아기를 내버려두 고 말이에요. 그는 끝끝내 이혼에 동의하지 않았고, 결국 그녀는 외국 어디에 선가 불쌍하게 죽음을 맞이했답니다. 그러고 나서 나와 결혼했던 거예요. 하지 만, 나는 견딜 수가 없었답니다. 두려워졌던 거예요. 나는 그를 떠나서 미국으로 갔었지요. 내겐 이혼을 요구할 만한 아무런 이유가 없었답니다. 설사 그런 근거를 제시해도 그는 거들떠보지도 않을 거예요. 그는, 그는 일종의 미치광이라고 할 수 있거든요."

"미국 어느 주에선가는 이혼이 가능할 겁니다, 부인."

"그건 아무런 소용도 없답니다. 내가 영국에서 살려고 하는 이상은 말이에요."

"영국에서 사실 작정입니까?"

"그래요."

"당신이 결혼하려는 남자분은 대체 누구신가요?"

"바로 그예요. 머튼 공작이랍니다."

나는 자신도 모르게 급히 숨을 들이켰다. 머튼 공작이라면 딸을 결혼시키려고 안달하는 어머니들의 절망의 씨앗이었다. 그는 수도승을 연상케 하는 기질을 지닌 청년으로, 열광적인 성공회 신자였는데, 소문으로는 무시무시한 공작 미망인인 어머니에게 완전히 꼼짝 못하게 잡혀 있다고 한다. 그의 생활은 극도로 검소했으며, 그는 중국산 도자기를 수집하며 미학적인 취미를 즐긴다고 알려졌다. 여자 따위에는 전혀 관심이 없는 것 같았다.

"나는 그분에게 완전히 빠졌답니다." 제인이 감상적으로 말했다.

"그분은 내가 이제껏 만나본 그 어떤 사람과도 비교할 수 없어요. 게다가, 머튼이라는 성은 정말이지 너무나도 아름답거든요. 모든 일이 더할 수 없이 낭만적이랍니다. 그분은 아주 미남이에요. 물론 어딘지 꿈꾸는 수도승을 닮은 데가 있기는 하지만요."

제인 윌킨슨은 잠시 말을 멈추었다.

"결혼을 하게 되면 무대를 떠날 생각이에요. 더는 연극에 신경을 쓸 수가 없을 것 같아요."

"그거야 어떻든 간에……." 포와로는 냉담하게 말했다.

"에지웨어 경이 그 로맨틱한 꿈의 실현을 가로막고 있다는 말씀인가요?"

"그래요, 그리고 그 일이 나를 이토록 미치게 만들고 있단 말이에요."

그녀는 심각한 표정을 지으며 뒤로 기대어 앉았다.

"물론 시카고에서라면 아주 쉽게 그를 제거해 버릴 수가 있을 테지만, 하지만 이곳에선 총잡이들을 고용할 수도 없는 일이잖아요."

"이곳에서는……." 포와로가 미소를 지으며 말했다.

"인간은 누구든지 살아갈 권리가 있다고 생각하지요."

"아무튼, 난 그런 건 잘 몰라요. 당신이라면 그런 자들을 쓰지 않고도 잘해낼 거라고 생각해요. 그리고, 나는 어떻게 하든 에지웨어를 처리해야 한다는 걸 잘 알고 있어요. 내 생각으로는, 그가 손해 볼 건 전혀 없어요. 오히려 그 정반대예요."

노크 소리가 들리고, 웨이터가 저녁식사를 가지고 들어왔다. 제인 윌킨슨은 그의 존재에는 아랑곳하지 않고 계속해서 자신의 문제를 거론했다.

"하지만, 나는 선생님에게 나를 위해 그를 죽여 달라고 부탁하고 싶지는 않답니다, 포와로 씨."

"고맙습니다, 부인."

"아마도 선생님이라면 보다 현명한 방법으로 처리해 줄 수 있으리라 생각해요. 부디 그를 잘 설득해서 이혼 승낙을 받아 주세요. 선생님은 능히 해내시리라고 믿어요."

"내 설득력을 너무 높게 평가하신 것 같군요, 부인."

"오! 하지만, 선생님은 틀림없이 무슨 묘안을 궁리해 낼 수 있을 거예요."

제인은 몸을 앞으로 내밀며, 다시금 그 파란 눈을 크게 떠 보였다.

"선생님도 내가 행복해지기를 바라실 테죠, 그렇죠?"

그녀의 목소리는 나지막하고 부드러웠으며, 황홀할 정도로 매혹적이었다.

"나는 모든 사람들이 다 행복해지기를 바란답니다."

포와로는 조심스럽게 대답했다.

"그러실 테죠. 하지만, 나는 모든 사람을 생각하는 게 아니에요. 난 내 자신의 일만 생각하는 거란 말이에요."

"당신은 늘 그러시리라 여겨지는군요, 부인." 그는 미소를 지으며 말했다.

"내가 이기적이라고 생각하시는군요?"

"오! 나는 그런 뜻으로 말한 것이 아니었답니다, 부인."

"내가 이기적이라는 것은 나도 인정해요. 하지만, 선생님도 아실 테죠? 나는 불행해지는 건 생각만 해도 끔찍합니다. 극중에서라도 말이에요. 난 언제까지나 불행할 거예요, 남편이 이혼에 동의하지 않거나—아니면, 죽든가 하지 않는다면 말이에요"

"물론……." 그녀는 심각한 표정으로 말을 이었다.

"남편이 죽어 주는 편이 훨씬 좋기는 하겠지만요. 내 말은, 그렇게 되면 보다 확실하게 그에게서 풀려 날 수 있을 거라는 뜻이에요"

그녀는 동정을 바라듯 포와로를 쳐다보았다.

"도와주시겠죠, 포와로 씨?"

그녀는 일어서서 숄을 손에 들고는 애원하듯 그의 얼굴을 쳐다보았다. 그때 복도에서 사람들의 웅성거리는 소리가 들리고 문이 빠끔히 열렸다.

"만일에 도와주시지 않는다면……." 그녀가 계속 말을 이었다.

"도와드리지 못한다면요, 부인?"

그녀는 생긋 웃었다.

"택시를 불러 집으로 쳐들어가서 내 손으로 그를 해치워 버릴 거예요"

그녀가 웃으며 막 옆방으로 통하는 문으로 모습을 감추자 브라이언 마틴이 그 미국 처녀, 캐로타 애덤스와 그녀의 동행인 남자, 그리고 그와 제인 윌킨슨과 함께 식사를 했던 두 사람을 데리고 들어왔다. 그는 나에게 그들이 위드번 부부라고 소개했다.

"안녕하십니까?" 브라이언이 말했다.

"제인은 어디 있죠? 그녀에게 분부대로 거행했다고 보고를 드려야 할 텐데요"

제인이 침실 문간에 모습을 나타냈다. 그녀의 한 손에는 립스틱이 들려져 있었다.

"그녀를 잡았군요? 정말 훌륭해요! 애덤스 양, 당신 연기에는 정말 탄복했답니다. 암만 해도 당신과 사귀지 않으면 안 되겠다고 생각했어요. 이리 들어와 내가 화장을 고칠 동안 함께 얘기 좀 하지 않겠어요. 내 모습이 너무 끔찍하게 보일까 봐요"

캐로타 애덤스는 그녀의 제의를 받아들였다. 브라이언 마틴이 의자에 털썩 주저앉았다.

"저런, 포와로 씨." 그가 말했다.

"당신도 꼼짝없이 붙들렸군요. 우리 제인이 당신에게 자길 위해 싸워 달라고 부탁하던가요? 일찌감치 항복하시는 편이 좋을 겁니다. 그녀에게는 도무지 '노'라는 말이 통하지 않거든요."

"아마도 그녀는 그런 말에 부딪혀 본 적이 없었나 보군요."

"매우 흥미있는 여자죠, 제인은……."

브라이언 마틴이 말했다. 그는 의자에 깊숙이 기대어 앉아서는 따분하다는 듯이 천장을 향해 담배 연기를 내뱉었다.

"그녀에게 있어서 금기란 아무런 의미도 없답니다. 도덕도 없지요. 내 말은, 그녀가 말 그대로 부도덕하다는 건 아닙니다. 도덕과는 상관이 없다고나 할까요. 인생에 있어서 오직 한 가지밖에는 보질 않습니다─즉, 제인이 무엇을 원하느냐 하는 것이죠."

그는 씁쓸한 미소를 지었다.

"그녀는 누구를 죽일 때도 아주 유쾌한 기분으로 해치워 버릴 겁니다. 그리고 그녀를 잡아서 교수형에 처하려고 한다면 골을 낼 테죠. 문제는 결국 그녀가 붙잡히고 말 거라는 겁니다. 그녀는 도대체 아무런 분별이 없어요. 고작 그녀가 궁리해 내는 살인 방법이란 택시를 잡아타고 가서 자기 이름을 대고는 권총을 쏘아대는 것일 겁니다."

"그런데 어째서 그런 말을 내게 하는 건지?" 포와로가 중얼거리듯 말했다.

"예?"

"당신은 그녀를 잘 알고 있나 보군요, 선생?"

"아마 그럴 겁니다."

그는 다시 웃어 보였는데, 내게는 그의 웃음이 몹시 침통해 보였다.

"여러분도 인정하죠?"

브라이언 마틴은 다른 사람들을 돌아다보았다.

"오! 제인은 이기주의자예요." 위드번 부인이 그 말에 찬성했다.

"하지만 여배우란 그래야만 해요. 자기의 개성을 뚜렷이 부각시키려면 결국 그럴 수밖에 도리가 없잖아요."

포와로는 아무런 말도 하지 않았다. 그의 시선은 도무지 내가 헤아려 볼 수 없는 기묘한 빛을 띤 채 브라이언 마틴의 얼굴에 붙박여 있었다.

바로 그때 제인이 캐로타 애덤스와 함께 옆방에서 성큼성큼 걸어 들어왔다. 그때서야 나는 제인이 한 '화장을 고친다.'는 말이 자기만족을 뜻하는 것이 아닐까 생각했다. 내게는 화장을 고치기 전과 달라진 데라곤 전혀 없어 보였던 것이다.

그 뒤의 저녁식사는 매우 유쾌한 시간이었다. 비록 이따금씩 나로서는 도무지 감을 잡을 수가 없는 어떤 암류가 흐르는 것 같은 기분이 들었지만 말이다.

제인 윌킨슨에겐 교활함이라고는 전혀 찾아볼 수가 없다는 것을 나도 인정했다. 그녀는 확실히 한 번에 한 가지 사물밖에는 보지 못하는 젊은 여자에 지나지 않았다. 그녀는 포와로를 만나보고 싶어 했으며, 곧바로 자신의 의도를 실행에 옮겨 소망을 이루었다. 지금은 분명히 유쾌한 기분에 젖어 있었다. 캐로타 애덤스를 이 저녁 모임에 끌어들이고자 했던 것은 순전히 일시적인 충동에 지나지 않았을 것이라고 생각했다. 그녀는 자신의 모습이 교묘하게 흉내 내어진 사실 때문에, 마치 어린애처럼 들떠서 몹시 즐거워하고 있었다.

그렇다, 내가 느낀 암류는 제인 윌킨슨과는 아무런 상관도 없는 것이었다. 그렇다면, 과연 누구와 관련이 있는 것일까? 나는 손님들을 차례로 살펴보았다. 브라이언 마틴? 확실히 그는 자연스럽지가 못했다. 하지만, 그것은 순전히 영화배우로서의 기질일지도 모른다. 영화 속의 역할이 이제는 쉽게 떨쳐 버릴 수 없을 정도로 너무 몸에 배어버린, 허영심이 강한 한 사나이의 지나치게 과장된 죄의식일 수도 있다고 스스로에게 타일렀다.

반면에, 캐로타 애덤스는 아주 자연스럽게 행동하고 있었다. 그녀는 얌전한 아가씨로, 듣는 이들을 즐겁게 하는 사근사근한 목소리를 가지고 있었다. 이제 그녀를 가까이에서 볼 수 있는 기회를 얻게 되었으므로, 나는 상당히 주의를 기울여 그녀를 관찰했다. 그녀는 분명히 매력이 있었지만, 어쩐지 좀 소극적인 매력인 것 같다고 생각했다. 자기주장을 내세우거나 고집하는 것을 볼 수 없었다. 남의 말을 부드럽게 받아들이기만 하는 그런 여인이었다. 게다가, 그녀의 외모마저도 별로 남의 눈에 띄지 않는 모습을 하고 있었다. 부드러운 검은 머리, 엷은 청색 눈, 창백한 얼굴, 그리고 민감해 보이면서도 풍부한 감정 표현을 지닌 입매. 마음에 드는 얼굴이지만, 만일에 그녀가 다른 옷차림을 하고 있을 때 마주친다면 그리 쉽게 알아보지 못하리라.

그녀는 제인의 우아한 태도와 칭찬하는 말에 기뻐하고 있는 것 같았다. 아마 어떤 아가씨라도 그러리라고 생각하고 있는데―그런데 바로 그때, 너무 성급히 내린 감이 있던 내 판단을 바꾸게 할 어떤 사건이 일어났다.

그때 모임의 여주인인 제인은 고개를 돌려 포와로와 이야기를 나누고 있었는데, 캐로타 애덤스는 테이블 너머로 그녀를 바라보고 있었다. 그녀의 눈빛에는 무엇인가를 캐내려는 듯한 기묘한 기색이 서려 있었는데, 그것은 마치 무엇인가를 신중하게 계산하고 있는 것 같았고, 동시에 그 창백한 푸른 눈에는 매우 뚜렷한 적의가 담겨 있다는 생각이 들었다.

공연한 생각이리라. 그게 아니면 직업적인 질투 같은 것일 수도 있었다. 제인은 확고히 기반을 구축한 일류 여배우였고, 캐로타는 이제 막 발돋움을 하고 있는 햇병아리 신인에 불과했다.

나는 자리에 있는 다른 세 사람을 살펴보았다. 위드번 부부는 과연 어떤 사람들인가? 남편이란 자는 키만 멀쑥하게 큰 비쩍 마른 사람이었고, 그 아내는 쉴 새 없이 재잘대는 금발의 뚱뚱한 부인이었다. 제법 부자인 모양으로, 연극과 관계되는 일이라면 무슨 일에든지 열광하는 것 같았다. 사실이지 그들 부부는 그 밖에는 어떤 화제도 입 밖에 내려 하지 않았다. 최근에 내가 영국에 없었던 탓으로 연극계의 사정에 매우 어둡다는 사실을 알아채자, 결국 위드번 부인은 나에게서 그 살찐 어깨를 슬쩍 돌리고는 더 이상 나를 거들떠보지도 않았다.

마지막 인물은 둥근 얼굴에 쾌활한 표정의 가무잡잡한 젊은이로, 캐로타 애덤스의 동행이었다. 처음부터 나는 그 젊은이가 하는 짓으로 보아 그리 성실한 사람은 아니리라고 생각하고 있었다. 그가 샴페인을 거듭 마심에 따라 그 사실은 더욱 분명해졌다.

그는 마음속 깊은 곳에 받은 상처 때문에 고통을 겪고 있는 것 같았다. 처음에는 침울하게 침묵을 지키며 앉아 있었다. 식사가 반쯤 진행되자 그는 나를 자신의 오랜 친구라도 되는 양 자신의 흉금을 계속 털어놓기 시작했다.

"내가 하고 싶은 말이 무엇인고 하니……." 그가 말했다.

"그게 아니라고요. 아니, 이보쇼, 그게 아니고 말씀이야……."

잘 알아들을 수 없었던 말들은 여기서 생략하기로 한다.

"내 말은……." 그가 계속했다.

"당신에게 묻겠는데? 내 말은, 만일에 어떤 아가씨를 붙잡고—그래, 결국은 간섭하는 거지. 마구 들쑤셔 놓는단 말이야. 그렇다고 해서 내가 뭐 그녀에게 못할 소리를 한 건 아니잖소? 그녀는 그런 종류의 여자가 아니지, 암, 당신도 알다시피, 청교도를 조상으로 둔, 그 '메이플라워 호'인가, 맞소 제기랄, 그녀는 정직하다고 내 말이 무슨 뜻이냐 하면, 그런데 내가 대체 무슨 말을 하고 있었소?"

"재수가 없었단 얘기요." 내가 달래듯이 말했다.

"맞아, 그건 그래. 제기랄, 이 즐거운 잔치에 참석하느라고 난 양복점 친구에게 돈을 빌려야 했다오. 그 친구는 정말 친절한 놈이지, 내 양복점 친구 말씀이오. 벌써 몇 년째 돈을 빌리고 있다고 우리 사이에 무슨 계약 같은 걸 하자나. 그런데, 계약 따위는 전혀 해본 적이 없지. 이보쇼? 당신과 나. 당신과 나. 빌어먹을, 그런데 당신은 대체 누구쇼?"

"내 이름은 헤이스팅스요."

"그런 소리 마쇼. 당신이 스펜서 존스로 불렸던 것은 의심할 나위도 없는 사실이라고 친애하는 옛 친구 스펜서 존스 이튼인가 해로(둘 다 영국의 명문 학교)에 다닐 때 그에게서 5파운드를 빌렸지. 내 얘기는 이 얼굴이 저 얼굴 같고, 아무튼 그런 말이오. 우리가 중국 사람이었다면, 아마 서로를 구별하지 못했을 거요."

그는 서글프게 고개를 젓더니, 갑자기 명랑해져서 다시 샴페인을 들이켰다.

이윽고, 그는 상당히 희망적인 표정을 지어 보였다.

"밝은 쪽을 보라고……." 그는 나에게 간청했다.

"내 말은 밝은 면을 보라는 거요. 언젠가는(내가 일흔다섯쯤 되면), 나도 부자가 될 테니까. 우리 아저씨가 돌아가시게 되면. 그땐 나도 양복점 친구에게 돈을 갚을 수 있단 말씀이오."

그는 그런 상상을 하며 행복하다는 듯이 미소를 짓고 있었다. 이 젊은이에게는 묘하게 끌리는 데가 있었다. 그는 둥근 얼굴에, 마치 사막 한가운데 고립되어 있는 듯한 인상을 주는 우스꽝스러울 정도로 작은 까만 콧수염을 달고 있었다.

나는 캐로타 애덤스가 시종 그에게서 눈을 떼지 않고 있다는 것을 알았는데, 그녀는 그를 흘끗 보고 나서 자리에서 일어나 돌아갈 채비를 했다.

"이곳까지 와줘서 정말 고마워요." 제인이 말했다.

"나는 생각이 내키면 곧바로 실행에 옮기기를 좋아한답니다. 당신은 어때요?"

"아뇨, 난 그렇지 않아요." 애덤스 양이 말했다.

"나는 실행에 옮기기 전에 언제나 조심스럽게 계획을 세우는 편이거든요. 그렇게 하면 나중에 귀찮은 일을 덜 수가 있거든요."

그녀의 태도에는 어딘지 모르게 불쾌하게 여기는 듯한 기색이 보였다.

"글쎄요, 아무튼 결과를 놓고 보면 당신이 옳을지도 모르죠."

제인은 생긋 웃으며 말했다.

"오늘 밤 당신의 쇼를 보고 얼마나 즐거웠는지 모른답니다."

그 미국 처녀의 표정이 부드러워졌다.

"어머, 당신은 정말 친절하시군요." 그녀는 진심으로 말했다.

"그렇게 말씀해 주셔서 기뻐요. 사실 격려를 받고 싶었답니다. 우린 모두 그래요."

"캐로타." 그 검은 콧수염의 젊은이가 말했다.

"그만 악수하고 제인 아주머니에게 초대에 감사드린다고 말씀드리고 어서 나오라고."

그렇게 취한 그가 똑바로 방문을 통해 걸어나간 것은 참으로 기적 같은 일이었다. 캐로타가 급히 그를 쫓아 나갔다.

"어머나, 원 세상에―." 제인 윌킨슨이 말했다.

"난데없이 끼어들더니, 또 나보고 제인 아주머니라고? 지금까지 난 그 작자가 있는 줄도 몰랐어요."

"이봐요, 제안―." 위드번 부인이 말했다.

"그 사람에 대해서 더 이상 신경 쓸 것 없어요. 학생 때는 옥스퍼드 대학 연극부에서 가장 재능 있는 사람이었답니다. 지금은 도저히 그렇게 보이지 않죠? 일찍이 장래가 촉망되던 사람이 저렇게 돼버리다니 끔찍한 일이에요. 그건 그렇고, 찰스와 나는 이제 그만 물러가야겠군요."

위드번 부부가 떠나자, 브라이언 마틴도 함께 돌아갔다.

"그래서요, 포와로 씨?"

포와로는 그녀에게 미소를 지었다.

"그래서요라뇨, 에지웨어 부인?"

"제발, 나를 그런 식으로 부르지 마세요. 그 따위 이름은 제발 잊도록 해줘요! 선생님이 유럽에서 가장 무자비한 남성이 아니라면!"

"천만에요. 나는 그렇게 무자비하지는 않답니다."

나는 포와로가 샴페인을 너무 많이 마신 게 아닐까 생각했다―한 잔도 그에게는 과할 텐데.

"그렇다면, 남편을 만나러 가주시는 거죠? 그리고, 내가 바라는 대로 그를 설득시킬 거죠?"

"그분을 만나뵈러 가겠습니다." 포와로는 조심스럽게 약속했다.

"그리고, 만일 그가 거절한다면(보나마나 그럴 테지만요) 적절한 대책을 강구하실 테죠. 선생님은 영국에서 가장 현명한 분이니까요, 포와로 씨."

"부인, 내가 무자비하다고 할 때는 유럽에서라고 말하더니, 현명하다고 할 때만은 영국에서라고 하는군요."

"만일에 선생님이 이번 일을 해내시게 되면, 나는 전 우주에서라고 말씀드리겠어요."

포와로는 애원을 하듯 손을 들었다.

"부인, 나는 아무런 약속도 드릴 수가 없어요. 단지 심리학적인 흥미에서 부인의 남편을 만나보도록 하지요."

"원하시는 만큼 실컷 그를 심리 분석하세요. 아마 그에게도 나쁜 일은 아닐 거예요. 하지만, 제발 잘해 주셔야 해요—부디 나를 위해서. 나는 기필코 내 로맨스를 손에 넣어야 해요, 포와로 씨." 그녀는 꿈을 꾸듯 덧붙였다.

"그 일이 빚어 낼 센세이션을 한번 생각해 보세요."

제3장

금니를 가진 남자

며칠 뒤였다. 우리가 아침식사를 하고 있을 때, 포와로는 내게 겉봉을 뜯은 편지 한 통을 던져 주었다.

"흠, 여보게, 자넨 그것을 어떻게 생각하나?" 그가 말했다.

그 편지는 에지웨어 경이 보낸 것으로, 딱딱하고 형식적인 어투로 다음 날 11시에 만나겠다고 적혀 있었다.

솔직히 말해서 나는 혼이 빠질 정도로 놀랐다. 그 당시 포와로가 한 말은 술자리에서의 가벼운 농담 정도로밖에는 생각하지 않고 있었으므로, 나는 그가 그 약속을 실제로 실행에 옮기리라고는 생각해 보지 않았기 때문이었다.

두뇌 회전이 빠른 포와로는 이내 내 속마음을 꿰뚫어보고는 눈을 찡긋해 보였다.

"물론 그렇지, 여보게, 그건 순전히 샴폐인 탓만은 아니었다네."

"나는 그런 생각이 아니었는데."

"하지만 그랬을 거야, 틀림없이. 자넨 속으로 이렇게 생각했겠지. '가엾은 노인네, 그만 파티 분위기에 휩쓸려서 실행하지도 못할 약속을 해버렸구먼. 그는 실행할 생각이 조금도 없을 거야.' 하고 말일세. 하지만 여보게, 에르퀼 포와로의 약속은 그야말로 신성한 것이라네."

그 마지막 말을 할 때는 사뭇 엄숙한 태도로 몸을 뒤로 쓱 젖혔다.

"물론, 물론이죠. 나도 그걸 잘 알고 있습니다." 나는 황급히 대답했다.

"하지만, 난 이렇게 생각했던 거죠. 아마도 당신의 판단력이 약간—어떻게 말해야 좋을까, 영향을 받은 것이 아닐까 하고 말입니다."

"나로 말하자면 자네가 말하는 것처럼 내 판단력이 '영향을 받는다'는 일은 없다네, 헤이스팅스. 제아무리 고급 샴폐인도, 기막히게 아름다운 금발에다 매혹적인 여성이라도, 이 에르퀼 포와로의 판단력에는 전혀 영향을 미칠 수가 없단 말일세. 천만에, 그게 아니야, 이 친구야, 다만 흥미가 생긴 것뿐이지. 그게 전부라네."

"제인 윌킨슨의 사랑 놀음에 말입니까?"

"꼭 그것 때문이라고는 할 수 없네. 자네가 말하는 그녀의 사랑 놀음이란 아주 흔해빠진 일이라네. 말하자면 그것은 아름답기 그지없는 한 여성이 필연적으로 거치게 되는 하나의 단계라고 할 수 있네. 만일에 머튼 공작이 명예나 재산이 없었다면, 꿈에 잠긴 수도승 같은 그의 로맨틱한 멋은 조금도 그 부인의 흥미를 끌지 못했을 걸세. 천만에, 헤이스팅스, 내 흥미를 끄는 것은 성격의 상호 작용, 즉 심리학적인 문제라네. 가까운 곳에서 에지웨어 경을 관찰할 기회라니, 나는 꺼이 환영하는 바이지."

"당신도 그 임무를 완수하리라고는 기대하지 않지요?"

"무슨 소린가! 모든 사람들은 누구나 제각기 다 약점을 가지고 있는 법일세. 내가 심리학적인 관점에서 사건을 관찰하기 때문에, 나에게 맡겨진 임무 달성에 최선을 다하지 않을 거라고는 생각하지 말게나, 헤이스팅스 나는 언제나 내 지능을 적용시키는 일을 즐기고 있다네."

나는 그 작은 회색 뇌세포에 대해서 언급할까 봐 조바심이 났었는데 고맙게도 그냥 넘어갔다.

"그렇다면, 우리는 내일 11시에 리젠트 게이트 저택을 방문하면 되겠군요."

"우리라니?" 포와로는 짓궂게 눈썹을 찡그려 보였다.

"포와로!" 그만 나는 소리를 질렀다.

"설마 날 떼어놓고 갈 생각은 아니겠죠? 난 언제나 당신과 함께 행동했습니다."

"이번 일이 범죄이거나 의심스런 독살사건, 또는 암살사건이라면—아! 그런 것이라면 자네 마음을 끌어당길 테지. 하지만, 이건 순전히 사회적인 조정에 관한 문제가 아닌가?"

"더 이상 여러 말 마십시오." 내가 단호하게 말했다.

"나도 함께 갈 겁니다."

포와로는 부드럽게 웃었는데, 바로 그때 어떤 신사분이 찾아왔다는 얘기를 들었다. 놀랍게도 그 방문객은 브라이언 마틴이었다.

밝은 대낮의 햇살 아래에서는 그 미남 배우도 나이가 꽤 들어 보였다. 여전히 잘생겼지만, 어딘지 거칠어 보이는 그런 용모였다. 혹시 그가 약물 중독에 걸린 게 아닐까 하는 생각이 언뜻 들었다. 그런 생각이 들게 된 것은 그에게서 어떤 신경질적인 긴장 상태 같은 것을 느꼈기 때문이었다.

"안녕하십니까, 포와로 씨." 브라이언은 쾌활하게 인사를 했다.

"당신과 헤이스팅스 대위가 마침 적당한 시간에 아침을 들고 계셔서 다행이로군요. 그런데, 포와로 씨, 지금 몹시 바쁘신 건 아닌지요?"

포와로는 상냥하게 미소를 지었다.

"그렇진 않습니다. 사실, 지금은 중요한 일이 전혀 없습니다." 그가 말했다.

"그렇다면 잘됐군요." 브라이언이 웃으며 말했다.

"런던경시청의 협조 요청은 없습니까? 또는 왕실을 위해 무슨 미묘한 문제들을 조사해 달라는 부탁도 받지 않았고요? 나는 도저히 믿기지가 않는군요."

"현실과 소설을 혼동하고 있군요, 선생." 포와로가 미소를 지으며 말했다.

"분명히 얘기하지만, 나는 지금은 완전히 일에서 손을 떼었답니다. 비록 아직은 실업 수당을 받고 있지는 않지만요."

"그러시다면, 내겐 무척 다행한 일이로군요. 나를 위해 일해 주시지 않겠습니까?" 브라이언은 다시 웃으며 말했다.

포와로는 그 젊은이를 주의깊게 지켜보았다.

"내게 상의할 문제가 있군요, 그렇지요?"

잠시 지난 다음에 포와로가 물었다.

"글쎄요, 그 비슷한 거죠. 있을 수도 있고 없을 수도 있다고나 할까요."

이번에는 그의 웃음이 다소 신경질적으로 들렸다. 여전히 그를 주의깊게 살펴보면서 포와로는 의자를 가리켰다. 젊은이는 그 의자를 당겨서, 내가 포와로의 옆에 자리를 잡을 동안 우리를 마주 보며 앉아 있었다.

"자, 그러면 우리에게 그 경위를 들려주시지요." 포와로가 말했다.

브라이언 마틴은 이야기를 꺼내기가 조금 난처한 것 같았다.

"문제는 별로 말씀드릴 것이 없다는 겁니다." 그는 머뭇거렸다.

"좀 어려운 문제입니다. 아시겠지만, 모든 일은 미국에서 시작되었답니다."

"미국에서? 그래서요?"

"내가 맨 처음 그 일에 관심을 갖게 된 것은 그리 대수롭지 않은 사건 때문이었습니다. 실은 그때 기차 여행을 하고 있었는데, 도중에 어떤 사람을 만났습니다. 작고 못생긴 친구인데, 말끔히 면도를 하고 안경을 쓴 얼굴에 금니를 하고 있었지요."

"아! 금니라."

"그렇습니다. 사실 그게 문제의 요점이죠."

포와로는 거듭 고개를 끄덕였다.

"이제 이해가 가는군요. 계속하시지요."

"아무튼 그렇게 해서 나는 그 남자를 알게 되었지요. 그런데, 그때 나는 뉴욕으로 가던 중이었습니다. 그로부터 6개월 뒤, 로스앤젤레스에 있을 때 다시 나는 그자를 발견했던 겁니다. 하지만, 그 정도라면 문제가 안 됩니다."

"계속하십시오."

"한 달 뒤, 난 시애틀에 볼일이 있어 갔었지요. 잠시 그곳에서 머물게 되었는데, 다시 그 친구를 보게 된 겁니다. 이번엔 턱수염을 달고 있더군요."

"정말 묘한 일이로군."

"그렇죠? 물론 그 당시만 해도 나와 무슨 상관이 있으리라곤 생각하지 않았습니다. 하지만, 로스앤젤레스에서 또다시 수염이 없는 그자를 보게 되었고, 시카고에선 콧수염과 눈썹을 붙이고, 어떤 산간 마을에서는 떠돌이처럼 변장을 하고 이렇게 되니, 나는 뭔가 심상치 않다는 생각이 들기 시작한 거죠."

"당연한 일이지요."

"그리고 마지막으로—물론, 이상하게 여기실 테지만, 그건 의심할 여지가 없는 사실입니다. 나는 소위 말하는, 미행이라는 걸 당하고 있었던 거죠."

"매우 분명하군요."

"그렇죠? 그 뒤 나는 그 사실을 확인해 보았습니다. 내가 어디를 가건, 그자는 여러 가지 다른 모습으로 마치 그림자처럼 내 뒤를 따라붙고 있더란 말입니다. 다행스럽게도, 금니 덕분에 난 그를 가려낼 수 있었지만요."

"아! 금니라. 그거 매우 다행스런 우연이로군요."

"그렇습니다."

"미안합니다, 마틴 씨. 그 사람에게 말을 걸어 본 적은 없소? 대체 그림자처럼 끈질기게 따라붙는 이유가 뭐냐고 물어본 적도 없다는 말씀인가요?"

"그래 보진 않았습니다." 그 배우는 잠시 머뭇거렸다.

"한두 번 그렇게 해보려고 생각했었지만, 결국 포기했습니다. 그렇게 하는 것은 단지 그를 더욱 경계하게 할 뿐 아무런 소득도 얻지 못할 것 같았기 때문이었죠. 만일에 그들이 내가 그자를 눈치 채고 있다는 사실을 알게 되어서, 다른 사람으로 하여금 내 뒤를 쫓게 할 경우에는—나는 그 다른 미행자를 전혀 알아차리지 못하게 될 수도 있지 않겠습니까?"

"흠, 그 좋은 표식인 금니가 다른 사람으로 대치된다면."

"바로 그렇습니다. 내가 잘못 판단했을 수도 있지만, 난 바로 그렇게 생각했었지요."

"그런데 마틴 씨, 당신은 방금 '그들'이란 말을 했습니다. '그들'이란 대체 누구를 가리키는 것입니까?"

"그것은 단지 편의상 사용했던 수식에 불과합니다. 내 생각으로는(이유야 알 수 없지만), 그자의 배후에는 '그들'이 있지 않을까 했던 것이지요."

"그렇게 생각한 데에는 특별한 이유라도 있습니까?"

"그런 건 전혀 없습니다."

"도대체 누가, 어떤 목적으로 당신을 끈질기게 미행하는 건지 전혀 짐작도 가지 않는다는 말씀인가요?"

"전혀. 적어도……."

"계속하십시오." 포와로가 격려하듯 말했다.

"한 가지 짐작이 가는 일이 있기는 합니다만……."

브라이언 마틴은 뜸을 들이며 말했다.

"이건 순전히 내 일방적인 추측이란 걸 이해하십시오."

"추측이 때로는 매우 도움이 되는 수가 있지요, 선생."

"그것은 약 2년 전, 런던에서 있었던 어떤 사건과 관계가 있습니다. 그리 대단치 않은 사건이었지만, 야릇하고 쉽게 잊히지 않는 사건이었죠. 가끔 나는 그 일을 생각하고 고개를 갸웃거리곤 한답니다. 다만 그 사건에 대한 해석을 전혀 내리지 못했던 까닭에, 이번 미행이 혹시 그 일과 관계가 있는 것이 아닐까 하는 생각이 드는군요. 하지만, 어째서 그런 건지는 전혀 알 수가 없습니다."

"나라면 알 수 있을지도 모르지요."

"물론입니다. 하지만 아시다시피……." 브라이언 마틴은 다시 난처해했다.

"곤란한 것은 그 일에 대해 당신에게 말씀드릴 수가 없다는 겁니다—현재로서는 그렇다는 거죠. 며칠 지나면 아마도 말씀드릴 수 있으리라 봅니다만."

그는 포와로의 궁금해하는 듯한 시선을 견딜 수가 없었던지 될 대로 되라는 식으로 말을 이었다.

"실은, 그 일에는 어떤 아가씨가 관련되어 있었지요."

"아, 저런! 영국 아가씨겠군요?"

"그렇습니다. 그런데 그걸 어떻게 아셨습니까?"

"아주 간단한 일이지요. 당신은 지금은 말할 수 없지만, 며칠 지나면 말할 수 있으리라 기대하고 있습니다. 그 말은 결국, 그 아가씨의 승낙을 받아야 한다는 뜻이지요. 그러므로, 그녀가 지금 영국에 있다는 것을 알 수 있습니다. 또한, 그녀는 당신이 미행당하는 동안에도 영국에 있었을 겁니다. 왜냐하면, 그녀가 미국에 있었다면 당신은 즉시 그녀를 찾아봤을 테니까요. 결국 그녀는, 지난 18개월 동안 영국에 있었던 게 되고, 또한 아마도 그녀는, 비록 확실한 건 아니지만 현재 영국에 있을 겁니다. 내 말이 맞지 않습니까?"

"맞습니다. 그런데 포와로 씨, 만일에 그녀의 허락을 얻게 된다면, 이 일을 조사해 주시겠습니까?"

잠시 침묵이 흘렀다. 포와로는 그 문제에 대해서 신중하게 생각해 보고 있는 것 같았다. 이윽고 그가 말했다.

"왜 당신은 그녀한테 가기 전에 먼저 나를 찾아왔습니까?"

"글쎄요, 내 생각에는 그러니까……." 그는 머뭇거렸다.

"나는 그녀를 설득할 작정이었습니다—의문점들을 풀기 위해. 내 말은 당신이 그 문제를 조사하고 해결해 주신다면, 내가 공연히 떠들고 다닐 필요가 없지 않겠느냐는 겁니다. 그렇지 않습니까?"

"그야 상황에 따라서 다르지요." 포와로가 침착하게 말했다.

"무슨 말씀이십니까?"

"만일 거기에 어떤 범죄의 기미가 있다면……."

"오! 범죄하곤 전혀 상관없는 일입니다."

"당신은 모릅니다. 범죄와 연관이 있을 수도 있어요."

"하지만, 당신은 그녀를, 아니 우리를 위해서 최선을 다하실 테죠?"

"그야, 물론이죠."

그는 잠시 생각에 잠겼다가 다시 입을 열었다.

"그 왜, 당신을 미행하고 있다는 사람 말인데, 나이가 얼마나 들어 보였습니까?"

"오, 아주 젊었습니다. 한 서른 정도 되었을까요."

"아!" 포와로가 말했다.

"그건 정말 공교로운 일이군요. 그래야 모든 게 훨씬 재미있게 되지."

나는 망연히 그를 쳐다보았다. 브라이언 마틴도 역시 그를 쳐다보고 있었다. 이런 그의 언동은 확실히 우리 둘에게 똑같이 전혀 뜻밖의 일이었다. 브라이언은 나를 향해 묻듯이 눈썹을 찡그려 보였다. 나는 고개를 저었다.

"맞아!" 포와로가 중얼거리듯 말했다.

"그걸로 모든 이야기가 아주 흥미진진하게 되는구먼."

"이젠 아예 노망했나 보군." 브라이언이 의심스럽다는 듯이 말했다.

"도무지 믿기지가 않는걸."

"아니, 그렇지가 않습니다. 나는 당신이 한 말이 조금도 틀린 데가 없다는 걸 확신합니다, 마틴 씨. 아주 흥미가 있어요—더할 나위 없을 정도로 말이오."

포와로의 수수께끼 같은 말에 상당히 충격을 받은 듯, 브라이언 마틴은 다음에 할 말을 잊어버린 것 같았다.

"지난번 저녁 파티는 즐거웠죠." 그가 말했다.

"제인 윌킨슨은 정말 보기 드문 고집쟁이랍니다."

"그녀는 단순한 시각을 가지고 있어요. 그래서 한 번에 하나밖에 보지 못하는 시각을요." 포와로가 미소를 지으며 말했다.

"그런데도 그것이 능히 세상에서 통한단 말입니다." 마틴이 말했다.

"사람들이 어떻게 그걸 용납하는지 난 도통 이해가 안 가거든요."

"아름다운 여성에게는 누구나 많은 것을 양보하게 마련이지요."

포와로가 눈을 깜박이며 말했다.

"만일에 그녀가 개발코에, 누르께한 피부, 개기름이 흐르는 꾀죄죄한 머리를 하고 있다면─아이고! 그때는 아마 그녀도 당신 말대로 '세상에서 통한다.'는 일이 없을 겁니다."

"그야 그럴 테지만……." 브라이언은 순순히 그 말을 인정했다.

"그래도 이건 이따금씩 나를 정말 미치게 만든답니다. 하긴, 나는 제인을 몹시 좋아하지요. 다만, 일면으로는 그녀가 온전치 못하다는 생각이 들기도 합니다만."

"그와는 정반대로 나는 그녀가 몹시 영리하다고 생각하는데요."

"내 말은 반드시 그렇다는 게 아닙니다. 그녀는 자신의 이해관계는 분명히 가려낼 줄 알지요. 사업적인 수완도 빈틈이 없을 정도로 뛰어나죠. 그게 아니라, 내 말은 도덕적으로는 그렇다는 겁니다."

"아! 도덕적으로."

"그녀는 소위 말하는 도덕적이라는 걸 초월한 존재지요. 그녀에게 있어서 선악(善惡)이란 존재하지 않습니다."

"아! 나도 그날 밤 당신이 그와 같은 말을 했던 사실이 생각납니다."

"우리는 그때 범죄에 관한 이야기를 나누고 있었는데……."

"오, 뭐라고 했죠?"

"아무튼, 나는 제인이 죄를 범했다고 하더라도 결코 놀라지 않을 겁니다."

"물론 당신은 그녀에 대해서 잘 알고 있을 테죠."

포와로는 생각에 잠긴 듯한 목소리로 나지막하게 말했다.

"그녀와는 자주 공연(公演)을 했겠군요?"

"그렇습니다. 나도 그녀에 대해서는 속속들이 잘 알고 있다고 생각합니다. 그녀라면 살인일지라도 아주 손쉽게 해치울 거라는 사실을 능히 상상할 수 있습니다."

"저런! 그녀는 물불을 가리지 않는 성격인 게로군요. 그렇지 않습니까?"

"아뇨, 천만에요. 냉정하기 짝이 없습니다. 내 말은, 누군가가 자기 앞길에 방해가 된다면 간단히 처치해 버릴 거라는 겁니다—아무런 망설임도 없이. 그렇지만, 사실 그 누구도 그녀를 비난할 순 없을 겁니다—도덕적으로는 말입니다. 그녀는 자기 앞길에는 누구도 방해가 될 수 없다고 생각하는 것뿐이죠."

그의 마지막 말에는 이제껏 없었던 비통함이 담겨 있었다. 나는 그가 어떤 아픈 과거를 회상하고 있는 것이 아닐까 하고 생각했다.

"당신은 정말 그녀가, 살인을 하리라고 생각합니까?"

포와로는 그를 뚫어지게 바라보았다. 브라이언이 깊이 숨을 들이켰다.

"물론입니다. 아마도 멀지 않아 내 말이 생각나실 겁니다. 나는 그녀를 잘 알거든요. 그녀는 모닝커피를 마시듯이 쉽게 살인을 저지를 겁니다. 정말입니다, 포와로 씨."

그는 자리에서 일어났다.

"그러시겠지요." 포와로가 가라앉은 목소리로 말했다.

"나도 당신 말이 정말이라는 것을 알 수 있습니다."

"나는 그녀를 잘 알아요." 브라이언 마틴이 다시 강조했다.

"아주 속속들이 모두 알고 있어요."

그는 잠시 눈살을 찌푸린 채 서 있다가 어조를 바꾸어서 말했다.

"방금 부탁드린 일은 곧 알려드리겠습니다, 포와로 씨. 2~3일 내로 그 일을 맡아 주시겠습니까?"

포와로는 1~2분 간 대답을 않고 그를 가만히 주시했다.

"물론입니다." 이윽고 그가 대답했다.

"내, 그 일을 기꺼이 맡지요. 무척 흥미가 당기는군요."

그의 마지막 말에는 무언가 기묘한 여운이 있었다.

나는 브라이언 마틴을 현관까지 배웅했다. 문간에서 그가 내게 말했다.

"당신은 그자의 나이에 관한 저분의 의중을 파악하셨습니까? 내 말은, 무엇 때문에 그가 서른쯤 되었을 거라는 사실에 그토록 흥미를 느꼈던 걸까요? 난 도무지 알아차릴 수가 없군요."

"그건 나도 마찬가지입니다." 나도 솔직히 고백했다.

"도대체 이치에 맞지 않는 것 같습니다. 아마도 저분은 나와 무슨 게임을 즐겼던 모양입니다."

"그렇지는 않을 겁니다." 내가 말했다.

"포와로는 그런 장난을 좋아하지 않는답니다. 틀림없이 거기에는 중대한 의미가 담겨져 있을 겁니다. 그가 그렇게 말한 이상에는."

"글쎄요, 그걸 알 수만 있다면 얼마나 좋겠어요. 애써 위로하려고 하진 마십시오. 아무래도 난 구제받을 수 없는 둔치인가 봅니다."

그는 큰 걸음으로 성큼성큼 가버렸다. 곧 나는 포와로에게로 다시 돌아갔다.

"포와로." 내가 말했다.

"대체 어째서 그 미행자의 나이가 그렇게 중요한 겁니까?"

"자네는 모르겠나? 이런 가엾은 친구, 헤이스팅스!"

그는 미소를 지으며 고개를 저었다.

"대체로 우리의 면담에 대해서 자네는 어떻게 생각하나?"

"그리 많은 이야기를 나눠 보지 않아서 뭐라고 말하기가 어렵군요. 좀더 많은 것을 안다면……."

"더 이상 알아보지 않더라도 뭔가 자네 마음에 확실하게 짚이는 게 없는가, 여보게?"

그 순간 전화벨이 울려서 아무것도 짚이는 데가 없다는 사실을 인정해야 하는 치욕을 면하게 되었다. 내가 재빨리 수화기를 들었다.

명확하고 카랑카랑한 여인의 목소리가 들렸다.

"전 에지웨어 경의 비서입니다만. 에지웨어 경께서 내일 아침에 만나기로 한 포와로 씨와의 약속을 부득이 취소하지 않을 수 없음을 매우 유감으로 여기신답니다. 그분께서는 예기치 않게 내일 파리로 떠나게 되었거든요. 대신 오늘 낮 12시 15분경에 몇 분가량 포와로 씨와 만나실 수 있을 거라고 말씀하셨습니다. 포와로 씨가 특별한 볼일이 없으시다면……"

나는 포와로에게 그대로 전했다.

"물론이지. 여보게, 오늘 가기로 하세."

나는 그 말을 수화기에 대고 되풀이했다.

"알았습니다." 그 비서는 딱딱하면서도 명확한 목소리로 말을 받았다.

"오늘 낮 12시 15분입니다."

그녀는 전화를 끊었다.

제4장

대화

　자못 기대에 부푼 마음으로 나는 포와로와 함께 리젠트 게이트에 있는 에지웨어 경의 저택에 도착했다. 비록 나에게는 포와로가 신앙처럼 떠받드는 '심리학'에 대한 아무런 지식도 없었지만, 에지웨어 부인이 자기의 남편에 대해서 언급했던 몇 마디 말은 나의 호기심을 자극시키기에 충분했다. 나는 나의 판단력이 어떠한지 알아보고자 하는 열망으로 가득 차 있었다.

　저택은 훌륭했다. 잘 설계된 멋진 건물이었지만 다소 우중충해 보였다. 윈도 박스(창의 아래틀에 붙인 화초 가꾸는 상자)라든가 그런 천박한 장식 같은 건 전혀 없었다.

　이내 문이 열렸는데, 문을 연 사람은 그런 건물의 외양에 어울릴 백발이 성성한 노집사가 아니었다. 그와는 정반대로 어딘가 본 적이 있는 듯한 아주 잘생긴 미남 청년이었다. 헤르메스나 아폴로의 조각 모델이 될 만한 금발의 늘씬한 젊은이였다. 하지만, 그 훌륭한 용모에도 불구하고 귀에 거슬리는 그의 사근사근한 목소리는 어딘지 여자 같은 느낌을 주었다. 또한 묘하게도 그는 나에게 누군가를 떠올리게 했다——누군가, 내가 최근에 만났던 누군가를. 하지만 대체 그게 누구인지 도무지 기억해 낼 수가 없었다.

　우리는 에지웨어 경이 있느냐고 물었다.

　"이쪽으로 오십시오, 선생님."

　그는 홀을 따라 층계를 지나서, 안쪽으로 통하는 문으로 우리를 안내했다. 문을 열고, 그는 나를 본능적으로 경계하게끔 하는 그 사근사근한 목소리로 우리의 내방을 알렸다.

　우리가 들어간 방은 서재인 모양이었다. 벽에는 책장이 죽 늘어서 있었고, 가구들은 어둡고 육중해 보였으나 훌륭한 것들이었다. 의자들은 멋진 외양과는 달리 앉기에는 그리 편하지 않을 것 같았다.

우리를 맞으려고 일어선 에지웨어 경은 쉰 살쯤 되어 보이는 후리후리한 사나이였다. 회색이 좀 섞인 검은 머리에 길쭉한 얼굴을 가진 그는 입가에 사람을 업신여기는 듯한 표정을 짓고 있었다. 별로 기분이 좋지 않은 듯 짜증스러워 보였다. 그의 눈에는 뭔가 기묘하고 은밀한 빛이 담겨 있었다. 참으로 괴이한 눈빛이라고 나는 생각했다. 그의 태도는 딱딱하고 형식적이었다.

"포와로 씨죠? 이쪽은 헤이스팅스 대위시고? 자, 앉으시지요."

우리는 자리에 앉았다. 방은 싸늘했다. 하나밖에 없는 창으로부터 들어오는 엷은 햇살은 오히려 싸늘한 분위기를 더해 주었다.

에지웨어 경은 편지 한 통을 들고 있었는데, 나는 그것이 포와로의 필적이라는 것을 알 수 있었다.

"물론 나도 당신의 성함은 익히 알고 있는 바올시다. 그걸 모르는 사람이 어디 있겠습니까?"

포와로는 그 의례적인 말에 고개를 숙여 보였다.

"하지만, 나는 이 문제에 있어서 당신의 역할이 무엇인지 도통 이해가 되질 않는군요. 당신은 그러니까……." 그는 잠시 멈추었다가 말을 이었다.

"내 아내를 대신해서 나와 만났으면 하신다고요? 내 아내를 대신해서?"

그는 그 마지막 단어를 기묘하게 말했다―마치 그 말을 꺼내기가 무척 힘이 들기라도 한 듯이 보였다.

"그렇습니다." 내 친구가 그 말에 대꾸했다.

"내가 알기로는, 당신은 범죄사건을 주로 조사하신다고 하던데요, 포와로 씨?"

"나는 여러 가지 문제를 다룹니다, 에지웨어 경. 물론, 거기에는 범죄에 관한 문제들도 포함되어 있지요. 하지만, 범죄사건 이외의 다른 문제들도 역시 다루고 있죠."

"그런데 이번 문제는 어디에 속할까요?"

그의 말 속에는 비웃는 투가 역력히 나타났다. 포와로는 그런 것에 조금도 개의치 않았다.

"나는 에지웨어 부인의 대리인으로 왔습니다." 그가 말했다.

"에지웨어 부인은, 당신도 아실 테지만, 바라고 계십니다―당신과의 이혼을 말입니다."

"물론 그건 나도 익히 알고 있는 바이오." 에지웨어 경은 냉담하게 말했다.

"부인의 부탁은 당신과 내가 그 문제에 대해서 잘 상의해 보라는 것이었습니다."

"그 문제에 대해서는 더 이상 왈가왈부할 게 없습니다."

"그렇다면, 거절하시겠다는 건가요?"

"거절이라고요? 천만에요."

포와로는 이런 대답이 나오리라곤 전혀 예상치도 못했던 모양이었다. 나는 내 친구가 완전히 의표를 찔리는 일을 좀처럼 본 적이 없었는데, 이번 경우는 달랐다. 그의 표정은 참으로 가관이었다. 멍하니 입을 벌린 채, 두 손을 힘없이 내려뜨리고 눈썹은 곤두서 있었다. 마치 신문 만화의 주인공처럼 보였다.

"무슨 말이신지?" 그는 자신도 모르게 외쳤다.

"대체 그게 무슨 말인가요? 당신은 거절하지 않으시겠다는 겁니까?"

"나는 당신이 그렇게 놀라시는 까닭을 도무지 이해할 수가 없군요, 포와로 씨."

"그렇다면, 부인과의 이혼에 기꺼이 동의하시겠다는 말입니까?"

"물론이죠. 그녀도 그 사실을 잘 알고 있을 텐데요. 내가 편지로 그 뜻을 분명히 밝혔습니다."

"부인에게 편지를 보내 이혼을 승낙하셨다고요?"

"그렇습니다. 그것도 6개월 전에."

"이것 참, 나는 도무지 이해할 수가 없군요. 전혀 이해가 가지 않습니다."

에지웨어 경은 아무런 말도 하지 않았다.

"내가 듣기로는, 당신이 이혼에 찬성하려 들지 않는다고 하던데요."

"내 방침이 당신 사업과 무슨 관계가 있는지 모르겠소이다, 포와로 씨. 내가 첫 번째 아내와 이혼하지 않았던 것은 사실입니다. 내 양심이 그렇게 하는 걸 허락지 않았으니까요. 나의 두 번째 결혼은, 나 자신도 솔직히 인정하는 바이지만, 분명히 잘못된 것이었소. 아내가 이혼하자고 제의했을 때, 난 딱 잘라 거절했습니다. 6개월 전에도 그녀는 편지를 보내 거듭 이혼을 요구해 왔었죠. 나는 그녀가 재혼하고 싶어 하는 거라고 생각했지요―영화배우나 아니면 뭐 그런 부류의 사람과 말이오. 하지만, 지금에 와서는 나의 생각도 많이 달라졌소이다. 그래서, 할리우드에 있을 그녀에게 그런 내용의 편지를 보냈던 거요. 그런데, 어째서 또 당신을 보낸 것인지 도통 이유를 모르겠군요. 내 생각에는 아마도 돈 문제 같소이다."

그 마지막 말을 하면서 그는 다시 냉소적인 표정을 입가에 지었다.

"그것참 알 수 없는 일이로군." 포와로가 중얼거렸다.

"정말 알 수 없는 일이야. 여기에는 내가 전혀 깨닫지 못하는 무엇인가가 있어."

"돈에 관해서라면……." 에지웨어 경이 계속 말을 이었다.

"나는 그 어떤 금전적인 요구에도 응할 이유가 없소이다. 내 아내가 일방적으로 나를 저버린 것이오. 만일에 그녀가 다른 사내와 결혼하고 싶어 한다면, 나는 기꺼이 그녀를 자유롭게 해주겠소. 그러나 그녀에게는 나한테서 단 한 푼이라도 받아낼 하등의 이유가 없는 거요. 그리고 그녀도 절대로 그렇게 할 수 없을 거요."

"금전 문제에 관해서라면 하나도 얘기할 게 없습니다."

에지웨어 경은 눈썹을 곤두세웠다.

"아마 제인은 부자와 결혼할 모양이군." 그는 코웃음을 치면서 말했다.

"여기에는 내가 전혀 알지 못하는 무엇인가가 있습니다."

포와로가 말했다. 혼란스러워하는 듯한 표정으로, 그는 무엇인가를 생각해 내려는 빛이 역력했다.

"나는 부인이 당신에게 여러 차례 변호사를 보내어 부인의 요구를 관철시키려했었다고 들었습니다만?"

"맞소이다." 에지웨어 경은 냉담하게 대꾸했다.

"영국인 변호사, 미국인 변호사 등등, 불한당 같은 저질 변호사까지 포함해서 온갖 종류의 변호사들이 다 찾아왔었지요. 그러다가 결국에는, 내가 말했듯이 그녀 자신이 내게 편지를 보냈던 거요."

"그때까지만 해도 당신은 이혼 요구를 거절했단 말입니까?"

"그렇소"

"그런데 그녀의 편지를 받고 당신은 마음을 바꾸셨군요. 어째서 마음을 바꾸게 되었습니까, 에지웨어 경?"

"결코 그 편지 때문만은 아니었소." 그는 날카롭게 말했다.

"그냥 생각이 달라졌을 뿐이오. 그게 전부요."

"그 변화는 좀 갑작스러운 것이었군요."

에지웨어 경은 대답하지 않았다.

"어떤 특별한 상황이 당신으로 하여금 그렇게 생각이 바뀌게 했는지요, 에지웨어 경?"

"그건 내 개인적인 문제요, 포와로 씨. 그 문제에 대해서는 더 이상 할 말이 없소이다. 흔히들 말하는 것처럼, 나도 그녀와의 관계를 끊는 것이 유익하다는 사실을 차츰 깨닫게 되었다고 할까요—이처럼 노골적으로 말하는 것을 이해하기 바랍니다. 나는 그녀와 나 사이가 일종의 야합(野合)이라고 여겨졌습니다. 나의 두 번째 결혼은 잘못된 것이었소."

"당신 부인도 그와 같은 말을 하더군요." 포와로가 부드럽게 말했다.

"그녀가요?"

순간 그의 눈에는 야릇한 빛이 떠올랐지만, 순식간에 사라져버렸다. 그는 이제 볼일이 끝났다는 듯한 태도로 자리에서 일어났는데, 우리가 작별을 고하자 그의 태도가 상당히 누그러져 있었다.

"약속을 변경시킨 점을 용서하십시오. 갑자기 내일 파리에 가야 할 일이……."

"원, 천만의 말씀을."

"실은, 어떤 미술품 경매가 있어서요. 조그만 조상(彫像)에 눈독을 들이고 있는데, 그 나름대로 완벽한 예술품이지요—하긴 좀 괴상한 물건이라고도 할 수 있지만. 그러나, 난 기이함을 즐기는 성격이라서. 늘 그래 왔지요. 내 취미가 좀 유별나답니다."

다시 그 기묘한 미소가 입가에 번졌다. 그때 나는 근처에 있는 책장에 꽂힌 책들을 바라보던 중이었다. 《카사노바의 회상》, 《사드 백작》이라든가 그 외의 중세 고문에 대한 책들이었다.

나는 제인 윌킨슨이 남편에 대해 말하면서 몸을 흠칫하고 떨었던 일이 떠올랐다. 그것은 연기가 아니었다. 실제로 두려움을 느꼈던 것이었다. 나는 조지 앨프레드 세인트 빈센트 마쉬, 즉, 에지웨어 남작 4세가 대체 어떤 부류의 사람인지 몹시 궁금했다.

그는 우리에게 아주 정중한 작별 인사를 보내면서 벨을 눌렀다. 우리가 서재에서 나가자 희랍 신상을 닮은 집사가 홀에서 대기하고 있었다. 서재 문을 닫으면서 나는 안쪽을 돌아다보았다. 그 순간 나는 거의 비명을 지를 뻔했다.

그 정중한 미소를 짓고 있던 표정은 완전히 변해 있었다. 입술은 뒤틀려 올라가서 으르렁대듯 잇몸을 드러내고 있었고, 두 눈은 거의 미치광이 같은 격노로 이글이글 타오르고 있었다.

그때서야 비로소 나는 두 아내가 에지웨어 경으로부터 떠나간 일이 조금도 이상할 게 없다는 사실을 깨닫게 되었다. 내가 놀란 것은 그의 강철 같은 자제력이었다. 우리와 이야기를 나누는 동안 그렇듯 냉정한 자제력과 그토록 초연하게 정중함을 견지할 수 있었다니!

우리가 막 현관에 이르렀을 때 오른쪽에 있는 문이 열렸다. 한 아가씨가 문간에 서 있다가 우리를 보자 흠칫 뒤로 물러섰다. 그녀는 큰 키에 가냘픈 몸매를 하고 있었으며, 검은 머리에 안색이 창백했다. 그녀의 놀란 빛을 띤 검은 눈이 잠시 나의 눈과 마주쳤다. 그리곤, 마치 그림자가 스며들듯 다시 그 방으로 사라지며 문을 닫았다.

잠시 뒤, 우리는 거리로 나섰다. 포와로는 택시를 잡고 운전사에게 사보이 호텔로 가자고 했다.

"이보게, 헤이스팅스." 그가 눈을 깜박이며 말했다.

"아까의 대화는 내가 예상했던 거와는 전혀 다르게 진행된 것 같네."

"그렇습니다. 정말 그 에지웨어 경이라는 사람은 아주 기이한 인물인 것 같더군요."

나는 그에게 서재 문이 닫히기 전에 보았던 사실을 소상히 말해 주었다. 그는 고개를 천천히 끄덕이며 주의깊게 내 말을 들었다.

"그는 거의 광기에 가득 차 있는 것 같더군. 그렇지 않은가, 헤이스팅스? 아마도 그는 갖가지 기묘한 악습에 젖어 있고, 게다가 그의 냉담한 표정에는 틀림없이 뿌리 깊은 잔학성이 숨어 있다는 것을 충분히 느낄 수 있었다네."

"그의 아내들이 그를 떠난 것도 전혀 이상할 게 없어요."

"자네 말대로일세."

"포와로, 당신도 우리가 나올 때 마주쳤던 그 아가씨를 봤습니까? 머리가 검고 창백한 얼굴을 하고 있던 아가씨 말이에요."

"물론 나도 보았다네. 어딘지 겁에 질려 있는 듯 상당히 불행해 보이는 아가씨였지." 그의 목소리는 엄숙한 분위기를 담고 있었다.

"그녀가 누구라고 생각합니까?"

"아마도 그의 딸이겠지. 그에게는 딸이 하나 있다네."

"그녀는 굉장히 겁을 먹고 있는 듯한 태도였어요."

나는 천천히 말을 이었다.

"그 저택은 어린 아가씨가 지내기에는 너무 우중충한 것 같습니다."

"그래, 바로 보았어. 야! 이제 다 왔군, 여보게. 자, 이 기쁜 소식을 어떻게 그 부인에게 전한다지?"

마침 제인은 방에 있었고, 종업원이 전화로 우리가 올라간다는 것을 알렸다. 문을 연 것은 회색 머리를 깔끔하게 정돈하고 안경을 낀 중년의 여인이었다. 침실 쪽에서 그녀를 부르는 제인의 허스키한 목소리가 들렸다.

"포와로 씨가 오셨어, 엘리스? 잠시 앉아서 기다려 주십사고 해요. 내 곧 누더기를 걸치고 나갈 테니까."

제인 윌킨슨이 말한 누더기란 것은 몸을 감싸기는커녕 오히려 훤히 비쳐 보이게 하는 엷은 네글리제였다. 그녀는 성급히 나오면서 말했다.

"어떻게 되셨어요, 그 일은?"

포와로는 일어서서 그녀의 손에 입을 맞추었다.

"솔직히 말씀드리자면, 부인, 그 일은 잘되었습니다."

"뭐라고요, 대체 그게 무슨 말씀이신가요?"

"에지웨어 경은 이혼에 기꺼이 동의하신다고 하셨습니다."

"정말요?"

그녀의 표정에 나타난 놀라움이 진정이 아니라면 그녀는 정말로 놀라운 명배우였다.

"포와로 씨, 기어코 해내셨군요! 단번에 말씀이에요! 어쩌면, 당신은 정말 천재세요! 대체 무슨 수를 쓰신 거죠?"

"부인, 나는 칭찬을 받을 자격이 없답니다. 6개월 전에 남편께서는 이혼에 합의할 수 없다는 주장을 철회하겠다는 내용의 편지를 부인에게 보냈다는군요."

"대체 뭐라고 하시는 거예요? 나한테 편지를 보냈다니? 언제?"

"당신이 할리우드에 있을 때였다고 알고 있습니다만."

"난 그런 걸 받아 본 적이 없어요. 아마 공중에 떠버린 모양이죠? 그런데도 난 지난 몇 달 동안을 거의 미칠 지경에 이르도록 안달을 하며 초조하게 지내 왔으니!"

"에지웨어 경은 아마도 부인이 어떤 배우와 결혼하려나 보다고 여기시는 것 같았습니다."

"딩연하죠. 내가 그에게 그렇게 말했거든요."

그녀는 마치 어린아이처럼 짓궂은 미소를 지어 보였다. 그러다가는 갑자기 경계하는 듯한 표정으로 바뀌었다.

"혹시, 그에게 나와 공작의 관계에 대해서 말씀하시지는 않았겠죠, 포와로 씨?"

"원, 천만에요. 안심하십시오, 부인. 이래 봬도 난 조심스러운 사람입니다. 그런 사실을 입 밖에 내면 별로 좋지 않겠죠?"

"그럼요. 아시다시피 그는 기묘하고도 무척 심술궂은 사람이거든요. 내가 머튼과 결혼하는 걸 그는 아마도 일종이 출세라고 생각할 거예요―그렇게 되면 그는 분명히 훼방을 놓으려 할 거예요. 하지만, 영화배우라면 문제는 달라요. 하여간 나는 놀랐어요. 그럼요, 정말이에요. 그렇지 않아, 엘리스?"

나는 아까부터 그 하녀가 침실을 들락날락하면서 의자에 여기저기 흩어져 있던 옷가지들을 치우고 있는 것을 눈여겨보고 있었다. 아마도 그녀는 우리들의 대화를 모두 엿듣고 있었으리라. 그것으로 봐서 그녀는 완전히 제인의 신임을 받고 있었음에 틀림없었다.

"예, 옳으신 말씀이에요, 마님. 나리께서도 그간 상당히 달라지신 모양이에요." 하녀는 악의에 찬 목소리로 말했다.

"응, 그런 모양이야."

"갑자기 변한 그의 태도가 도무지 이해가 가지 않나 보군요. 꽤 어리둥절한 모양입니다." 포와로가 넌지시 떠보았다.

"물론이에요. 하지만, 어쨌든 더 이상 그 일로 고민할 필요가 없게 되었군요. 대체 무엇 때문에 그가 그렇게 마음을 돌리게 되었을까요?"

"아마 당신에겐 별로 흥미가 없겠지만, 나에게는 상당히 흥미가 있는 문제랍니다, 부인."

제인은 그의 말에는 전혀 아랑곳하지 않았다.

"중요한 건 이제 내가 자유로운 몸이 되었다는 사실이에요, 결국."

"아직은 그렇지가 않습니다, 부인."

제인은 따분하다는 듯이 그를 쳐다보았다.

"아무튼, 난 자유로워질 거예요. 그게 그거죠, 뭐."

포와로는 그렇게 생각하지 않는 눈치였다.

"공작은 파리에 있답니다." 제인이 말했다.

"즉시 전보를 쳐야겠어요. 아마, 그의 늙은 어머니가 노발대발할 거야!"

포와로는 자리에서 일어났다.

"나도 기쁘군요, 부인. 모든 일이 당신 바라는 대로 되어 간다니 말입니다."

"안녕히 돌아가세요, 포와로 씨. 정말 너무나도 고마워요."

"나는 아무것도 한 게 없답니다."

"아니, 당신은 내게 좋은 소식을 가져다주셨잖아요, 포와로 씨. 그리고 지금 난 말할 수 없이 기쁩니다. 정말 고마워요."

"이제 끝났구면." 포와로는 그 방을 나서자 나에게 말했다.

"오직 하나밖엔 생각하지 않아—그녀 자신밖에는! 어째서 그 편지가 자신에게 도착하지 않았는지에 대해서는 도무지 궁금해하거나 의심하려 들지도 않는단 말일세. 자네도 알다시피, 그녀는 자신의 직업에 대한 감각은 예리하다고 할 만큼 뛰어난데, 지성이라곤 전혀 없어. 헤이스팅스, 글쎄 뭐라고 할까, 전지전능하신 하나님도 모든 것을 다 골고루 주실 수는 없는 모양이야."

"에르큘 포와로를 빼놓고는 말이지요." 나는 심술궂게 한마디를 덧붙였다.

"자넨 나를 놀리고 있구먼, 이 친구." 그는 침착하게 대꾸했다.

"여보게, 우리 제방을 따라 걷기로 하세나. 순서와 방법에 입각해서 내 생각들을 정리해 봐야겠어."

나는 그 현인(賢人)이 입을 열 때까지 신중하게 침묵을 지켰다.

"그 편지는 말일세."

우리가 제방을 따라 걷고 있을 때 포와로가 다시 이야기를 꺼냈다.

"그건 제법 나의 흥미를 끈다네. 여보게, 그 문제에 있어서는 네 가지의 해답이 있을 수 있다네."

"네 가지나?"

"그렇지. 첫째는 우체국에서 분실되었다는 해석이지. 자네도 알겠지만, 그런 것도 있을 수 있는 일이거든. 하지만, 그리 잦은 일은 아니야. 그렇지, 자주 있을 수 있는 일이 아니고말고. 주소가 잘못되었다면 벌써 오래전에 에지웨어 경에게 돌아왔을 걸세. 아니야, 나는 그런 해석에는 만족할 수가 없어. 물론, 그것이 바로 사실일 수도 있지만. 두 번째 해석은, 우리의 아름다운 그 부인이 편지를 받아 본 적이 없었다고 한 것이 거짓말이라는 게지. 그 매력적인 부인은 자기의 이익을 위해서라면 어떤 거짓말이라도 할 수 있는 여자거든. 마치 아주 순진무구한 어린아이처럼 꾸미고 말이야. 하지만, 난 도무지 알 수 없구먼, 헤이스팅스 그게 어떻게 그녀에게 이익이 될지. 만일에 그녀가 자기 남편이 이혼에 동의할 거라는 사실을 알고 있다면, 어째서 나에게 그 일을 부탁했겠나? 그건 전혀 이치에 맞지 않아.

세 번째 해석은, 에지웨어 경이 거짓말을 하고 있다는 것이지. 그리고 만일에 누군가가 거짓말을 하고 있다면, 그건 부인 쪽보다는 에지웨어 경 쪽이 훨씬 가능성이 크다고 볼 수 있다네. 하지만, 그런 거짓말에 무슨 커다란 의미가 있으리라고는 여겨지지 않아. 어째서 군이 6개월 전에 편지를 보냈다고 꾸며 대는 것일까? 왜 내 제안에 간단히 동의하지 않고 말이야. 아니야, 나는 그가 편지를 보낸 것이 사실일 거라는 쪽에 마음을 굳히고 있다네. 비록 그가 갑자기 태도를 돌변하게 된 동기가 무엇인지는 도저히 짐작할 수 없지만 말일세.

마지막으로 네 번째 해석이 남았지. 그것은 누군가가 그 편지를 가로챈 것이지. 그렇다면, 헤이스팅스, 여기서 우리는 매우 흥미있는 추리를 해볼 수가 있다네. 왜냐하면 그 편지가 발신지에서나, 아니면 수신지에서 없어졌을 수도 있기 때문일세—즉, 미국에서나 영국에서 모두 가능성이 있다는 말이지.

그렇다면, 그게 누구든지 간에 그들의 이혼이 성립되기를 바라지 않았다는 것이라네. 헤이스팅스, 나는 이 사건의 배후에 뭔가 있는지 궁금해서 견딜 수가 없구먼. 무언가가 있어. 암, 틀림없이 무언가가 있다는 사실을 나는 확신하네." 그는 말을 멈췄다가 다시 천천히 덧붙였다.

"아직은 그게 무엇인지 윤곽만 잡고 있을 뿐이지만 말일세."

제5장

살인

다음 날은 바로 6월 30일이었다. 아침 7시 30분경, 재프 경감이 난데없이 우리를 찾아왔다. 이 런던경시청의 경감을 우리가 알게 된 것도 벌써 몇 년이 되었다.

"아, 재프라고!" 포와로가 뜻밖이라는 듯 말했다.

"대체 무슨 일로 찾아온 것일까?"

"도와 달라는 거겠죠." 나는 딱딱한 어조로 말했다.

"그는 아마 어떤 사건에 부딪혀서 도움을 청하러 온 것이 틀림없어요."

나는 포와로가 하는 것처럼 재프에게 너그럽게 대할 수가 없었다. 그건 단지 그가 포와로의 두뇌를 이용해 먹는다는 것 때문만은 아니었다. 결국 포와로가 즐긴 것은 뭐라고 표현하기 어려운 일종의 아첨 같은 것이었다. 나를 화나게 만든 것은, 재프가 전혀 그런 짓을 하지 않는 체 꾸며대는 그 기만 행위였다. 나는 솔직한 사람을 좋아했다. 내가 그렇게 말하자 포와로는 껄껄 웃어넘겼다.

"자네는 개로 말하자면 불도그 종류일 걸세. 그렇지 않은가, 헤이스팅스? 하지만 이걸 상기하게나. 그 가엾은 재프 경감은 자기 위신을 생각하지 않을 수 없다네. 때문에 어쩔 수 없이 그는 어느 정도 위장을 하게 되는 것이지. 그건 지극히 자연스러운 일이야."

나는 그것은 바보 같은 짓이라고 생각했고 또한 그렇게 말했다. 포와로는 내 의견에 찬성하지 않았다.

"겉치레, 위장이라는 것은 사소한 일이지. 하지만, 인간에게 있어서는 매우 중요한 문제라고 할 수도 있다네. 그걸로 사람들은 자존심을 지킬 수가 있으니 말일세."

개인적으로 나는 열등감을 드러낸다고 해서 재프에게 해로울 건 전혀 없을 거라고 생각했지만, 더 이상 그 문제로 입씨름하고 싶지는 않았다. 게다가, 나는 재프가 무엇 때문에 찾아온 것인지 알고 싶어 견딜 수가 없었다.

　그는 우리 둘에게 진정 어린 인사를 보냈다.

　"마침 아침식사를 하시려던 참이었군요. 당신을 위해서 암탉들이 네모난 달걀을 낳아 주지는 않는 모양이지요, 포와로 씨?"

　이것은 포와로가 여러 가지 크기의 달걀들이 자신의 균형 감각을 망쳐 놓는다고 불평했던 것을 넌지시 빗대어 한 말이었다.

　"글쎄, 아직은……." 포와로는 미소를 지으며 말했다.

　"그런데 무슨 일로 이렇게 이른 아침부터 찾아온 건가, 친애하는 재프?"

　"이르다고 할 수 없지요—특히 내게는요. 벌써 두 시간도 넘게 일을 하고 왔거든요. 그리고 당신을 찾아온 이유를 말하자면, 그건 살인사건 때문입니다."

　"살인이라고?"

　재프는 고개를 끄덕였다.

　"어젯밤 에지웨어 경이 리젠트 게이트에 있는 자기 집에서 살해당했습니다. 아내에게 목덜미를 찔렸던 거죠."

　"아내의 손에?" 그만 나는 소리를 지르고 말았다.

　다시금 나는 전날 아침에 브라이언 마틴이 했던 말을 상기했다. 과연 그에게는 무슨 일이 일어날지 예언할 줄 아는 능력이 있었던 것은 아니었을까? 또한, 제인이 아무렇지도 않게 '그를 해치워 버리겠다.'고 했던 말도 기억하고 있다. 초도덕적인 존재—브라이언 마틴은 그녀를 그렇게 불렀다. 그렇다, 확실히 그녀는 그런 타입이었다. 냉정하고 이기적이며, 어리석은 생각을 갖고 있었던 것이다. 그가 그렇게 판단한 것은 정말 옳았다.

　이런 생각들이 재프 경감이 이야기를 하는 동안 내 머릿속을 스치고 지나갔다.

　"맞습니다, 그 유명한 여배우 말입니다. 제인 윌킨슨이라고 하지요. 그녀는 3년 전에 그와 결혼했지요. 그러나 계속되지는 못했습니다. 그녀가 그를 떠났던 거죠."

포와로는 곤혹스러워하면서도 진지한 표정이었다.

"무엇 때문에 그녀가 그를 살해한 것이라고 생각하는 건가?"

"생각하고 말고 할 것도 없습니다. 그녀 자신이 모습을 보였거든요. 게다가, 굳이 감추려고 애쓰지도 않았답니다. 택시를 타고 가서……."

"택시를 타고?"

그만 나는 자신도 모르게 그날 밤 그녀가 했던 말을 상기하면서 되뇌었다.

"벨을 누르고는 에지웨어 경을 찾았습니다. 그게 10시경이었죠. 집사가 알아보겠다고 대답했지만, 그녀는 태연하게 말했던 겁니다. '오! 그럴 필요없어요. 난 에지웨어 부인이랍니다. 아마 그이는 서재에 있을 거예요.' 그러고는 서재로 들어간 다음 문을 닫았다는군요. 그래서 집사는 좀 이상하기는 했지만 별일은 없을 거라고 생각하고 다시 아래층으로 내려왔지요. 그러고 나서 한 10분가량 지났을 때 현관문이 닫히는 소리가 들렸습니다. 그녀는 그리 오래 머물지는 않았던 거죠. 11시경에 그는 문단속을 했습니다. 서재 문을 열어 보았지만, 그 안이 어두웠기 때문에 그는 주인이 침실에 든 모양이라고 생각했습니다. 그러고 나서 오늘 아침에서야 그 집 하녀에 의해 시체가 발견되었던 겁니다. 목덜미의 머리카락이 나기 시작하는 부분을 찔린 채로 말입니다."

"비명 소리나 뭐 그 밖의 아무런 소리도 듣지 못했답니까?"

"듣지 못했다고 하더군요. 그 서재에는 방음 장치가 꽤 잘된 문이 달려 있답니다. 게다가, 밖에선 자동차들이 왕래하고 있었거든요. 그런 식으로 찔리게 되면 아마 순식간에 목숨을 잃게 될 겁니다. 척수가 있는 곳을 정확하게 관통했다는 것이 의사의 진단입니다. 누구든 그곳을 정확하게 관통당하면 즉사하게 되는 거죠."

"그 말은 어디를 노려야 할지 정확하게 알고 있었다는 얘기가 되는군. 다시 말해, 의학적인 지식을 가지고 있었으리라는 것이지."

"맞습니다―그게 사실이죠. 그 점에 있어서는 그녀에게 유리합니다. 하지만, 십중팔구는 우연이었을 테죠. 그녀는 재수 좋게 급소를 찔렀던 겁니다. 아시겠지만, 기막히게 운이 좋은 인간들도 있게 마련이니까요."

"그 결과 그녀가 교수형을 당하게 된다면 그렇게 재수가 좋다고 만도 할 수 없지, 그렇지 않은가." 포와로가 말했다.

"맞습니다. 확실히 그녀는 바보였어요. 그런 식으로 쳐들어가서는 자기 이름을 내세우고 끝장을 냈으니 말이죠."

"정말 이상한 일이로군."

"아마 처음부터 살의가 있었던 것은 아니었을 겁니다. 말다툼을 하던 끝에 펜나이프(편지 봉투를 자르는 칼)를 꺼내들고는 그를 찔렀을 테죠."

"흉기가 펜나이프였나?"

"아마 그런 종류일 거라고 의사가 말하더군요. 그게 무엇이든지 간에 그녀는 그걸 가져가 버렸습니다. 상처 부위에 그대로 꽂혀 있지 않았거든요."

포와로는 뭔가 만족스럽지 못하다는 듯이 고개를 저었다.

"아냐, 그렇지가 않아. 이보게, 그건 그렇지가 않았을 걸세. 난 그 부인을 잘 알고 있어. 그녀가 그렇게 성급하고 충동적인 행동을 할 리는 없을 텐데. 게다가, 펜나이프 따위를 가지고 다닌다는 것도 그녀답지 않고 말이야. 그런 걸 가지고 다니는 여자들도 더러 있긴 하지만—제인 윌킨슨은 분명코 그런 부류의 여자가 아니거든."

"그녀를 잘 알고 계시다는 말씀인가요, 포와로 씨?"

"물론, 나는 그녀를 잘 알고 있지."

포와로는 잠깐 동안 아무런 말도 하지 않았다. 재프 경감은 그에게 추궁이라도 하듯이 그를 쳐다보고 있었다.

"뭔가 다른 복안이라도 있으신 모양이로군요, 포와로 씨?"

이윽고 그가 어렵게 입을 열었다.

"아!" 포와로가 말했다.

"그런데 말일세. 대체 무엇 때문에 나를 찾아온 건가? 그냥 단순히 지나던 길에 옛 친구와 정을 나누려고 들른 건 아닐 테고, 틀림없이 그건 아닐 텐데. 이번 사건은 아주 명백한 살인사건이잖나? 범인도 확실하고 동기도 있고 말이야. 아니, 그 동기가 정확히 뭔가?"

"다른 남자와 결혼하고 싶었던 거죠. 불과 얼마 전에 그녀 자신이 그런 말을 했습니다. 또한, 공갈도 쳤지요. 택시를 잡아타고 쳐들어가서 그를 해치워 버리겠다고 말입니다."

"아!" 포와로가 말했다.

"자네는 아주 정보가 빠르군. 누군가가 꽤나 열심히 고해 바쳤던 모양일세
그려."

나는 그가 미심쩍게 여기나 보다고 생각했지만, 설사 그렇다고 해도 재프는
전혀 요지부동이었다.

"우리야 다 아는 수가 있지요." 그는 무신경하게 대꾸했다.

포와로는 고개를 끄덕였다. 그는 신문 쪽으로 손을 뻗쳤다. 그것은 우리를
기다리는 동안 재프가 이미 펼쳐 본 모양이었다. 포와로는 그것을 집어 기계
적인 동작으로 가운데를 다시 뒤집어서 반듯하게 접었다. 그의 시선은 신문에
머무르고 있었지만, 마음은 뭔가 심각한 의문 속을 헤메고 있는 것 같았다.

"자네는 아직 내 질문에 대답하지 않았는데……." 이윽고 그가 입을 열었다.
"모든 게 그토록 순조롭게 진행되고 있는데 어째서 나를 찾아온 건가, 응?"

"사실은, 당신이 어제 리젠트 게이트에 갔었다고 들었기 때문입니다."

"그랬었구먼."

"그 말을 듣고는, 곧 이런 생각이 들더군요. '여긴 뭔가 있구나.' 에지웨어
경이 포와로를 불렀다. 왜 그랬을까? 대체 그는 무얼 의심했던 것일까? 무엇
을 두려워했던 것일까? 뭔가 결정적인 조치를 취하기 전에 당신을 만나 이야
기를 들어 보는 것이 좋겠다—하고 말입니다."

"결정적인 조치라니 무슨 뜻이오? 그 부인을 체포하겠다는 건가?"

"바로 그렇습니다."

"아직 그녀를 만나보지 못했나?"

"천만에요. 벌써 만나보았습니다. 1차로 사보이 호텔에 들렀었지요. 그녀가
허튼 생각을 못하도록 말입니다."

"아! 그렇다면 당신은……."

포와로는 말을 멈추었다. 이제 그의 눈은 더 이상 그의 앞에 놓인 신문에
머물러 있지 않고, 한곳에 고정된 채 기이한 빛을 발하고 있었다. 그는 고개를
천천히 들어 올리며 이제까지와는 전혀 다른 어조로 말했다.

"부인이 뭐라고 하던가?"

"나는 그녀에게 진술을 요구하고 경고를 하는 동안 공정한 태도를 보였습니다. 당신도 영국 경찰이 공정치 못하다고 말할 수는 없을 겁니다."

"내 개인적인 소견을 얘기하자면, 그런 짓은 다 어리석은 일일세. 하지만, 밟아야 할 절차니까 어쩔 수 없겠지. 그래, 그 부인은 뭐라고 하던가?"

"히스테리를 일으켰지요—그게 그녀가 보인 행동입니다. 비틀거리다가 두 팔을 벌리고는 바닥에 쓰러져 버리더군요. 오! 아주 그럴듯하게 보이던데요. 그렇습니다. 정말 멋진 연기였답니다."

그러자 포와로가 부드럽게 말했다.

"그렇다면, 자네는 그 히스테리가 진짜가 아니라는 인상을 받았다는 말이로군?"

재프 경감은 모호하게 눈을 찡긋해 보였다.

"당신은 어떻게 생각하십니까? 난 그런 수작에는 넘어가지 않습니다. 그녀는 기절한 것이 아니었어요—절대로 말입니다! 단지 그렇게 보이려고 가장했던 것이지요. 틀림없이 그녀는 그런 자신의 연기를 즐기고 있었을 겁니다."

"그렇겠지. 나도 그럴 가능성이 충분히 있다고 생각하네. 그리고 나서 그다음에는 어떻게 됐나?" 포와로는 심각한 표정으로 말했다.

"오! 그녀는 곧 정신을 차렸습니다. 내 말은, 정신을 차리는 체했다는 거죠. 그러고는 한탄과 신음, 넋을 잃고……. 그 못생긴 가정부가 안정제를 먹이자, 그제야 기운을 차리고 변호사를 요청했습니다. 변호사가 없이는 아무런 말도 하지 않겠다는 것이었죠. 히스테리를 일으켰다가, 변호사를 불렀다가……. 이러니 그게 어디 자연스러운 행동이라고 할 수 있겠습니까, 포와로 씨?"

"난 이번 경우에 있어서는 매우 자연스러운 행동이었던 것 같다고 생각하오만……." 포와로가 침착하게 말했다.

"당신 말씀은 그녀가 유죄고, 또한 그녀 자신도 그것을 알기 때문이었다는 겁니까?"

"천만에. 내 말은 그녀의 기질로 봐서 그렇다는 걸세. 우선 그녀는 갑자기 남편을 사별한 부인이 취해야 할 역할을 자네에게 보여 준 거야. 그러고는, 자신의 연극적인 본능을 충족시킨 뒤에 본래의 영민함을 발휘해서 변호사를 부른 거지. 그것은 그녀의 예술적인 감각과 그것을 즐기는 것에 불과한 것이지, 그걸로 그녀의 유죄를 증명하는 것은 결코 아닐세. 그건 순전히 그녀가 타고난 배우라는 사실을 보여 주는 것에 지나지 않는 거야."

"글쎄요, 그녀는 결백하지 않을 겁니다. 그건 확실합니다."

"자네는 아주 요지부동이군." 포와로가 말했다.

"그럴 수도 있겠지. 그녀는 진술을 하지 않았다고 했지? 전혀 진술하지 않았나?"

재프는 싱긋이 웃었다.

"변호사를 대동하지 않고는 단 한마디도 하지 않을 겁니다. 그 하녀가 변호사에게 전화를 했지요. 나는 그곳에 부하를 두 명 남겨 두고 당신을 뵈러 온 것입니다. 수사를 계속하기에 앞서 무엇이든 미리 알아 두는 편이 좋겠다고 생각했던 것이지요."

"아직도 자네는 확실하다고 생각하는 건가?"

"물론 나는 확신해요. 하지만, 가능한 한 많은 사실들을 알고 싶을 따름입니다. 짐작하겠지만, 이번 사건은 커다란 소동을 불러일으키게 될 겁니다. 은폐되는 부분은 전혀 없을 테고, 신문들은 그런 기사로 가득 차 넘칠 겁니다. 신문이 어떤 것인지 당신도 잘 아실 테지만."

"신문 얘기가 나왔으니 말인데……." 포와로가 말했다.

"이걸 어떻게 생각하나? 자네는 조간을 그리 눈여겨 읽지 않는가 보군."

그는 테이블에 몸을 기대며 사회면의 한 귀퉁이를 손가락으로 가리켰다. 재프는 그 기사를 소리 내어 읽었다.

"몬태규 코너 경은 어젯밤 치스위크 강변에 있는 자기 저택에서 아주 성대한 디너파티를 베풀었다. 손님들 중에는 조지 듀 피스 경 부처, 유명한 연극 평론가 블런트 씨, 오버튼 영화 제작소의 오스카 해머펠트 경, 그리고 제인 윌킨슨 양(에지웨어 부인)과 그 밖의 유명 인사들이었다."

잠깐 동안 재프는 넋이 빠진 듯이 보였다. 이윽고 다시 기운을 차리며 그가 말했다.

"그렇다고 해서 문제될 것이 뭐 있습니까? 이 기사는 미리 신문사에 보내졌던 걸 겁니다. 당신도 곧 알게 될 겁니다. 부인은 그곳에 참석하지 않았거나, 참석했다고 하더라도 뒤늦게—11시가 넘어서 왔거나 했다는 사실이 드러날 테니까요. 신문에 실렸다고 해서 전부 다 진실이라고 믿으면 안 됩니다, 포와로 씨. 물론 여느 사람들보다 훨씬 잘 아실 테지만."

"오! 잘 알지. 나도 알고 있소. 단지 좀 이상하다는 생각이 들었을 뿐이지 다른 뜻은 아닐세."

"이런 우연의 일치는 종종 일어날 수 있습니다. 자, 포와로 씨. 당신 입이 무겁다는 것은 익히 잘 알고 있습니다만, 어차피 알게 될 일인데—저, 에지웨어 경이 무엇 때문에 당신을 불렀는지 말씀해 주시지 않겠습니까?"

포와로는 고개를 저었다.

"에지웨어 경이 나를 부른 것이 아니라네. 내 쪽에서 만나 달라고 요청했던 거지."

"그게 사실입니까? 아니, 무슨 연유로 말입니까?"

포와로는 잠시 망설였다.

"좋소, 얘기해 주지." 그는 천천히 말문을 열었다.

"하지만, 내 방식대로 얘기해 주겠네."

재프는 신음 소리를 냈다. 차츰 나는 그에게 동정심을 느끼게 되었다. 포와로는 가끔 사람들을 몹시 초조하게 만드는 버릇이 있었다.

"한 가지 부탁할 게 있는데……." 포와로가 뜸을 들이다가 말을 이었다.

"어떤 사람에게 전화를 걸어 이리로 오라고 해도 되겠나?"

"누구 말씀입니까?"

"브라이언 마틴."

"그 영화배우 말인가요? 그가 이 일과 무슨 상관이 있습니까?"

"내 생각에는……." 포와로가 말했다.

"아마도 그가 흥미있는, 그리고 도움이 될 만한 이야기를 해줄 걸세. 헤이스팅스, 전화 좀 걸어 주지 않겠나?"

나는 전화번호부를 뒤졌다. 그 배우는 세인트 제임스 파크 근처의 커다란 아파트에 세 들어 살고 있었다.

"빅토리아 49499번."

잠시 뒤 다소 졸린 듯한 브라이언 마틴의 목소리가 들렸다.

"여보세요, 누구십니까?"

"뭐라고 말할까요?" 나는 수화기를 손으로 막고 나지막하게 물었다.

"이렇게 말하게……." 포와로가 말했다.

"에지웨어 경이 살해되었는데, 즉시 이리로 와서 나와 만나주었으면 좋겠다고 말일세."

나는 그대로 전했다. 상대방의 놀란 외침 소리가 들렸다.

"맙소사―." 마틴이 말했다.

"그렇다면 그녀가 기어코 일을 저질렀군요! 예, 곧 가겠습니다."

"그가 뭐라고 하던가?" 포와로가 물었다.

나는 그가 말한 대로 알려 주었다.

"아!"

포와로가 탄성을 질렀다. 그는 무척 만족한 듯한 표정을 지었다.

"'그렇다면 그녀가 기어코 일을 저질렀군요.' 이렇게 말했단 말이지? 역시 내가 생각했던 대로야. 생각했던 대로였어."

재프가 의아스럽다는 듯이 그를 쳐다보았다.

"대체 무슨 말씀을 하시는 건지 모르겠군요, 포와로 씨. 처음에는 그녀가 한 범행이 결코 아닌 것처럼 말씀하시더니, 이제 와서는 처음부터 그녀의 짓이었다는 사실을 알고 있었다니, 이거야 원, 도무지 이해할 수가 없군요."

포와로는 단지 미소만 지을 뿐이었다.

제6장

미망인

브라이언 마틴은 약속을 정확히 지켰다. 그는 10분도 채 지나지 않아서 우리에게로 왔다. 그가 도착할 때까지 포와로는 사건과는 아무런 관계도 없는 말들을 늘어놓았을 뿐, 재프의 호기심을 채워 줄 말이라고는 단 한마디도 하지 않았다. 우리가 알려 준 소식이 그 젊은 배우를 몹시 당황하게 만든 것임에 틀림없었다. 그의 안색은 몹시 창백했다.

"정말 큰일이로군요. 포와로 씨." 그는 악수를 청하며 이 말부터 꺼냈다.

"이건 너무 끔찍한 일입니다. 물론 엄청난 충격을 받기는 했지만, 사실 전혀 예상치 못했던 일이라고는 할 수 없군요. 나는 늘 이와 같은 일이 벌어지지 않을까 염려해 왔답니다. 내가 어제 드렸던 말씀을 기억하시리라고 생각합니다만."

"물론, 기억하다마다요." 포와로가 말을 받았다.

"어제 당신이 내게 했던 말을 모두 기억하고 있습니다. 이번 사건을 담당하는 재프 경감을 소개합니다."

브라이언 마틴은 포와로에게 못마땅하게 여기는 듯한 시선을 던졌다.

"도무지 영문을 모르겠군요." 그는 중얼거리듯이 말했다.

"내게 미리 귀띔 좀 해주시지 않고요."

그는 경감에게 냉담하게 고개를 끄덕여 보였다. 그러고는 자리에 앉아 입술을 깨물었다.

"도무지 알 수가 없군요." 그는 불평하듯 말을 이었다.

"어째서 나를 이 자리에 불렀는지 말입니다. 이 사건은 나하고는 전혀 상관이 없는데 말입니다."

"나는 관계가 있다고 봅니다만……." 포와로가 부드럽게 말했다.

"살인사건일 경우 누구나 개인적인 불쾌감은 억제해야 합니다."

"아뇨, 난 모르는 일입니다. 나는 제인과 함께 여러 편의 영화에서 공연했던 적이 있습니다. 난 그녀를 잘 알아요. 요컨대, 그녀는 내 친구라고 할 수 있죠."

"그런데 당신은 에지웨어 경이 살해되었다는 소식을 듣는 순간, 그를 살해한 것은 바로 그녀라는 결론에 이르게 된 모양이죠?"

포와로가 냉담한 어조로 비꼬듯 한마디 했다.

그 배우는 흠칫했다.

"당신 말은……." 그의 눈은 당장 튀어나올 것만 같았다.

"당신 말은 내가 잘못 생각했다는 겁니까? 그럼, 그 일이 그녀와 아무런 상관도 없다는 말인가요?"

재프가 불쑥 끼어들었다.

"아니 그렇지가 않습니다. 틀림없이 그녀가 저지른 범행일 겁니다."

청년은 다시 의자에 털썩 주저앉았다.

"잠깐―." 그가 중얼거리듯 말했다.

"나는 또 내가 당치도 않은 오해를 한 줄 알았습니다."

"이런 문제에 있어서 우정이 개입돼서는 안 됩니다."

포와로가 단호하게 말했다.

"그야, 당연한 말씀이지만, 그러나……."

"이봐요, 당신은 정말로 살인을 저지른 여자의 편을 들어줄 생각입니까? 살인이란, 인간의 범죄 중에서도 가장 흉악한 범죄란 말입니다."

브라이언 마틴이 한숨을 내쉬었다.

"당신은 이해를 못하실 겁니다. 제인은 일반적인 살인범과는 전혀 다른 여자예요. 그녀는, 그녀는 선악에 대한 분별이 전혀 없답니다. 솔직히 말해 그녀는 책임을 질 능력이 없어요."

"그거야 법정에서 가릴 문제입니다." 재프가 말했다.

"자, 자―." 포와로가 부드럽게 말했다.

"이건 당신이 그녀를 고발하는 문제와는 상관없어요. 그녀는 이미 기소되었소. 당신은 알고 있는 모든 것을 우리에게 털어놓아야 합니다. 당신에게는 사회적인 책임이 있어요, 젊은이."

브라이언 마틴은 한숨을 쉬었다.

"나도 당신 말씀이 옳다고 생각합니다. 그런데, 무슨 얘기를 듣고 싶으신 겁니까?"

포와로는 재프 경감을 돌아다보았다.

"당신은 에지웨어 부인이(아니, 윌킨슨 양이라고 부르는 편이 좋겠군요), 남편에 대해 불평하는 걸 들은 적이 있습니까?"

재프가 그를 쏘아보며 물었다.

"그렇습니다. 여러 번 그런 소리를 들었습니다."

"그녀가 뭐라고 했습니까?"

"남편이 자기를 놓아 주지 않으면 그를 '해치울 수밖에 없다'고 했지요."

"그냥 농담으로 해본 소리가 아니었을까요?"

"아닙니다. 나는 그녀가 정말로 그런 의도가 있었을 거라고 생각합니다. 언젠가 한번은 택시를 잡아타고 쳐들어가서 남편을 죽여 버리겠다고 말했던 적이 있습니다. 당신도 그 말은 들었잖습니까, 포와로 씨?"

그는 내 친구에게 동의를 구했다. 포와로는 고개를 끄덕였다. 재프가 계속 질문을 이었다.

"그런데 마틴 씨, 우리는 윌킨슨 양이 다른 남자와 결혼하기 위해 이혼하고 싶어 했다는 말을 들었습니다만, 당신은 그 남자가 누군지 알고 있습니까?"

브라이언은 고개를 끄덕였다.

"누굽니까?"

"그건, 머튼 공작입니다."

"머튼 공작이라고요! 휘유!" 경감은 휘파람 소리를 냈다.

"대단한 포부로군요. 그렇지 않습니까? 그는 영국에서도 손꼽히는 부자라고 하던데."

브라이언은 전보다 더욱 불쾌하다는 듯이 고개를 끄덕였다.

나는 포와로의 태도를 도무지 이해할 수 없었다. 그는 의자에 깊숙이 기대어 앉아 손가락을 깍지 끼고는 머리를 리드미컬하게 흔드는 모습이 마치 마음에 드는 래코드판을 축음기에 걸어놓고, 그 결과를 즐기며 아주 만족스럽게 여기는 사람을 연상케 했다.

"그녀의 남편이 이혼에 동의하지 않았습니까?"

"그는 완강하게 거부했습니다."

"당신은 그렇게 생각합니까?"

"물론이죠."

"자, 그건 그렇고……." 포와로가 다시 그들 대화에 끼어들며 말했다.

"이제 내가 말할 차례일세, 재프 경감. 나는 이혼 동의를 얻어내 달라는 에지웨어 부인의 부탁을 받았었다네. 그게 원래는 오늘 아침에 만나기로 약속이 되어 있었지."

브라이언 마틴이 고개를 설레설레 저었다.

"그건 아무 소용이 없었을 텐데요." 그는 단정을 지어 말했다.

"에지웨어는 결코 동의하지 않았을 테니까요."

"당신은 그렇게 생각합니까?"

포와로는 그에게 부드러운 시선을 던지며 말했다.

"그거야 두말할 나위도 없는 사실이지요. 제인도 그 사실을 통감하고 있었습니다. 그녀는 당신이 성공하리라고는 눈곱만큼도 기대하지 않았을 겁니다. 완전히 희망을 버렸던 거지요. 그 사람은 이혼이란 문제에 대해선 일종의 편집광적인 반응을 가지고 있었거든요."

포와로는 미소를 지었다. 그의 눈은 갑자기 아주 생기를 띠었다.

"당신이 잘못 짚었군요, 젊은이." 포와로가 온화하게 말했다.

"나는 어제 에지웨어 경과 만나보았는데, 그는 이혼에 기꺼이 동의했답니다."

이 말을 들은 브라이언 마틴은 완전히 꿀 먹은 벙어리가 되었다. 그는 거의 튀어나올 듯한 눈으로 포와로를 망연히 주시했다.

"다, 당신이 어제 그를 만나보셨다고요?"

그는 더듬거리며 간신히 말을 꺼냈다.

"12시 15분경이었죠." 포와로는 빈틈없는 태도로 말했다.

"그리고 그가 이혼에 동의했다는 말씀인가요?"

"그는 이혼에 동의했습니다."

"그렇다면 당신은 그 즉시 제인에게 그 소식을 알렸어야 했습니다."

그 젊은이는 안타깝다는 듯이 몹시 나무라는 어조로 소리쳤다.

"물론 알려 주었지요, 마틴 씨."

"알려 주셨다고요?" 마틴과 재프가 동시에 외쳤다.

포와로는 미소를 지었다.

"그렇다면 동기가 다소 모호해지는구먼." 그가 중얼거렸다.

"자, 마틴 씨, 이 신문기사를 좀 보구려."

그는 그 신문기사를 가리켜 보였다. 브라이언은 그것을 읽었지만, 별로 관심을 보이지는 않았다.

"이걸로 알리바이가 증명된다고 봅니까?" 그가 되물었다.

"내 생각에는 에지웨어가 어제저녁에 총에 맞았으리라 여겨집니다만?"

"그는 칼에 찔렸습니다. 총에 맞은 것이 아니라……." 포와로가 한마디 했다.

마틴은 천천히 신문을 내려놓으며 유감스럽다는 어조로 말했다.

"이건 별로 도움이 안 될 겁니다. 제인은 그 디너파티에 가지 않았습니다."

"그걸 어떻게 아십니까?"

"그게 누구였는지는 잊었습니다만, 하여튼 누군가 내게 이야기해 주더군요."

"그것참 유감이로군요." 포와로가 심각한 목소리로 말했다.

재프가 수상쩍다는 듯이 그를 쳐다보았다.

"도무지 당신 속셈을 알 수가 없군요, 포와로 씨. 이제는 또다시 그녀가 유죄가 아니길 바라는 듯이 말씀하시는 것 같으니 말입니다."

"아니, 그게 아닐세, 재프. 나는 자네가 생각하듯 그녀와 한 패거리가 아니라네. 하지만, 솔직히 말해서 자네가 말했듯이 이번 사건은 이성과는 아주 동떨어진 사건이지."

"그게 무슨 말입니까, 이성과 동떨어져 있다니요? 내 생각으로는 논리에 딱 맞아떨어지는데요."

나는 포와로가 무슨 말인가를 하려고 입술을 움직이는 것을 볼 수 있었다. 하지만, 그는 그 말을 그냥 삼켜 버렸다.

"여기 한 젊은 여성이 있네. 자네 말대로 남편을 없애 버리고자 하는 여성이 말일세. 그 점은 나도 부인하지 않겠네. 그녀는 자기 입으로도 내게 그렇게 말했으니까. 그렇다면, 그녀는 그걸 어떤 식으로 처리하겠나? 그녀는 남편을 살해할 작정이라는 말을 여러 사람 앞에서 몇 번씩이나, 그것도 거침없이 분명한 목소리로 당당하게 떠들어댔지. 그러고는 어느 날 저녁 남편의 집으로 찾아가서 자기 정체를 밝히고는 그를 찔러 죽이고 유유히 사라진다? 자, 자네는 이런 행동을 어떻게 생각하나, 경감? 이게 상식적으로 있을 수 있는 일인가?"

"그거야 물론 어리석은 행동이라고 볼 수밖에 없군요."

"어리석은 행동? 그건 아예 정신박약아나 할 짓이야!"

"글쎄요." 이렇게 말하고 재프가 자리에서 일어났다.

"범죄자들이 이성을 잃는다면 우리 경찰에게는 더할 나위 없이 이로운 일이지요. 이제 나는 사보이 호텔로 가보아야겠습니다."

"자네와 동행해도 괜찮겠나?"

재프 경감이 반대하지 않았으므로 우리는 함께 떠났다. 브라이언 마틴은 마지못해 우리와 헤어졌다. 그는 몹시 신경이 날카로워져 있는 것 같았다. 그는 뭔가 새로운 사실이 발견되면 자기에게 알려 달라고 아주 진지하게 부탁했다.

"꽤 소심한 친구로군요." 재프가 한마디 했고, 포와로도 그 말에 동의했다.

사보이 호텔에서 우리는 전형적인 법률가 타입의 한 신사가 막 도착하는 것을 보고는 함께 제인의 방으로 올라갔다. 재프가 부하에게 물었다.

"다른 일은 없었나?"

"그녀가 전화를 했습니다."

"누구와 통화했나?" 재프가 진지하게 물었다.

"제이입니다. 장례식 문제로."

재프는 숨을 죽였다. 우리는 그 방으로 들어갔다.

미망인이 된 에지웨어 부인은 거울 앞에 서서 모자들을 번갈아 가며 써보고 있는 중이었다. 그녀는 회색과 검은색이 잘 조화된 얇은 드레스를 입고 있었다. 우리를 보자 아름다운 미소를 지으며 인사를 보냈다.

"어머나, 포와로 씨. 이렇게 와주셔서 정말 고마워요. 목슨 씨(변호사예요)도

정말 잘 오셨어요. 어서 자리에 앉으셔서 질문에 어떻게 답변해야 하는지 잘 좀 가르쳐 주세요. 이 사람은 오늘 아침 내가 조지를 살해했다고 여기시는 모양이에요."

"지난밤입니다, 부인." 재프 경감이 말했다.

"당신은 오늘 아침이라고 했잖아요. 10시라고 말이에요."

"나는 밤 10시를 말한 겁니다."

"아무튼, 난 그게 오후를 말하는 건지 오전을 말하는 건지 구별할 수가 없었단 말이에요."

"이제 막 10시가 조금 지났을 뿐입니다." 경감이 냉정하게 한마디 덧붙였다. 제인은 눈을 커다랗게 치켜떴다.

"어머나." 그녀가 나지막한 목소리로 속삭였다.

"오늘처럼 일찍 일어나 보긴 처음이에요. 그러면, 당신이 찾아왔을 때는 아주 이른 새벽이었나 보군요."

"잠깐만, 경감." 목슨 씨가 특유의 법률가다운 목소리로 말했다.

"이번, 그러니까, 음, 유감스러운, 극히 충격적인 사건이 일어난 것은 언제였습니까?"

"지난밤 10시경이라고 보여 집니다."

"어머나, 그렇다면 조금도 염려할 게 없어요." 제인이 재빨리 말했다.

"그 시간에 난 파티에 참석하고 있었으니까요. 오! 저런."

그녀는 갑자기 손으로 입을 막았다.

"이런 말은 하지 말았어야 했죠?"

그녀는 겁을 먹고 호소하는 듯한 표정으로 변호사를 바라보았다.

"만일 부인이 어젯밤 10시경에 파티에 참석하고 있었다면, 에지웨어 부인, 나는, 음, 그러니까, 나는 그 사실을 경감에게 알려 주는 일에 대해서 반대할 의사가 추호도 없습니다."

"그렇습니다." 재프 경감이 말했다.

"나는 다만 부인의 지난밤 행적에 대해서 말해 달라고 요청할 뿐입니다."

"당신은 그렇게 말씀하시지 않았어요, 그냥 10시라고만 했단 말이에요. 아무

틈, 당신은 나에게 너무도 끔찍한 충격을 주었어요. 나는 놀라서 까무러칠 지경이었답니다, 목슨 씨."

"그 파티 말씀입니다만, 에지웨어 부인?"

"몬태규 코너 경의, 치스위크에 있는 저택에서 열렸어요."

"그곳에 간 것이 몇 시였습니까?"

"디너파티는 8시 30분에 시작되었답니다."

"부인이 이곳을 떠난 것은……, 몇 시였습니까?"

"8시경이었어요. 나는 잠시 피카딜리 팰리스 호텔에 들러서 미국으로 떠나는 친구에게 작별 인사를 했어요—반 듀센 부인이에요. 치스위크에 도착한 것은 8시 45분쯤이었을 거예요."

"그곳을 떠난 것은 몇 시였습니까?"

"11시 30분경이었죠."

"부인은 이곳으로 곧장 돌아왔습니까?"

"물론이에요."

"택시로 말입니까?"

"아뇨, 내 차로 왔어요. 다임러 사에서 차를 전세 냈거든요."

"그럼, 부인은 파티가 열리는 동안 그곳을 떠난 적이 없었습니까?"

"어머나, 그러니까, 난……."

"그렇다면 부인은 그곳을 떠난 적이 있군요?"

경감이 마치 쥐에게 덤벼드는 테리어(사냥개의 일종)처럼 끈질기게 물고 늘어졌다.

"무슨 말씀을 하시는 건지 모르겠어요. 나는 전화를 받기 위해 자리를 비웠을 뿐인데요."

"누구한테 온 전화였습니까?"

"누군가가 장난질을 친 전화였던 것 같아요. 전화에서 이렇게 묻더군요. '에지웨어 부인이신가요?' 그래서 내가 말했죠. '예, 그래요.' 그랬더니 그냥 웃기만 하고 전화를 끊었어요."

"그럼, 그 전화를 받기 위해 집 밖으로 나갔나요?"

제인은 놀라며 눈을 크게 떴다.

"아뇨, 그렇지 않아요."

"얼마 동안 자리를 떠났었습니까?"

"1분 30초가량이에요."

재프는 그 이후에는 입을 다물었다. 나는 그가 제인이 하는 말을 단 한마디도 믿지 않는다는 사실을 충분히 알 수 있었다. 하지만, 일단 그녀가 그렇게 말하는 이상 그것을 확인하거나 반증(反證)할 수 있을 때까지는 달리 어찌해볼 도리가 없는 일이다.

그는 제인에게 아무렇게나 인사를 하고는 자리를 떠났다. 우리 역시 작별을 고했지만, 그녀가 포와로를 불러 세웠다.

"포와로 씨, 나를 위해 뭘 좀 해주시지 않겠어요?"

"물론이죠, 부인."

"파리에 있는 공작에게 나 대신 전보를 좀 쳐주세요. 그분은 크리용 호텔에 있답니다. 그분도 이번 사건에 대해 알아야 해요. 하지만, 내가 직접 그에게 알리고 싶진 않아요. 한두 주일쯤은 슬픔에 찬 미망인처럼 보여야 하지 않을까 해서요."

"전보를 칠 필요는 조금도 없습니다, 부인." 포와로가 부드럽게 말했다.

"그곳 신문에도 기사가 실릴 테니까요."

"어머나, 당신은 정말 머리가 뛰어나시군요! 물론 그럴 거예요. 전보는 정말 필요가 없겠군요. 그렇게 하는 것이 내 본분을 지키는 일일 거예요. 이제 모든 게 제대로 되었어요. 나는 미망인이 취해야 할 행동을 보이고 싶거든요. 기품 있는 태도 같은 거 말이에요. 난초로 만든 화환을 보내야겠다고 생각했답니다. 가장 비싼 걸로 말이에요. 장례식에도 참석하려고 해요. 당신은 어떻게 생각하세요?"

"우선 심리에 참석해야 할 겁니다, 부인."

"어머나, 나도 그게 옳을 거라고 생각해요." 그녀는 잠시 생각에 잠겼다.

"그 런던경시청의 경감이라는 사람, 정말 마음에 들지 않아요. 글쎄 나에게 몹시 겁을 주었답니다, 포와로 씨?"

"예?"

"결국 내가 마음을 돌려 그 파티에 참석했던 것은 정말 행운이었던 것 같아요."

포와로는 그때 문쪽으로 걸어가고 있다가 이 말을 듣고는 갑자기 돌아섰다.

"뭐라고 했습니까, 부인? 마음을 돌렸다고요?"

"맞아요. 원래는 참석하지 않을 생각이었거든요. 어제 오후에 몹시 머리가 아팠답니다."

포와로는 두어 번 침을 삼켰다. 말하기가 상당히 힘든 모양이었다.

"부인은, 누군가에게 그런 말을 했었습니까?" 이윽고 그가 물었다.

"예, 얘기했어요. 여럿이서 차를 마시고 있을 때 그들이 날 칵테일파티에 초청했는데, 나는 거절했거든요. 머리가 너무 아파서 그만 집에 돌아가야겠고, 디너파티에도 참석하지 못할 것 같다고 말했답니다."

"그런데, 어떻게 해서 결심을 바꾸게 되었습니까, 부인?"

"엘리스가 자꾸만 가보라고 하더군요. 난 그럴 수가 없다고 말했죠. 몬태규 경은, 아시다시피 여러 방면에 숨은 영향력이 있고, 또한 괴팍스러운 성격에, 쉽게 화를 내는 사람이거든요. 그렇지만, 난 상관치 않았어요. 오로지 머튼과 결혼할 생각만 하고 있었기 때문이죠. 하지만, 엘리스는 항상 조심스러운 편이거든요. 그녀는 매사에 조심하는 게 좋다고 계속 우겼고, 결국 나도 그녀가 옳았다고 생각해요. 아무튼 그렇게 해서 난 가게 되었어요."

"당신은 엘리스에게 감사해야겠군요, 부인."

포와로는 진지한 표정으로 말했다.

"나도 그렇게 생각해요. 그 경감은 정말 끔찍했어요. 그렇지 않은가요?"

그녀는 소리 내어 웃었다. 그렇지만 포와로는 웃지 않았다. 그는 나지막한 목소리로 말했다.

"한편으로는……, 이 사실은 누군가에게 더할 수 없는 절망감을 안겨 줄 겁니다. 맞아요. 더할 수 없는 절망감을 말입니다."

"엘리스—." 제인이 불렀다.

그 하녀가 옆방에서 나왔다.

"포와로 씨가 말씀하시길, 네가 나보고 지난밤 파티에 참석하도록 한 것이 아주 행운이었다고 하시는구나."

엘리스는 포와로를 거의 쳐다보지도 않았다. 그녀의 표정은 냉담하다 못해 비난하는 듯이 보였다.

"약속을 어겨서는 안 돼요, 마님. 마님은 약속을 어기시기를 식은 죽 먹듯이 하시거든요. 사람들이 그걸 언제나 용서해 주지는 않는 법이에요. 결국에는 화를 내게 된답니다."

제인은 우리가 들어섰을 때부터 써보고 있었던 모자를 집어들고 다시 그것을 써보았다.

"검은 색은 질색이야." 그녀는 불평했다.

"난 한 번도 써보질 않았거든. 하지만, 정숙한 미망인으로 보이려면 할 수 없이 써야 할 거야. 이 모자들은 너무 끔찍해요. 다른 모자를 가져오라고 해, 엘리스 그래도 좀 나아 보이는 걸 써야겠어."

포와로와 나는 조용히 그 방에서 물러났다.

제7장

비서

그날 우리가 재프 경감을 본 것은 그것이 마지막이 아니었다. 약 한 시간쯤 지나자 그는 다시 나타나서 모자를 테이블 위에 내던지며 완전히 두 손 들었다고 말했다.

"탐문 수사를 하고 왔나 보군?" 포와로가 동정하듯 말했다.

재프는 침통한 표정으로 고개를 끄덕였다.

"자그마치 열네 명이나 되는 사람들이 다 거짓말을 하고 있는 게 아니라면, 그녀는 절대로 범인일 리가 없습니다." 그는 신음소리를 내며 말했다.

"사실, 솔직히 말씀드리지만, 포와로 씨, 나는 그래도 은근히 그 엉터리 조작극이 탄로 나리라고 기대했었거든요. 모든 상황으로 봐서 그녀밖에는 달리 에지웨어 경을 살해할 만한 사람이 없는 것 같았단 말입니다. 다소라도 범행 동기가 있는 사람은 오직 그녀뿐이니까요."

"난 그렇게 생각하지 않네. 그거야 어쨌거나, 어서 얘기나 계속하게."

"아무튼, 앞서 말씀드린 대로 난 엉터리 조작극이 밝혀지리라고 은근히 기대했습니다. 아시겠지만, 그런 배우라는 사람들은 대개 다 끼리끼리 모이는 법이거든요. 그런데 이번 경우는 오히려 전혀 상반되는 모임이었단 말입니다. 지난밤 그곳에 참석했던 사람들은 너나 할 것 없이 죄다 거물들이었고—그와 절친한 관계에 있는 사람들은 전혀 없었어요. 그리고 서로 안면조차 없는 사람들이었단 말씀이에요. 그들의 증언은 서로 무관하고 믿을 만한 것들입니다. 나는 그녀가 한 30분쯤 몰래 자리를 빠져나간 사실이 밝혀지기를 상당히 기대했었답니다. 그녀는 쉽게 그럴 수도 있었거든요—코에 분을 바른다거나 뭐 그밖에 다른 핑계를 대고서 말입니다. 그런데, 이건 전혀 그렇지가 않았습니다. 그녀가 우리에게 말했던 것처럼, 전화를 받기 위해 자리를 뜬 적이 있었지요.

하지만, 집사가 그녀와 함께 있었답니다. 게다가, 그 전화 내용도 우리에게 말한 것과 똑같았습니다. 집사는 그녀가 이렇게 말하는 것을 들었습니다. '예, 그래요. 에지웨어 부인이 바로 나예요.' 그러고는 저쪽에서 전화를 끊었다고 하더군요. 참 괴이한 일이죠. 그게 전부였다는군요."

"그렇지 않을 수도—하지만 아무튼 흥미있는 일이로군. 전화를 걸어 온 사람은 남자였나, 아니면 여자였나?"

"여자였다고 하는 것 같습니다만."

"묘한 일이로군." 포와로가 심각한 표정을 지으며 말했다.

"그 일엔 더 이상 신경 쓰지 마십시오."

재프가 조바심을 내며 말을 이었다.

"중요한 문제로 돌아가십시다. 모든 상황은 그녀가 말했던 대로 진행되었습니다. 그녀는 8시 45분에 그곳에 도착해서 11시 30분에 떠났고, 집에 돌아온 것은 11시 45분이었습니다. 나는 그녀를 태운 운전사를 만나보았습니다만—그는 분명히 다임러 사의 정식 직원이었죠. 그리고 사보이 호텔의 직원들도 그녀가 돌아온 것을 보았고 시간도 확인되었습니다."

"저런! 그것은 아주 결정적인 증언인 것 같군."

"그렇다면 리젠트 게이트에 있는 두 사람의 증언은 어떻게 되는 겁니까? 집사 한 사람뿐이 아니었어요. 에지웨어 경의 비서도 그녀를 보았다고 했거든요. 두 사람 모두 10시에 그곳을 찾아왔던 사람은 틀림없이 에지웨어 부인이었다고 하늘을 두고 맹세하던데요."

"그 집사가 그곳에서 일한 지는 얼마나 되는데?"

"6개월 됐다고 합니다. 아주 잘생긴 친구더군요."

"그건 맞는 얘길세. 그런데 그곳에서 일한 지 6개월밖에 되지 않았다면 그는 에지웨어 부인을 알아보지 못할 텐데? 그녀를 한 번도 본적이 없었으니까 말이야."

"아니, 신문에 실린 사진 등을 통해서 그녀를 알아볼 수도 있지 않을까요? 그거야 어쨌든 간에, 그 비서는 그녀를 잘 알고 있었습니다. 그녀는 에지웨어 경을 모신 지 5~6년은 족히 되었고, 그녀가 틀림없다고 증언하고 있습니다."

"아! 그 비서를 한번 만나보고 싶군." 포와로가 심각한 어조로 말했다.

"그렇다면 지금 나와 함께 가보시지 않겠습니까?"

"그것참 고마운 말이로군, 친구. 그렇게 할 수 있다면야 나로서는 더 바랄게 없지. 자네 초청에는 헤이스팅스도 포함되는 것이겠지?"

재프는 싱긋이 미소를 지어 보였다.

"당신은 어떻게 생각하십니까? 주인이 가는 곳에는 그 개도 따라가는 법이지요."

그가 한마디 덧붙였는데, 나는 별로 유쾌한 농담은 못 된다고 생각했다.

"엘리자베스 캐닝 사건이 생각나는군요." 재프가 말했다.

"당신도 기억하십니까? 영국의 서로 다른 지역에서 동시에 집시인 메리 스콰이어스를 보았다고 상당수 증인들이 확인했지요. 그들 역시 아주 명망이 있는 증인들이었습니다. 그렇게 흉악한 얼굴을 가진 여자가 둘씩이나 존재할 수는 없는 법이죠. 그 미스터리는 아직도 풀리지 않았습니다. 이번 사건도 그와 아주 비슷해요. 여기서도 서로 떨어져 있는 사람들이 같은 시간에 서로 다른 두 장소에 모습을 나타낸 한 여인에 대해서 자신의 명예를 걸고 증언하고 있단 말입니다. 대체 그들 중 어느 쪽이 진실을 말하고 있는 걸까요?"

"그것을 밝히기는 그리 어려운 일이 아닐 걸세."

"그렇게 말씀하시지만—그러나 이 캐롤 양이라는 여성은 정말로 에지웨어 부인을 잘 알고 있었어요. 내 말은, 그녀가 부인과 매일같이 얼굴을 맞대고 그 집에서 함께 지냈다는 뜻입니다. 그러니 그녀가 잘못 본다는 것은 도저히 있을 수 없는 일인 것 같습니다."

"곧 알게 되겠지."

"누가 그 작위를 물려받게 될까요?" 내가 물었다.

"조카인 로널드 마쉬 대위죠. 낭비벽이 심하다고 들었습니다."

"의사는 사망 시각에 대해서 뭐라고 하던가요?" 포와로가 물었다.

"글쎄요, 정확한 것은 검시를 해봐야 알게 될 겁니다. 만찬이라는 것이 도대체 뭐에 써먹는 것인지, 제기랄."

재프가 말하는 투는 도저히 교양 있는 사람과는 거리가 멀었다.

"아무튼, 10시쯤으로 보면 무방할 겁니다. 살아 있는 그가 마지막으로 목격된 것이 9시 조금 지나서였는데, 그때 그가 저녁식사를 마치고 서재로 들어가자 집사가 위스키소다를 그에게 갖다 주었답니다. 11시에 집사가 잠자리에 들었는데, 서재에는 불이 꺼져 있었다고 하더군요—그때는 이미 죽어 있었을 겁니다. 어둠 속에서 혼자 앉아 있었을 리는 없을 테니 말입니다."

포와로는 심각한 얼굴로 고개를 끄덕였다. 잠시 뒤 우리는 그 저택에 도착했는데, 창에는 블라인드가 내려져 있었다. 문을 열어 준 것은 그 잘생긴 집사였다.

재프 경감이 앞장서서 안으로 들어갔다. 문은 왼쪽으로 열려 있었고, 집사는 그쪽 벽으로 몸을 비켜서 있었다. 포와로는 내 오른쪽에 있었는데, 그는 나보다 키가 작았기 때문에 집사가 그를 보게 된 것은 우리가 완전히 홀 안에 들어섰을 때였다. 그를 지나칠 때 나는 갑자기 숨을 들이키는 소리를 들었고, 재빨리 그를 돌아보자 그는 눈에 뜨일 정도로 공포의 표정을 지은 채 포와로를 쳐다보고 있었다. 나는 그 사실이 뭔가 도움이 될지도 모른다고 생각하고 마음속에 접어 두었다.

우리가 오른쪽에 있는 거실로 들어서자 재프가 그 집사를 불러들였다.

"자, 이봐, 앨튼, 다시 한 번 이 사실을 확인하고 싶네. 그 부인이 찾아온 것이 10시가 틀림없었나?"

"마님 말씀이신가요? 예, 틀림없습니다, 선생님."

"자네는 그녀를 어떻게 알아볼 수 있었나?" 포와로가 다그쳐 물었다.

"마님께서 이름을 밝히셨습니다, 선생님. 게다가, 전 신문에서 그분의 사진을 본 적이 있었거든요. 그분의 연극도 본 적이 있습니다."

포와로는 고개를 끄덕였다.

"그래, 그녀는 어떤 옷을 입고 있었나?"

"검은색이었습니다, 선생님. 검은색 외출용 드레스에 조그만 검은 모자를 쓰고 계셨습니다. 그리고 진주 목걸이를 하고 회색 장갑을 끼고 계셨지요."

포와로는 뭔가 묻는 듯한 시선으로 재프를 돌아보았다.

"하얀 호박단으로 만든 이브닝드레스와 흰 담비 목도리."

재프가 간단하게 대답했다.

집사는 말을 계속했다. 그의 진술 내용은 재프가 이미 우리에게 들려준 이야기와 정확하게 일치되었다.

"어제저녁 그 밖에 주인을 찾아왔던 사람은 없었나?" 포와로가 물었다.

"없었습니다, 선생님."

"현관문은 어떤 식으로 닫고 있는가?"

"예일식 자물쇠입니다, 선생님. 대개는 제가 잠자리에 들기 전에 빗장을 내리지요. 11시경입니다. 하지만, 지난밤에는 제럴딘 아씨께서 오페라 구경을 가셨기 때문에 빗장을 걸어놓지 않았었습니다."

"오늘 아침에는 어떻게 되어 있던가?"

"잠겨 있었습니다, 선생님. 제럴딘 아씨께서 돌아오실 때 문을 걸었던 것 같습니다."

"그녀는 언제 돌아왔나? 자네는 그 시각을 알고 있나?"

"제 생각에는 11시 45분쯤이었던 것 같습니다, 선생님."

"그렇다면 어제저녁에는 11시 45분까지 열쇠가 없어도 집 안으로 들어올 수 있었겠구먼. 안쪽에서는 손잡이를 뒤로 젖히기만 해도 문이 열렸을 테고."

"그렇습니다, 선생님."

"열쇠는 몇 개나 있는가?"

"나리께서 하나 가지고 계셨고, 다른 하나는 홀 서랍에 넣어 두는데, 어젯밤에 제럴딘 아씨께서 사용하셨던 거지요. 그 밖에 다른 열쇠는 어디 있는지 모르겠습니다."

"그 밖에 열쇠를 가지고 있는 사람은 없나?"

"그렇습니다. 캐롤 양은 항상 벨을 사용합니다."

포와로가 이제 물어볼 것은 다 물어보았다고 해서, 우리는 비서를 찾아보았다. 그녀는 커다란 책상에서 분주하게 글을 쓰고 있었다.

캐롤 양은 마흔다섯쯤 된 빈틈없어 보이는 여자였다. 그녀의 금발은 퇴색되어 변해 가고 있었고 코안경을 끼고 있었는데, 그것을 통해서 한 쌍의 예리한 푸른 눈동자가 우리들을 주시하고 있었다. 그녀가 이야기할 때, 나는 전에 수화기를 통해서 들었던 그 명확하고 사무적인 목소리라는 것을 이내 알 수 있었다.

"아! 포와로 씨로군요."

그녀는 재프 경감의 소개를 받자 이미 알고 있었다는 듯이 말했다.

"알고 있습니다. 제가 어제 아침에 전화로 약속을 정했었지요."

"맞습니다, 마드모아젤."

나는 포와로가 그녀에게 좋은 인상을 주었나 보다고 생각했다. 확실히 그녀는 간결하고 꼼꼼한 성격의 소유자였다.

"그런데 재프 경감님?" 캐롤 양이 예의바르고 명확한 목소리로 말했다.

"또 제가 무엇을 도와드려야 하는 거죠?"

"이것뿐입니다. 어젯밤 이곳에 온 사람이 틀림없이 에지웨어 부인이었다는 것을 정말 확신합니까?"

"그 질문은 이미 저에게 세 번씩이나 하셨어요. 물론 저는 확신할 수 있습니다. 그분을 똑똑히 보았으니까요."

"당신은 어디에서 그녀를 보았습니까, 마드모아젤?"

"홀에 계신 것을 보았습니다. 마님은 잠시 집사와 이야기를 나누고 나서, 홀을 지나 서재 문 쪽으로 걸어갔어요."

"그때 당신은 어디에 있었습니까?"

"2층에 있었지요—내려다보고 있었으니까요."

"당신은 절대로 잘못 보았을 리가 없다고 확신한단 말이지요?"

"절대로요. 저는 마님의 얼굴을 분명히 알아보았습니다."

"혹시 닮은 사람을 착각한 것은 아닙니까?"

"물론이죠. 제인 윌킨슨은 아주 독특한 용모의 소유자예요. 그분은 틀림없이 에지웨어 부인이었어요."

재프는 그것 보라는 듯이 포와로를 흘끗 쳐다보았다.

"에지웨어 경에게 원한을 가질 만한 적(敵)이 있었던 건 아닙니까?"

포와로는 갑작스런 질문을 했다.

"말도 안 되는 소리예요." 캐롤 양이 일축해 버렸다.

"하지만, 에지웨어 경은 누군가에게 살해당했습니다."

"그 사람은 그분의 아내였어요." 캐롤 양이 차갑게 대꾸했다.

"아내는 적이 될 수 없다, 그런 말씀인가요?"

"그건 극히 드문 일이라고 저는 생각해요. 저는 그런 일이 일어나리라고는 꿈에도 생각지 못했어요. 제 말은, 우리 같은 계층의 사람은 결코 그럴 수 없다는 겁니다."

캐롤 양은 살인이란 하층 계급의 술주정꾼들에 의해서나 저질러지는 것이라고 생각하는 것이 분명했다.

"현관 열쇠는 모두 몇 개가 있습니까?"

"두 개요." 캐롤 양은 신속히 대답했다.

"하나는 에지웨어 경께서 늘 지니고 계셨어요. 다른 하나는 홀에 있는 서랍에 보관해 두지요. 그래서 밤늦게 돌아오는 사람은 누구나 가지고 나갈 수 있어요. 그 외에 또 하나가 있었지만, 마쉬 대위가 잃어버렸지요. 아주 조심성이 없는 사람이에요."

"마쉬 대위는 자주 옵니까?"

"3년 전까지만 해도 이곳에서 같이 살았습니다."

"그런데 어째서 떠나게 되었습니까?" 재프가 불쑥 물어보았다.

"잘 모르겠어요. 아마도 백부와 성격이 맞지 않았던 모양이에요. 물론 제 추측이지만요."

"내 생각에는 당신이 그보다는 좀더 잘 알 거라고 생각합니다만, 마드모아젤." 포와로가 부드러운 말투로 물었다.

그녀는 그를 재빨리 흘겨보았다.

"전 남의 말이나 하길 좋아하는 여자가 아니에요, 포와로 씨."

"하지만, 당신은 에지웨어 경과 그의 조카 사이에 심각한 불화가 있다는 소문에 대한 진상을 잘 알고 있을 텐데요."

"그건 소문처럼 그렇게 심각한 정도는 아니었어요. 에지웨어 경은 함께 지내기가 까다로운 사람이었을 뿐이에요."

"당신도 그걸 알고 있었습니까?"

"그건 저와 아무런 상관이 없는 얘기라고 생각되는데요. 저와 에지웨어 경 사이에는 아무런 불화도 없었어요. 그분은 항상 저를 완전히 신임하셨답니다."

"하지만, 마쉬 대위의 경우에 있어서는 달랐었죠……."

포와로는 그렇게 말하며, 그녀가 좀더 사실을 털어놓도록 점잖게 유도했다.

캐롤 양은 어깨를 으쓱했다.

"그는 낭비가 심했어요. 많은 빚을 지고 있었지요. 그 밖에 다른 문제들도 있었지만—그건 저도 정확히 알 순 없군요. 그분들은 말다툼을 자주 했었지요. 결국 에지웨어 경께서 조카를 집에서 내쫓았답니다. 그게 전부예요."

그녀의 입은 굳게 닫혔다. 그 이상은 아무 말도 하지 않을 작정인 것 같았다.

그녀와 얘기를 나눈 방은 2층에 있었다. 우리가 그곳을 떠날 때, 포와로가 내 팔을 잡았다.

"잠시만 이곳에서 기다려 주게나, 헤이스팅스. 내가 재프와 함께 내려갈 테니까, 우리가 서재에 도착할 때까지 우리를 지켜봐 주게. 그러고 나서 서재로 내려오게."

나는 이미 오래전에 포와로에게 이유를 묻는 것을 포기한 상태였다.

"왜?" 마치 라이트 브리게이드처럼, "이유는 없어. 다만 해내든가, 아니면 죽든가 둘 중 하나지." 다행스럽게도 아직 나는 죽을 때가 되지 않았잖은가? 아마도 그는 집사가 훔쳐보고 있지 않을까 의심하고 있었고, 그게 사실이라면 확인해 보고 싶었던 모양이었다.

나는 그 자리에 서서 난간 너머로 내려다보고 있었다. 포와로와 재프는 우선 현관 쪽으로 갔는데, 곧 내 시야를 벗어났다. 그리곤 다시 모습을 나타내서 천천히 홀을 가로질러갔다. 그들이 서재 안으로 사라질 때까지 줄곧 그들의 등에서 눈을 떼지 않았다. 잠깐 동안 나는 집사가 나타나지 않을까 기다려 보았지만, 아무도 보이지 않아서 계단을 내려가 서재로 들어갔다.

물론 시체는 이미 치워져 있었다. 커튼이 드리워져 있었고, 전등이 외로운 빛을 발하고 있었다. 재프와 포와로는 방 한복판에 서서 사방을 둘러보고 있었다.

"아무것도 없군요." 재프가 먼저 말했다.

그러자, 포와로가 미소를 지으며 말했다.

"아아! 담뱃재도 없고, 발자국도, 부인의 장갑도 없군. 희미한 향수 냄새조차 남아 있지를 않아! 추리소설 속의 탐정이 때맞춰 찾아내는 그런 것들이 전혀 없구먼."

"추리소설에서는 경찰들이란 노상 박쥐처럼 장님 취급을 받는 법이죠."

재프는 이를 드러내며 싱긋이 웃었다.

"하지만, 나는 한 가지 단서를 찾아냈네."

포와로가 꿈에 잠긴 듯한 목소리로 말했다.

"그러나, 그 단서가 4cm가 아니라 4피트 정도는 되는 것이라고 한다면 아무도 그 사실을 믿지 않을 걸세."

나는 그 광경을 상상해 보며 웃음을 터뜨렸다. 그때 나는 내 임무를 생각해 냈다.

"염려마세요, 포와로." 내가 말했다.

"죽 지켜보았지만, 내가 살펴보는 동안 아무도 엿듣는 사람은 없었어요."

"나의 친애하는 헤이스팅스의 눈이라면 믿어도 좋지."

포와로기 정감 어린 농담조로 이야기했다.

"그런데 여보게, 내가 장미를 입에 물고 있는 것을 보지 못했나?"

"입에 장미를 물고 있었다고요?" 나는 놀라서 소리쳤다.

재프는 저쪽으로 고개를 돌리고 푸푸거리며 웃고 있었다.

"당신은 정말 나를 포복절도하게 만드는군요, 포와로 씨." 그가 말했다.

"난 우스워서 죽을 지경입니다. 장미라니, 그 다음엔 뭐죠?"

"난 카르멘의 흉내를 내볼 심산이었는데." 포와로가 아주 태연하게 말했다.

나는 그들이 미친 게 아니라면 아마도 내가 정신이 돈 모양이라고 생각했다.

"자넨 그것을 정말 보지 못했나, 헤이스팅스?"

포와로의 목소리에는 나무라는 듯한 기색이 어려 있었다.

나는 그를 망연히 바라보며 말했다.

"정말 보지 못했습니다. 아니, 난 당신 얼굴도 볼 수 없었단 말입니다."

"그렇다면 됐어. 신경 쓸 것 없다네."

포와로는 이렇게 말하며 부드럽게 고개를 저었다.

이 사람들은 나를 놀리고 있는 걸까?

"아무튼—." 재프가 말했다.

"여기선 더 이상 할 일이 없는 것 같습니다. 가능하다면 그 딸을 한 번 더 만나보고 싶은데요. 아까는 너무 흥분해 있어서 아무런 말도 들을 수가 없었거든요."

그는 벨을 눌러 집사를 불렀다.

"마쉬 양에게 내가 잠시 만나볼 수 있는지 물어보게나."

그가 물러가고 나서 잠시 뒤에 들어온 사람은 그녀가 아니고 캐롤 양이었다.

"제럴딘은 자고 있어요." 그녀가 말했다.

"가엾게도 그녀는 끔찍한 충격을 받았답니다. 불쌍한 것 같으니. 당신이 떠난 다음 제가 그녀에게 수면제를 먹였어요. 아마 두어 시간 지나면 깰 거예요."

재프는 고개를 끄덕였다.

"이번 사건에 대해서 제가 말씀드리지 못한 걸 그녀가 당신에게 말할 수 있는 것은 하나도 없어요." 캐롤 양은 단호하게 말했다.

"당신은 집사에 대해서 어떻게 생각합니까?" 포와로가 불쑥 물어보았다.

"내가 그를 별로 좋아하지 않는다는 것은 사실이에요." 캐롤 양이 대답했다. "하지만, 그 이유는 말씀드릴 수가 없군요."

우리는 현관문에 닿아 있었다.

"지난밤 당신이 서 있었던 곳이 저기가 아니었습니까, 마드모아젤?"

포와로는 손가락으로 계단 위를 가리키며 불쑥 물었다.

"맞아요. 그런데 그건 왜 묻는 거죠?"

"저기에서 에지웨어 부인이 홀을 지나서 서재로 들어가는 것을 보았다는 말이군요?"

"그래요."

"그녀의 얼굴을 분명히 알아보았단 말이죠?"

"틀림없어요."

"하지만, 당신은 그녀의 얼굴을 볼 수가 없었을 겁니다, 마드모아젤. 당신이 서 있었던 곳에서는 단지 그녀의 뒤통수만 볼 수 있었단 말입니다."

캐롤 양은 얼굴을 붉히며 화를 냈다. 그녀는 얼떨떨한 모양이었다.

"부인의 뒷머리와 목소리, 걸음걸이를 보았어요! 그게 전부예요. 그게 그거지 뭐가 다른가요? 절대로 틀림없어요! 분명히 말씀드리지만, 그 여자는 확실히 제인 윌킨슨이었다고요."

그러고는 돌아서서 위층으로 성큼성큼 올라가 버렸다.

제8장

가능성들

재프와 헤어진 뒤 포와로와 나는 리젠트 공원에 들러 조용한 자리를 찾아서 앉았다.

"이제야 당신 입술의 장미가 내포하는 의미을 알겠군요."

나는 웃으며 말했다.

"그 당시엔 당신이 살짝 돌지 않았나 싶었답니다."

그는 웃음기 없는 얼굴을 하고서 단지 고개만 끄덕여 보였다.

"자네도 보았듯이, 헤이스팅스, 그 비서는 위험한 증인이라네. 부정확하기 때문에 위험하다는 게야. 자네도 그녀가 방문자의 얼굴을 보았다고 강력하게 주장하는 것을 들었지? 그때 나는 그건 불가능하다고 생각했다네. 서재에서 나올 때라면 몰라도―서재로 들어갈 땐 도저히 얼굴을 볼 수가 없어. 그래서 나는 약간의 실험을 했던 것이고 그 결과 내가 생각했던 대로 그녀는 내가 파놓은 함정에 걸려든 것이지. 그래서, 그녀는 그 즉시 자기의 진술을 번복했던 거야."

"그렇다고 해도 그녀의 확신은 바뀌지 않았잖습니까?" 내가 말했다.

"결국 그 목소리와 걸음걸이는 잘못 볼 수가 없는 거지요."

"아니, 그렇지가 않다네."

"하지만, 포와로 내 생각으로는 목소리와 걸음걸이야말로 일반적으로 사람을 가장 잘 대변해 주는 특징이라고 여겨지는데요."

"그 말엔 나도 동감한다네. 하지만, 그런 것들은 아주 쉽게 모방될 수가 있지."

"당신 생각은……."

"자, 며칠 전으로 돌아가서 생각해 보게. 자네는 그날 저녁의 일이 기억나

나, 우리가 어떤 극장의 특별석에 앉아 있던 때를……."

"캐로타 애덤스를 말씀하시는 겁니까? 아! 하지만, 그녀는 타고난 천재예요."

"유명 인사를 흉내 낸다는 것은 그리 어려운 일이 아닐세. 하기야 나도 그녀가 범상치 않은 재주를 가졌다는 사실을 부인하지는 않네. 나는 그녀가 조명이라든가 거리상의 도움이 없이도 그런 연출을 해낼 수 있으리라고 생각해."

갑자기 섬광처럼 어떤 생각이 내 머리를 스쳤다.

"포와로―!" 나도 모르게 소리쳤다.

"당신은 설마 그게 가능하리라고 여기지는 않겠죠―아니, 그렇다면 그건 너무나도 잘 들어맞는 기막힌 우연의 일치라 할 수 있겠군요."

"그건 자네가 어떻게 보느냐에 달렸지, 헤이스팅스. 다른 각도에서 보면, 그건 전혀 우연의 일치라고만 볼 수는 없는 게야."

"그렇다면, 왜 캐로타 애덤스가 에지웨어 경을 살해하고자 했겠습니까? 그녀는 그를 알지도 못하는데 말이에요?"

"자네는 그녀가 그를 알지 못할 거라는 사실을 어떻게 알 수 있나? 그렇게 함부로 가정해서는 안 되네, 헤이스팅스. 그들 사이에는 우리가 전혀 모르는 어떤 관계가 있을지도 모르는 일이지. 그렇다고 해서 그것이 바로 내 생각은 아니라네."

"그렇다면, 당신은 뚜렷한 생각을 가지고 있습니까?"

"물론이지. 나는 처음부터 캐로타 애덤스가 이 사건과 관련되어 있을 가능성이 있다고 생각해 왔다네."

"하지만, 포와로……."

"자, 가만 좀 기다리게나, 헤이스팅스. 이제 내가 자네에게 몇 가지 사실들을 제시하겠네. 도저히 침묵을 지키는 일은 견디지 못하는 에지웨어 부인은 자기와 남편과의 관계를 거침없이 떠벌렸고, 심지어는 그를 죽여 버리겠다는 말도 서슴지 않았지. 이건 단지 자네와 나만 들은 사실이 아닐세. 웨이터도 들었고, 그 하녀는 아마 골백번은 더 들었을 테지. 브라이언 마틴도 그런 말을 들었고, 아마 캐로타 애덤스도 그걸 들었을 걸세. 그리고, 그 사람들은 그 말을 다시 다른 사람들에게 전했겠지. 또한, 같은 날 저녁에 캐로타 애덤스의 기막힌 제인 윌킨슨 흉내도 화제에 올랐고, 에지웨어 경을 살해할 동기를 가진 사람이 누구였겠나? 바로 그의 아내야.

그런데 누군가 다른 사람이 에지웨어 경을 없애고 싶어 한다고 가정해 보세. 여기 아주 적당한 속죄양이 있단 말일세. 그날 낮에 제인 윌킨슨이 머리가 아파서 저녁에는 집에서 쉬어야겠다고 말함으로써 그 계획은 실행에 옮겨지게 된 것이야.

에지웨어 부인이 리젠트 게이트의 집으로 들어가는 것이 남의 눈에 띄었어야 했는데, 결국 그녀는 남의 눈에 띄었던 게야. 그녀는 자신의 정체를 대놓고 밝히기까지 했다네. 아! 그런데 그게 너무 지나쳤단 말씀이야! 그만 누군가의 의혹을 불러일으키게 되었지.

그리고 또 다른 문제가 있다네—사소한 문제라는 것은 나도 인정하는 바이지만, 어젯밤 그 집을 찾아간 여인은 검은 옷차림이었어. 제인 윌킨슨은 절대로 검은 옷을 입지 않는다네. 우리는 그녀한테서 그런 말을 들었지. 그렇다면, 이렇게 가정해 보세. 어젯밤 그 집을 방문한 여자가 제인 윌킨슨이 아니었고—그것은 제인 윌킨슨으로 가장한 여인이었다고 말일세. 그 여인이 과연 에지웨어 경을 살해했을까?

아니면 제삼자가 에지웨어 경을 살해한 것일까? 만일 그렇다고 한다면, 그자는 가짜 에지웨어 부인이 방문하기 전에 침입했을까, 아니면 그 뒤에 들어갔을까? 그 뒤였다면, 그 여인은 에지웨어 경에게 무슨 말을 했을까? 자기의 방문을 어떻게 설명했을까? 자기를 잘 모르는 집사나, 먼발치서 밖에 볼 수 없었던 비서는 어떻게 속여 넘길 수 있었을 테지만, 그러나 남편까지도 속일 수는 없었을 테니까 말일세. 혹시, 그 방에는 단지 시체만이 있진 않았을까? 에지웨어 경이 그녀가 들어서기 전에 살해되었다면—9시에서 10시 사이에 말이야."

"그만하세요, 포와로!" 내가 버럭 소리를 질렀다.

"당신은 내 머리를 빙빙 돌게 만드는군요."

"아니, 그렇지가 않네. 이 사람아, 우리는 단지 가능성들을 따져 보았을 뿐이야. 그것은 마치 옷을 입어 보는 것과 같은 이치라네. 이것이 맞을까? 아냐, 이건 어깨에 주름이 잡혀. 이건 어떨까? 그래, 이건 좀 낫군―하지만, 좀 넉넉하지가 못해. 이건 너무 작고 등등. 결국 우리는 몸에 딱 맞는 옷을 찾게 되지. 그것이 바로 진실이라네."

"당신은 도대체 누가 그런 악마 같은 계획을 세웠다고 생각합니까?"

내가 물었다.

"아! 그것은 아직 말하기에는 너무 이르다네. 우선 에지웨어 경이 죽기를 바랄만한 동기를 가진 사람이 누구냐는 문제를 검토해 봐야 할 걸세. 물론 조카가 있지, 상속인이거든. 너무 속이 들여다보이기는 하지만. 캐롤 양의 지나치게 독단적인 진술에도 그에게 적이 있을 거라는 의문은 남는다네. 에지웨어 경은 아주 쉽게 적을 만드는 사람이라는 생각이 나에게 들었단 말일세."

"그렇습니다." 나도 그 말엔 동감이었다.

"그건 맞는 말이지요."

"범인이 누구였든지 간에 자신은 아주 안전하다는 생각을 했을 걸세. 이걸 상기하게나, 헤이스팅스 제인 윌킨슨이 마지막 순간에 결심을 바꾸지 않았었다면, 그녀는 알리바이가 전혀 없을 뻔했다는 사실을. 그녀는 사보이 호텔의 자기 방에 있게 되었을 테고, 그것은 증명하기가 상당히 어려웠을 거라는 말일세. 그녀는 꼼짝없이 체포되어 재판을 받고는, 아마도 교수형을 당할 테지."

나는 그만 흠칫하고 전율을 느꼈다.

"하지만, 거기에는 나를 당혹케 하는 사실이 한 가지 있다네."

포와로는 계속해서 말을 이었다.

"그녀를 함정에 빠뜨리려는 것은 분명한데―하지만, 그렇다면 그 전화는 대체 어떻게 해석해야 하지? 어째서 누군가가 치스위크에 있는 그녀에게 전화를 걸어 일단 그녀가 그곳에 있는 것을 확인하자마자 곧바로 전화를 끊은 것일까? 마치 누군가가 계획에 착수하기 전에 그녀가 그곳에 있는지를 확인하고 싶었던 것처럼 보이는데. 그렇지 않은가―대체 무엇 때문에 그런 것일까? 그것이 9시 30분경이었으니까, 아마도 살인이 일어나기 전이 틀림없을 걸세. 그렇다면 전화를 건 의도는―이렇게 밖에는 달리 표현할 말이 없네만, 그녀를 위한 것 같단 말이야. 전화를 건 자가 살인범일 수는 없자—살인범은 자신의 죄를 제인에게 덮어씌울 작정이었으니까 말일세. 그렇다면 그게 누구였을까? 이건 마치 서로 아주 상반되는 두 개의 상황이 공존하는 것처럼 여겨진단 말일세."

나는 도무지 종잡을 수가 없게 되어서 그만 고개를 설레설레 저었다.

"단순한 우연의 일치에 지나지 않을 수도 있지요."

나는 되는대로 한마디 했다.

"아니, 그렇지가 않아. 모든 게 다 우연의 일치일 수는 없는 법이야. 6개월 전에는 편지가 실종되었지. 어째서였을까? 여기에는 설명되지 않는 부분이 너무도 많아. 틀림없이 그런 상황들을 서로 연결시켜 주는 어떤 이유가 있을 걸세."

그는 한숨을 쉬고 나서 다시 이야기를 계속했다.

"브라이언 마틴이 우리에게 들려준 그 이야기는……."

"틀림없이, 포와로, 그것은 이번 사건과는 아무런 연관도 없을 겁니다."

"자넨 장님이야, 헤이스팅스 보지도 못하고, 더구나 감각까지 둔하다고 자네는 전체를 하나의 틀에 집어넣고 볼 수는 없는가? 현재로서는 그 틀이 아직 불분명하지만, 앞으로는 점차 명확해질 걸세."

나는 포와로가 지나치게 낙관적인 것 같다고 생각했다. 도대체 나는 아무것도 분명해질 것 같아 보이지가 않았던 것이다. 솔직히 말해서 나의 두뇌는 갈팡질팡하고 있었다.

"그건 소용없는 일입니다." 내가 불쑥 말을 꺼냈다.

"캐로타 애덤스가 그런 짓을 했으리라고는 생각되지 않아요. 그녀는, 글쎄, 뭐랄까, 그렇게 선량해 보일 수가 없었거든요."

비록 말은 이렇게 했지만, 나는 포와로가 금전욕에 대해서 했던 말을 떨쳐 버릴 수가 없었다. 금전욕! 그것이 겉보기에는 도무지 이해할 수 없는 상황의 이면에 숨어 있는 장본인일까? 나는 포와로가 그날 밤 영감을 받았던 모양이라고 생각했다. 그는 제인이 위험에 처할 것이라는 사실을 예견했었다—그녀의 괴상하고 이기적인 성격 때문에. 또한, 그는 캐로타가 탐욕 때문에 나쁜 유혹에 빠지게 될 거라고 했었다.

"나는 그녀가 살인을 저질렀으리라고는 생각지 않는다네, 헤이스팅스. 그런 짓을 하기엔 그녀는 지나치게 냉정하고 빈틈이 없거든. 아마도 그녀는 살인이 저질러졌다는 이야기조차 듣지 못했을 걸세. 그녀는 아무것도 모르고 이용당했을 거야. 하지만, 그렇다고 해도……."

그는 갑자기 하던 말을 멈추고는 이마를 찡그렸다.

"그렇다고 해도, 그녀는 현재 사후 종범이 된 셈이지. 내 말은, 그녀도 오늘 신문을 통해 그 소식을 알게 될 거고, 결국 그 사실을 깨닫게 될 걸세……."

갑자기 포와로의 입에서 비명이 튀어나왔다.

"이런, 큰일 났구먼, 헤이스팅스. 서둘러야 해! 나는 눈뜬장님이었어, 천치 바보였단 말일세. 택시를 잡아. 지금 당장!"

나는 망연히 그를 주시했다. 그는 손을 흔들었다.

"택시를 잡아, 지금 당장."

마침 택시 한 대가 지나갔다. 그가 택시를 불러 세웠고, 우리는 훌쩍 뛰어 올라탔다.

"자네, 그녀의 주소를 알고 있나?"

"캐로타 애덤스 말하는 건가요?"

"그래 맞아. 빨리 말하게, 헤이스팅스. 빨리. 촌각을 다투는 일이야."

"모르겠는데요." 내가 말했다.

"난 도무지 모르겠군요."

포와로는 숨을 몰아쉬었다.

"전화번호부에는? 아냐, 거기에는 실려 있지 않을 거야. 극장으로 가세나."

극장 측에서는 캐로타의 주소를 가르쳐 주지 않으려고 했지만, 포와로가 그들을 솜씨 있게 구슬렸다. 그녀의 집은 슬론 스퀘어 근처의 맨션에 있었다. 우리는 그곳으로 차를 몰았는데, 포와로는 도무지 안정을 하지 못하고 몹시 흥분되어 있었다.

"너무 늦은 것이 아니었으면 좋겠는데, 헤이스팅스. 제발 너무 늦은 게 아니길."

"대체 왜 이리 허둥대는 거죠? 도대체 난 알 수가 없군요. 대체 무슨 일입니까?"

"내가 너무 늑장을 부렸다는 말일세. 그 뻔한 사실을 깨닫는 데 너무 꾸물거렸단 말이야. 아! 하나님, 제발 우리가 제시간에 맞추어 갈 수 있다면"

제9장

두 번째 죽음

포와로가 그렇게 서두르는 이유가 뭔지 도무지 알 수가 없었지만, 그에게는 그럴 만한 이유가 있을 거라고 확신할 만큼 나는 그를 믿고 있었다.

이윽고 우리는 로즈듀 맨션에 도착했다. 포와로는 훌쩍 택시에서 뛰어내려 요금을 지불하고는, 서둘러 건물 안으로 들어갔다. 게시판에 걸려 있는 이름표를 보고 우리는 애덤스 양의 방이 2층에 있다는 것을 알았다.

포와로는 엘리베이터를 기다릴 사이도 없이 곧바로 계단을 뛰어올라갔다. 그는 벨을 누르며, 한편으로는 문을 두드렸다. 잠시 기다리자 문이 열렸다. 문을 연 사람은 머리를 뒤로 단정하게 빗어 넘긴 깔끔한 용모의 중년 여인이었다. 그녀의 눈 가장자리는 몹시 울었는지 충혈되어 있었다.

"애덤스 양 있습니까?" 포와로가 간절한 어조로 물었다.

여인은 그를 물끄러미 바라보았다.

"당신은 아무 말도 듣지 못하셨나 보군요?"

"듣다니요? 무슨 말을?"

그의 얼굴은 마치 다 죽어가는 사람처럼 창백해졌는데, 그게 무엇이었든지 간에 바로 그가 끔찍이도 걱정했던 일이었다는 사실을 깨달았다.

여인은 천천히 고개를 저었다.

"그분은 돌아가셨어요. 잠이 든 채로 세상을 떠나신 거예요. 그건 정말 끔찍한 일이에요."

포와로는 문기둥에 기대어 섰다.

"너무 늦었어." 그가 절망적으로 중얼거렸다.

그가 안타까워하는 모습이 너무 애처로워 보였기 때문에 그 여인은 보다 관심을 기울여서 그를 바라보았다.

"죄송합니다만, 선생님. 당신은 아씨의 친구분이신가요? 죄송하지만, 전에 이곳에서 선생님을 뵌 적이 한 번도 없는 것 같군요."

포와로는 이 말에 직접적으로 대답하지 않았다. 그 대신에 그는 이렇게 물었다.

"의사를 불렀소? 그래, 의사는 뭐라고 합디까?"

"수면제를 과용하신 거라고 하더군요. 오! 정말 너무도 가련해요! 그렇게도 얌전한 젊은 아가씨였는데. 정말이지 너무나도 무서운 약이에요—그 수면제라는 것은. 베로날이라고 의사 선생님이 말씀하시더군요."

포와로는 갑자기 몸을 꼿꼿이 세웠다. 그의 태도에는 다시금 권위가 깃들었다.

"안으로 들어가 봐야겠소." 그가 엄숙하게 말했다.

여인은 확실히 망설이고 수상쩍게 여기는 눈치였다.

"그러실 필요는 없다고 생각하는데요." 그녀가 머뭇거리며 말했다.

하지만, 포와로는 자신의 뜻을 관철시킬 심산이었다. 그 길만이 얻고자 하는 결과를 손에 넣을 수 있는 유일한 방법으로 생각한 모양이었다.

"안으로 들어가게 해주시오." 그는 다시 강경하게 말했다.

"나는 탐정인데, 당신 아씨의 사인을 조사해 봐야겠소."

여인은 얼떨떨한 모양이었다. 그녀가 한쪽으로 비켜서자 우리는 방 안으로 들어갔다. 그곳에서 포와로가 상황을 이끌어갔다.

"내가 당신에게 하는 말은……." 그는 엄숙한 목소리로 다짐을 주었다.

"아주 기밀에 속하는 것이오. 절대로 누설해서는 안 됩니다. 모든 사람들이 애덤스 양의 죽음이 우연한 사고였다는 것을 앞으로도 계속 믿도록 해야 하기 때문이오. 자, 이제 당신이 불렀던 의사의 이름과 주소를 말해 주시오."

"히스 박사님이에요, 칼라일 가 17번지에 사시는 분이죠."

"그리고 당신 이름은?"

"베니트, 엘리스 베니트."

"당신은 애덤스 양을 무척 아꼈군요, 베니트 양. 나는 그걸 한눈에 알아볼 수 있지요."

"오, 정말 그랬어요, 선생님. 아씨는 정말 훌륭한 숙녀였답니다. 저는 아씨가 이곳에 건너오신 작년부터 모셨어요. 아씨는 여느 여배우들과는 질적으로 다른 분이셨어요. 그분은 진정한 숙녀였답니다. 기품 있고 우아한 분이셨죠. 아씨는 모든 면에서 그러하셨어요. 그야말로 요조숙녀라 할 수 있었지요."

포와로는 깊은 연민의 정을 보이며 진지하게 들었다. 그는 조금도 조바심을 내는 기색을 보이지 않았다. 부드럽게 대화를 이끌어가는 것이야말로 원하는 정보를 끌어낼 수 있는 최선의 방법이라는 사실을 그는 잘 알고 있었다.

"당신에게는 끔찍한 충격이었겠군요." 그는 부드럽게 말했다.

"오! 정말 그랬어요, 선생님. 저는 아씨의 차를 준비해 가지고 갔어요. 여느 때나 다름없이 9시 30분경이었답니다. 그런데 아씨가 침대에 누워 계셔서, 주무시는 모양이라고 전 생각했죠. 그래서, 저는 쟁반을 내려놓고 커튼을 잡아당겼지요. 그 바람에 몹시 시끄러운 소리가 났어요. 그런데도 아씨가 여전히 깨어나질 않아서 저는 그만 이상한 생각이 들었던 거예요. 갑자기 뭔가가 저를 엄습하는 것 같았어요. 아씨가 누워 있는 자세가 어쩐지 무척 부자연스러워 보였거든요. 그래서, 침대 쪽으로 가만히 다가가서 아씨의 손을 만져 보았지요. 그런데, 오, 그건 마치 얼음처럼 차가웠답니다. 그래서 그만 비명을 지르게 되었던 거죠."

그녀는 말을 멈추고 눈물을 흘리기 시작했다.

"알겠습니다. 나도 그 심정 충분히 이해해요."

포와로가 온정이 깃든 목소리로 다독거렸다.

"그것은 정말 당신에게는 견딜 수 없는 충격이었을 거요. 애덤스 양은 종종 수면제를 복용했나요?"

"아씨는 가끔 머리가 아프다면서 무슨 약인가를 드시곤 했죠, 선생님. 병에 들어 있는 조그만 알약이었는데, 어젯밤 아씨가 드신 것은 다른 것이었어요. 아니, 의사 선생님께서 그렇게 말씀하셨답니다."

"어젯밤에 혹시 누군가가 그녀를 찾아오진 않았소?"

"아뇨, 없었어요, 선생님. 아씨는 어젯밤에 외출하셨거든요."

"어디에 가는 것인지 당신에게 말하던가요?"

"아뇨, 선생님. 아씨는 7시경에 나가셨어요."

"아! 그런데, 그녀는 어떤 옷을 입었었소?"

"검은색 드레스였답니다, 선생님. 검은 드레스에 검은 모자였어요."

포와로는 나를 흘끗 쳐다보았다.

"혹시, 그녀가 무슨 보석 같은 걸 착용하지는 않았습니까?"

"아씨는 늘 진주 목걸이를 하고 계셨어요, 선생님."

"그리고 장갑도—회색 장갑이 아니었소?"

"맞아요, 선생님. 아씨는 회색 장갑을 끼셨어요."

"그렇군! 가능하다면, 그녀의 태도가 어떠했는지에 대해서도 자세히 말해 주시오. 명랑했다던가 아니면 흥분해 있었는지, 우울했는지, 짜증스러워했는지. 그래 어땠소?"

"무슨 일인지는 모르지만 꽤 즐거워하는 것 같았어요, 선생님. 무슨 재미있는 일이라도 있는지 줄곧 미소를 짓고 계셨어요."

"그녀가 돌아온 것은 언제였소?"

"12시가 조금 지나서였어요, 선생님."

"그때 그녀의 태도는 어떠했소? 전과 같던가요?"

"아씨는 몹시 피곤해 하셨어요, 선생님."

"마음이 몹시 동요해 있는가, 아니면 심란해하지 않고 말이오?"

"오! 아니에요, 선생님. 제가 보기엔 무슨 일인지 상당히 재미있어하시는 것 같았지만, 동시에 몹시 피로해 보였어요. 제 말뜻을 아시겠어요? 아씨는 누군가에게 전화를 거시다가, 곧 기다리기가 귀찮다고 하면서 내일 아침에 다시 걸어야겠다고 하셨어요."

"아! 그랬었구먼."

포와로의 눈은 흥분으로 반짝이고 있었다. 그는 상체를 앞으로 기울이면서 무관심한 듯한 목소리로 말했다.

"당신은 그녀가 전화를 걸려던 상대방의 이름을 들었소?"

"아뇨, 선생님. 아씨는 전화번호를 대고는 잠시 기다렸는데, 그때 전화국에서 '잠시만 기다려 주십시오.'라든가 뭐 그런 말을 했나 봐요. 아씨는 '좋아요' 하고 말하고 나선 갑자기 하품을 하면서 이렇게 말했어요. '오! 기다리는 건

질색이야. 난 지금 너무 피로해.' 그러고는 수화기를 내려놓고 옷을 갈아입기 시작했어요."

"그래, 그녀가 전화번호를 말했단 말이지? 그걸 기억해 낼 수 있겠소? 잘 생각해 봐요. 그건 상당히 중요한 문제일 수도 있으니까."

"죄송합니다만, 기억이 나질 않는군요, 선생님. 그건 빅토리아 국의 번호였는데, 그 이상은 생각나지 않아요. 그게 전부예요, 선생님. 저는 특별히 그런 일에 주의를 기울이지 않거든요."

"그녀는 잠자리에 들기 전에 음식을 들거나, 아니면 뭘 마시거나 하지는 않았소?"

"언제나처럼 아씨는 데운 우유를 한 잔 마셨답니다, 선생님."

"그것은 누가 준비한 것이었소?"

"제가 준비한 것이었어요, 선생님."

"혹시 누군가 어제저녁에 다녀간 사람은 없었소?"

"아무도 없었어요, 선생님."

"낮에는?"

"제가 기억하기론 아무도 찾아온 사람이 없었답니다. 애덤스 양은 점심때 차를 마시고 외출했다가 6시경에 돌아왔어요."

"그 우유는 언제 배달된 거요? 그녀가 어젯밤에 마셨던 우유 말이오?"

"아씨가 마신 것은 새 우유였어요, 선생님. 오후에 배달된 것이었죠. 4시쯤에 배달 소년이 문간에 두고 갔어요. 어머나, 맙소사! 선생님, 우유에는 아무런 이상도 없었다는 걸 저는 확신해요. 저도 오늘 아침에 그걸 마셨는걸요. 그리고 의사 선생님도 아씨가 손수 그 끔찍한 약을 복용하신 거라고 말씀하시던데요."

"내가 잘못 생각하고 있을지도 모르지." 포와로가 말했다.

"맞아, 내가 완전히 잘못 생각하고 있을 수도 있어. 아무튼, 그 의사를 만나 봐야겠군. 하지만, 애덤스 양에게 적이 있었을지도 몰라요. 미국이라는 곳은 이곳과는 전혀 딴판이니까……."

그가 우물쭈물하는 듯이 말하자 그만 그 착한 엘리스는 미끼에 걸려들고 말았다.

"오! 저도 알아요, 선생님. 저도 시카고의 총잡이들, 뭐 그런 이야기들을 읽어 본 적이 있답니다. 정말 끔찍한 나라예요. 도대체 그 나라 경찰은 뭘 하는 건지 알 수가 없어요. 우리 경찰은 그렇지가 않잖아요."

엘리스 베니트의 섬나라 근성이 궁색한 설명으로부터 자신을 구해 줄 거라는 사실을 깨달은 포와로는 그녀의 말이 더할 나위 없이 고마웠다.

그의 시선은 의자 위에 놓여 있는 작은 가방으로 쏠렸다.

"저것은 애덤스 양이 지난밤에 들고 나갔던 거요?"

"아침에 가지고 나갔더랬어요, 선생님. 점심때 차를 마시러 들어왔을 때는 가져오지 않았고, 마지막으로 밤늦게 돌아오면서 들고 오셨어요."

"아, 그렇구먼. 내가 잠시 열어 봐도 되겠소?"

엘리스 베니트는 무엇이든 다 허락할 것 같았다. 대부분의 조심스럽고 의심이 많은 여성들은, 일단 그들의 의심을 떨쳐 버리도록 만들면 그들을 다루기란 아주 손쉬운 일이었다. 그녀는 포와로가 하자는 대로 무엇이든 기꺼이 응할 것 같았다.

그 가방은 잠겨 있지 않았다. 포와로가 그것을 열자, 나는 그의 어깨너머로 안을 들여다보았다.

"이제 알겠나, 헤이스팅스, 이것이 무엇을 의미하는지?"

그는 몹시 흥분해서 속삭였다.

그 내용물은 확실히 암시하는 것이 많았다. 화장 도구들이 들어 있는 작은 상자, 키를 높이는 데 사용되는 것으로 여겨지는 물건이 두 개, 회색 장갑 한 켤레, 반듯하게 접힌 화장지, 제인 윌킨슨의 금발과 똑같이 보이는 정교하게 만들어진 가발은 가르마가 한가운데로 타져 있었고, 목 뒷부분은 곱슬곱슬했다.

"자, 이래도 믿지 못하겠나, 헤이스팅스?" 포와로가 물었다.

나는 그 순간까지도 의심하고 있었지만, 이렇게 된 이상에는 더 의심할 수가 없었다. 포와로는 그 가방을 다시 닫고는 하녀에게 돌려 주었다.

"당신은 어제저녁 애덤스 양이 누구와 함께 식사를 했는지 모르겠소?"

"모르겠습니다, 선생님."

"그녀가 누구하고 함께 점심이나 차를 들었는지는 알고 있소?"

"차에 관해선 저는 아는 바가 없어요, 선생님. 점심은 아마 드라이버 양과 함께 하셨을 거예요."

"드라이버 양?"

"예, 아씨의 절친한 친구분이세요. 그분은 본드 가에서 조금 떨어진 모패트 가에서 모자가게를 하고 있죠. '제네비에브'라고 하던가요."

포와로는 수첩에 그 주소를 의사의 주소 바로 밑에 적어넣었다.

"한 가지만 더 묻겠는데, 애덤스 양이 어제 오후 6시에 돌아왔을 때 뭔가 평상시와 다르다던가, 아니면 이상한 점을 그녀의 이야기나 태도에서 보인 것이 없었습니까?"

"정말 뭐라고 말씀드릴 것이 없군요, 선생님." 이윽고 그녀는 말했다.

"아씨에게 차를 마시지 않겠느냐고 제가 물었더니, 밖에서 마시고 왔다고 하시더군요."

"오! 그녀가 벌써 마셨다고 말했다고요." 포와로가 중간에 끼어들며 말했다.

"실례했습니다, 계속하십시오."

"그리고 나선 다시 외출하실 때까지 줄곧 편지만 쓰고 계셨어요."

"편지라? 혹시 누구한테 보내는 것인지 알고 있습니까?"

"물론이죠, 선생님. 편지는 한 통이었는데—그것은 워싱턴에 있는 여동생에게 보내는 것이었어요. 아씨는 1주일에 두 번씩 꼬박꼬박 여동생에게 편지를 부쳤답니다. 그 편지를 가지고 나가셨는데, 그만 그것을 부치는 걸 깜빡 잊으셨던 모양이에요."

"그렇다면, 아직 여기에 있겠군요?"

"아뇨, 선생님. 제가 그것을 부쳤답니다. 어젯밤 침대에 드실 참에 아씨가 편지 부치는 일을 기억해 냈거든요. 그래서 제가 부치고 오겠다고 말씀드렸어요. 특별 우표를 붙여서 등기로 부쳤으니까 아마 아무 탈 없이 잘 들어갈 거예요."

"아! 알겠습니다. 그런데 우체국은 멀리 떨어져 있소?"

"아니에요, 선생님. 모퉁이를 돌면 바로 나와요."

"문을 걸어 잠그고 나갔었나요?"

베니트는 영문을 몰라 하며 그를 빤히 쳐다보았다.

"아뇨, 선생님, 열어 둔 채로 갔어요—편지를 부치러 갈 때는 항상 그렇게 하거든요."

포와로는 무슨 말인가를 하려는 듯했다. 하지만, 이내 다시 입을 다물었다.

"아씨를 보지 않으시겠어요, 선생님?" 하녀는 눈물을 훔치며 물었다.

"주무시는 모습이 무척 아름답답니다."

우리는 그녀를 따라 침실로 들어갔다.

캐로타 애덤스는 이상하리만큼 평화롭게 보였고, 전날 밤 사보이 호텔에서 보았을 때보다도 훨씬 더 앳되어 보였다. 그녀는 마치 곤하게 잠든 어린아이처럼 보였다.

그녀를 내려다보고 있는 포와로의 얼굴에는 기묘한 표정이 어려 있었다. 나는 그가 성호를 긋는 것을 볼 수 있었다.

"하늘에 두고 맹세하겠네, 헤이스팅스"

우리가 계단을 내려올 때 그가 말했다. 나는 그에게 무슨 맹세를 한다는 거냐고 묻지 않았다. 나는 단지 추측할 뿐이었다.

잠시 뒤에 그가 다시 입을 열었다.

"이제 나는 한 가지 가능성을 내 마음속에서 지워 버렸다네. 나는 그녀를 구할 수가 없었어. 내가 에지웨어 경의 사망 소식을 전해 들었을 때는 이미 그녀도 죽었던 거야. 그게 다소나마 나를 위안해 주는 사실이지. 맞았어, 그 사실이 위안이 되네."

제10장

제니 드라이버

우리의 다음 행동은 그 하녀가 가르쳐 준 주소로 의사를 방문하는 것이었다.

그는 태도가 약간 애매한 나이가 지긋한 사람이었다. 포와로의 명성을 이미 알고 있는 그는 이렇게 본인을 직접 만나보게 된 사실을 몹시 기뻐하는 것 같았다.

"무엇을 도와드릴까요, 포와로 씨?"

그는 서로 초면 인사를 나눈 다음에 궁금한 듯 물어보았다.

"당신이 오늘 아침에 캐로타 애덤스 양을 진찰하셨지요, 의사 선생님?"

"아! 그렇습니다. 불쌍한 아가씨예요. 참 훌륭한 여배우였는데. 나는 그녀의 쇼를 두 번 보았답니다. 그런 식으로 종말을 맞게 되다니 참으로 유감 천만입니다. 어째서 그런 처녀들이 약을 복용해야 하는 것인지, 나로선 도무지 이해할 수 없군요."

"그렇다면, 그녀가 약을 상습적으로 복용해 왔다고 생각하십니까?"

"글쎄요, 직업적으로 보아서는 그렇게 말씀드리기가 곤란하군요. 여러 가지 면에서 볼 때, 마약 주사는 맞지 않았던 것 같습니다. 바늘 자국이 전혀 없었거든요. 아마도 입으로 복용해 왔던 모양입니다. 하녀 말은 그녀가 아주 자연스럽게 잠이 들었다고 하지만, 그러나 글쎄요, 하녀야 결코 알 리가 없지요. 나도 그녀가 매일 밤 베로날을 복용했다고는 생각지 않습니다만, 그러나 한동안 그것을 복용했던 것만은 분명합니다."

"무엇을 보고 그렇게 단정하시는 겁니까?"

"이겁니다. 이런—내가 그걸 어디다 두었더라?"

그는 작은 가방 속을 들여다보았다.

"아! 여기 있구먼." 그는 검은 모로코가죽으로 만든 핸드백을 끄집어내었다.

"물론 검시가 있어야겠지요. 내가 이것을 가져온 것은 하녀가 함부로 만지지 못하게 하려고 했던 겁니다."

그 가방을 열고 그는 조그만 금빛 상자를 꺼냈다. 뚜껑에는 루비를 박아서 만든 C. A. 라는 머리글자가 적혀 있었다. 비싸고 귀해 보이는 장식품이었다. 의사는 그것을 열었다. 안에는 하얀 분말이 거의 가득 들어 있었다.

"베로날입니다." 의사가 간단하게 설명했다.

"이 안쪽에 뭐라고 쓰여 있는지 보십시오."

상자의 뚜껑 안쪽에는 다음과 같은 글씨가 새겨져 있었다.

D로부터 C. A. 에게, 11월 10일 파리에서.

'달콤한 수면을 위하여'

"흠, 11월 10일이라……." 포와로가 심각한 표정으로 말했다.

"그렇습니다. 그리고 지금은 6월이지요. 이것으로 미루어 볼 때 적어도 6개월 전부터 그녀는 이 약을 상용해 왔던 것으로 여겨집니다. 게다가 연도가 적혀 있지 않으니 18개월 전부터인지—아니면 2년 6개월 전부터인지, 아니면 그보다 훨씬 오래전부터였을 수도 있지요."

"파리. D로부터……." 포와로는 눈살을 찌푸리며 말했다.

"그렇습니다. 뭔가 짚이는 데라도 있습니까? 아직 이 사건에서 당신의 흥미를 끄는 것이 무엇인지 묻지 못했군요. 물론 그럴 만한 이유가 있으리라고 여겨집니다만. 내 생각으로 자살인지 아닌지를 알고 싶으신 것 같은데, 아닌가요? 글쎄요, 나로서는 뭐라고 말씀드릴 수가 없군요. 하녀의 말에 따르자면, 그녀는 어제 아주 즐거워했다고 하더군요. 그걸로 봐서는 사고사인 것 같습니다. 나도 역시 사고사로 보여집니다. 베로날은 매우 불안정한 약입니다. 다량을 복용해도 죽지 않을 수가 있고, 아주 소량을 복용해도 죽을 수가 있기 때문이죠. 결국 검시에서도 사고사로 판명될 거라는 것은 의심할 나위도 없습니다. 더 이상 당신에게 도움을 줄 수 없어서 유감이로군요."

"애덤스 양의 가방을 조사해 봐도 괜찮겠습니까?"

"물론입니다. 좋을 대로 하십시오"

포와로는 가방 속의 내용물들을 하나씩 끄집어내었다. 귀퉁이에 C. M. A. 라는 머리글자가 새겨진 고급 손수건, 분첩 한 개, 립스틱, 1파운드짜리 지폐 한 장과 잔돈 약간, 그리고 코안경이 있었다.

이 마지막 물건을 포와로는 흥미있게 조사했다. 금테로 만든 볼품없는 것으로, 다소 고풍스러워 보였다.

"이건 기묘하군." 포와로가 말했다.

"나는 애덤스 양이 안경을 쓰는 줄은 몰랐습니다. 하지만, 독서용 안경일 수도 있겠죠?"

의사가 그것을 집어들었다.

"천만에요. 이건 밖에서 끼는 안경이로군요." 그가 단정 짓듯이 말했다.

"게다가, 제법 도수가 높군요. 이걸 끼고 있던 사람은 아주 심한 근시였음이 틀림없습니다."

"애덤스 양이 끼던 것인지는 모르시는가 보군요—?"

"전에는 그녀를 진찰했던 적이 없습니다. 언젠가 한번 하녀의 곪은 손가락 때문에 가본 적이 있긴 하지요. 그 밖에는 전혀 그 아파트에 간 적이 없습니다. 애덤스 양은 그 당시 내가 우연히 본 바로는, 분명히 그때는 안경을 쓰지 않았었습니다."

포와로가 의사에게 고맙다고 하고는 우리는 그곳을 떠났다.

포와로는 무척 곤혹스러운 표정이었다.

"내가 잘못 짚었을지도 모르지." 그가 말했다.

"가짜 사건에 대해서 말인가요?" 내가 물었다.

"아니, 그게 아니야. 그것은 이미 증명되었다고 보네. 그게 아니고, 그녀의 사인에 대한 것이라네. 분명히 그녀는 베로날을 갖고 있었어. 지난밤에 그녀는 긴장과 피로가 겹쳐서 한잠 푹 자려고 생각했을지도 모르지."

느닷없이 그는 걸음을 멈추었다. 행인들이 깜짝 놀랐지만 그는 개의치 않고 손바닥을 딱 쳤다.

"아니야, 천만에! 그럴 리가 없지, 그렇고말고!" 그는 힘차게 단언했다.

"어째서 그 사고가 그렇게 안성맞춤으로 일어날 수 있었지? 그건 절대로 우연한 사고가 아니었어. 그건 자살이 아니었단 말일세. 천만에, 그녀는 자신의 역할을 연출해 냈던 것이고, 그렇게 함으로써 자신의 사형 집행 영장에 사인을 하게 된 셈이었지. 베로날이 살해 수단으로 선택된 것은 단지 그녀가 그 약을 종종 사용하고 있다는 사실이 알려졌고, 또한 그녀가 그 상자를 휴대하고 다녔기 때문이라네. 그렇다고 한다면, 살인자는 그녀를 잘 알고 있는 자임에 틀림없어. D가 과연 어떤 인물일까, 헤이스팅스! D가 누구였는지를 알려면 꽤나 골치 아플 걸세."

"포와로—." 나는 골똘히 생각에 잠겨 있는 그에게 말했다.

"계속 걷는 편이 좋지 않을까요? 사람들이 모두 우리를 쳐다보고 있어요."

"뭐라고? 아마도 자네 말이 맞을 걸세. 하기야 사람들이 쳐다보더라도 나야 별 상관이 없지. 나의 사고 활동에는 조금도 지장을 주지 않으니 말일세."

"이젠 사람들이 웃기 시작했어요." 나는 목소리를 낮추어서 속삭였다.

"그런 것은 그리 중요한 문제가 되지 않아."

나는 그 말에 결코 동의할 수가 없었다. 나는 남의 눈에 띄는 행동을 하기가 두려웠다. 하지만, 포와로의 행동에 영향을 미칠 수 있는 것이라곤 축축한 습기라든가, 아니면 그의 유명한 콧수염에 지장을 줄 열기 따위가 고작이었다.

"택시를 부르세." 포와로는 지팡이를 휘두르며 말했다.

택시가 한 대 멈추어 서자 포와로는 급히 올라타며 곧장 모패트 가에 있는 제네비에브로 가자고 했다.

제네비에브의 아래층 쇼윈도 박스에는 별로 눈에 띄지 않는 모자 한 개와 스카프가 진열되어 있고, 실제 영업장소는 곰팡내가 나는 케케묵은 계단을 올라가서 2층에 자리 잡고 있는 그런 상점이었다.

계단을 올라가자, 우리는 제네비에브란 간판이 걸려 있는 문에 이르게 되었다. 거기에는 '들어오시오'라는 팻말이 붙어 있었고, 우리가 모자로 가득 찬 조그만 방으로 들어가자 인상적인 금발의 아가씨가 포와로에게 미심쩍어 하는 듯한 시선을 던지며 다가왔다.

"드라이버 양 계십니까?" 포와로가 물었다.

"마담이 만나주실지 모르겠군요. 죄송하지만, 무슨 일로 오셨나요?"

"드라이버 양에게 애덤스 양의 친구가 찾아왔다고 전해 주지 않겠습니까?"

그 금발의 미인은 그런 수고를 할 필요가 전혀 없었다. 검은 벨벳 커튼이 세게 흔들리면서 타는 듯한 붉은 머리에 작고 생기가 넘치는 여인이 모습을 나타냈다.

"무슨 일이신가요?" 그녀가 물었다.

"드라이버 양이십니까?"

"그런데요. 캐로타에게 무슨 일이 있나요?"

"당신은 슬픈 소식을 듣지 못했습니까?"

"슬픈 소식이라뇨?"

"애덤스 양은 어젯밤 잠자다가 그만 숨을 거두었습니다. 베로날 과용이었답니다."

그녀의 눈이 휘둥그레졌다.

"저런, 세상에!" 그녀는 그만 비명을 질렀다.

"오! 가엾은 캐로타. 정말 믿을 수가 없군요. 아아, 어제만 해도 그토록 생기발랄했는데!"

"유감스러운 일이지만 사실입니다, 마드모아젤." 포와로가 말했다.

"그건 그렇고, 마침 1시로군요. 우리에게 함께 점심식사를 하는 영광을 베풀어 주시지 않겠습니까? 당신에게 몇 가지 묻고 싶은 것이 있어서요."

그 아가씨는 포와로를 아래위로 훑어보았다. 그녀는 아주 영민하게 보이는 자그마한 여인이었다. 어쩐지 폭스테리어(사냥개의 일종)를 연상케 한다고 생각했다.

"당신은 누구세요?" 그녀가 불쑥 물어보았다.

"내 이름은 에르퀼 포와로라고 합니다. 이 사람은 내 친구인 헤이스팅스 대위올시다."

나는 머리를 숙여 인사를 했다.

그녀의 시선은 한동안 우리 사이를 오갔다.

"선생님 이야기는 많이 들었어요." 그녀가 갑자기 말을 꺼냈다.

"자, 나가시죠."

그녀는 그 금발 미인을 불렀다.

"도로시?"

"예, 제니."

"레스터 부인이 그 로즈 데카르트 모델을 가져올 거야. 그러면, 깃털 장식을 다른 걸로 바꿔 봐. 그리 오래 걸리지는 않을 거야."

그녀는 조그만 검은색 모자를 집어 비스듬하게 쓰고는, 재빨리 코에 분을 바르고 나서 포와로를 쳐다보았다.

"다 되었어요." 그녀가 급히 말했다.

5분 뒤에 우리는 도버 가에 있는 작은 레스토랑에 앉아 있었다. 포와로가 웨이터에게 식사를 주문했고, 칵테일이 곧 우리 앞에 놓여졌다.

제니 드라이버가 말했다.

"자, 말씀해 보세요. 대체 어떻게 된 일인지 알고 싶군요. 캐로타가 무슨 좋지 않은 일에라도 연루되었나요?"

"아니, 정말 그녀가 그런 일에 연루되어 있었습니까, 마드모아젤?"

"아니, 이건 제가 묻는 건가요, 아니면 당신이 제게 묻는 건가요?"

"내 생각엔 내가 물어야 할 내용 같습니다."

포와로가 미소를 지으며 말했다.

"내가 듣기로는, 당신과 애덤스 양이 무척 친한 사이라고 합디다만."

"그래요."

"좋습니다. 그렇다면 얘기하죠. 마드모아젤, 내가 하는 일은 고인이 된 당신 친구분을 위해 하는 것임을 엄숙히 밝혀 둡니다. 이것이 진실이라는 것을 당신에게 보증합니다."

제니 드라이버가 이 말을 되새기는 동안 잠시 침묵이 흘렀다. 이윽고, 그녀는 승낙한다는 듯이 재빨리 고개를 까딱해 보였다.

"나는 당신을 믿어요. 말씀하세요. 무얼 알고 싶은가요?"

"내가 알기로, 마드모아젤, 당신 친구는 어제 당신과 함께 점심을 들었다고 하던데요?"

"예, 그랬어요."

"그녀가 저녁때 어떻게 지낼지에 대해서 당신에게 말한 적이 있습니까?"

"자세한 이야기는 하지 않았어요."

"하지만, 뭔가 언뜻 비치기는 했군요?"

"글쎄요, 그녀가 무슨 말인가를 언급했었는데, 그것은 아마 당신이 궁금하게 여기실 그런 내용이었던 것 같아요. 솔직히 말해서 그녀는 비밀을 털어놓았거든요."

"그랬군요."

"아니, 잠깐만요. 난 내 방식대로 말씀드리는 게 좋을 것 같아요."

"그렇게 하십시오, 마드모아젤."

"캐로타는 굉장히 흥분하고 있었어요. 그녀는 좀처럼 흥분한 적이 없었거든요. 전혀 그녀답지 않았어요. 무엇 때문에 그토록 흥분하는 건지 확실한 얘기를 하지 않으려고 했어요. 남에게 말하지 않기로 약속했다면서, 그냥 무슨 일인가를 하려고 한다고만 했는데—내가 듣기로는 뭔가 아주 대단한 장난 같은 것이 아닐까 싶었어요."

"장난이라니?"

"그녀가 그렇게 말하던걸요. 하지만, 언제, 어디서, 어떻게 할 거라는 얘기는 하지 않았어요. 다만……." 그녀는 잠시 말을 멈추고 미간을 찌푸렸다.

"글쎄요, 당신도 아시겠지만, 캐로타는 농담이라든가 장난 따위를 즐기는 그런 여자가 아니었거든요. 그녀는 진지하고 신앙심이 깊은, 성실한 애였어요. 내 말은 틀림없이 누군가가 그녀에게 그런 장난을 하도록 충동질했다는 거예요. 그리고 제가 생각하기로는—그녀는 그런 말을 하지 않았지만, 아마……."

"아, 괜찮아요. 당신 말뜻은 충분히 이해가 갑니다. 그런데 무슨 생각이 들었다는 뜻이죠?"

"내 생각엔—어쩐지 돈과 관계가 있는 일 같아 보였어요. 금전 문제 말고는 그렇게 캐로타를 흥분시킬 만한 일이 전혀 없다고 해도 과언이 아닐 거예요. 그녀는 그런 성격이었답니다. 그녀는 제가 지금까지 만나본 사람 중에서 사업적인 수완이 가장 뛰어난 사람에 속했거든요. 만일에 돈이, 그것도 꽤 많은 돈이 걸린 일이 아니었다면—그녀가 그토록 흥분하고 즐거워했을 리가 없어요. 그녀는 뭔가 일종의 내기 같은 것을 걸었는데 그녀에게 꽤 승산이 있는 것 같은 인상을 받았어요. 그렇다고 해도 그게 사실이었는지에 대해서는 사실 꽤 의심스러운 일이긴 하지만, 내 말은, 캐로타는 내기 같은 건 하지 않는 애였다는 뜻이에요. 그녀가 내기를 걸었던 적이 있다는 말을 한 번도 듣지 못했거든요. 하지만, 아무튼, 돈이 개입된 일이었다는 것만은 확실해요."

"그녀가 실제로 그런 말을 하지는 않았겠죠?"

"아, 아뇨. 그녀는 단지 자기가 충분히 해낼 수 있고, 또 곧 실행할 일이라고만 했을 뿐이에요. 그 애는 미국에 있는 여동생과 파리에서 만날 예정이었어요. 자기의 어린 여동생을 끔찍이도 아꼈답니다. 내가 알기로 그 여동생은 아주 예민하고, 음악적인 재능이 풍부한 것 같았어요. 자, 이상이 내가 알고 있는 전부예요. 이것이 당신이 알고 싶어 하시는 내용인가요?"

포와로는 고개를 끄덕였다.

"그렇습니다. 그것으로 내 이론이 더욱 확고히 구축되었답니다. 실은 보다 더 많은 정보를 원했지만 말입니다. 나도 애덤스 양이 비밀을 갖고 있으리라는 사실을 이미 짐작하고 있었지요. 하지만, 내가 바랐던 것은 이겁니다. 여성들이란 자신의 비밀을 가장 친한 친구에겐 털어놓지 않을 수 없을 거라고 말입니다."

"나도 그녀에게 솔직히 털어놓으라고 다그쳤답니다." 그녀도 인정했다.

"하지만, 그녀는 단지 웃기만 하고 조만간 내게 모든 걸 얘기해 주겠다고 했어요."

포와로는 잠시 침묵을 지켰다. 이윽고 그가 다시 입을 열었다.

"당신도 에지웨어 경이라는 이름을 알고 있겠죠?"

"누구? 살해당한 그 남자를 말씀하시는 건가요? 한 30분쯤 전에 호외가 나 돌더군요."

"그렇습니다. 혹시 애덤스 양이 그 사람과 친분이 있는 사이였는지 모르겠습니까?"

"나는 그렇게 생각되지가 않는군요. 절대로 그렇지 않을 거라고 생각해요.

오! 잠시만 기다려 주세요."

"무슨 일입니까, 마드모아젤?" 포와로가 눈을 빛내며 물었다.

"아이 참, 그게 뭐였더라?"

그녀는 눈썹을 찌푸리고 뭔가를 기억해 내려고 애썼다.

"맞아, 이제야 생각이 나네. 그녀는 그 사람의 이름을 한 번 언급했던 적이 있어요. 몹시 불쾌해하면서 말이에요."

"불쾌해하면서?"

"그래요. 그녀가, 음, 뭐라고 했더라? 그런 인간들이 자신들의 포악함과 몰지각함으로 인해 다른 사람들의 생활을 무참히 짓밟아 버리는 일은 결코 용납될 수가 없다고 했을 거예요, 아마. 그녀는(맞아요, 이렇게 말했어요), 그런 인간이 죽는다면 아마 여러 사람을 위해 좋은 일이 될 거라고요."

"그런 말을 한 게 언제였습니까, 마드모아젤?"

"오! 한 달 전이었던가, 아마 그랬을 거예요."

"어떻게 해서 그런 문제를 화제에 올리게 되었습니까?"

제니 드라이버는 몇 분 동안 머리를 쥐어짜는 것 같더니만, 결국 고개를 저었다.

"잘 기억이 나질 않아요." 그녀가 체념한 듯 말했다.

"아마 어쩌다가 그의 이름이 불쑥 튀어나왔던가 봐요. 신문에 났었는지도 모르고요. 아무튼 캐로타는 그 남자를 잘 알지도 못할 텐데 그렇게 열을 올리다니 참 이상한 일이라고 생각했던 게 기억이 나요."

"확실히 그건 이상한 일이군요."

포와로가 신중한 표정을 지은 채 동의했다. 그리고 나서 그가 다시 물었다.

"당신은 애덤스 양이 베로날을 상용하는 습관이 있었는지에 대해서 혹시 아는 바가 없습니까?"

"아뇨, 난 전혀 모르는 일이에요. 나는 그녀가 그것을 복용하거나 언급하는 걸 한 번도 본 적이 없거든요."

"그녀의 가방 속에서 C. A. 라고 루비로 머리글자를 새겨 넣은 조그만 금빛 상자를 본 적이 있습니까?"

"작은 금빛 상자라……, 아뇨, 그런 건 한 번도 본 기억이 없는 것 같아요."

"혹시 당신은 애덤스 양이 지난 11월에 어디에 있었는지 압니까?"

"잠깐만요, 11월에 그녀는 미국으로 돌아갔어요— 제가 기억하기로는, 아마도 11월 말경이었지요. 그전에는 파리에 있었고요."

"혼자서 말입니까?"

"물론 혼자서예요! 유감이지만, 아마도 선생님이 생각하시는 그런 일은 없었을 거예요! 도대체 왜들 파리라는 말만 들먹이면 항상 엉큼한 생각들을 떠올리게 되는 건지 나는 도통 영문을 모르겠어요. 사실 파리는 참으로 멋진 도시가 아닌가요? 하지만, 캐로타는 당신이 알고 싶어 하는 그런 주말여행이라고는 해본 적이 없어요."

"알겠습니다, 마드모아젤. 이제 매우 중요한 질문을 하나 할까 합니다만. 애덤스 양이 특별히 관심을 기울였던 남자는 없었습니까?"

"그 질문에 대한 대답은 물론 '노' 예요." 제니가 뜸을 들이며 말했다.

"캐로타는, 제가 그녀와 알고 지낸 이래, 자신의 직업과 그녀의 연약한 여동생 이외에는 절대로 한눈을 팔지 않았어요. 그녀는, '가족에 대한 부양의 책임은 바로 나에게 달려 있다.'라고 하며 가장으로서의 자신의 위치를 절감하고 있었거든요. 그러니 그 대답은 '노'일 수밖에—엄밀히 말하자면요."

"아! 그런데 엄밀히 말하지 않는다면?"

"나도 그렇게 생각하지는 않아요. 나중에라도 캐로타가 어떤 사내에게 정신이 팔리지 않을 것이라고는 믿지 않아요."

"아!"

"하지만, 그것은 순전히 내 일방적인 추측에 지나지 않아요. 다만 그녀의 태도로 미루어 봐서 그렇게 짐작했던 거예요. 그녀는, 좀 유별났거든요. 몽상에 잠긴다거나, 어떤 추상적인 것을 추구하곤 했죠. 아무튼, 그녀는 어딘지 유별나게 보였어요. 아! 도대체 어떻게 설명해야 할지 모르겠군요. 그건 다른 여자들도 마찬가지로 느끼는 그런 거예요. 물론, 내가 완전히 잘못 생각했을 수도 있지만요."

포와로는 고개를 끄덕였다.

"고맙소, 마드모아젤. 한 가지만 더 묻겠습니다. 애덤스 양의 친구 중에 D라는 머리글자를 가진 사람이 있습니까?"

"D라……." 제니 드라이버는 생각에 잠긴 듯한 목소리로 말했다.

"D? 아뇨, 난 모르겠어요. 죄송하지만, 그게 누구를 말하는 건지 알 수가 없군요."

제11장

이기주의자

나는 포와로가 자신의 질문에 대해서 어떤 다른 대답을 기대했으리라고는 생각지 않았다. 아무튼, 그는 몹시 실망한 얼굴로 고개를 설레설레 저었다. 그는 자신의 생각에 몰두하고 있었다. 제니 드라이버는 상체를 앞으로 내밀고는 테이블 위에 팔꿈치를 올려놓았다.

"그럼 이번에는……." 그녀가 말했다.

"내게도 뭔가 이야기를 들려주시지 않겠어요?"

"마드모아젤—." 이윽고 포와로가 입을 열었다.

"우선 당신에게 찬사를 보내야겠군요. 내 질문에 대한 당신의 대답은 매우 훌륭한 것이었습니다. 확실히 당신은 영리합니다, 마드모아젤. 내게 뭔가를 얘기해 달라고 했지요? 얘기해 드리지요—얘기해 드릴 게 별로 많지 않지만. 이제 몇 가지 숨김없는 사실을 말씀드리겠습니다, 마드모아젤."

그는 잠시 멈추었다가 다시 조용한 목소리로 말을 하기 시작했다.

"어젯밤 에지웨어 경이 자기 서재에서 피살되었습니다. 어젯밤 10시경에 당신 친구인 애덤스 양으로 여겨지는 어떤 부인이 에지웨어 경을 만나고 싶다며, 자신을 에지웨어 부인이라고 밝혔습니다. 그녀는 금발로 된 가발을 쓰고 있었는데, 아마도 당신은 여배우 제인 윌킨슨으로 더 잘 알고 있을 진짜 에지웨어 부인과 아주 비슷하게 꾸미고 있었던 겁니다. 애덤스 양은(만일 그 부인이 그녀였다고 한다면) 잠시 동안밖에 머물지 않았습니다. 그녀가 10시 5분경에 그 저택을 떠났는데, 밤늦도록 집으로 돌아오지 않았습니다. 한밤중이 되어 집으로 돌아온 그녀는 다량의 베로날을 복용하고는 잠자리에 들었던 겁니다. 자, 이제는 아마도 내가 당신에게 했던 질문의 요지를 알겠지요, 마드모아젤?"

제니는 깊숙이 숨을 들이마셨다.

"알겠어요." 그녀가 말했다.

"이제 알겠어요. 저도 당신이 옳다고 생각해요, 포와로 씨. 그 부인은 아마 캐로타였을 거예요. 한 가지 말씀드리자면, 그녀는 어제 새로운 스타일의 모자를 샀거든요."

"새로운 스타일의 모자라니?"

"그래요. 뭐 얼굴 왼쪽을 가리고 싶다나요."

여기에서 나는 이 말을 듣기 전까지는 전혀 몰랐던 새로운 사실에 대한 설명을 곁들여야겠다. 그 당시 나는 많은 형태의 모자들을 보아 왔는데—그런 부인용 모자들은 얼굴을 완전히 가리게 마련이어서 상대방의 얼굴을 알아본다는 것은 거의 불가능한 일이었다. 앞쪽으로 기울어진 모자, 경쾌하게 뒤로 젖혀진 모자, 베레모, 그 밖에도 다양한 스타일의 모자가 많았다. 특히 6월에 쓰는 모자는 수프 접시를 뒤집어 놓은 모양을 하고 있는데(만일에 잡아당길 일이 있다면), 한쪽 귀까지 덮게 되어서 고작 보이게 되는 부분은 반쪽 얼굴과 머리카락뿐이었다.

"대게 그런 모자들은 오른쪽으로 기울여 쓰는데?" 포와로가 물었다.

그 작은 디자이너는 고개를 끄덕였다.

"하지만, 우린 반대쪽으로 쓰는 것도 몇 개 있답니다." 그녀가 설명했다.

"왜냐하면, 부인네들 중에서는 특별히 오른쪽 얼굴에 자신감을 가지고 있거나, 아니면 단지 한쪽으로만 머리를 빗어 넘기는 사람들이 있기 때문이죠. 그런데 캐로타가 왼쪽 얼굴을 가려야만 할 특별한 이유라도 있었던가요?"

나는 리젠트 게이트 저택의 문이 왼쪽으로 열린다는 사실을 기억해 냈다. 그렇기 때문에 그 집에 들어서는 사람은 누구나 집사에게 자신의 왼쪽 모습을 온통 드러내게 되리라. 게다가, 또한 제인 윌킨슨은 왼쪽 눈가에 자그마한 점이 있다는 사실도 아울러 생각이 났다. 나는 상당히 흥분된 어조로 포와로에게 그 말을 해주었다. 포와로는 힘차게 고개를 끄덕여 동감을 표시했다.

"그건 그래. 자네 말대로일세. 그럴 만한 충분한 이유가 있었던 거야, 헤이스팅스. 그래, 그걸로 모자를 새로 산 까닭이 설명되는구먼."

"포와로 씨?" 제니가 갑자기 상체를 꼿꼿이 세우며 물었다.

"설마, 그렇게 생각하시는 건 아니겠죠(한 번이라도 그런 생각을 하시지는 않았겠죠). 캐로타가 그렇게 했다고요? 난 그를 살해한 사람이 캐로타라고 말하진 않았어요. 당신은 그렇게 생각하시면 안 돼요. 단지 그녀가 그 남자에 대해서 심한 악담을 했다는 사실만 가지고 말이에요."

"나도 그렇게 생각지는 않습니다만, 그러나 그렇다고 해도 그건 좀 이상한 일이군요. 내 말은, 그녀가 그런 말을 했다는 것 자체가 의심스럽다는 거죠. 내가 알고 싶은 것은 바로 그 이유입니다. 과연 그가 무엇을 했길래, 그녀가 에지웨어 경에 대해서 무엇을 알고 있기에 그런 말을 했던 걸까요?"

"나도 그건 알 수 없는 일이에요. 하지만, 분명히 그녀는 그를 살해하지 않았어요. 그녀는, 오! 그녀는……, 결코 경솔한 여자가 아니었단 말이에요."

포와로는 그녀의 말을 칭찬이라도 하듯이 고개를 끄덕였다.

"그렇습니다, 맞아요. 당신은 아주 좋은 말을 했습니다. 그건 심리학적인 문제지요. 나도 동감합니다. 이것은 과학적인 범죄올시다만, 그리 세밀한 범죄라고는 할 수 없지요."

"과학적이라뇨?"

"살인자는 치명적인 부위로서 신경 중추와 척수와 결합되는 두개골 기부라는, 즉 어디를 찔러야 하는지를 정확하게 알고 있었단 말입니다."

"의사처럼 말씀하시는군요." 제니가 심각한 표정으로 말했다.

"혹시 애덤스 양이 잘 아는 의사는 없었습니까? 내 말은, 그녀의 친구 중에 의사가 없었느냐는 것이죠."

제니는 고개를 저었다.

"그런 말은 들어 본 적이 없군요. 이곳에 건너와서는 말이죠."

"하나만 더 묻겠습니다. 혹시 애덤스 양이 코안경을 끼나요?"

"안경이라고요? 천만에요."

"아! 그랬군요." 포와로는 눈살을 찌푸렸다.

문득 어떤 광경이 내 머릿속에 떠올랐다. 그건 석탄산 냄새를 풍기며, 도수가 높은 안경을 낀 근시의 눈을 번뜩이는 어떤 의사의 모습이었다. 맙소사, 이런 어처구니없는 생각을 다하다니!

"그런데 애덤스 양은 브라이언 마틴을 잘 알고 있었습니까? 그 미남 영화배우 말입니다."

"예, 잘 알고 있었어요. 그와는 어릴 적부터 알고 지내던 사이라고 그녀가 말했어요. 비록 그녀가 그를 자주 만났다고는 생각지 않지만요. 어쩌다가 한 번 만나곤 했어요. 그는 매우 자만심이 강한 남자인 것 같다고 하는 말을 들었어요."

그녀는 시계를 들여다보더니 깜짝 놀라며 소리쳤다.

"어머나, 날아가야겠군요. 그래, 내 얘기가 당신에게 도움이 됐나요, 포와로 씨?"

"도움이 되고말고요. 조만간 다시 찾아오겠습니다."

"좋을 대로 하세요. 누군가가 이런 끔찍한 음모를 꾸민 게 틀림없어요. 우리는 꼭 그것을 밝혀야만 해요."

그녀는 우리에게 재빨리 악수를 청하고서, 흰 치아를 반짝이며 미소를 보이고는 훌쩍 우리에게서 떠나갔다.

"참으로 흥미있는 성격이야." 포와로가 음식값을 지불하며 말했다.

"그녀가 마음에 드는데요." 내가 말했다.

"생기발랄한 사람과 만난다는 것은 항상 즐거운 법이지."

"약간 매몰찬 데가 있는 것 같더군요." 내가 말했다.

"그녀 친구의 죽음도 내가 예상했던 것만큼 그녀에게 큰 충격을 주지는 못했던 것 같아요."

"그녀는 눈물이나 질질 짜는 그런 여자가 아니야."

포와로는 냉담한 어조로 맞장구를 쳤다.

"그래, 그녀와 만나서 바라시던 것을 얻어냈습니까?"

그는 고개를 저었다.

"아니야. 내가 원했던 것은(나는 많은 것을 원했어), 작은 금빛 상자를 그녀에게 준 D라는 인물에 대한 단서를 알아내고 싶었거든. 그 점에 있어서는 완전히 실패야. 공교롭게도 캐로타 애덤스는 말수가 적고 수줍어하는 아가씨였어. 그녀는 남자친구라든가 연애행각 같은 문제에 대해서 서슴없이 지껄여대는 그런 여자가 아니었단 말일세. 하기야, 그녀에게 그 못된 장난을 사주한 자는 그녀의 친구가 아니었는지도 모르지. 별것도 아닌 단순한 '장난'에 지나지 않는다고 하면서, 그 대가로 돈을 걸고는 그런 짓을 하도록 그녀를 유혹한 자는 그냥 안면만 있는 사람이었을 수도 있다네. 그자가 우연히 그녀가 가지고 다니던 그 금빛 상자와 그 안에 들어 있는 내용물을 알게 되자 그걸 좋은 기회로 삼았을지도 모르지."

"하지만, 도대체 어떤 방법으로 그녀에게 그 약을 먹였을까요? 그리고 언제?"

"글쎄, 그녀의 아파트 방문이 열려 있던 때가 있었어. 하녀가 편지를 부치러 간 사이 말이야. 하지만, 그 정도 해석으로는 만족할 수가 없구먼. 그건 너무도 우연한 일이거든. 하지만 이제부터 알아봐야지. 아직도 우리에게는 가능성이 있는 두 가지 단서가 있거든."

"어떤 것들입니까?"

"첫 번째 단서는 빅토리아 국번으로 건 전화일세. 그것은 캐로타 애덤스가 돌아오자마자 자신의 성공을 알리기 위해 건 전화였을 가능성이 농후하지. 다른 한편으로는, 10시 5분에서 자정 사이에 그녀는 어디에 있었던 것일까? 그 장난을 선동한 자와 만나기로 약속이 되어 있었을지도 모르지. 그럴 경우에 그 전화는 단지 친구에게 걸려고 했던 것에 지나지 않을 걸세."

"두 번째 단서는 어떤 겁니까?"

"아! 그거야말로 나의 절대적인 희망이라고 할 수 있지. 그 편지 말일세, 헤이스팅스 그 편지는 여동생에게 보내는 거였어. 가능성이 있어(나는 단지 가능성이라고만 했네). 그 편지의 내용에는 그녀가 사건 전반에 걸쳐 자세히 적어 놓은 부분이 들어 있을지도 모른단 말일세. 그녀도 그 편지가 1주일 뒤에, 그리고 다른 나라에서 읽혀지게 될 것까지도 약속을 어기는 행위라고는 생각하지 않았을 테니까."

"과연 놀랍군요, 그것이 사실이라고 한다면!"

"거기에 대해서 너무 큰 기대를 걸어서는 안 되네, 헤이스팅스 단지 하나의 가능성일 뿐이지, 그 이상도 그 이하도 아니야. 우리는 이제 다른 쪽에서부터 일에 착수하지 않으면 안 되네."

"다른 쪽이라 함은?"

"에지웨어 경의 죽음으로 조금이라도 이득을 보게 되는 사람들을 하나하나 면밀하게 조사하는 일일세."

나는 어깨를 으쓱해 보였다.

"그의 조카와 아내를 빼고 나면……."

"그리고 그 아내가 결혼하고 싶어 했던 남자가 있지." 포와로가 덧붙였다.

"그 공작 말인가요? 그는 파리에 있잖습니까?"

"그야 그렇지. 하지만, 그도 이해 관계자의 한 사람이라는 사실을 부인하지는 못할 걸세. 그리고 또한 그 저택에 있는 사람들도 있자―집사와 하인들 말이야. 그들이 무슨 원한을 가지고 있는지 누가 알겠나? 하지만, 내가 생각하고 있는 첫 번째 공격 목표는 바로 제인 윌킨슨 양이라네. 그녀는 영민하니까 아마 무슨 힌트를 줄지도 몰라."

다시금 우리는 사보이 호텔로 발걸음을 옮겼다. 부인은 온갖 상자와 포장지에 둘러싸여 있었고, 의자마다 우아하게 주름 잡힌 검은 옷들이 널려 있었다. 제인은 황홀하고도 진지한 표정을 지은 채 거울 앞에서 또 다른 검은 모자를 써 보는 중이었다.

"어머나, 포와로 씨, 좀 앉으세요. 앉을 자리가 있다면 말이에요. 엘리스, 여기 좀 치워 주지 않겠어?"

"부인, 정말 매력적입니다."

제인은 진지한 표정이었다.

"사실, 난 위선자로 보이고 싶지는 않아요, 포와로 씨. 하지만, 어쩔 수 없이 그렇게 보이게 되겠죠. 당신은 그리 생각지 않으세요? 내 말은, 조심해야 할 것 같다는 거예요. 오! 그건 그렇고, 난 공작으로부터 정말 달콤한 정보를 받았답니다."

"파리로부터요?"

"예, 파리에서요. 물론, 애도의 뜻을 담고는 있지만 그 행간에 숨어 있는 뜻을 미루어 짐작할 수가 있었답니다."

"축하합니다, 부인."

"포와로 씨."

그녀는 두 손을 꼭 움켜쥐고는, 허스키한 목소리를 더욱 낮추어서 말했다. 그녀는 더할 수 없이 신성한 느낌을 주는 것이 마치 천사처럼 보였다.

"나는 이렇게 생각하고 있었답니다. 모든 게 마치 기적 같다고 말이에요. 내 말뜻을 아실지 모르겠군요. 이제 난 모든 시름에서 벗어났답니다. 지긋지긋하던 이혼 문제도 더 이상 없고요. 성가신 일이라곤 이제 없어요. 내 앞길은 환하게 뚫렸고, 모든 일은 순조롭게 진행되고 있답니다. 오, 그것은 나로 하여금 거의 거룩한 느낌을 받도록 하고 있어요—내가 무슨 말을 하는지 아시겠어요?"

나는 그만 숨을 죽였다. 포와로는 머리를 한쪽으로 약간 기울인 채 그녀를 바라보고 있었다. 그녀의 표정은 아주 진지했다.

"당신은 그렇게 느끼고 있다고요, 부인?"

"모든 일이 나를 위해 일어난 것 같단 말이에요."

제인은 겸허한 목소리로 속삭이듯 말했다.

"나는 요즘엔 줄곧 이런 생각만 했거든요—제발 에지웨어가 죽어 주었으면 하고. 그런데, 마침 그가 죽은 거예요! 그건, 그건 마치 기도에 대한 응답 같았어요."

포와로가 목청을 가다듬었다.

"나는 도저히 그런 식으로 생각할 수가 없군요, 부인. 누군가가 당신 남편을 살해한 겁니다."

그녀는 고개를 끄덕였다.

"그야 물론 그렇죠."

"그자가 누군지 궁금하다는 생각이 들지 않습니까?"

그녀는 물끄러미 그를 바라보았다.

"그게 그렇게 중요한가요? 내 말은, 그게 무슨 상관이 있느냐는 거예요. 이제 공작과 난 4~5개월 뒤면 결혼할 수 있을 테니 말이죠."

포와로는 참기가 무척 어려운 모양이었다.

"그러시겠지요, 부인. 나도 그것은 알고 있습니다. 하지만, 그것은 별도로 치고라도 대체 누가 당신 남편을 살해했는지 궁금하지가 않습니까?"

"아뇨."

그녀는 그런 생각이 무척 뜻밖이었던 모양이었다. 우리는 그녀가 그 일에 대해서 의외로 생각하고 있다는 것을 알 수 있었다.

"그것을 알고 싶지가 않습니까?" 포와로가 다시 물었다.

"뭐 별로예요." 그녀가 말했다.

"경찰이 사실을 밝혀낼 거라고 생각해요. 경찰은 아주 솜씨가 대단하다고 하던데요, 그렇지 않은가요?"

"그렇다고 하더군요. 나 역시 그 사건을 기필코 밝혀내고 말 작정입니다."

"당신이요? 어머나, 세상에. 정말 재미있군요."

"어째서 재미있다는 겁니까?"

"글쎄요, 잘 모르겠어요."

그녀의 시선은 다시 늘어진 옷 쪽으로 쏠렸다. 그녀는 공단 코트를 걸치고는 거울에 모습을 비추어 보았다.

"당신은 반대하지 않겠죠, 부인?" 포와로는 눈을 깜빡이며 물었다.

"어머나, 내가 왜 반대하겠어요, 포와로 씨. 나는 당신이 그 방면에는 뛰어나신 분이라고 생각한답니다. 모쪼록 성공하시길 빌겠어요."

"부인, 그보다 내게 필요한 것이 있습니다. 나는 당신의 의견을 듣고 싶습니다만."

"의견이라뇨?" 그녀는 어깨너머로 고개를 돌리며 건성으로 물었다.

"무슨 의견을 말씀하시는 건가요?"

"에지웨어 경을 살해한 사람이 누구라고 생각합니까?"

제인은 고개를 저었다.

"난 모르겠어요." 그녀는 능숙하게 어깨를 비틀면서 손거울을 집어들었다.

"부인!" 포와로는 큰소리로 힘을 주어 불렀다.

"당신은 누가 당신 남편을 살해했다고 생각합니까?"

이번에는 충분히 효과가 있었다. 제인은 깜짝 놀란 시선을 그에게 던졌다.

"제럴딘 같아요." 그녀가 말했다.

"제럴딘이 누구입니까?"

하지만, 제인의 주의력은 다소 산만해졌다.

"엘리스, 이걸 좀 들어 줘, 오른쪽 어깨 말이야. 그래. 뭐라고 하셨죠, 포와로 씨? 제럴딘은 그의 딸이에요. 아니, 엘리스, 오른쪽 어깨야. 그게 좋겠어. 오! 가시려고요, 포와로 씨? 정말 모든 일이 너무나도 고마웠어요. 내 말은, 이혼 문제에 대한 거예요. 비록 결국엔 소용없는 일이 되었지만, 난 언제까지나 당신을 놀라운 분이라고 생각할 거예요."

나는 그전까지 제인 윌킨슨을 두 번 보았을 뿐이다―한 번은 무대에서, 그리고 한 번은 오찬 모임에서 그녀의 맞은편에 앉았었다. 그녀를 볼 때마다 내가 느낀 것은, 그녀의 관심은 오로지 옷에만 쏠리고, 포와로의 행동에 영향을 주는 말들을 아무 거리낌도 없이 막 내뱉으며, 그녀의 마음은 온통 자기 자신에만 집중되어 있다는 사실이다.

"굉장하구먼."

우리가 스트랜드 가로 접어들었을 때 포와로가 감탄한 듯이 말했다.

제12장

제럴딘 마쉬

우리가 집으로 돌아왔을 때 테이블 위에 편지가 한 통 놓여 있었다. 포와로는 그것을 집어들어 겉봉을 뜯고는 평소 버릇대로 꼼꼼하게 읽어 보았다. 그러고는 싱긋이 웃어 보였다.

"자네가 뭐라고 하더라, '호랑이도 제 말 하면 온다.'라고 했던가? 이걸 보게나, 헤이스팅스"

나는 그에게서 편지를 받아들었다. 리젠트 게이트 17번지라는 도장이 찍혀 있었고, 아주 똑바르고 독특한 필체는 읽기가 쉬운 것처럼 보였지만, 실은 이상하게도 그렇지가 않았다.

존경하는 선생님

선생님이 오늘 아침에 재프 경감님과 함께 저희 집을 다녀가셨다는 말을 들었습니다. 선생님과 이야기를 나눌 기회가 없었음을 매우 유감스럽게 생각합니다. 만일 형편이 좋으시다면 오늘 오후 아무 때든지 저를 위해 시간을 내주시면 더없이 감사하겠습니다.

당신을 존경하는 제럴딘 마쉬 올림

"그거 참 이상하구먼." 내가 말했다.

"왜 그녀가 당신을 만나고 싶어 하는지 알 수가 없군요"

"그녀가 나를 만나고 싶어 하는 것이 수상하다는 말인가? 자네는 그리 점잖지가 못하구먼, 헤이스팅스"

포와로는 남이 실수하는 순간을 포착해서 조롱을 하지 못해 안달하는 못된 습성을 가지고 있다.

"즉시 가도록 하세나, 여보게."

그는 이렇게 말하며 묻지도 않은 모자의 먼지를 우아한 동작으로 털어내고는 점잖게 머리에 썼다.

제럴딘이 자기 아버지를 살해했을 거라는 제인 윌킨슨의 경솔한 추측이 나에게는 어쩐지 어처구니없는 생각으로 여겨졌다. 보기 드물 정도로 머리가 나쁜 인간만이 그런 생각을 할 것 같았다. 나는 그런 생각을 포와로에게 거듭 말했다.

"지능, 지능이라. 우리는 과연 그 말의 의미를 제대로 알고 있는 것일까? 자네 식대로 하자면 제인 윌킨슨은 집토끼 수준의 지능밖에는 갖지 못한 것이 되는 걸세. 그것은 너무 업신여기는 말이지. 하지만, 잠시 토끼로 치세나. 그놈은 생존하고 번식하지, 그렇지 않은가? 그것은 본능이 정신적인 능력보다 탁월하다는 증거야. 그 사랑스러운 에지웨어 부인은 역사라든가, 지리, 또는 고전에 대해서는 일자무식일 걸세. 노자(老子)의 이름은 그녀에게는 부상으로 주어지는 중국산 발바리 개를 칭하는 말로 들릴 테고, 몰리에르의 이름은 무슨 재단사의 호칭쯤으로 들릴 걸세. 하지만 옷을 고른다든가, 부와 명성을 얻을 수 있는 결혼 같은 것 등, 그녀가 추구하는 문제에 부딪힐 때에는—그녀의 성공은 그야말로 눈부신 것이 될 거란 말이지. 누가 에지웨어 경을 살해했는가에 대한 철학자의 의견은 내겐 아무 소용이 없을 걸세. 철학자의 관점에서 보면, 살인의 동기란 절대 다수의 절대 선일 수도 있다네. 따라서, 그것은 판단을 내리기가 무척 어렵고, 또한 몇몇 철학자들은 실제로 살인자이기도 하다네. 하지만, 에지웨어 부인의 경솔한 의견이 내겐 매우 유용할 수도 있어. 왜냐하면, 그녀의 관점은 유물론적이고 인간 본성의 사악한 측면에 대한 지식에 근거를 둔 것일 수가 있기 때문이지."

"아마도 거기엔 뭔가가 있긴 있을 겁니다." 나도 결국 승복하고 말았다.

"이제야 깨달았는가 보군." 포와로가 말했다.

"실은 나도 어째서 그녀가 그토록 나를 만나기를 갈망하는 것인지 무척 궁금하다네."

"그거야 자연적인 욕망이지요." 내가 기운을 차리며 한마디 했다.

"당신이 불과 15분 전에 그렇게 말했지 않았습니까? 보다 가까운 곳에서 어떤 유일무이한 존재를 보고 싶어 하는 자연적인 욕망이지요."

"아마도 그건 자네일 걸세, 여보게. 그날 그녀의 마음속에 강한 인상을 남겨 준 사람은." 포와로는 벨을 울리며 내 말에 대답했다.

나는 깜짝 놀란 얼굴로 그 문간에 서 있던 아가씨의 모습을 다시 한 번 상기했다. 나는 아직도 그 하얀 얼굴과 타오르듯 이글거리던 검은 눈동자를 생생하게 그려 볼 수 있었다. 그 찰나적인 시선이 나에게 강렬한 인상을 남겨 주었던 것이다.

우리는 2층의 커다란 응접실로 안내되었고 잠시 뒤 제럴딘 마쉬가 들어왔다. 처음에 받았던 그녀에 대한 강렬한 인상이 이번에 더욱더 강해졌다. 커다랗고 매혹적인 검은 눈을 가진 창백한 얼굴의 이 늘씬한 아가씨에게는 어딘지 마음이 끌리게 하는 점이 있었다. 그녀의 태도는 몹시 차분했는데, 그것은 그녀의 나이를 생각하면 아주 기특할 만한 것이었다.

"이렇게 빨리 와주시다니 정말 고마워요, 포와로 씨."

그녀는 약간 들뜬 목소리로 말했다.

"오늘 아침에 선생님을 뵙지 못해서 정말 유감이에요."

"누워 있었던 모양이지요?"

"예. 캐롤 양이, 제 아버지의 비서랍니다. 혹시 알고 계시는지 모르겠군요. 그렇게 하라고 해서요. 그녀는 몹시 친절하게 저를 보살펴 주었답니다."

그녀의 목소리에는 이상하게도 어떤 원망의 기색이 담겨 있어서 나를 당혹케 만들었다.

"그래, 내가 무엇을 도와드릴 수 있을까요, 마드모아젤?" 포와로가 물었다.

그녀는 잠시 망설이는 것 같더니 이윽고 입을 열었다.

"아버지가 살해당하시기 전날 선생님이 이곳에 찾아 오셨었지요?"

"그래요, 마드모아젤."

"무슨 일로 오셨죠? 아버지가 선생님을 청했었나요?"

포와로는 잠시 대답을 늦추었다. 그는 뭔가를 심사숙고하는 듯한 눈치였다. 지금 와서 생각해 보면 그것은 틀림없이 치밀하게 계산된 행동이었다. 그는 그녀를 초조하게 해서 보다 많은 말을 하도록 꾸몄던 것이다. 그녀는, 그가 예측했던 대로 성미가 급한 편이었다. 그녀는 빨리 사실을 확인하고 싶어 했다.

"아버지가 무엇인가를 두려워하시던가요? 말씀해 주세요! 제발 좀! 저는 꼭 알아야만 해요. 아버지는 누구를 두려워했나요? 왜? 그래, 뭐라고 말씀하시던 가요? 오! 왜 말씀을 못하시는 거죠?"

나도 그녀의 억지로 꾸민 듯한 침착함은 자연스럽지 못하다고 생각했었다. 그러나, 그 침착함은 이미 무너져 버렸다. 이제 그녀는 상체를 앞으로 내민 채 두 손을 무릎 위에서 신경질적으로 비비꼬고 있었다.

"에지웨어 경과 나 사이에 오고갔던 이야기는 비밀이었습니다."

포와로가 뜸을 들이듯 느릿느릿 말했다.

그의 시선은 그녀의 얼굴에서 떠나지를 않았다.

"그렇다면 그것은, 제 말은, 그것은 무슨 관계가 있는 일이었을 거라는, 우리 가족과 관계가 있는 일이었을 거란 말이에요. 오! 선생님은 그렇게 앉아서 저를 고문하고 계시는군요. 어째서 제게 말씀을 하지 않으시려는 건가요? 제게는 꼭 알 필요가 있단 말이에요. 정말이에요."

다시, 아주 천천히 포와로는 더할 수 없이 낭패라는 듯한 표정을 지으며 고개를 저었다.

"포와로 씨." 그녀는 꼿꼿이 자세를 고쳐 앉았다.

"저는 그분의 딸이에요. 제겐 알 권리가 있어요. 아버지가 돌아가시기 전날, 도대체 무엇을 두려워하고 계셨는지에 대해서 말이에요. 제가 그 사실을 모른다면 그것은 옳지 않아요. 아버지에게도 마찬가지예요—제게 말씀해 주시지 않는다면 말이에요."

"그렇다면 당신은 아버님을 무척 좋아했나 보군요, 마드모아젤?"

포와로가 온화한 표정으로 물었다.

그녀는 무엇에 찔리기라도 한 듯 움찔했다.

"아버지를 좋아했다고요?" 그녀는 속삭이듯 말했다.

"아버지를 좋아했다? 제······, 제가?"

그러고는 갑자기 그녀의 자제심이 허물어졌다. 그녀에게서 걷잡을 수 없는 웃음이 터져 나왔다. 그녀는 의자에 등을 기대고는 끊임없이 웃음을 터뜨렸다.

"정말 우스운 일이로군요." 그녀는 헐떡이며 말했다.

"너무 우스운 일이에요. 그런 질문을 하시다니······."

그 병적으로 흥분된 웃음소리는 좀체 끊이질 않았다. 갑자기 문이 열리며 캐롤 양이 들어왔다. 그녀의 태도는 엄숙하고 차분했다.

"자, 자, 제럴딘, 이봐요. 그만 그치도록 해요, 어서. 이러면 안 돼요. 자, 어서 멈춰요! 알아듣겠어요? 얼른 멈춰요!"

그녀의 단호한 태도는 효과가 있었다. 제럴딘의 웃음소리는 이내 사그라졌다. 그녀는 눈물을 훔치며 자세를 고쳐 앉았다.

"미안해요." 그녀는 나지막한 목소리로 말했다.

"전에는 이런 일이 결코 없었답니다."

캐롤 양은 여전히 화가 난 눈초리로 그녀를 주시하고 있었다.

"이젠 괜찮아요, 캐롤 양. 내가 바보같이 굴었군요."

그녀는 갑자기 입술을 씰룩거리며 기묘하게 비통에 찬 미소를 지었다. 그녀는 아주 꼿꼿한 자세로 의자에 앉은 채 허공만 물끄러미 쳐다보고 있었다.

"이분이 이렇게 물었답니다." 그녀는 카랑카랑한 목소리로 말했다.

"내가 아버지를 무척 좋아했느냐고요."

캐롤 양은 아무런 의미도 없는 헛기침을 두어 번 했다. 그것은 그녀의 우유부단한 심정을 대변해 주는 것이었다. 제럴딘은 날카롭고도 냉소적인 목소리로 다시 말을 이었다.

"거짓말을 해야 할까요, 아니면 사실대로 말씀드리는 게 좋을까요? 사실대로 말씀드리는 것이 좋겠군요. 사실 나는 아버지를 싫어했어요. '난 아버지를 몹시 증오했다고요!'"

"이봐요, 제럴딘."

"어째서 말을 못하게 막는 거죠? 당신은 아버지를 증오하지 않았어요, 왜냐하면 아버지는 결코 당신을 함부로 대할 수가 없었기 때문이죠! 당신은 아버지가 마음대로 다루지 못한 세상에서 몇 안 되는 사람 중 하나였어요. 당신은 그저 아버지를, 보수를 많이 주는 고용주로만 알고 있었던 거예요. 그분의 괴벽과 포악함 따위는 안중에도 없었지요. 당신은 아버지를 무시했어요. 난 당신이 뭘 생각하고 있는지 잘 알고 있어요. '누구나 때로는 참아야 할 필요가 있는 법이지.' 하고 생각하는 거죠? 당신은 쾌활하고, 다른 일에는 무관심했어요. 그야말로 강한 여성의 표본이라고 할 수 있겠죠. 당신에게는 인간미가 없어요. 당신은 언제고 마음이 내키면 이 집에서 나갈 수가 있었어요. 하지만, 난 그럴 수가 없었어요. 난 꼼짝없이 묶여 있었단 말이에요!"

"사실이지, 제럴딘, 나는 도무지 이런 이야기를 계속해야 할 필요성을 못 느끼겠어요. 부녀지간에는 종종 마찰이 일어나게 마련이고, 될 수 있는 대로 그런 얘기는 삼가는 것이 좋을 거라고 생각해요."

제럴딘은 그녀에게서 등을 돌렸다. 그러고는 포와로에게 말을 걸었다.

"포와로 씨, 저는 아버지를 증오했어요! 아버지가 돌아가신 것이 더할 수 없이 기쁩답니다! 그것은 곧 제게는 자유를 의미하는 것이기 때문이죠—자유와 독립을 말이에요. 아버지를 살해한 범인을 밝혀내는 일 따위엔 전혀 관심도 없어요. 결국 우리가 알게 될 것은 아버지를 살해한 범인에게는 그럴 만한 이유(충분한 이유), 자신의 행동을 정당화시킬 수 있는 충분한 이유가 있을 거라는 사실이겠죠."

포와로는 주의깊게 그녀를 들여다보았다.

"그것은 수긍하기가 어려운 상당히 위험한 논리입니다, 마드모아젤."

"그 범인을 목매달게 되면 죽은 아버지가 다시 살아나시기라도 한답니까?"

"물론 그렇게 되지는 않죠." 포와로가 냉담하게 말했다.

"하지만, 다른 무고한 사람이 다시 살해되는 것을 미리 예방할 수는 있을 겁니다."

"무슨 말씀을 하시는 건지 저로선 이해가 안 가는군요."

"한 번 살인을 저지른 사람은, 마드모아젤, 다시 살인을 범할 확률이 매우 높습니다. 때로는 계속해서 몇 번씩 살인을 저지르게도 하는 법이죠."

"저는 그런 말을 믿을 수가 없어요. 아니, 정상적인 사람이라면 결코 그럴 수가 없을 거예요."

"아가씨 얘기는 살인광이 아닌 이상에는 그럴 수가 없다는 건가요? 한 사람의 생명을 없애기까지에는, 아마 살인자도 마음속으로 극심한 양심의 갈등을 겪고 난 뒤가 될 겁니다. 그리고 나서는, 자신의 신변에 위험을 느끼게 됩니다. 두 번째 살인은 도덕적으로 보다 편안한 상태에서 저지르게 되지요. 그러다가는 아주 사소한 의심만 품어도 세 번째 살인이 행해지게 되는 겁니다. 그러고는 차츰차츰 자신의 살인 행위에 대해서 일종의 예술가적인 긍지가 싹트게 되는 거죠. 전문적인 예술로서, 살인을 저지르게 된다는 말입니다. 그러다가 이윽고 살인을 함으로써 거의 쾌감을 느끼게 되는 것이죠"

그녀는 두 손으로 얼굴을 가렸다.

"끔찍해요! 그건 너무나 끔찍한 일이에요! 세상에 그럴 리가!"

"그럼, 내가 그런 일이 이미 벌어졌다고 한다면 어떻게 하겠습니까? 그 끔찍한 일이 이미, 범인이 자신을 지키기 위해서, 그 살인자가 두 번째 살인을 저질렀다고 한다면?"

"그게 대체 무슨 말씀이시죠, 포와로 씨?" 캐롤 양이 놀라서 소리쳤다.

"또 다른 살인이라뇨? 어디서? 누가요?"

포와로는 점잖게 고개를 저었다.

"단지 예를 들어 얘기했을 뿐입니다. 용서하십시오."

"오! 알겠어요. 저는 또 정말로 그런 줄 알았습니다. 자, 이봐요, 제럴딘, 이제 그 터무니없는 얘기들을 그만 마치는 것이……."

"당신은 내 편이라는 것을 알고 있습니다."

포와로는 고개를 약간 까딱해 보이며 말했다.

"저는 사형 제도를 신봉하진 않습니다." 캐롤 양이 쾌활하게 말했다.

"하지만, 분명히 나는 당신 편이에요. 사회적으로도 그런 범죄는 막아야 해요."

제럴딘은 자리에서 일어나 천천히 머리를 뒤로 쓸어 넘겼다.

"죄송해요." 그녀가 말했다.

"언제나 너무 어리석게 군 것 같군요. 선생님은 아직도 아버지가 어째서 선생님을 불렀는지에 대해서 제게 말씀하시지 않을 작정인가요?"

"이분을 부르셨다니?" 캐롤 양은 몹시 놀라며 물었다.

"아가씨, 오해하고 있습니다, 마쉬 양. 내가 아가씨에게 얘기해 주는 것을 거부하는 것이 아닙니다." 포와로는 결국 말하지 않을 수 없게 되었다.

"나는 단지 그 대화가 어느 정도로 비밀이라고 할 수 있을까에 대해서 생각해 보고 있었을 뿐입니다. 당신 아버님께서 나를 부른 것이 아니었답니다. 내가 내 의뢰인을 위해서 그분과 만나자고 한 거죠. 그 의뢰인은 에지웨어 부인이었습니다."

"오! 이제야 알겠군요."

아주 유별난 표정이 그 처녀의 얼굴에 떠올랐다. 나는 처음에는 그것이 실망의 표정이라고 생각했지만, 곧 그것은 안도의 표정이었다는 것을 알게 되었다.

"저는 정말 바보였군요." 그녀가 천천히 말했다.

"저는 아버지가 누군가에 의해 위협을 당하셨나 하고 생각했거든요. 정말 어리석었어요."

"포와로 씨, 당신은 방금 전에 내게 어떤 암시를 주었는데……."

캐롤 양이 궁금한 듯이 물었다.

"당신은 그 여자가 두 번째 살인을 저질렀다고 하셨나요?"

포와로는 그녀의 질문에 대답하지 않았다. 그는 그 처녀에게 말을 걸었다.

"아가씨도 에지웨어 부인이 살인을 저질렀다고 생각합니까, 마드모아젤?"

제럴딘은 고개를 저었다.

"아뇨, 전 그렇게 생각지 않아요. 도저히 그녀가 그와 같은 짓을 할 수 있으리라고는 생각할 수 없어요. 그녀는 너무도 지나치게……. 글쎄, 뭐라고 할까? 인위적이기 때문이죠."

"나는 그녀 말고 또 누가 그런 짓을 할 수 있으리라고는 여겨지지 않아요." 캐롤 양이 다시 말했다.

"그 따위 여자에게 무슨 도덕관념이 있으리라고는 생각되지 않거든요."

"그녀는 그럴 필요가 없었을 거예요." 제럴딘이 계속 고집했다.

"그녀는 아버지를 찾아와서 그냥 얘기만 하고는 가버렸는데, 그 뒤에 미치광이 같은 진짜 살인범이 침입했을 거예요."

"살인자들은 모두 정신적인 결함이 있는 사람들이에요—나는 그렇게 생각해요." 캐롤 양이 다시 말했다.

"내분비선 과다라든가 뭐 그런 것 말이에요."

바로 그 순간에 문이 열리면서 한 사나이가 들어왔다. 그러고는 입장이 난처한 듯 우뚝 멈춰 섰다.

"실례했습니다." 그가 말했다.

"여러분들이 계신 줄은 몰랐습니다."

제럴딘은 기계적으로 소개했다.

"제 사촌 에지웨어 경이에요. 이쪽은 포와로 씨고 괜찮아요, 로널드 별로 방해가 된 것도 없어요."

"정말이야, 디나? 안녕하십니까, 포와로 씨? 당신의 그 회색 뇌세포가 우리 집안의 괴사건을 해결하려고 활동을 개시한 모양이로군요?"

나는 기억을 더듬어 보려고 애썼다. 저 둥글고 쾌활해 보이는 멍청한 얼굴, 눈꺼풀이 약간 아래로 처진 눈, 그리고 그 넓적한 얼굴 한가운데 마치 고립된 무인도처럼 동떨어져 보이는 작은 콧수염.

틀림없다! 그건 바로 제인 윌킨슨의 방에서 저녁 모임이 있었던 그날 밤 캐로타 애덤스를 따라왔던 젊은이였다.

로널드 마쉬 대위. 이제는 에지웨어 경이다.

제13장

조카

새로운 에지웨어 경은 상당히 눈썰미가 있었다. 내가 잠깐 동안 어렴풋이 보인 놀란 표정을 이내 알아차렸으니 말이다.

"아! 당신도 그곳에 계셨었지요." 그가 상냥하게 말했다.

"제인 아주머니의 조촐한 저녁 모임이었던가요? 그때는 내가 좀 취했었죠? 하지만, 여러분들이 눈치 채지 못했을 거라고 생각했었는데."

포와로는 제럴딘 마쉬와 캐롤 양에게 작별 인사를 했다.

"내가 바래다 드리겠습니다." 로널드가 친절하게 말했다.

그는 앞장서서 계단을 내려가며 말을 걸었다.

"참으로 묘한 거예요—인생이란 것은. 언제는 꼴좋게 내쫓기더니, 오늘은 뜻하지도 않게 이 큰 저택의 주인이 되었으니 말입니다. 죽어도 눈물 한 방울 흘려 줄 사람 없는 우리 아저씨는, 아시다시피 3년 전에 나를 내쫓았었지요. 하기야 그런 것은 당신도 이미 알고 있는 일이겠죠, 포와로 씨."

"언젠가 들은 적이 있소." 포와로가 태연하게 대꾸했다.

"물론 그러시겠죠. 그와 같은 일은 죄다 알려지게 마련이니까요. 더군다나 당신처럼 유능한 탐정이 그런 사실을 모르실 리가 없죠."

그는 싱긋이 웃었다. 그러고 나서 그는 식당 문을 활짝 열어젖혔다.

"가시기 전에 한잔하시죠."

포와로는 거절했고 나 역시도 거절했지만, 그 젊은이는 마실 것을 따르면서 계속 중얼거렸다.

"살인자를 위하여!" 그는 쾌활하게 소리쳤다.

"불과 하룻밤 사이에 나는 채권자들의 골칫거리에서 장사치들의 희망의 별로 부상하게 되었으니 말입니다. 어제만 해도 파멸의 그림자가 나를 뒤덮고 있었는데, 오늘은 풍요로운 햇살이 나를 감싸다니. 제인 아주머니에게 축복 있으라!"

그는 잔을 높이 들어 올린 뒤에 죽 들이마셨다. 그러고는 약간 진지해진 태도로 포와로에게 말했다.

"이건 진지하게 말씀드리는 것인데, 포와로 씨, 대체 무슨 일로 이곳에 오신 겁니까? 나흘 전에 제인 아주머니는 드라마틱하게 선언했지요. '누가 나를 위해서 그 오만한 폭군을 없애 주겠습니까?' 하고 말입니다. 그런데 보십시오, 그녀는 결국 남편을 해치워 버린 겁니다! 설마 하니 당신의 도움을 받은 것은 아니겠죠? 명탐정 에르큘 포와로에 의한 완전 범죄라."

포와로는 미소를 지었다.

"내가 이곳에 온 것은 다름이 아니라 오늘 오후 제럴딘 마쉬 양의 편지를 받았기 때문이오."

"조심스러운 대답이로군요, 예? 그게 아니에요, 포와로 씨. 정말로 무엇 때문에 여기 오신 겁니까? 우리 아저씨의 죽음에 대해서 흥미를 느끼시게 된 것은 나름대로 몇 가지 이유가 있어서겠죠?"

"나는 살인사건에 대해서는 항상 흥미가 있소, 에지웨어 경."

"아무튼, 당신이 직접 처지르신 일은 아니겠죠? 당신은 매우 조심스러운 분이니까. 당신은 제인 아주머니에게도 조심성을 가르쳤어야 했습니다. 조심스럽고 좀더 그럴듯하게 위장을 하는 것을 말입니다. 내가 자꾸 제인 아주머니라고 부르는 것을 용서하시기 바랍니다. 그것은 나를 즐겁게 한답니다. 그날 밤 내가 그렇게 부르자, 그 멍청해하던 그녀의 얼굴을 당신도 보셨죠? 내가 누구인지 전혀 짐작도 못 하는 것 같더군요."

"그럴까?"

"틀림없어요. 내가 이 집에서 쫓겨난 것은 그녀가 들어오기 석 달 전이었으니까요."

순간 그의 얼굴에서 그 호인 같던 멍청한 표정이 사라졌다. 그리고 다시 그는 쾌활한 목소리로 말했다.

"아름다운 여자예요. 하지만, 교활한 데가 전혀 없어요. 방법이 다소 거칠긴

하지만."

포와로는 어깨를 으쓱해 보였다.

"그렇게 볼 수도 있겠군."

로널드는 이상하다는 듯이 그를 쳐다보았다.

"당신은 그녀가 한 짓이 아니라고 생각하시나 보군요. 그렇다면, 역시 그녀는 당신도 녹여 버리고 말았군요, 맞습니까?"

"나는 미인을 몹시 존경하오." 포와로는 차분하게 말을 이었다.

"그러나 또한 증거도 존중하지요."

그는 이 마지막 단어를 아주 나지막한 어조로 말했다.

"증거라고요?" 로널드는 날카롭게 되물었다.

"아마 당신은 모를 테지만, 에지웨어 경, 에지웨어 부인은 어젯밤 그녀가 이곳에 나타났었으리라고 여겨지는 바로 그 시각에 사실은 치스위크에서 열린 파티에 참석하고 있었소."

로널드는 그만 소리를 질렀다.

"뭐라고요? 그러면, 결국 그녀는 거기에 가고야 말았군요! 여자들이란 정말 알 수가 없거든. 6시경에 그녀는 호들갑을 떨어대며 무슨 일이 있어도 가지 않을 거라고 해놓고선 불과 10분도 채 안 되어서 변덕을 부리다니! 살인을 계획할 때는 앞으로 어쩌겠다고 지껄이는 여자의 말만 믿고 하다가는 큰일나겠구먼. 제아무리 교묘하게 꾸며진 살인 계획이라도 완전히 뒤틀려 버릴 테니. 아, 아닙니다, 포와로 씨, 나 자신을 두고 하는 말이 아니에요. 오, 물론이죠. 내가 당신 마음속에 떠오르는 생각들을 알아차리지 못하리라고 속단하지 마십시오. 과연 용의자는 누구냐? 그 고약한 성미에, 좋은 일이라고는 해본 역사가 없는 것으로 유명한 조카 녀석이 아닐까?"

그는 의자에 등을 기대며 싱긋이 웃고 있었다.

"내가 당신의 작은 회색 뇌세포들을 위해 다소나마 도움이 되어 드리겠습니다요, 포와로 씨. 제인 아주머니가 결코, 결단코 그날 밤에는 외출하지 않겠다고 선언하고 있을 때 그 근방에서 나를 목격한 사람이 없을까 찾으시려고 정력을 낭비하실 필요는 없습니다. 난 바로 그곳에 있었으니까요. 그렇다면 당신은 자신에게 물어보시겠죠. 정말로 저 못돼먹은 조카가 어젯밤에 가발과 모자를 쓰고 변장한 모습으로 이곳에 나타났을까?"

상황을 즐기고 있기라도 하듯이 그는 우리들의 눈치를 살펴보았다. 포와로는 머리를 한쪽으로 약간 기울인 채 진지한 모습으로 그를 주시하고 있었다. 나는 오히려 불안감을 느꼈다.

"나에게는 동기가 있었습니다—암, 물론이죠. 그것도 그럴듯한 동기가 말입니다. 그리고 이제 나는 당신에게 매우 가치가 있고 중요한 정보를 하나 제공할까 합니다. 나는 어제 오전에 아저씨를 만나러 왔었답니다. 왜냐? 돈을 빌리기 위해서였지요. 그렇군요, 이제 구미가 당기시는가 보군요. 돈을 빌리기 위해서라. 그런데 한 푼도 얻어내지 못하고 물러 나왔지요. 바로 그날, 그날 저녁에 에지웨어 경이 죽었다 이겁니다. 좋은 제목이에요, 거 참. '에지웨어 경의 죽음'—기사거리로는 아주 안성맞춤이죠"

그는 잠시 말을 멈추었다. 여전히 포와로는 아무 말도 하지 않았다.

"정말 당신의 주의를 끌게 되어서 기쁘기 짝이 없군요, 포와로 씨. 헤이스팅스 대위는 마치 유령이라도 본, 아니 유령이라도 볼 것 같은 표정이로군요. 이봐요, 그렇게 긴장할 것 없어요. 용두사미 격의 이야기가 될지도 모르니까요. 그런데 우리가 어디까지 말했죠? 아, 그렇군요, 상황이 그 못된 조카에게 불리했지요. 죄는 그 결혼에 싫증을 내고 있는 아주머니에게 돌아가도록 합니다. 조카는 예전에 여자 역할로 호평을 받았던 적이 있었는데, 이번에 그의 연기력을 최고로 발휘한 것이죠. 여자처럼 꾸민 목소리로 자신이 에지웨어 부인이라고 밝히고는 점잔을 빼는 걸음걸이로 집사 옆을 지나가는 겁니다. 아무런 의심도 사지 않았죠. '제인' 하고 사랑하는 아저씨가 외칩니다. 나는 쉰 목소리로 '조지' 하고 부르지요. 두 팔로 그의 목을 껴안고는 교묘하게 펜나이프를 찔러 넣는 겁니다. 그 나머지는 생략해도 무방하겠지요. 그리고 그 가짜 부인은 퇴장, 안도의 한숨을 내쉬며 잠자리에 든다 이거죠"

그는 웃으면서 자리에서 일어나 위스키를 한 잔 더 따랐다. 그러고는 천천히 자리로 돌아왔다.

"그럴듯하지 않습니까? 하지만, 아시다시피 여기에는 문제가 있어요. 완전히 실망이에요! 성가신 문제가 가로놓여 있다는 거죠. 이제, 포와로 씨, 여기에서 우리는 알리바이에 부딪치게 되는 겁니다."

그는 잔을 다시 비웠다.

"나는 언제나 알리바이를 매우 즐긴답니다." 그가 다시 말을 이었다.

"추리소설을 읽을 때면 알리바이가 나오는 장면에서는 잔뜩 긴장을 하지요. 이번에도 아주 훌륭한 알리바이가 있습니다. 그것도 증인이 세 사람이나 되지요. 자세히 말씀드리자면, 도르트하이머 부부와 그들의 따님입니다. 아주 부자인데다가 음악 애호가들이죠. 그들은 코벤트 가든에 특등석을 소유하고 있습니다. 유명한 젊은이들을 그 특등석에 초대하곤 하지요. 나로 말씀드리자면, 포와로 씨, 장래가 촉망되는 젊은이라 이거예요—소위 말하는, 손아귀에 넣을 수 있는 좋은 물건이라 이겁니다. 내가 오페라를 좋아하냐고요? 솔직히 말씀드리자면 '노' 예요. 하지만, '그로스브너 스퀘어' 일등석에서 훌륭한 만찬을 드는 일은 좋아하지요. 그 외에 멋진 저녁도 역시 즐기고요. 비록 레이첼 도르트하이머와 함께 춤을 추어야 하고, 그래서 한 이틀쯤 팔이 뻣뻣할 테지만요. 그렇다면, 이제 당신도 아실 겁니다, 포와로 씨. 아저씨에게 생명의 피가 돌고 있을 때, 나는 아무런 즐거움도 못 느끼며 코벤트 가든의 특등석에 앉아 있는 정숙한 레이첼(이렇게 노골적으로 그녀의 이름을 부르는 것을 용서하십시오)의 다이아몬드 귀고리로 장식된 귀에 대고 마음에도 없는 말을 속삭이고 있었다는 겁니다. 이제 아시겠지요, 포와로 씨. 내가 이렇게 솔직히 말씀드리는 까닭을 말입니다."

그는 다시 의자에 등을 기댔다.

"그런데 혹시 지루하지나 않으셨는지 모르겠습니다. 그 밖에 달리 물어보실 것은 없습니까?"

"조금도 지루하지 않았다는 것을 얘기해야겠소." 포와로가 말했다.

"그토록 친절하게 대해 주니 말인데, 내가 물어보고 싶은 것이 하나 있습니다."

"기꺼이 듣겠습니다."

"에지웨어 경, 당신은 캐로타 애덤스 양을 안 지 얼마나 됐습니까?"

그 젊은이가 무슨 질문을 기대하고 있었건 간에, 그가 예상했던 질문은 이런 것이 아니었음이 틀림없었다. 그는 완전히 얼떨떨한 표정을 지은 채 벌떡 몸을 일으켜 앉았다.

"대체 그것을 알고 싶어 하시는 이유가 뭡니까? 그 일이 지금 우리가 나누고 있는 대화와 무슨 상관이 있습니까?"

"그냥 호기심에서였습니다. 그게 전부지요. 그 밖에는 당신이 모든 사실을 자세히 얘기해 주어서 더 이상 물어볼 것이 없군요."

로널드는 재빨리 그를 쏘아보았다. 포와로가 자신의 설명을 액면 그대로 받아들이는 것이 못마땅하기라도 한 눈치였다. 그는 아마도, 내 생각에는 좀더 의심받기를 원했던 모양이었다.

"캐로타 애덤스라? 잠깐만요. 한 1년쯤 되었나? 아니, 그보다는 좀더 오래되었군요. 그녀가 처음 공연했던 지난해부터 알게 되었습니다만."

"그녀에 대해서 잘 압니까?"

"꽤 잘 아는 편이지요. 그녀는 그렇게 쉽게 사귈 수 있는 여자는 아니랍니다. 얼마쯤은 감추고 내놓지 않는 그런 여자지요."

"하지만, 당신은 그녀를 좋아했을 텐데?"

로널드는 그를 한참 동안 응시했다.

"무엇 때문에 당신이 그 아가씨한테 관심을 보이시는 건지 정말 궁금하군요. 그날 밤 내가 그녀와 함께 있었기 때문입니까? 그렇습니다, 나는 그녀를 매우 좋아한답니다. 그녀에게는 따뜻한 인간미가 있거든요. 남의 말을 주의깊게 들어주고, 그래서 결국 누구든지 어떤 동료의식 같은 걸 느끼도록 만든답니다."

포와로는 고개를 끄덕였다.

"흠, 무슨 말인지 알겠소. 그렇다면 당신에게는 슬픈 일이 되겠군요?"

"슬프다니? 무엇이 말입니까?"

"이런 소식을 듣게 되면 말입니다."

"어떤 소식 말입니까?"

"그건 그녀가 죽었다는 것이오."

"뭐라고요?" 로널드는 깜짝 놀라며 튕기듯 자리에서 일어났다.

"캐로타가 죽다뇨?"

그 소식을 듣고 그는 마치 벙어리라도 된 모양이었다.

"당신은 날 놀리시는군요, 포와로 씨. 지난번에 만났을 때만 해도 더할 나위 없이 건강했는걸요."

"그게 언제였습니까?" 포와로는 틈을 주지 않고 재빨리 물었다.

"그저께였던가, 글쎄……, 잘 생각이 나질 않는군요."

"아무튼, 그녀의 죽음은 엄연한 사실입니다."

"아주 급작스런 사고였나 보군요. 무슨 사고였습니까? 교통사고였습니까?"

포와로는 물끄러미 천장을 올려다보았다.

"아뇨. 그녀는 베로날을 다량 복용했습니다."

"오! 맙소사! 불쌍한 아가씨로군. 정말 너무나도 슬픈 일입니다."

"그래요?"

"정말 안됐습니다. 그녀는 일이 한참 잘 풀려 나가고 있던 중이었거든요. 가까운 장래에 아끼는 여동생을 데려오기로도 했고, 그 밖에 많은 희망을 품고 있었지요. 아아, 정말 뭐라고 표현할 길이 없을 정도로 안타깝군요."

"그렇소." 포와로가 말했다.

"젊은 나이에 죽는다는 것은 정말 슬픈 일이지요. 결코 죽고 싶지가 않은데 말입니다. 앞길이 구만리 같고, 모든 일을 할 수 있는 생명력으로 가득 차 있는데."

로널드는 알 수 없다는 눈초리로 멍하니 그를 쳐다보았다.

"무슨 말씀을 하시는 건지 모르겠군요, 포와로 씨?"

"모르겠다고?" 포와로는 자리에서 일어나 그에게 악수를 청했다.

"그만 내 느낌을 이야기한다는 것이 다소 이상하게 들렸나 보군요. 내 말은, 살 권리를 박탈당한 젊음을 그냥 지켜보기가 안타깝다는 겁니다. 나는 그런 일에 대해서는 지나칠 정도로 감상적이랍니다. 그럼, 안녕히 계시오."

"아! 아무튼, 살펴 가십시오."

그는 다소 뜻밖이라는 듯한 표정을 지었다.

내가 문을 열었는데, 그만 캐롤 양과 부딪칠 뻔했다.

"아! 포와로 씨, 아직 가시지 않았다고 해서요. 괜찮으시다면 함께 몇 마디 나누고 싶습니다만. 내 방으로 올라가시겠어요?"

"제럴딘에 관한 것인데요."

우리가 그녀의 방에 들어서자 문을 닫으며 그녀가 말했다.

"그런가요, 마드모아젤?"

"그녀는 오늘 되지도 않는 소리들을 지껄였어요. 아니, 내 말을 끝까지 들어 보세요. 너무나 터무니없는 소리들이었어요. 더 이상 어떻게 말씀드릴 수가 없군요. 그녀는 너무 집착하는 성격이거든요."

"나도 그녀가 지나친 긴장에 시달리고 있다는 것을 알 수가 있었습니다."

포와로가 온화하게 말했다.

"글쎄요, 사실대로 말씀드리자면, 그녀는 무척 불행하게 지내 왔어요. 아니, 그 누구도 그녀보다 더 불행하다고는 할 수 없을 거예요. 솔직히 말해, 포와로 씨, 에지웨어 경은 유별난 사람이었어요. 아이들을 제대로 키우려면 당연히 해야 할 그런 일에는 전혀 관심이 없는 그런 사람이었답니다. 정말 솔직히 말씀 드리자면, 그분은 제럴딘에게겐 공포의 대상이었어요."

포와로는 고개를 끄덕였다.

"나도 가히 짐작이 가는군요."

"그는 유별난 사람이었어요. 그는……, 모르겠어요, 어떻게 설명해야 할지. 그는 다른 사람이 자기를 두려워하는 것을 보고 즐기는 사람이었어요. 그것이 그에게는 세상에서 둘도 없는 즐거움이었던 것 같아요."

"그렇군요."

"그분은 아주 많은 책을 섭렵한, 상당히 박식한 사람이었어요. 하지만─글 쎄요, 그렇다고 해서 그의 그런 면만 본 것은 아니었어요. 그분의 아내가 떠난 것도 그리 놀랄 만한 일이라고는 생각지 않아요. 이번 부인 말이에요. 하지만, 그녀의 행동도 옳다고는 할 수 없어요. 결국 그 젊은 여성에게는 아무런 유감 이 없죠. 하긴 에지웨어 경과 결혼함으로써 그녀는 분수에 넘치는 부와 명성 을 얻었지요. 그리고 나서는 그분에게서 떠났어요─아무데도 부러진 곳이 없이 말이에요. 하지만, 제럴딘은 그에게서 벗어날 수가 없었어요. 오랫동안 그녀에 대해서 완전히 잊고 있었지요. 그런데, 갑자기 그분은 기억해 낸 거예요. 가끔 이런 생각을 한답니다. 비록 제가 할 말은 아닌 것 같기도 하지만……."

"정말 고맙습니다, 마드모아젤. 이건 내 생각인데, 에지웨어 경은 결혼하지 않는 편이 훨씬 좋았을 사람이었던 것 같군요."

"훨씬 좋았을 거예요."

"그분은 세 번째로 결혼할 의향은 없었습니까?"

"그분이 어떻게요? 그의 아내가 엄연히 살아 있었는데요."

"그녀에게 자유를 줌으로써 그 자신도 자유를 얻었던 것은 아닐지."

"그분은 두 아내만으로도 신물이 났을 거예요."

캐롤 양은 험악한 목소리로 말했다.

"그렇다면, 당신은 세 번째 결혼에는 의문의 여지가 전혀 없을 거라고 생각하는군요. 전혀? 다시 한 번 생각해 보십시오, 마드모아젤. 한 번도 그런 말을 들어본 적이 없습니까?"

캐롤 양의 얼굴이 붉어졌다.

"그 문제를 계속해서 물어보시는 까닭을 난 도무지 이해할 수가 없군요. 그래요, 전혀 없었어요."

제14장

다섯 가지 의문점들

"에지웨어 경이 다시 결혼하고 싶어 했을 가능성에 대해서 캐롤 양에게 물었던 이유가 뭡니까?"

나는 집으로 돌아오는 도중 차 안에서 호기심을 이기지 못하고 그에게 물었다.

"단지 그럴 가능성도 있지 않을까 하는 생각이 들었기 때문이라네, 헤이스팅스."

"어째서요?"

"에지웨어 경이 갑자기 이혼에 대한 자신의 고집을 꺾게 된 사실을 설명해 줄 수 있는 무엇인가를 찾아내고 싶었기 때문이지. 거기에는 뭔가 이상한 점이 있거든."

"맞아요." 나는 신중하게 말했다.

"쉽게 이해가 가지 않는 사실임에는 틀림없어요."

"헤이스팅스, 자네도 알다시피 에지웨어 경은 부인이 우리에게 들려주었던 이야기들을 확인해 주었거든. 즉, 그녀는 온갖 종류의 변호사들을 고용해 보았지만 그는 한 치도 양보하려 들지 않았단 말일세. 그렇지, 그는 이혼에 동의할 생각이 결코 없었던 거야. 그런데, 갑자기 그는 양보를 한 거란 말이야!"

"아니면, 그냥 해본 소리였는지도 모르죠."

나는 그에게 상기시켰다.

"옳거니, 헤이스팅스 자네의 관찰은 지극히 일리가 있는 말이야. '그냥 해본 소리였다.' 결국 아무런 증거가 없거든. 그 편지가 정말로 작성되었었다는 사실을 입증할 만한 증거 말이야. 그렇다면, 그 양반이 거짓말을 하고 있었던 게지. 무슨 이유에서건 그는 우리에게 날조된 이야기를 들려주었다는 얘기가 되네. 하지만, 그렇지 않다고 한다면? 그야, 우리는 알 도리가 없네마는. 하지만, 그가 그런 편지를 실제로 보냈다는 가정을 세우면, 거기에는 필시 그럴 만한 충분한 이유가 틀림없이 있었을 걸세. 가장 그럴듯하고 자연스러운 이유란 바로 그가 갑자기 결혼하고 싶은 사람을 만났을 거라고 보는 것이 타당한 일이지. 그걸로 그가 갑자기 결심을 바꾸게 된 이유를 완벽하게 설명할 수가 있단 말일세. 그렇다고 한다면, 당연히 나는 조사를 해봐야겠지."

"캐롤 양은 아주 단호하게 그런 생각을 일소에 붙여 버렸단 말씀이에요."

내가 말했다.

"그래, 캐롤 양은 그렇게 말했지."

그는 생각에 잠긴 듯한 목소리로 말했다.

"그런데, 더 이상 무엇을 노리고 있는 겁니까?"

그만 나는 신경질을 부리며 한마디 했다.

포와로는 어조를 변화시킴으로써 의혹의 정도를 암시하는 수법엔 도사가 되어 있었다.

"그녀가 그 사실에 대해서 거짓말을 해야 할 무슨 이유라도 있을까요?"

"없자―그럴 이유가 없어. 하지만 자네도 알다시피, 헤이스팅스, 그녀의 진술은 그리 신뢰할 만한 것이 못 된다네."

"당신은 그녀가 거짓말을 하고 있다고 생각하나요? 아니, 어째서죠? 내가 보기엔 상당히 정직한 사람인 것 같던데요."

"그건 그렇지. 하지만, 고의로 거짓말을 하는 것과 자신도 모르게 부정확한 말을 하는 것의 차이점을 때론 구별하기가 매우 어렵다네."

"대체 무슨 말씀을 하시는 거죠?"

"고의적으로 거짓말을 한다면―그것은 중대한 문제지. 하지만, 자기가 본 사실과 느낀 생각에 대해서 확신을 가지고 있고, 그 본바탕이 진실하다면 사소한 거짓말은 별문제가 안 되네―그것은 유별나게 정직한 사람들의 특징이거든. 이미 자네에게 말한 바이지만, 그녀는 우리에게 한 번 거짓말을 한 적이 있어. 그녀는 제인 윌킨슨의 얼굴을 볼 수가 없었을 텐데도 봤다고 말했거든. 그렇다면 과연 어떻게 해서 그런 말을 하게 되었을까?

이렇게 생각해 보세나. 그녀는 제인 윌킨슨이 홀을 지나가는 것을 내려다보고 있었네. 아무런 의혹도 없이 그녀의 머리만 보고 그것이 제인 윌킨슨이라고 생각하는 거야. 틀림없다고 생각하는 거지. 그래서 그녀는 분명히 제인의 얼굴을 보았다고 말한 걸세. 왜냐하면(자신의 직관에 대해서 아주 확신을 하고 있기 때문에), 정확한 세부적인 사실들은 별문제가 되지 않는 거야.

그녀에게 제인의 얼굴을 볼 수가 없었을 거라는 사실을 지적해 주면, '그게 그랬던가?' 하고는 얼굴을 보았든 보지 않았든 간에 그건 틀림없이 제인 윌킨슨이었다고 고집하는 것이지. 다른 질문에 대해서도 마찬가지야.

그녀는 이미 알고 있는 걸세. 그래서 그녀는 자기가 기억하고 있는 사실에 근거해서 대답하는 것이 아니라, 자신의 관념, 즉 고정 관념에 입각해서 질문에 대답하게 되는 거지. 확신에 찬 증인은 항상 의심을 품고 다룰 필요가 있는 법일세. 알겠나? 불확실한 증인, 이를테면 잘 기억도 못하고, 자신도 없으며, 한 번 더 생각해 보고 '아! 맞습니다, 그건 이러이러한 일이었습니다.'라고 말하는 증인이 오히려 믿을 만한 법이지!"

"놀랍군요, 포와로." 내가 말했다.

"내가 증인에 대해 가지고 있던 기존 관념을 완전히 뒤엎어 버리는군요."

"에지웨어 경의 재혼 문제에 관한 한 내 질문에 대해서도 그녀는 당치도 않은 생각이라고 일소해 버렸거든─단지 그녀가 그런 생각을 품어 본 적이 없었다는 이유 때문에 말이지. 그 문제와 관련된 어떤 사소한 조짐이라도 없었는지에 대해서는 굳이 기억해 내려고 애쓰지도 않았을 걸세. 그러므로 우리는 앞서 생각했던 것과 동일한 결론에 이르게 된 것이지."

"생각해 보니, 당신이 그녀에게 제인 윌킨슨의 얼굴을 볼 수 없었을 거라고 지적했을 때도 그녀는 별로 동요를 보이지 않았던 것 같군요."

나는 신중하게 한마디 했다.

"그렇지. 그렇기 때문에 나는 그녀가 무의식적으로 부정확한 말을 하는 사람이지 고의로 거짓말을 하는 사람은 아니라고 판단했던 게야. 고의로 거짓말을 할 만한 동기가 전혀 없어 보였거든. 만일 그렇지 않다면, 맞았어. 그것도 하나의 가능성으로 볼 수 있지!"

"무엇을 말입니까?" 나는 진지하게 물어보았다.

하지만, 포와로는 고개를 설레설레 저었다.

"한 가지 생각이 떠올랐어. 하지만, 너무도 불가능한 생각이야—맞아, 너무나도 불가능한 생각이고말고."

그러고는 더 이상 내 질문에 대답을 하지 않았다.

"그녀는 그 아가씨를 상당히 아끼는 것 같더군요."

내가 불쑥 말을 꺼냈다.

"그래. 그녀는 확실히 우리의 대화에 도움을 줄 생각이었어. 제럴딘 마쉬 양에 대한 자네의 인상은 어떤가, 헤이스팅스?"

"그녀가 불쌍하더군요. 몹시 애처로워 보였습니다."

"자네야 늘 따뜻한 마음씨를 가지고 있지, 헤이스팅스 비탄에 잠긴 미인은 항상 자네 마음을 뒤흔들어 놓거든."

"당신은 그와 같은 심정을 느끼지 않았습니까?"

그는 엄숙한 표정을 지으며 고개를 끄덕였다.

"물론 나도 마찬가지였지. 그녀는 결코 행복한 생활을 해 왔다고 볼 수 없어. 그런 사실이 그녀의 얼굴에 아주 분명하게 쓰여 있거든."

"제인 윌킨슨의 추측이 얼마나 얼토당토않은 것인지는 당신도 잘 알 수 있을 거예요. 그녀가 이번 사건과 관계가 있을 거라니, 원, 세상에."

"그녀의 알리바이가 충분치 못하다는 것은 의심할 여지가 없는데, 재프는 아직 내게 그 점에 대해서는 아무 말도 하지 않았단 말일세."

"이봐요, 포와로, 이제껏 그녀와 만나서 이야기를 들어 보고도 아직 만족하지 못하고 그렇게 말씀하시는군요. 기어코 알리바이를 입증해 봐야만 직성이 풀리겠다는 겁니까?"

"하지만, 이보게나, 과연 우리가 그녀를 만나 이야기를 해본 결과 무엇을 얻었나? 다만 우리는 그녀가 커다란 불행을 겪어 왔다는 사실 밖에는 알아낸 것이 없어. 그녀도 자기가 아버지를 증오했으며, 그가 죽은 것이 기쁘다고 말했고, 그가 어제 아침 우리에게 무슨 말을 했는지에 대해서 몹시 알고 싶어 했단 말일세. 그런데도 자네는 알리바이가 전혀 필요없다고 하고 있으니!"

"그녀의 솔직함이 바로 그녀의 무죄를 증명하는 겁니다."

나는 제럴딘을 위해 열심히 변명했다.

"솔직함은 바로 그 가족의 특징이라네. 새로운 에지웨어 경은, 얼마나 요란한 제스처를 써 가며 테이블 위에다 자신의 카드를 펼쳐 보이던가?"

"정말 그랬지요." 나는 그 모습을 상기하며 미소를 지었다.

"확실히 독창적인 수법이었다고 할 수 있어요."

포와로는 고개를 끄덕였다.

"그는, 자네네 영국 사람들은 그걸 뭐라고 하나? 선수를 미리 끊는다던가?"

"선수를 친다고 하는 겁니다." 내가 고쳐 주었다.

"맞아요. 그는 우리를 바보처럼 보이게 만들었지요."

"거참 묘한 생각이로군. 자네야 멍청하게 보였을지도 모르지. 하지만, 나는 조금도 내가 멍청하다고 느끼지 않았고, 또한 내가 그렇게 보였다고도 생각지 않는다네. 그 반대로 내가 그를 얼간이로 만들어 버렸지."

"당신이요?"

나는 전혀 그런 기미를 느끼지 못했었기에 도무지 믿을 수 없다는 투로 물었다.

"물론이고말고. 나는 그냥 듣기만 했지. 계속 들어주다가 맨 나중에 전혀 엉뚱한 질문을 했던 거야. 자네는 보지 못했는가. 우리의 그 용감하신 나리께서 얼마나 당황하는가를? 필경 자네는 관찰력이 부족한 게야, 헤이스팅스."

"나는 그가 캐로타 애덤스의 죽음에 대해 들었을 때 보인 공포와 놀란 표정은 진짜였다고 생각했는데요." 내가 말했다.

"그것마저도 교묘하게 꾸며진 연기였다고 말씀하실 참인가요?"

"글쎄 뭐라고 말하기가 어렵구먼. 나도 그것이 진짜처럼 보였다는 것에는 동감일세."

"그가 그렇듯 빈정거리는 투로 우리에게 모든 사실들을 털어놓은 것을 어떻게 생각합니까? 단순히 재미로 그랬던 것일까요?"

"그럴 가능성은 늘 있는 법이야. 자네들 영국인들은 아주 유별난 유머 감각을 가지고 있거든. 하지만, 그것도 하나의 전략이었을 수가 있지. 은닉된 사실들은 괜히 중요한 사실이 아닐까 하는 의혹을 불러일으키게 마련이라네. 반대로 솔직하게 털어놓은 사실은 실제로 그런 사실이 가지고 있는 것보다도 훨씬 중요치 않게 간주될 수도 있지."

"그렇다면, 그날 아침 백부와의 말다툼이 실제로는 중요한 사건이었을 수가 있다는 말인가요?"

"물론이지. 그는 그 사실을 미리 알릴 필요가 있다는 것을 잘 알고 있었던 게야. 틀림없이 그는 미리 선수를 쳐서 그 일을 떠들어댄 것이지."

"그는 보기보다 그리 바보가 아니로군요."

"오! 맞았어, 그는 결코 바보가 아니야. 그는 마음만 먹는다면 얼마든지 머리를 잘 굴릴 수 있는 친구지. 자기가 처한 입장을 정확히 파악하고는, 내가 앞서 말했던 것처럼 자신의 카드를 테이블 위에 펼쳐 보인 거라네. 자네도 브리지 게임을 할 줄 알지, 헤이스팅스? 자기 카드를 내보이는 것은 어느 때인가?"

"당신도 잘하시면서요." 나는 웃으며 말했다.

"잘 아실 텐데—자기 차례에 짝이 맞게 되고, 시간을 벌며 새로운 카드를 손에 넣고자 할 때 자기 카드를 내놓는 법이죠."

"맞았어, 친구, 그건 틀림없는 사실일세. 하지만, 경우에 따라서는 그렇지 않을 수도 있지. 즉, 다른 이유로 해서 말일세. 부인네들과 게임을 할 때 그런 경우를 한두 번 목격한 적이 있지. 물론 약간의 의혹을 불러일으킬 수도 있지만.

그녀는 자기 카드를 내던지며 이렇게 말한다네. '자, 이제 나머지는 모두 내 거예요.' 그러고는 카드를 전부 거두고 다시 카드를 치는 걸세. 상대방들은 별 의심도 않고 동의하게 되자—특히 그들이 게임에 미숙한 사람들이라면 말일세. 속임수를 쓴 것처럼 보이지가 않는 것이지. 사람들은 다시 게임을 시작하자고 할 테지. 다음 판이 한 중간쯤 진행되었을 때 누군가가 생각을 할 걸세. '맞을 거야. 그녀는 원했든 원치 않았든 더미(브리지 게임에서 최초로 패를 보여 달라고 요구한 사람의 한패)로서 다이아몬드 4를 가져가야 했고, 그것이 잘 맞게 되지 않았을 경우에는 내 9가 짝이 맞게 되었을 거야.' 하고 말일세."

"당신은 그렇게 생각합니까?"

"헤이스팅스, 나는 너무 지나치게 허풍을 떠는 것은 음미해 볼 가치가 있다고 생각한다네. 마찬가지로, 이제 식사를 해야 할 시간도 된 것 같으이. 작은 오믈렛을 먹는 게 어때? 그리고 나서 한 9시경 한 군데를 방문해서 어떤 사실을 확인해 보아야겠어."

"어디 말입니까?"

"우선 배부터 채우세나, 헤이스팅스 그리고 커피를 마실 때까지는 더 이상 이 문제에 대해서 거론하지 말기로 하세. 식사를 하는 동안에 두뇌는 위장의 심부름꾼 노릇을 해야 하거든."

그는 자신의 말대로 했다. 우리는 그가 잘 가는 소호(런던 시 옥스퍼드 가 남쪽에 이탈리아인 등 외국인이 경영하는 싸구려 음식점이 많은 곳)에 있는 작은 레스토랑에 가서 맛있는 오믈렛과 혀 가자미 요리, 닭고기, 그리고 포와로가 무턱대고 좋아하는 '바바 오 럼' 주(酒)를 마셨다.

마지막으로 커피를 마시고 있을 때, 포와로는 테이블 너머로 나를 바라보며 따뜻하게 미소를 지어 보였다.

"여보게, 친구." 그가 말했다.

"나는 자네가 생각하는 것보다 훨씬 더 자네에게 의지하고 있다네."

전혀 뜻밖의 말이라 나는 기쁘기도 한 반면에, 한편으로는 어리둥절하기도 했다. 그는 결코 내게 그런 말을 한 적이 없었다. 그래서 나는 때론 은근히 속이 상하기도 했었다. 나를 대하는 그의 태도는 심지어 나의 정신적인 능력, 즉 지능을 아예 무시하는 것처럼 보이기도 했었다. 비록 그의 능력이 쇠잔해졌다고 생각지는 않았지만, 어째서 그가 그전보다 더욱 나의 협조에 의존하게 된 것인지 나로서는 쉽게 이해가 가지 않았다.

"물론이지." 다시 포와로가 꿈을 꾸듯 말을 이었다.

"자네는 어째서 그렇다는 건지 이해할 수 없을지 모르지만—자네는 종종 나에게 방향을 제시해 준다네."

나는 거의 내 귀를 믿지 못할 지경이었다. 나는 더듬거리며 말했다.

"사, 사실이지, 포와로, 나는 너무나도 기쁩답니다. 하기야 그동안 당신에게 이것저것 배운 탓일 테지만서도……."

그는 고개를 저었다.

"아니, 그렇지가 않아, 헤이스팅스 자네는 아무것도 배우지 않았다네."

"예?"

나는 그만 갈피를 잡지 못하고 외쳤다.

"그건 이렇게 된 이치라고. 인간이란 존재는 남에게서 아무것도 배우지 않는다네. 각자가 자신의 능력을 극도로 계발시키려는 것이지, 결코 다른 사람의 능력을 모방하려 드는 것이 아닐세. 나는 자네가 제2의, 혹은 이류의 포와로가 되기를 바라지 않고 그저 최고의 헤이스팅스가 되어 주기를 바랄 뿐이지. 헤이스팅스, 자네에게서 나는 정상적인 인간의 심리적 상태의 거의 완벽한 도해를 찾아낸다네."

"나야 비정상적인 데가 하나도 없을 겁니다."

내가 덤덤하게 한마디 했다.

"아니, 그 정도가 아닐세. 자네야말로 아름답고도 완벽하게 균형이 잡힌 마음의 소유자일세. 자네는 건전한 심성의 표본이지. 그것이 내게 있어 어떤 의미를 지니고 있는지 아는가? 누군가가 범행을 기도할 때 최우선적으로 할 일은 남을 속이는 일일세. 과연 누구를 기만하면 될까? 그자가 마음속으로 그리고 있는 구상은 바로 정상적인 인간의 심상이지. 아마도 그런 것은 현실적이지 않을 수가 있어—하나의 수학적, 추상적인 개념일 수도 있지. 하지만, 그게 가능하다는 것을 곧 깨닫게 될 걸세.

자네도 그렇게 여길 때가 있을 거야. 자신이 순간적으로 평균을 뛰어넘는 탁월한 능력을 지녔다고 생각을 하지. 또한, 부디 내 실례를 용서하기 바라네만, 자네가 그 이상할 정도로 심오한 우둔의 경지에서는 벗어났다고 여길 걸세. 하지만, 잘 듣게나. 결국 자네는 지극히 정상적인 인간에 지나지 않는다네. 그렇다면, 어떻게 그것이 나에게 도움이 될까? 이치는 간단해. 마치 거울을 들여다보듯이, 범인이 나로 하여금 믿게 하려는 의도가 정확하게 자네 마음속에 투영된 것을 나는 볼 수 있다네. 그것은 참으로 기막히게 도움이 되고 암시적이란 말일세."

나로서는 도무지 알아들을 수가 없는 말이었다. 아무튼, 포와로가 하는 말이 나에 대한 칭찬이라고는 여겨지지 않았다. 그러나, 그는 재빨리 내 마음속에서 그런 인상을 지워 버렸다.

"내 표현이 서툴렀구면." 그는 재빨리 말을 돌렸다.

"자네에게는 범인의 마음을 꿰뚫어보는 통찰력이 있지만, 나에게는 그런 통찰력이 없다네. 자네는 범인이 나로 하여금 믿게 하고 싶어 하는 것을 나에게 보여 주는 것이라네. 그것은 참으로 위대한 재능이라고 할 수 있지."

"통찰력이라……." 나는 심각한 어조로 말했다.

"맞아요, 나에게는 통찰력이 있을 겁니다."

나는 테이블 너머로 그를 바라보았다. 그는 거의 다 타들어 간 담배를 피우면서 몹시 정다운 시선으로 나를 주시하고 있었다.

"친애하는 헤이스팅스" 그가 나지막하게 속삭였다.

"실로 나는 자네에게 깊은 우정을 느낀다네."

나는 흐뭇하기도 했지만, 그만 쑥스러운 생각이 들어서 서둘러 화제를 바꾸었다.

"이제……." 나는 짐짓 사무적인 태도를 보이며 말했다.

"그 문제로 넘어가도록 하지요."

"그러기로 하세."

포와로는 머리를 뒤로 젖히며 눈을 가늘게 떴다. 그러고는 천천히 담배 연기를 뿜어냈다.

이윽고 그가 말했다.

"나는 자네에게 몇 가지 의문점들을 제시했네."

"그래서요?" 나는 진지하게 물었다.

"자네 역시 그 점은 인정할 테지?"

"물론이죠." 내가 이내 대답했다.

나도 포와로와 똑같이 머리를 뒤로 기대며 눈을 가늘게 뜨고는 한마디 던졌다.

"누가 에지웨어 경을 살해했는가?"

포와로는 즉시 자세를 고쳐 앉으며 힘차게 고개를 저었다.

"아니, 아니야. 결코 그런 의문이 아니란 말일세. 그게 문제라고 할 수 있는가, 응? 자네는 마치 추리소설을 읽으면서, 줄거리나 근거도 따지지 않고 무턱대고 등장인물들을 모조리 의심하려고 덤비는 사람들과 같구먼. 언젠가 나도 그럴 수밖에 없었던 적이 있다는 것을 인정하지만서도 그것은 아주 특이한 사건이었지. 내 조만간 그 이야기를 들려줌세. 그것은 내 자랑거리의 하나였다네. 그건 그렇다고 치고, 우리가 무슨 이야기를 하고 있었지?"

"당신 스스로가 자신에게 던졌던 물음들에 관해서였지요."

나는 냉랭하게 대답했다.

내가 포와로에게 진정으로 소용되는 점은 그가 자랑을 늘어놓을 수 있는 상대이기 때문이 아니냐는 말이 허끝에서 맴돌았지만, 꾹 눌러 참았다. 그가 하고 싶어 한다면야, 그렇게 하도록 놔둘 수밖에.

"자, 이제 시작하세요. 한번 들어 봅시다."

내가 퉁명스럽게 내뱉었다.

인간의 허영심을 충족시켜 주는 데는 그것으로 족했다. 그는 다시 의자 뒤로 기대며 앞서의 자세를 다시 취했다.

"첫 번째 의문은 이미 언급한 바가 있었네. '어째서 에지웨어 경이 이혼 문제에 대한 결심을 바꾸었던 것일까?' 그 문제에 대해서는 한두 가지 대답이 나에게 떠오른다네. 그중 하나는 자네도 알고 있어. 내가 자문하는 두 번째의 의문은 이것이라네. '그 편지는 어떻게 된 것일까?' 에지웨어 경과 그의 아내가 계속해서 결혼 관계를 유지하는 게 과연 누구에게 이익이 될까?

세 번째 의문은, '어제 오전 그의 서재를 나오며 자네가 뒤돌아보았을 때 그의 얼굴에 나타났던 그 표정은 과연 무엇을 뜻하고 있는 것일까?' 자네는 그 점에 대해서 무슨 해답을 가지고 있는가, 헤이스팅스?"

나는 고개를 저었다.

"전혀 짐작을 못하겠는데요?"

"정말로 자네는 전혀 짐작이 가지 않는가, 헤이스팅스? 이따금씩 자네는 그럴듯한 상상을 하고 했잖나?"

"아니, 정말입니다." 나는 고개를 힘차게 저었다.

"정말로 나는 짐작할 수가 없습니다."

"좋아, 그렇다면 그것도 해명되어야 할 사실이지. 네 번째 의문은 그 코안경과 관계가 있는 것일세. 제인 윌킨슨이나 캐로타 애덤스는 둘 다 안경을 끼지 않았어. 그렇다면, '어째서 그 안경이 캐로타 애덤스의 가방에 들어 있는 걸까?' 그리고 마지막으로 다섯 번째의 의문이 남았지. '어째서 제인 윌킨슨이 치스위크에 있었는지를 확인하는 전화를 걸었으며, 또한 그게 누구였을까?'

여보게, 이상이 내 머리를 어지럽히고 있는 의문점들이라네. 만일 이 의문점들을 해결할 수만 있다면 내 마음이 보다 편해지련만. 이 문제들을 만족할 만하게 설명해 줄 수 있는 이론을 찾아낼 수만 있다면 내 자존심이 그토록 괴로움을 겪지는 않으련만."

"그것 말고도 다른 의문점들이 있지요." 내가 말했다.

"그래?"

"누가 캐로타 애덤스에게 그런 장난을 제안했는가? 그녀는 그날 밤 10시 전과 그 이후에 과연 어디에 있었을까? D란 사람은 과연 누구이며, 누가 그 금빛 상자를 그녀에게 주었을까? 등등 말입니다."

"그런 질문들은 자명한 것일세."

포와로가 심드렁하게 말했다.

"그 문제들에 있어서는 이해하기 어려운 점이 전혀 없단 말일세. 단지 우리가 모르고 있다는 것뿐이지. 그것들은 사실에 대한 문제야. 우리는 조만간 그 해답을 알게 될 걸세. 내 의문점들은, 여보게, 심리적인 거라고, 그 작은 회색 뇌세포가……."

"포와로, 제발."

나는 필사적으로 외쳤다. 무슨 수를 써서라도 그의 말을 중단시켜야겠다고 생각했던 것이다. 다시금 그 말을 듣는다는 것은 도저히 견딜 수 없었기 때문이다.

"오늘 밤 누구를 찾아갈 거라고 했잖습니까?"

"그랬지." 그가 말했다.

"전화를 걸어서 형편이 어떤지 알아봐야겠구먼."

그는 전화를 걸러 갔다가 잠시 뒤 돌아왔다.

"자, 모든 게 잘되었다네."

그가 흥에 겨운 목소리로 말했다.

"어디를 간다는 겁니까?" 내가 물었다.

"치스위크에 있는 몬태규 코너 경 댁일세. 그 전화 건에 대해서 조금이라도 더 구체적으로 알고 싶거든."

제15장

몬태규 코너 경

우리가 치스위크 강변에 있는 몬태규 코너 경의 저택에 도착한 것은 밤 10시경이었다. 널따란 부지(敷地)에 세워진 웅장한 저택이었다. 우리는 아름다운 화판이 걸린 홀로 안내되었다. 그리고 우리의 오른쪽으로 열려 있는 문을 통해 촛불에 반사되어 번쩍번쩍 빛나는 기다란 테이블이 놓인 식당을 볼 수 있었다.

"저를 따라오십시오."

집사는 앞장서서 널찍한 계단을 올라가 강물이 내려다보이는 긴 방으로 우리를 안내했다.

"에르퀼 포와로 씨가 오셨습니다." 집사가 우리의 내방을 알렸다.

아름답게 꾸며진 아늑한 방으로, 깊숙하게 갓이 드리워진 램프의 조명을 받아 고풍스러운 분위기를 풍겼다. 방 한쪽 구석의 열려진 창가 옆에는 브리지 게임용 테이블이 놓여 있었고, 그 둘레에는 네 사람이 둘러앉아 있었다. 우리가 방 안으로 들어서자 그중 한 사람이 자리에서 일어나 우리 쪽으로 다가왔다.

"이렇게 만나뵙게 돼서 정말 기쁘군요, 포와로 씨."

나는 다소 흥미를 느끼며 몬태규 코너 경을 관찰했다. 그는 아주 작고 예지에 넘치는 검은 눈을 하고, 꼼꼼하게 손질된 투페이(앞머리 부분의 가발)를 달고 있었다. 키는 5피트 8인치(약 173cm)쯤 되어 보였다. 그의 태도는 극도로 꾸민 듯한 인상을 주었다.

"이쪽 분들을 소개하죠. 위드번 부부입니다."

"우리는 전에 만난 적이 있답니다." 위드번 부인이 명랑한 어조로 말했다.

"그리고 이쪽은 로스 군이죠."

로스는 금발에 좋은 인상의 스물두 살쯤 되어 보이는 젊은이였다.

"여러분들 게임에 방해가 되었군요. 이거 죄송하기 짝이 없습니다."

포와로가 정중하게 인사를 했다.

"원, 천만의 말씀을. 아직 게임은 시작도 하지 않았답니다. 이제 막 카드를 나누어 주던 참이었지요. 커피 좀 드시겠습니까, 포와로 씨?"

포와로는 사양했지만, 오래된 브랜디를 권하자 호의를 받아들였다. 브랜디는 굉장히 커다란 술잔에 담겨 있었다.

우리가 그것을 마시는 동안 몬태규 경은 이야기하기 시작했다. 일본의 판화, 중국산 칠기, 페르시아 융단, 프랑스의 인상파 화가들, 현대 음악과 아인슈타인의 이론에 관한 이야기들이었다. 그것이 끝나자 그는 의자에 기대어 앉으며 우리에게 너그러운 미소를 지어 보였다. 그가 자신의 연기를 철저하게 즐기고 있음이 분명했다. 침침한 조명 속에서 그는 마치 중세에 나오는 마법사처럼 보였다. 방 둘레에는 예술이나 문화의 걸작품들이 가득 차 있었다.

"그런데 몬태규 경―." 이윽고 포와로가 본론을 꺼냈다.

"더 이상 경의 호의만 받고 앉아 있을 수만은 없기에 내가 찾아온 용건을 얘기해야겠군요."

몬태규 경은 마치 맹수의 발톱처럼 생긴 기묘한 손을 내저었다.

"그렇게 서두르실 필요는 없습니다. 시간이야 얼마든지 있지 않습니까?"

"누구나 이 저택에 들어오게 되면 언제나 그런 기분을 느낀답니다."

위드번 부인이 한숨을 내쉬며 말했다.

"참으로 이상한 일이에요."

"난 백만 파운드를 준다고 해도 런던 시내에서는 살고 싶지가 않답니다."

몬태규 경이 꿈에 잠긴 듯한 목소리로 말했다.

"이곳에서 지내다 보면, 옛시대의 해묵은 평화로움 같은 분위기를 느끼게 되지요. 그런데, 이 소란스러운 시대를 살아가는 인간들은 그런 것을 헌신짝 버리듯 내던지고 말더군요, 쯧쯧."

그때 갑자기 악몽 같은 공상이 내 머릿속을 스쳤는데, 만일에 우리가 실제로 몬태규 경에게 백만 파운드를 주겠다고 한다면, 그 고풍스러운 평화가 벽속으로 스며들어가 버리지 않을까 하는 기괴한 생각이었다. 하지만, 곧 나는 그런 쓸데없는 감상들을 떨쳐 버렸다.

"돈이 뭐 어떻게 됐다고요?" 위드번 부인이 멍청하게 중얼거렸다.

"이런!"

위드번 씨가 미간을 좁히며 무의식중에 바지 주머니 속의 동전을 짤랑거리며 소리를 냈다.

"아차—!" 위드번 부인이 나무라는 투로 남편을 불렀다.

"미안해." 위드번 씨는 하던 행동을 멈추었다.

"이런 분위기에서 범죄에 대한 얘기를 하게 되어 미안합니다만."

포와로가 변명하듯 이야기를 꺼냈다.

"원, 천만의 말씀을." 몬태규 경은 너그럽게 손을 저었다.

"범죄도 예술 작품이 될 수가 있지요. 따라서 탐정도 예술가가 될 수 있는 거죠. 물론 경찰을 두고 한 말은 아닙니다. 오늘 어떤 경감이라는 친구가 왔었는데, 묘한 사람이더군요. 이를테면, 그 사람은 벤베누토 첼리니(프랑스 작곡가 베를리오즈의 오페라)가 무엇인지 한 번도 들어본 적이 없을 겁니다."

"그는 아마도 제인 윌킨슨 문제로 찾아왔었을 거예요."

위드번 부인이 즉시 호기심을 보이며 말했다.

"그 부인이 어젯밤 여기 온 것은 참 다행스런 일이었습니다."

포와로가 말했다.

그러자 몬태규 경이 말을 받았다.

"그런 것 같군요. 내가 그녀를 이곳에 초대한 것은, 그녀가 아름답고 재능이 있다는 것을 알고 있었고, 또한 혹시 내가 그녀에게 도움이 되지 않을까 싶어서였지요. 그녀는 사업에 대해서 궁리하고 있었거든요. 그런데, 나는 전혀 엉뚱한 방면으로 그녀에게 도움이 될 운명이었던 모양입니다."

"제인은 운이 좋았어요." 위드번 부인이 다시 끼어들었다.

"그녀는 어떻게 하면 에지웨어를 몰아낼 수 있을까 안달했었는데, 누군가가 나타나서는 그녀의 근심을 덜어 준 셈이 되었거든요. 그녀는 곧 젊은 머튼 공작과 결혼하게 될 거예요. 모두들 그렇게 입방아를 찧고 있답니다. 공작의 어머니는 그 일에 대해서 노발대발하고 있어요."

"나는 그녀에게 매우 좋은 인상을 받았는데요."

몬태규 경이 점잖은 목소리로 말했다.

"그녀는 그리스 예술에 대해서 상당히 깊은 조예를 가지고 있더군요."

나는 제인이 말하는 광경을 그려 보며 나도 모르게 고소를 지었다.

"예. 그렇고말고요." 또는 "그렇지가 않죠." "정말이지, 너무너무 훌륭해요." 등등, 그 매력적인 허스키한 목소리로 호들갑을 떠는 모습을 말이다. 몬태규 경은 진지한 태도로 자신의 말을 경청해 주는 사람이야말로 제대로 인격과 지식을 갖춘 사람이라고 여기는 그런 남자였다.

"에지웨어는 모든 면으로 봐서 좀 괴상한 사람이었죠." 위드번이 말했다. "그에게는 상당히 많은 적이 있었다고 생각합니다."

그러자 위드번 부인이 물었다.

"그것이 사실인가요, 포와로 씨? 누군가가 예리한 펜나이프로 그 사람의 목덜미를 찔렀다는 것이 말이에요?"

"그렇습니다, 부인. 그건 아주 교묘하고도 뛰어난 솜씨였지요—심지어는 과학적이라고까지도 할 수 있답니다."

"당신의 예술가적인 만족감은 능히 짐작이 갑니다, 포와로 씨."

몬태규 경이 한마디 했다.

"그야 뭐……." 포와로가 다시 말을 꺼냈다.

"내가 찾아온 목적은 이렇습니다. 에지웨어 부인이 이곳 디너파티에 참석하고 있을 때 누군가로부터 전화를 받았습니다. 내가 알고 싶은 정보는 바로 그 전화에 대한 것이지요. 허락해 주신다면 경의 하인들에게 그 문제에 대해서 물어보고 싶습니다만."

"물론, 좋으실 대로 하십시오. 이보게, 로스, 그 벨을 좀 눌러 주지 않겠나?"

벨이 울리고 나서 곧 집사가 나타났다. 그는 큰 키에 성직자 같은 모습을 하고 있는 중년의 사나이였다. 몬태규 경이 그에게 사정을 설명해 주었다. 집사는 정중한 태도로 포와로에게 돌아섰다.

"전화가 걸려 왔을 때 누가 그 전화를 받았소?" 포와로가 물었다.

"제가 받았습니다, 선생님. 전화는 홀을 나서는 구석 쪽에 있습니다."

"그 사람은 에지웨어 부인을 찾았소, 아니면 제인 윌킨슨 양을 찾았소?"

"에지웨어 부인이라고 했습니다."

"그래, 전화 내용은 어떤 것이었소?"

집사는 잠시 생각에 잠겼다.

"제가 기억하기로는, 선생님, 저는 '여보세요.' 하고 말했지요. 그러자 상대방은 여기가 치스위크 43434번이냐고 물었습니다. 저는 그렇다고 대답했지요. 그러자 전화를 끊지 말고 기다려 달라고 하더군요. 그러고는 다른 목소리가 나와서 치스위크 43434번이냐고 다시 물어서 저는 '그렇습니다.' 하고 대답했더니, '에지웨어 부인이 그곳 파티에 와 계신가요?' 하고 묻더군요. 그래서 그 부인이 이곳에 와 계시다고 대답했습니다. 그러자 다시 상대방은 '죄송하지만, 부인을 좀 바꿔 주시겠어요?' 하더군요. 저는 그것을 전하러 만찬 테이블에 계시는 부인에게로 갔습니다. 부인이 자리에서 일어나시기에 저는 전화가 왔다고 말씀드렸죠"

"그러고는?"

"부인이 수화기를 들고 말씀하셨습니다. '여보세요, 누구신가요?' 그러고 나서, '예, 맞습니다. 내가 에지웨어 부인입니다만.' 하시더군요. 제가 부인 곁을 막 떠나려고 할 때, 부인이 저를 부르시더니 전화가 끊겼다고 말씀하셨지요. 부인 말씀이, 저쪽에서 그냥 웃기만 하더니 서둘러 전화를 끊었다는 것이었습니다. 부인이 제게 전화를 건 사람이 자기 이름을 밝히더냐고 물으시더군요. 저는 듣지 못했다고 말씀드렸지요. 이상이 제가 생각나는 전부입니다, 선생님."

포와로는 이해가 가지 않는다는 듯이 눈살을 찌푸리며 그를 쳐다보았다.

"당신은 정말로 그 전화가 살인사건과 무슨 관계가 있다고 생각하세요?"

위드번 부인이 포와로에게 물었다.

"아직은 뭐라고 말씀드릴 수가 없군요, 부인. 다만 어딘가 수상한 점이 있다고 할 수 밖에요."

"사람들은 이따금씩 장난 전화를 건답니다. 나도 가끔 그런 봉변을 겪어 보았거든요."

"흔히 있을 수 있는 일이지요, 부인."

그는 다시 집사를 돌아다보며 이야기를 했다.

"그런데 전화를 걸어 온 사람은 남자 목소리였소, 아니면 여자 목소리였소?"

"어떤 부인의 목소리였다고 생각됩니다만, 선생님."

"어떤 종류의 목소리였소? 낮은 목소리, 아니면 높은 목소리?"

"낮음 음성이었습니다, 선생님. 차분하면서도 상당히 뚜렷한 목소리였습니다." 그는 잠시 생각해 보더니 다시 말을 이었다.

"이건 제 생각입니다만, 선생님. 왠지 외국인 말씨 같다는 생각이 들었습니다. 'R'자 발음이 매우 거슬리게 들렸거든요."

"그렇게 들렸다면, 그건 스코틀랜드 사람의 말씨였을 수도 있어요, 도널드."

위드번 부인이 로스에게 미소를 지어 보이며 말했다.

로스는 웃음을 터뜨렸다.

"전 죄가 없어요." 그가 말했다.

"그때 저는 만찬 테이블에 있었거든요."

포와로는 다시 집사에게 물었다.

"당신은 그 목소리를 다시 한 번 듣게 된다면 알아볼 수 있다고 생각하시오?"

집사는 잠시 대답하기를 주저했다.

"글쎄요, 아주 자신 있다고는 말씀드릴 수가 없군요, 선생님. 다만 알아들을 수는 있을 것 같습니다만. 아니, 알아들을 수가 있을 거라고 생각합니다."

"수고했소, 고맙소."

"고맙습니다, 선생님."

집사는 머리를 숙여 보이며, 마지막까지 성직자 같은 태도로 물러났다.

몬태규 코너 경은 계속해서 아주 친근하게 대해 주며 자신의 고풍스러운 매력에 스스로 심취해 있었다. 그는 우리에게 남아서 브리지 게임을 해보라고 권했다. 판돈이 내가 감당하기에는 너무 컸기 때문에 나는 사양했다. 젊은 로스 군도 역시 자신의 자리를 대신 채워 줄 사람이 생겨서 안심하는 듯한 눈치였다. 그와 나는 그들 네 사람이 게임하는 것을 지켜보면서 앉아 있었다. 그날 저녁의 게임은 포와로와 몬태규 경의 대승으로 끝났다.

뒤에 우리는 몬태규 경에게 인사를 하고 저택을 떠났다. 로스도 우리와 함께 나왔다.

"기묘한 작은 사나이로구먼."

우리가 어둠 속으로 발걸음을 내디뎠을 때 포와로가 불쑥 말을 꺼냈다. 청명한 밤이었기에 우리는 전화로 차를 불러 달라고 하지 않고, 그 대신 택시를 잡게 될 때까지 걷기로 했다.

"그래, 상당히 기묘한 사람이야." 포와로가 다시 말했다.

"아주 대단한 부자이기도 하지요." 로스가 감정이 깃든 목소리로 말했다.

"아마도 그럴 테지."

"그분은 내가 마음에 들었던 모양입니다." 다시 로스가 말을 이었다.

"그게 끝까지 이어졌으면 좋겠습니다만. 그런 분이 뒤를 밀어 준다는 것은 상당히 중요한 의미가 있는 일이죠."

"당신은 배우로군요, 로스 씨?"

로스는 그렇다고 대답했다. 그는 자신의 이름이 상대방에게 알려져 있지 않음을 서글프게 여기는 모양이었다. 아마 최근에 그는 러시아 희곡을 번역한 어떤 침울한 연극에서 놀라울 정도로 각광을 받았었던 것 같다. 포와로와 내가 다시 그를 격려한 다음에, 포와로가 조심스럽게 물었다.

"캐로타 애덤스 양을 알고 있죠, 그렇지 않습니까?"

"아뇨, 오늘 석간에서 그녀의 사망 소식을 읽었을 뿐입니다. 무슨 약인가를 과용했다고 하더군요. 어리석게도 그런 아가씨들은 무턱대고 약을 복용하는가 봅니다."

"애석한 일이오, 정말. 게다가 연기력이 무척 뛰어났었는데."

"아마도 그랬을 테지요."

그는 자신의 연기 이외에는 그 누구의 연기에도 흥미가 없다는 듯한 독선적인 성격을 드러냈다.

"그녀의 연기를 본 적이 있습니까?" 내가 물었다.

"전혀. 그런 연기 분야는 제 전공과는 사뭇 다르답니다. 순간적으로는 폭발적인 인기를 끌겠지만, 결국에는 생명이 길지가 못한 법이죠. 저는 그렇게 생각합니다만."

"아! 저기 택시가 오는구먼." 이렇게 말하며 포와로는 지팡이를 흔들었다.

"저는 그냥 걷기로 하겠습니다." 로스가 힘없이 말했다.

"해머스미스에서 집까지는 지하철을 타면 되거든요."

그러고는 갑자기 신경에 거슬리는 듯한 웃음소리를 내었다.

"기묘한 일인데요." 그가 다시 말했다.

"어젯밤 그 디너파티 말입니다."

"뭐라고요?"

"참석했던 사람이 모두 13명이었거든요. 어떤 사람이 마지막 순간에 가서야 초대를 거절했단 말입니다. 우리는 파티가 끝날 때까지 그 사실을 전혀 눈치채지 못했답니다."

"그런데 누가 제일 먼저 나왔습니까?" 내가 궁금해서 물어보았다.

그는 다소 신경질적으로 기묘한 웃음을 흘렸다.

"바로 저였습니다." 그가 말했다.

제16장

주요한 논의

우리가 집에 도착하자 재프가 벌써부터 우리를 기다리고 있었다.

"돌아가기 전에 당신과 잠시 이야기를 나눠 보는 게 좋을 것 같아서요, 포와로."

그는 쾌활한 어조로 말했다.

"일은 어떻게 진척되고 있나?"

"글쎄요, 그게 별로 신통치가 않습니다. 이렇게 솔직히 털어놓기는 싫지만 별 수 없지요." 그는 의기소침한 표정이었다.

"혹시 내게 도움이 될 만한 정보는 없습니까, 포와로?"

"있지, 자네가 들으면 기뻐할 만한 생각이 한두 가지 있다네."

포와로는 짐짓 거드름을 피우며 말했다.

"당신과 당신 생각이라! 아무튼, 당신은 경계를 요하는 인물입니다. 내가 당신 생각을 듣고 싶지 않다는 건 절대로 아닙니다. 물론 듣고 싶습니다. 당신의 그 우스꽝스럽게 생긴 머리에는 상당히 쓸 만한 것들이 들어 있기는 하지요."

포와로는 그의 다소 냉소적인 칭찬을 그냥 넘어갔다.

"그 가짜 부인 문제에 대해서 묘안이라도 갖고 계신가요? 사실 그것이 바로 내가 알고 싶어 하던 문제거든요. 그렇죠, 포와로? 대체 어찌된 일입니까? 그 여자는 누구였습니까?"

"그것이 바로 내가 자네에게 이야기하고 싶은 점이라네."

그는 캐로타 애덤스에 대해서 들어 본 적이 있느냐고 재프에게 물었다.

"들어 본 적이 있지요. 그렇지만, 어떤 여자인지는 잘 생각이 나질 않는군요."

포와로가 설명해 주었다.

"그 여자가 제인 윌킨슨의 흉내를 냈다, 그녀가 말이죠? 어째서 그녀에 대해서 심증을 굳히게 되셨나요? 어떻게 그런 결론에 이르게 되셨습니까?"

포와로는 우리가 취해 온 순서와 거기에서 이끌어 낸 결론을 이야기해 주었다.

"하기야, 당신 생각이 옳은 것 같군요. 옷, 모자, 장갑 등등, 그리고 그 금발의 가발. 그렇군, 틀림없는 것 같습니다. 대단하시군요, 포와로, 정말 능숙한 솜씨입니다! 하지만, 그녀가 그런 식으로 살해되었다고 보이는 증거가 있을 것 같지는 않군요. 그건 다소 지나친 비약인 것 같습니다. 나는 당신과는 전혀 다른 시각으로 보고 있습니다. 당신의 지론은 상당히 공상적인 것으로 생각되는군요. 나는 당신보다도 경험이 많습니다. 당신 말대로 배후에 어떤 악당이 숨어 있다고는 생각되지 않습니다.

캐로타 애덤스가 그 가짜 여인이었던 것은 분명하지만, 그러나 나는 그 두 가지 가능성 중 다른 쪽을 취하겠습니다. 그녀는 자신의 목적—아마, 돈이 들어올 거라는 얘기를 듣고는 무슨 협박 같은 걸 하려고 그 저택에 갔던 거지요. 그들은 심한 말다툼을 했을 테고, 그가 성을 내자 그녀도 따라서 화를 내며 그를 처치해 버렸던 거죠. 아마도 그녀는 집에 돌아가자마자 걷잡을 수 없는 공포에 사로잡히게 되었을 겁니다. 사람을 죽일 생각까지는 없었던 거죠. 그래서 결국 가장 쉬운 방법으로 그녀는 약을 복용하게 되었던 것이라는 게 내 생각입니다."

"자네는 그걸로 모든 사실이 설명될 수 있다고 생각하나?"

"글쎄요, 그야 당연히 우리가 아직 알지 못하는 부분이 상당히 많이 있겠죠. 하지만, 그것은 꽤 논리적인 가설입니다. 또 다른 해석은, 그 장난과 살인이 서로 아무런 관계가 없다고 보는 것이지요. 그것은 기막힌 우연의 일치에 지나지 않는다는 겁니다."

나는 포와로가 동의하지 않는다는 것을 알았다. 그는 아무런 내색도 하지 않고 단지 이렇게 말했다.

"물론 있을 수 있는 일이지."

"그게 아니면, 이것 보세요, 이건 어떻습니까? 그 장난은 전혀 악의가 없는 것이었죠. 그런데, 누가 그 이야기를 듣고는 이거야말로 정말 안성맞춤이로구나 하고 생각하게 되었던 겁니다. 너무 터무니없는 생각일까요?"

그는 잠시 이야기를 멈추었다가 다시 계속했다.

"하지만 내가 보기엔 첫 번째 것이 더 마음에 드는데요. 그 양반과 죽은 처녀 사이에 무슨 관계가 있다면 필시 알아내게 될 겁니다."

포와로가 그에게 하녀가 미국으로 부친 편지에 대해서 이야기해 주자, 재프도 그 편지가 상당히 도움이 될지도 모른다는 것에는 동의했다.

"당장 손을 쓰도록 해야겠군요." 재프는 조그만 수첩에 적어넣으며 말했다.

"그 여자가 살인범일 공산이 큰 것 같은데요. 왜냐하면 그 밖에는 달리 용의자를 발견할 수가 없으니까 말입니다."

그는 수첩을 다시 집어넣으며 말했다.

"마쉬 대위—아니지, 새로 에지웨어 경이 된 나리시지. 그에게는 명백한 동기가 있습니다. 게다가 평소 소행도 좋지 않고 주머니 사정이 어려운데도 거침없이 돈을 뿌리고 다녔단 말입니다. 게다가, 어제 오전에는 백부와 시비가 있었거든요. 사실은 그가 제 입으로 말했지만도, 오히려 그 덕분에 혐의가 줄어들었지요. 물론, 그가 범인일 가능성은 배제할 수 없지만요. 그러나 그에게는 어제저녁의 행적에 관한 알리바이가 있습니다. 도르트하이머 가족과 함께 오페라에 갔거든요. 부자예요. 그로스브너 스퀘어에서 공연된 오페라였지요. 조사를 해보았는데 의심할 여지가 없더군요. 그는 그들과 함께 식사를 한 뒤, 오페라 구경을 갔다가, 나중에 소브라니에서 야식을 들었지요. 그뿐이었습니다."

"그럼 마드모아젤 쪽은?"

"남작 따님을 말씀하시는 겁니까? 그녀 역시 외출을 했지요. 카슈 웨스트라는 가족과 함께 식사를 했답니다. 그들은 그녀를 오페라에 데리고 갔다가 나중에 집까지 바래다주었지요. 12시 15분 전에 돌아왔습니다. 그것으로 그녀도 혐의 대상에서 제외가 되지요. 그 여비서는 전혀 의심할 데가 없는 것 같습니다—아주 성실하고, 고상한 여성이지요. 그리고 집사가 남았습니다. 그에게서 그다지 좋은 인상을 받았다고는 할 수 없어요. 그렇게 잘생겼다는 것은 어쩐지 자연스럽지가 못하거든요. 그에게는 좀 수상한 데가 있어요. 게다가, 그자가 에지웨어 경 댁에 들어간 경위도 어딘지 미심쩍은 데가 있고요. 물론, 그에 대해서 보다 구체적으로 알아보고 있는 중이지요. 하기야, 그에게서는 살인을 저지를 만한 동기를 찾아낼 수는 없지만요."

"새로운 사실이 드러난 것은 전혀 없나?"

"아뇨, 한두 가지는 있어요. 그것들이 무슨 의미를 지니고 있는지는 말씀드리기가 어렵지만요. 그 한 가지는 에지웨어 경의 열쇠가 없어졌다는 사실입니다."

"그 현관 열쇠 말인가?"

"그렇습니다."

"음, 확실히 구미가 당기는 사실이로구먼."

"중대한 의미를 지니고 있을지도 모르고, 전혀 그렇지 않을 수도 있습니다. 그보다 더 중요하다고 여겨지는 사실은 바로 이겁니다. 에지웨어 경은 어제 수표를 현금으로 바꿨지요—실은 100파운드였습니다만. 그는 프랑스 지폐로 받았답니다. 수표를 현금으로 바꾼 이유는 오늘 파리로 여행을 떠날 예정이었기 때문이죠. 그런데 그 돈이 감쪽같이 사라져 버렸거든요."

"누가 그 이야기를 하던가?"

"캐롤 양입니다. 그녀가 수표를 현금으로 바꾸었답니다. 그녀의 말을 듣고 조사해 보았더니 이미 없어진 뒤였어요."

"그 돈을 어젯밤에 어디에 두었다고 하던가?"

"캐롤 양은 모르겠다고 하더군요. 그녀는 그 돈을 오후 3시 30분경에 에지웨어 경에게 넘겨주었답니다. 은행 봉투에 들어 있는 채로 말입니다. 그때 그는 서재에 있었다고 하더군요. 그가 그것을 받아서는 테이블 위에 놓았답니다."

"그것은 확실히 생각해 볼 문제로군. 상황이 자꾸 복잡해지는데."

"아니죠, 오히려 단순해졌는지도 모르죠. 그런데 그 상처 말씀입니다."

"응?"

"의사 말로는 펜나이프에 의한 평범한 상처가 아니라더군요. 그런 종류이기는 하지만 형태가 다르고 매우 예리한 것이라고 하더군요."

"면도칼은 아니라던가?"

"아뇨, 면도칼은 아니고 그보다 훨씬 작은 것이라고 하더군요."

포와로는 미간을 찌푸린 채 곰곰이 생각에 잠겼다.

"새로운 에지웨어 경은 농담을 좋아하는가 봅니다."

이윽고 재프가 한마디 했다.

"그는 자신이 살인 혐의를 받고 있는 것을 재미있다고 생각하는 모양입니다. 우리가 그를 용의자로 보고 있다는 사실을 확인하더란 말이에요. 거참 묘한 일이거든요."

"어떻게 생각하면 머리가 잘 돌아간다고 볼 수도 있지."

"그보다는 일종의 죄의식 같은 것이 아닐지. 백부의 죽음이 그에게는 안성맞춤이었으니까요. 그로 인해 그는 다시 저택으로 옮겨 왔거든요."

"전에는 어디에서 살았나?"

"세인트 조지 로드의 마틴 가였습니다. 그리 고상하지는 못한 곳이죠."

"그걸 적어 두게나, 헤이스팅스"

나야 시키는 대로 했지만, 어쩐지 좀 미심쩍었다. 로널드가 리젠트 게이트로 옮겨 왔다면 그전의 주소는 별로 필요가 없어 보였기 때문이다.

"나는 그 애덤스란 처녀가 저지른 범행이라고 생각합니다."

재프가 자리에서 일어나며 말했다.

"그런 사실을 알아내신 것은 참으로 용하신 솜씨였습니다, 포와로 씨. 하지만 그것은 물론 당신이 연극 구경이나 다니면서 인생을 즐기실 신분이기 때문이기도 하죠. 내가 가질 수 없는 그런 좋은 기회를 당신은 잘 포착할 수가 있거든요. 아직은 뚜렷한 동기가 전혀 보이지 않아서 유감이지만, 그러나 좀더 파헤쳐 보면 진상이 드러나게 될 거라고 생각합니다."

"동기가 있는데도 자네가 전혀 신경을 쓰지 않는 인물이 한 사람 있네."

포와로가 넌지시 한마디를 던졌다.

"그게 누구입니까?"

"에지웨어 경의 부인과 결혼하고 싶어 한다고 알려져 있는 신사일세. 즉, 머튼 공작을 말하는 거야"

"그렇군요. 동기가 있을 법하구먼요." 재프는 웃으며 말했다.

"하지만, 그와 같은 지위에 있는 사람이 살인을 저지를 것 같지는 않군요. 더구나 그는 파리에 있잖습니까?"

"그렇다면, 자네는 그를 중요 용의자로 보지 않는다는 말인가?"

"글쎄요, 포와로 씨, 당신은 그렇게 봅니까?"

그러고는 그것은 매우 어리석은 생각이라는 듯 껄껄 웃어대며 재프는 나가 버렸다.

제17장

집사

다음 날 우리는 별로 활동을 하지 않았지만, 재프는 정력적으로 돌아다녔다. 그는 차 마시는 시간에 우리를 찾아왔다. 재프 경감은 시뻘겋게 달아오른 얼굴을 하고서 몹시 화를 내고 있었다.

"난 정말 바보 같은 실수를 저질렀다고요."

"설마 그랬을라고, 경감." 포와로가 달래듯이 말했다.

"아니에요. 난 바보짓을 했어요. 그렇게 내버려두다니."

(이 부분에서 그는 도저히 말로 옮길 수가 없는 욕을 해대서 부득이 삭제할 수밖에 없었다)

"……내 손에서 그 집사 녀석을 놓쳐 버리다니."

"그가 종적을 감추어 버렸나?"

"그렇습니다. 도망쳐 버렸어요. 거듭 내가 자신을 얼간이였다고 말씀드리는 것은, 내가 그 자식에게 별로 관심을 두지 않았기 때문입니다."

"자, 진정하게. 마음을 좀 차분히 가라앉히게."

"말하기야 쉬운 일이죠. 당신도 런던경시청에서 한바탕 시달림을 받게 되면, 아마도 그렇게 태연할 수가 없을 겁니다. 아! 정말 재빠른 녀석이야. 경찰을 따돌린 것이 이번이 처음만은 아닐 거예요. 그 자식은 상습범이라고요."

재프는 이마를 손등으로 문지르며 낙심천만이라는 듯한 표정을 지었다. 포와로는 잔뜩 동정 어린 소리들을 늘어놓으며, 달걀이라도 들지 않겠냐고 했다. 영국 사람의 기질에 대해서는 내가 포와로보다 정통해 있었으므로, 나는 강한 위스키소다를 한 잔 타서 우거지상을 짓고 있는 경감 앞에 놓았다. 그는 다소 얼굴이 조금 밝아졌다.

"글쎄요, 이거 마셔도 될지 모르겠군요." 그는 다소 주저해 하며 말했다.

이윽고 그는 훨씬 명랑해진 투로 이야기를 시작했다.

"난 아직도 그자가 살인범이라고는 생각지 않습니다. 물론, 놈이 이런 식으로 도망친 것이 수상쩍게 보이기는 하지만, 그러나 거기에는 다른 이유가 있을 겁니다. 아시다시피, 난 놈에게 주목을 하고 있었거든요. 그자는 소문이 별로 좋지 않은 나이트클럽과 무슨 연관이 있는 것 같습니다. 흔히 볼 수 있는 그런 나이트클럽이 아니죠. 아주 추잡스런 곳이에요. 놈은 진짜 불량배라고요."

"그렇다고 해서 그가 꼭 살인범이라고 단정할 수는 없지 않나?"

"맞습니다! 놈이 뭔가 수상한 짓을 꾸미고 있었던 것은 사실이지만, 그렇다고 해서 살인범이라고 단정 지을 수야 없는 노릇이죠. 그보다는 그 애덤스라는 처녀가 범인일 거라는 확신이 더욱 뚜렷해지는 것 같습니다. 아직은 입증할 만한 아무런 증거도 없지만 말이죠. 오늘 나는 부하들을 시켜 그녀의 방을 이 잡듯이 뒤져보았지만, 도움이 될 만한 것은 하나도 얻지 못했습니다. 그녀는 빈틈없는 여자였어요. 금전적인 거래에 관한 편지들이 몇 통 있었을 뿐 증거가 될 만한 편지는 전혀 없었다고요. 모든 것이 말끔하게 정리되어 있었죠. 아, 그리고 워싱턴에 있는 여동생으로부터 온 편지가 몇 통 있었습니다만, 숨길만한 내용은 전혀 없더군요. 꽤 오래된 보석류 몇 점이 있었는데—새것이라든가, 값나가는 것은 하나도 없었어요. 그녀는 일기도 쓰지 않았고, 통장이라든가 수표장 등에서도 도움이 될 만한 것은 전혀 보이지 않았습니다. 제기랄, 그 아가씨에게는 사생활이란 전혀 없었던 것 같단 말입니다."

"그녀는 소극적인 성격이었네." 포와로는 신중한 어조로 말했다.

"우리 입장에서 보면 참 유감스런 일이지."

"나는 그녀의 시중을 들던 여인과 이야기를 해보았습니다. 하지만 별 소득이 없더군요. 그녀의 친구라는, 모자점을 경영하는 아가씨와도 만나보았는데, 꽤 친한 사이였던 모양입디다."

"아! 자네는 드라이버 양에 대해서 어떻게 생각하나?"

"상당히 영리하고 빈틈이 없는 아가씨 같더군요. 하기야 내게는 별로 도움이 되질 못했지만요. 내가 의외라고 느낀 것은 그게 아니었습니다. 내가 수사를 했던 대부분의 행방불명된 아가씨들에 대해서, 그들의 가족이나 친구들은 항상 똑같은 말을 한답니다. '그녀는 밝고 상냥한 성격이었고, 남자친구는 전혀 없었답니다.' 하고 말이죠. 하지만, 사실은 그렇지가 않죠. 자연스럽지가 못하거든요. 아가씨들이란 남자친구가 있게 마련입니다. 그렇게 말하지 않으면, 그들에게 뭔가 해롭기라도 한 줄 아는 모양인지. 형사 생활을 그토록 어렵게 만드는 것은 바로 그 멍청한 친구들과 친척들의 바보 같은 충성심이라고요"

그가 한숨을 돌리려고 잠시 입을 다물었을 때, 나는 다시 그의 잔을 채워 주었다.

"고맙소이다, 헤이스팅스 대위. 이거 마셔도 될지 모르겠군요. 아무튼, 설사 당신이 내 입장이 된다고 해도 결국 철저하게 수사를 할 수밖에 다른 도리가 없을 겁니다. 캐로타 애덤스와 식사를 함께 했거나, 춤을 춘 젊은이들은 많이 있지만, 그 이상의 관계를 맺었던 자들은 없는 것 같아요. 현재의 에지웨어 경, 영화배우인 브라이언 마틴 등등, 그들 말고도 여럿이 있지만 특별히 주목할 만한 사내들은 전혀 없어요. 배후에 남자가 있을 거라는 당신 생각은 완전히 잘못된 겁니다. 당신도 결국 그녀가 단독으로 범행한 거라는 사실을 깨닫게 되실 겁니다, 포와로.

현재 나는 그녀와 살해당한 에지웨어 경 사이의 관계를 조사하고 있는 중입니다. 틀림없이 어떤 관계가 있어요. 나는 파리에 기볼 생각입니다. 그 조그만 금빛 상자에도 파리라는 단어가 적혀 있고, 캐롤 양이 말하기를 고(故) 에지웨어 경도 지난 가을에 탐내던 물건과 골동품 등을 구입하기 위해 몇 차례나 파리에 다녀왔다고 하더군요. 그래요, 난 기필코 파리에 가볼 작정입니다. 심리는 내일로 예정되어 있지만, 물론 연기시킬 겁니다. 그러고 나서 오후에 배를 탈 예정이지요"

"자네는 놀라울 정도로 정력적이구먼, 재프. 난 그저 감탄할 뿐일세."

"암요. 그런데 당신은 지금 게으름을 피우고 계십니다. 그저 앉아서 생각만 하시다니! 그걸 당신은 작은 회색 뇌세포를 활동시킨다고 말하죠. 소용없습니다. 밖으로 나가 몸으로 부딪쳐야 해요. 그들이 당신을 찾아와 주지는 않는 법이죠"

그때 하녀가 문을 열고 말했다.

"브라이언 마틴이라고 하시는 분이 오셨는데요, 선생님. 바쁘시다고 할까요, 아니면 만나시겠습니까?"

"그만 가봐야겠습니다, 포와로 씨." 재프가 자리에서 일어나며 말했다.

"연극계의 스타들이 모두 당신에게 자문을 구하러 오는 모양이군요."

포와로가 겸손하게 어깨를 으쓱해 보이자, 재프는 껄껄 웃어댔다.

"이젠 백만장자가 되었을 테죠, 포와로 씨? 그 돈을 다 어디에 씁니까? 저축합니까?"

"나야 검소를 신조로 삼고 있잖나. 그런데, 돈 이야기가 나왔으니까 말인데, 에지웨어 경의 유산은 어떻게 처리되나?"

"작위와 관계가 없는 재산은 모두 딸에게 남겼습니다. 캐롤 양에게는 500파운드가 돌아갔고 다른 유증(遺贈)은 없습니다. 아주 간단한 유언장이죠."

"그것이 작성된 것은, 언제였나?"

"그의 아내가 떠나고 난 뒤였으니까, 꼭 2년 전이로군요. 그런데, 그는 부인을 유산 분배에서 완전히 제외시켜 버렸습니다."

"지독한 사람이구먼." 포와로가 혼잣말로 중얼거렸다.

"안녕히 계십시오." 재프는 유쾌하게 작별 인사를 하고는 떠났다.

곧이어 브라이언 마틴이 들어왔다. 그는 빈틈없는 옷차림에 여전히 대단한 미남이었지만, 어쩐지 수척해진 것이 그렇게 행복해 보이지는 않는다고 생각되었다.

"오랫동안 찾아 뵙지를 못한 것 같군요, 포와로 씨."

마틴은 변명하듯이 말했다.

"게다가, 공연히 선생님의 시간만 허비하시게 했으니 말입니다."

"무슨 말인지?"

"그렇습니다. 나는 그 문제의 여인을 만나보았지요. 그녀를 설득도 해보고 애원도 해보았지만, 결국 목적을 이루지는 못했습니다. 그녀는 그 문제에 당신을 개입시키고 싶지가 않은가 봅니다. 그래서 부득이 그 일을 중단해야 할 것 같군요. 정말 죄송합니다—공연히 폐만 끼치게 되어."

"천만에, 괜찮습니다." 포와로가 상냥하게 말했다.

"나도 이미 예상했던 일이오."

"예?" 젊은이는 정곡을 찔린 듯이 깜짝 놀랐다.

"이렇게 되리라고 예상하셨다고요?" 그는 어리둥절해하며 물었다.

"그렇습니다. 당신이 친구와 상의해 봐야겠다고 말했을 때, 나는 이런 결과가 오리란 것을 이미 예측하고 있었지요."

"그렇다면, 당신은 어떤 추리를 하셨나 보군요?"

"탐정이란, 마틴 씨, 언제나 추리를 하는 법이지요. 그것은 탐정에게 부과된 의무이기도 합니다. 나는 그걸 추리라고 부르지는 않습니다. 사소한 착상이라고 하지요. 그것이 첫 번째 단계입니다."

"그럼 두 번째 단계는요?"

"사소한 착상이 옳다고 판명되면 곧 알 수가 있지요. 뭐, 간단한 일입니다."

"당신의 추리, 아니 사소한 착상이 무엇인지 말씀해 주실 수 있을는지요?"

포와로는 점잔을 빼며 고개를 저었다.

"거기에는 또 다른 법칙이 있지요. 탐정은 결코 비밀을 털어놓지 않는다는 겁니다."

"약간의 힌트도 안 되겠습니까?"

"그래요. 다만 얘기해 줄 수 있는 것은, 당신이 그 금니를 가진 사내에 대해서 언급하자마자 곧 나의 추론이 세워졌다는 것이오."

브라이언 마틴은 멍청하게 그를 주시했다.

"정말 어림잡을 수가 없군요." 그가 고백했다.

"도대체 당신이 무엇을 생각하고 계신지 전혀 이해할 수가 없습니다. 약간의 힌트라도 주신다면 몰라도."

포와로는 미소를 지으며 고개를 설레설레 저었다.

"우리 화제를 바꾸도록 합시다."

"좋지요. 하지만 먼저 보수를, 적당한 보수를 말씀하시죠."

"원, 천만에. 나는 당신에게 아무런 도움도 되어 드리질 못했소."

"내가 당신의 귀중한 시간을 빼앗았는데……."

"내게 구미가 당기는 사건일 경우에, 나는 돈 문제는 전혀 생각지 않습니다.

당신이 부탁한 사건은 대단히 흥미가 있었답니다."

"그러시다니 나도 기쁘군요."

그는 다소 불안한 목소리로 말했다. 그는 몹시 우울해 보였다.

"자—." 포와로가 부드럽게 말문을 열었다.

"우리 뭔가 좀 다른 이야기를 해봅시다."

"내가 계단에서 본 사람은, 혹시 런던경시청의 경감인지 하는 사람이 아닌가요?"

"맞습니다. 재프 경감이지요."

"불빛이 흐려서 확실하게 알아볼 수가 없었거든요. 그런데, 그 사람이 나를 찾아와서는 베로날 과용으로 목숨을 잃은 그 가엾은 캐로타 애덤스에 대해서 몇 가지 물어보더군요."

"당신은 애덤스 양에 대해서 잘 알고 있습니까?"

"뭐, 별로. 그리 잘 안다고는 할 수 없죠. 그녀가 어렸을 때 미국에서 알게 되었습니다. 이곳에서도 한두 번 만나보았지만, 그렇게 친한 사이는 결코 아니었죠. 그녀가 죽었다는 소식을 듣게 되어서 정말 유감이랍니다."

"당신은 그녀를 좋아했나요?"

"그렇습니다. 뭐랄까, 그녀는 아주 편한 이야기 상대자였으니까요."

"무척 다정다감한 성격이었나 보군요. 나도 그런 걸 느꼈지요."

"경찰에서는 자살이라고 여기는 것 같던데요? 나는 그 경감에게 도움이 될 만한 사실을 전혀 아는 바가 없었답니다. 캐로타는 자신에 대해서는 별로 말이 없었거든요."

"나는 그것을 자살로 보지는 않습니다." 포와로가 말했다.

"나 역시 우연한 사고라고 보기에는 상당히 무리라고 생각합니다."

잠시 침묵이 흘렀다. 그러고 나서 포와로가 미소를 지으며 입을 열었다.

"에지웨어 경의 살인사건은 세인의 주목을 받게 되었더군요."

"정말이지 놀라운 사건입니다. 혹시 당신은 알고 계십니까, 경찰에선 누가 범행을 저질렀다고 생각하는지에 대해서 말입니다—이제 제인은 완전히 혐의를 벗지 않았습니까?"

"그렇지요. 당국은 다른 자에게 아주 강한 혐의를 두고 있습니다."

브라이언 마틴은 몹시 궁금한 모양이었다.

"정말입니까? 그게 누구죠?"

"집사가 행적을 감추었다는군요. 당신도 아시겠지만—도망친다는 것은 곧 자백과 마찬가지이지요."

"그 집사가! 정말이지 너무 뜻밖이로군요."

"아주 잘생긴 사람이지요. 당신과 상당히 닮았답니다."

그는 브라이언에게 찬사를 보내듯 머리를 숙여 보였다.

그렇구면! 그때서야 나는 그 집사를 처음 보았을 때 누군가를 닮은 것 같다는 생각이 든 이유를 비로소 알게 되었다.

"나를 놀리시는군요." 브라이언 마틴이 쑥스럽게 웃으며 말했다.

"아니, 절대로 그렇지가 않소. 하녀, 타이피스트, 어린 소녀, 성숙한 숙녀 등등, 당신 브라이언 마틴 씨를 흠모하지 않는 아가씨가 어디 있을라고요? 감히 그 누가 당신의 용모를 따를 수 있겠습니까?"

"아마도 내가 영화배우이기 때문일 테죠."

이렇게 말하고는, 마틴은 갑자기 자리에서 일어났다.

"아무튼, 정말 감사합니다, 포와로 씨. 다시 한 번 당신을 번거롭게 해 드린 데 대해서 사과를 드립니다."

그는 우리에게 악수를 청했다. 불현듯 나는 그가 더욱 나이가 들어 보인다는 사실을 깨달았다. 그 수척하던 표정이 더욱 뚜렷해졌다.

나는 호기심을 참을 수가 없어서 그가 문을 나서자마자 포와로에게 궁금한 것들을 물어보았다.

"포와로, 당신은 정말로 그가 다시 찾아와서 자신이 미국에서 겪었던 괴상한 사건들에 대한 조사 의뢰를 취소할 거라는 사실을 예측하고 있었습니까?"

"자네도 내가 그렇게 말하는 걸 듣지 않았나, 헤이스팅스?"

"그렇다면 당신은 그가 상의했던 그 의문의 아가씨를 알고 있다는 말씀인가요?"

그는 미소를 지었다.

"나는 사소한 착상을 했던 걸세, 이 친구야. 앞서 말했듯이, 그것은 그 금니의 사내에 대해서 언급할 때부터였지. 그리고 만일 나의 사소한 착상이 틀리지 않는다면, 물론 나는 그 아가씨가 누구인지 알고 있고, 따라서 왜 그녀가 마틴이 나에게 도움을 구하는 것을 허락하지 않을 것인지도 알게 되는 것이고, 그래서 결국 나는 사건 전체의 진상을 알게 되는 것이라 이 말일세. 그러므로, 자네도 하나님이 자네에게 주신 그 두뇌를 제대로 활용할 수만 있다면 자연히 알게 될 거라고. 사실이지, 나는 가끔 그분께서 어쩌다가 실수로 자네를 빠뜨리셨나 보다고 믿고 싶은 심정이 되곤 한다네."

제18장

제2의 인물

　나로서는 에지웨어 경이나 캐로타 애덤스의 심리에 대해서 자세하게 말하고 싶은 생각은 없다. 캐로타 사건에 있어서 배심은 과실에 의한 죽음으로 평결을 내렸다. 에지웨어 경의 사건에 있어서는, 시체 검인에 대한 증언과 의학상의 증언이 있은 뒤에 심리가 연기되었다. 위의 내용물 분석 결과 사망 시간은 저녁식사 뒤 적어도 한 시간 뒤에, 그리고 그로부터 한 시간 내에 이루어졌을 거라고 추정되었다. 따라서 사망 시간은 10시에서 11시 사이에, 그것도 비교적 이른 시간이었을 거라는 것이었다.

　캐로타가 제인 윌킨슨의 가짜 역할을 했을 거라는 사실은 전혀 언급되지 않고 그냥 어둠 속으로 묻혀 버렸다. 도망친 집사에 대한 몽타주가 신문에 발표되자, 세인들은 집사가 범인이라고 생각하는 모양이었다. 사건 당일 제인 윌킨슨이 찾아왔다고 한 그의 진술은 뻔뻔스런 거짓말로 여기는 것 같았다. 그 진술을 뒷받침하는 여비서의 진술은 발표되지 않았다. 신문마다 그 살인사건에 대한 기사들로 넘쳤지만, 조금이라도 사실과 부합되는 기사는 전혀 없었다.

　그동안에도 재프가 정력적으로 활동하고 있다는 사실을 나는 잘 알고 있었다. 반면에, 포와로가 그토록 무기력한 태도를 고수하고 있는 것이 나를 다소 초조하게 만들었다. 노년에 접어들어서 그렇지 않을까 하는 의구심이 문득 들었지만—그런 것이 이번이 처음은 아니었다. 그는 그것에 대해 변명을 했지만 나로서는 좀처럼 이해가 가지 않았다.

　"내 나이쯤 되는 사람들은 으레 몸을 사리게 마련이라네."

　그는 이렇게 변명했다.

　"하지만, 포와로, 그렇게 자신을 늙었다고 생각해서는 안 됩니다."

　내가 항변을 했다. 그에게는 격려가 필요한 것이라고 생각했다. 암시 요법

—그것이야말로 현대적 사고방식이라는 걸 잘 알고 있었다.

"당신은 예전과 마찬가지로 활력에 넘쳐 있어요."

나는 열심히 그를 설득했다.

"당신은 인생의 절정기에 서 있어요, 포와로. 당신 능력을 최고도로 발휘할 수 있는 때죠. 하려고만 하신다면 당신은 밖으로 뛰쳐나가 이번 사건을 멋지게 해결할 수 있을 겁니다."

포와로는 그냥 집에 앉아서 해결하는 것이 더 좋다고 대답했다.

"하지만 그렇게 할 수는 없어요, 포와로."

"절대로 불가능한 일이라고 볼 수는 없지. 그건 사실이라네."

"내 말은, 우리가 아무것도 하지 않고 있다는 겁니다! 재프는 온갖 수단을 다 쓰고 있는데 말입니다."

"그거야말로 나에게는 더할 수 없는 이점이라네."

"나에게는 조금도 이롭지 않아요! 나는 당신이 활동하기를 바라고 있습니다."

"나는 활동하고 있다네."

"대체 무엇을 하고 있다는 말입니까?"

"내 사냥개가 정보를 물어오기만 기다리고 있지."

포와로가 눈을 깜박이며 대답했다.

"그게 대체 무슨 말입니까?"

"재프는 좋은 친구라는 말이네. 어째서 개는 가만히 있는데, 자네가 짖어대는 건가? 재프는 자네가 그토록 감탄하는 육체적 에너지를 소비해 얻어낸 결과를 우리에게 가져다준단 말일세. 그는 자신의 지위를 이용해 여러 가지 수단을 이용할 수 있지만 내게는 그런 것이 없어. 그는 조만간 우리에게 새로운 사실들을 알려 줄 걸세. 틀림없고말고."

끈질긴 탐문 수사 결과, 재프가 조금씩 정보를 모으고 있는 것은 사실이었다. 파리에 간 일은 실패로 끝났지만 이틀 뒤에 그는 흐뭇한 표정으로 찾아왔다.

"시간이 걸리는 일이지요." 그가 말했다.

"하지만, 결국 결론을 얻어내게 될 겁니다."

"축하하네, 경감. 그래 무슨 일이 있었나?"

"그날 밤 9시경에 어떤 금발의 부인이 유스턴 역 수하물 취급소에 조그만 가방을 맡겼다는 사실을 알아냈습니다. 그들에게 애덤스 양의 가방을 보여 주었더니, 그 가방이 틀림없다고 확인하더군요. 미국제여서 혼동할 염려가 거의 없죠."

"아, 유스턴 역! 맞아, 큰 역 중에서는 리젠트 게이트에 가장 가까이 있는 역이지. 틀림없이 그녀는 그곳에 가서 화장실에서 변장을 하고는 그 가방을 그곳에 맡겼을 거야. 가방을 다시 찾으러 온 것은 언제였다고 하던가?"

"10시 30분이었다고 하더군요. 직원은 같은 여자였다고 합니다."

포와로가 고개를 끄덕였다.

"그리고 또 다른 사실도 알아냈습니다. 나에게는 그날 밤 캐로타 애덤스가 11시경에 스트랜드에 있는 라이온스 코너 하우스에 있었다고 하는 믿을 만한 근거가 있지요."

"하! 정말 놀라운 솜씨로구먼. 그런 사실을 어떻게 알아내게 되었나?"

"글쎄요, 사실은 재수가 좋았다고 볼 수 있지요. 아시겠지만, 루비로 머리글자를 새긴 작은 금빛 상자에 대한 이야기가 신문에 실렸던 적이 있었죠? 어떤 기자가 그것을 크게 다루었거든요. 젊은 여배우들 사이에서 마약이 유행하고 있다는 사실에 대한 기사를 실었던 겁니다. 일요신문에나 실릴 아주 통속적인 내용이었죠. 죽음의 약이 들어 있는 치명적인 금빛 상자—찬란한 미래가 약속되었던 비극의 여주인공! 그리고 그녀가 마지막 밤을 어디에서 보냈는가? 어떤 생각에 젖어 있었을까? 어쩌고 하는 아주 감상적인 글이었습니다.

그런데 코너 하우스에 있는 여종업원이 그 기사를 읽고는, 그날 밤 그런 상자를 들고 있는 부인을 시중들었던 사실을 기억해 냈던 모양입니다. 그녀는 그 상자에 C. A. 라고 새겨져 있던 사실도 기억해 낸 것이죠. 그러고는 몹시 흥분해서 자기 친구들에게 떠들어댔던 겁니다. 아마도 어떤 신문이 그녀에게 무엇인가를 제공하지 않을까요?

한 젊은 기자가 곧 그리로 달려갔으니까, 오늘 밤 이브닝 쉬리크 지(紙)에 제법 그럴듯한 기사가 실릴 겁니다. 재능있는 여배우의 마지막 시간. 기다림

(결코 오지 않을 남자에 대한) 그리고, 자기 자매들도 잘 알아보지 못할 그 여종업원의 온정 어린 직관에 대해서도 크게 떠들어댈 테죠. 허튼소리라고 생각하시죠, 포와로?"

"아니, 어떻게 그런 사실을 그토록 신속하게 알아냈나?"

"아, 그건 우리는 이브닝 쉬리크 지와 친밀한 관계를 맺고 있거든요. 그 신문사의 아주 똑똑한 젊은 기자가 우리한테서 뭔가 새로운 기사거리를 알아내는 대가로 제공한 겁니다. 그래서 나는 즉시 코너 하우스로 달려가서는……"

그렇다. 일이란 그렇게 진행되어야 하는 법이다. 나는 포와로를 생각하자 비통한 마음을 금할 수가 없었다. 재프는 이렇게 모든 사소한 사실들을 제일 먼저 손에 넣고 있는데(물론 사소한 사실들은 다소 소홀히 흘려버렸을지는 몰라도), 포와로는 가만히 앉아서 이미 곰팡이가 핀 소식만으로 만족하고 있으니.

"나는 그 처녀를 만나보았는데, 그녀의 증언에는 의심할 만한 점이 별로 없었다고 생각합니다. 비록 그녀가 캐로타 애덤스의 사진을 골라내지는 못했지만, 그 부인의 얼굴을 특별히 주의해서 보지는 않았다고 하더군요. 그녀는 젊고, 검은 머리에, 약간 말랐고, 아주 고급 옷을 입고 있었다고 했습니다. 그리고 최신형 모자를 쓰고 있었답니다. 여자들이 모자 따위에 정신을 팔지 말고 좀더 상대방의 얼굴에 신경을 써주었으면 좋았을 텐데."

"애덤스 양의 얼굴은 알아보기가 쉬운 얼굴이 아니지." 포와로가 말했다.

"표정이 풍부하고 민감하며, 상당히 유동적인 특성을 지녔거든."

"당신 말씀이 맞을 겁니다. 나에게는 그런 것들을 분석하는 취미가 없지만 말입니다. 여종업원 말로는, 그 여자는 검은 옷을 입고 작은 가방을 들었다고 하더군요. 그렇게 잘 차려 입은 부인이 그런 가방을 들고 있는 것이 이상해서 특별히 주의해 보게 되었답니다.

그 여자는 달걀 프라이와 커피를 주문했지만, 누군가를 기다리며 시간을 보내는 듯한 인상을 받았다고 하더군요. 그녀는 손목시계를 차고 있었는데, 줄곧 시계를 들여다보았다는 겁니다. 그녀가 계산을 하려고 왔을 때 그 금빛 상자를 보게 되었다는군요. 그 여자는 그것을 핸드백에서 꺼내어 테이블 위에 올려놓았답니다. 그리고는 뚜껑을 열어 보더니 다시 닫았답니다. 그리고는 황홀한 듯이 미소를 지었다는군요. 그 여종업원이 그 금빛 상자를 특별히 관심있게 보게 된 것은, 그것이 아주 아름다웠기 때문이랍니다. '나도 루비로 내 이름을 새긴 금빛 상자를 갖고 싶었거든요!' 하고 말하더군요.

아무튼 애덤스 양으로 여겨지는 그 여자는 계산을 마친 다음에도 잠시 더 앉아 있었답니다. 그러고는 다시 시계를 한 번 더 들여다보고 나서, 단념한 듯이 밖으로 나갔다고 하더군요."

포와로는 눈살을 찌푸렸다.

"일종의 랑데부였구먼." 그는 중얼거리듯 말했다.

"누군가와 만나기로 했는데 상대방이 나타나지 않았다는 말이군. 그렇다면 캐로타 애덤스가 나중엔 그 사람을 만났을까? 아니면, 결국 그를 만나지 못하고 집으로 돌아가 그에게 전화를 걸려고 했던 것일까? 아, 그걸 알 수만 있다면, 그걸 알 수 있다면 좋으련만."

"그거야 당신 이론이죠, 포와로 씨. 수수께끼에 싸인 흑막의 사나이. 흑막의 사나이는 공상에 지나지 않습니다. 나는 그녀가 누군가를 기다리고 있었을 거라는 사실을 전혀 부정하지는 않습니다. 그건 가능한 생각이죠. 그녀는 에지웨어 경을 만족스럽게 처리한 뒤에 누군가와 만나기로 약속을 했는지도 모릅니다. 그녀는 제정신을 잃고서 그만 그를 찔렀다―히지만, 인제까시나 정신을 잃고 있을 그런 여자가 아니었다. 역에서 가방을 찾아 모습을 고친 다음에 랑데부 장소로 간다. 그런데 그때 소위 말하는 '반작용'이 그녀를 엄습한다. 그녀는 자신이 저지른 행동에 공포를 느끼게 된다. 게다가 약속한 친구마저 나타나지 않아 그만 맥이 탁 풀린다―그는 아마도 그녀가 리젠트 게이트를 찾아가리라는 사실을 알고 있는 사람이었을지도 모르지요. 그래서 그녀는 만사가 다 끝장났다고 느낀다. 결국 약이 들어 있는 작은 금빛 상자를 꺼내게 된다. 다량을 복용하면 모든 게 끝날 것이다. 그렇게 되면 교수대에 목을 매달게 되지는 않겠지. 이상이 내 추리입니다. 어때요. 당신 얼굴에 붙어 있는 코만큼이나 명백한 사실이 아닙니까?"

포와로는 의심스럽다는 듯이 코를 만져 보고 나서는, 콧수염께로 손가락을 옮겨 갔다. 그는 자랑스러운 표정을 지으며 콧수염을 부드럽게 쓰다듬었다.

"결국 그 의혹에 싸인 흑막의 사나이에 대한 증거는 전혀 없었단 말입니다." 재프는 끈질기게 자기 이론의 유리한 점을 내세우며 말했다.

"아직 그녀와 에지웨어 경의 관계에 대해서는 증거를 잡지 못했지만, 곧 알아내게 될 겁니다—그건 단지 시간문제일 뿐이죠. 파리에 간 일은 솔직히 말씀드려 실패였습니다. 그러나 9개월이나 된 일이니 어지간히 오래되기도 했죠. 아직도 사람을 시켜 조사를 계속하고 있는 중입니다. 곧 뭔가가 나올 겁니다. 당신은 그렇게 생각하지 않는다는 걸 난 잘 알고 있습니다. 당신은 정말로 완고하기 짝이 없는 노인이니까 말이죠."

"처음에는 내 코를 들먹이더니 이제는 내 정신 상태까지 거론하는구먼!"

"말주변이 없어서요, 그뿐입니다." 재프가 달래듯이 말했다.

"뭐, 악의가 있어서 한 말은 아니었습니다."

포와로는 물끄러미 재프를 쳐다보았다.

"달리 하실 말씀이라도?" 재프가 문간에서 익살맞은 표정으로 물어보았다.

포와로는 그의 허물을 용서라도 하듯이 그에게 빙그레 미소를 지어 보였다.

"부탁할 말은 없고, 한 가지 제안할 것은 있네."

"그래요, 그게 뭐죠? 어서 말씀하십시오."

"한 가지 제안한다면, 택시를 철저히 조사해 보라는 걸세. 살인이 일어났던 날 밤에 코벤트 가든 근처에서 리젠트 게이트까지 손님을 한 사람, 아니, 그보다는 아마 두 사람, 그렇지, 두 사람을 태워 준 택시를 찾아보라는 걸세. 시간은 아마도 11시 20분쯤 되지 않을까 싶군."

재프는 눈을 깜박거렸다. 그는 마치 영리한 테리어 같은 표정을 지어 보였다.

"그게 제안이라는 겁니까?" 그가 말했다.

"아무튼 알아보도록 하겠습니다. 그렇게 한다고 해서 뭐 손해 볼 거야 없을 테니까요."

그가 나가자마자 포와로는 의자에서 일어나 힘차게 모자에 솔질을 하기 시작했다.

"아무것도 묻지 말게, 헤이스팅스. 그 대신 벤진 좀 가져다주게나. 오늘 아침에 오믈렛을 먹다가 조끼에 조금 흘렸거든."

나는 그에게 벤진을 가져다주었다.

"그러시다면야⋯⋯." 내가 말했다.

"나도 굳이 질문을 할 필요가 있다고는 생각지 않습니다. 하지만, 당신은 정말로 그렇다고 생각하세요?"

"여보게, 지금 나는 홀로 화장실에 들어가 있는 격이야. 그런데, 기왕에 말이 나왔으니 하는 말인데, 자네 넥타이는 별로 보기가 좋지 않구먼."

"얼마나 멋진 넥타이라고요." 내가 항의하듯 말했다.

"아마도—한때는 그랬을 테지. 그것을 보면 자네가 내 말을 고분고분 들어 주던 옛날이 생각난단 말씀이야. 여보게, 제발 그 넥타이 좀 다른 걸로 바꿔 매게나. 그리고 오른쪽 옷소매도 솔질을 하고, 이렇게 애원하는 바일세."

"버킹검 궁전이라도 방문할 참입니까?" 나는 비꼬는 투로 물어보았다.

"아냐. 하지만, 오늘 아침 신문을 보니까 머튼 공작이 머튼 저택으로 돌아왔다는군. 그는 영국 귀족 중에서도 최고의 명가 출신이라고 알고 있네만. 그분에게 최대의 경의를 표하고 싶단 말일세."

포와로에게 사교적인 면이 있는 줄은 몰랐다.

"어째서 머튼 공작을 방문하려고 하는 겁니까?"

"그를 만나보고 싶기 때문이지."

내가 그에게서 알아낼 수 있는 것은 그게 전부였다. 이윽고 내가 포와로의 눈에도 충분히 만족할 만큼 멋지게 차려 입고서 우리는 출발했다.

머튼 하우스에 도착하자 정복을 입은 하인이 포와로에게 면회 약속이 되어 있느냐고 물었다. 포와로는 없다고 대답했다. 하인은 명함을 받아들고 가더니 잠시 후 공작은 유감스럽게도 오늘 아침 매우 바쁘다고 전했다.

포와로는 즉시 의자에 걸터앉으며 말했다.

"좋소. 기다리지요. 필요하다면 몇 시간이고 기다릴 수밖에."

하지만, 그럴 필요가 없었다. 아마도 귀찮은 방문객을 빨리 쫓아내야겠다고 생각했는지 공작은 포와로를 만나겠노라고 전해 왔다.

공작은 스물일곱쯤 되어 보였다. 그는 별로 호감이 가지 않는 풍채의 마르고 허약해 뵈는 인물이었다. 별로 특징이 없는 머리에 관자놀이께가 벗겨져 있었고, 작고 괴팍해 보이는 입매에 몽롱하게 꿈을 꾸는 듯한 눈을 하고 있었다. 방 안에는 몇 개의 예수 수난상과 종교 미술 작품들이 있었다. 널찍한 서가에는 신학에 관계되어 있는 책 이외에는 다른 책이 없는 것 같았다. 그는 공작이라기보다는 오히려 말라빠진 젊은 장사치처럼 보였다.

내가 알기로는, 그는 너무나 허약한 아이여서 어릴 때부터 집에서만 교육을 받아 왔었다. 그는 여덟 살 때 이미 공작이라는 칭호를 계승했고, 아주 엄한 어머니의 손에서 성장했다. 이런 사나이가 제인 윌킨슨이 한눈에 반한 남자였다니! 그야말로 우습기 짝이 없는 노릇이었다. 우리를 대하는 그의 태도는 정중했지만, 다소 건방져 보였다.

"아마 내 이름은 들어 보았으리라고 생각됩니다만."

포와로가 먼저 입을 열었다.

"들어 본 적이 없는데요."

"나는 범죄 심리학을 연구하고 있습니다."

공작은 아무 말도 하지 않았다. 그는 책상에 앉아 있었는데, 그의 앞에는 쓰다 만 편지가 놓여 있었다. 그는 짜증스럽다는 듯이 펜으로 책상을 두드리고 있었다.

"나를 만나자고 하신 이유가 뭡니까?" 그는 냉담한 목소리로 물었다.

포와로는 그의 맞은편에 앉아 있었다. 그는 창을 등지고 있었고, 공작은 창 쪽을 보고 있었다.

"나는 에지웨어 경의 죽음을 조사하고 있습니다."

공작의 허약해 보이면서도 고집스러워 보이는 얼굴에는 전혀 동요의 빛이 없었다.

"그러신가요? 나는 그분과는 일면식도 없습니다만."

"하지만, 에지웨어 경의 부인, 그러니까 제인 윌킨슨 양과는 잘 아는 사이라고 들었습니다."

"그건 그렇습니다."

"그 부인께는 남편이 죽기를 바라는 강한 동기가 있었다는 사실을 알고 있을 테죠?"

"나는 그 따위 일에 대해서는 조금도 아는 바가 없습니다."

"공작, 솔직히 얘기하건대, 당신은 조만간 제인 윌킨슨 양과 결혼할 예정이 아닌지요?"

"내가 누구와 결혼을 약속하던 그 사실은 신문에 보도가 될 거요. 당신의 질문은 지나치게 무례한 것 같소." 그는 자리에서 벌떡 일어났다.

"안녕히 가시오. 이만 실례하겠소."

포와로도 따라서 일어났다. 몹시 당황해하고 있었다. 그는 고개를 숙이며 더듬거렸다.

"나는 그럴 생각이 아니었습니다. 나는, 부디 용서하시기를……."

"그만 돌아가시오."

공작은 약간 언성을 높여서 같은 말을 되풀이했다.

이번에는 포와로도 그만 체념했다. 그는 독특한 절망적인 제스처를 써 보이며 물러났다. 참으로 명예롭지 못한 퇴진이었다.

나는 포와로가 좀 딱하다는 생각이 들었다. 평상시에는 잘 먹혀들던 그의 허풍이 이번에는 영 빗나가고 말았던 것이다. 머튼 공작에게 있어서는 위대한 탐정도 확실히 발톱의 때만도 못한 존재였던 것이다.

"그렇게 생각대로 되지 않는군요." 나는 그를 위로하듯이 말했다.

"그 사람은 정말 고집불통입니다. 그런데 정말 무슨 일로 그를 만나보고자 하신 겁니까?"

"그가 정말로 제인 윌킨슨과 결혼하려고 하는지 확인하고 싶어서였네."

"그녀가 그렇게 말하지 않았습니까?"

"아! 물론 그녀는 그렇게 말했지. 하지만, 이걸 알아야 하네. 그녀는 자기 목적에 들어맞는 것이라면 무엇이든 자기 맘대로 떠벌려대는 족속이라는 것을 말이야. 그녀야 공작하고 결혼해야겠다고 결심했는지는 몰라도 그는, 그 가엾은 사내는 자신이 그녀가 군침을 흘리는 대상이라는 사실조차도 아직 깨닫지 못하고 있을 수도 있거든."

"아무튼, 그는 당신을 아주 매정하게 몰아냈어요."

"그는 신문기자에게 하는 투로 나에게 대답을 했지, 그렇고말고."

포와로는 싱글싱글 웃고 있었다.

"그러나, 난 알고 있네! 나는 사정이 어떻게 돌아가고 있는지 정확하게 알고 있단 말일세."

"어떻게 알았습니까? 공작의 태도를 보고?"

"천만에. 자네도 그가 편지를 쓰고 있는 것을 보았겠지?"

"물론 봤지요."

"내가 처음 벨기에 경찰에 들어간 애송이 시절에 배운, 필적을 거꾸로 읽는 기술을 몹시 유용하게 써먹을 수 있었다네. 그 편지에 뭐라고 적혀 있었는지 말해줄까? '너무나도 사랑스런 그대, 나는 앞으로 남은 기나긴 몇 개월을 도저히 기다릴 수가 없을 것 같군요. 제인, 더없이 소중하고 아름다운 나의 천사여, 그대가 나에게 있어서 얼마나 소중한 존재인지 어떻게 필설로 다할 수 있겠소? 얼마나 괴로웠겠소! 그대의 아름다운 마음씨는……'"

"포와로!" 나는 몹시 화가 나서 그의 말을 가로막으며 외쳤다.

"그는 거기까지밖에 쓰질 않았다네. '그대의 아름다운 마음씨는……, 오직 나만이 그걸 알고 있소' 이렇게 말일세."

나는 도무지 어찌해야 좋을지 몰랐다. 그는 자기가 한 짓을 아주 순진하게 즐거워하고 있는 것이다.

"포와로—." 내가 다시 소리를 질렀다.

"그런 짓은 할 수 없는 일이에요. 남의 사사로운 편지를 몰래 훔쳐보다니!"

"자넨 정말 얼간이 같은 소리만 늘어놓는구먼, 헤이스팅스. 내가 이미 한 것을 나더러 '할 수 없다'고 말하는 것은 어리석은 소리야!"

"그건 그렇지 않습니다. 공명정대한 행위가 못 됩니다."

"나는 게임을 즐기고 있는 것이 아니라네. 자네도 그걸 알 거야. 살인이란 결코 게임이 아니라고. 중대한 문제일세. 그리고 헤이스팅스, 자네는 그 말, 공명정대하다는 말을 사용하지 않는 게 좋을 거야. 그런 말은 더 이상 쓰이지 않는다네. 내가 그걸 찾아보았지. 그건 죽은 말이라고. 젊은 애들이 들으면 아마 비웃을 걸세. 정말이라네. 젊은 아가씨들이 자네가 '공명정대하다'든가 '정정당당하지 못하다'라든가 하는 말을 하면 아마 자네를 비웃을 거야."

나는 침묵을 지켰다. 포와로가 아무 거리낌 없이 그런 짓을 했다는 것이 나에게는 견딜 수 없는 일이었다.

"그건 정말 쓸데없는 짓이었어요." 이윽고 내가 말했다.

"당신이 그에게 제인 윌킨슨의 의뢰를 받고 에지웨어 경을 방문했었다는 말을 하기만 했어도 공작이 좀더 다른 태도로 당신을 대했을 겁니다."

"아! 하지만, 난 그렇게 할 수가 없었다네. 제인 윌킨슨은 내 의뢰인이야. 의뢰인의 일을 어떻게 남에게 발설할 수가 있겠나? 나는 비밀을 엄수하는 것을 하나의 사명으로 여기고 있다네. 그것을 남에게 발설한다는 것은 명예로운 일이 못 될 걸세."

"명예롭다고요!"

"그렇지."

"하지만, 그녀는 공작과 결혼할 게 아닙니까?"

"그렇다고 해서 그녀가 공작에게 드러내고 싶지 않은 비밀이 전혀 없다는 의미가 되지는 않지. 결혼에 대한 자네의 사고방식은 아주 구식이라고 안 되지. 자네가 어떻게 생각하든, 나는 그렇게 할 수가 없다네. 나에게는 탐정으로서 지켜야 할 나름대로의 명예가 있거든. 명예, 그것은 아주 심각한 문제라네."

"원 세상에, 별놈의 명예도 다 보겠군요."

제19장

공작 미망인

다음 날 아침 우리가 받은 방문은 사건 전체를 통해서 가장 뜻밖의 일 중 하나였다고 생각된다. 내가 방에 있을 때 포와로가 눈을 빛내며 살그머니 들어왔다.

"여보게, 손님이 한 분 오셨다네."

"누군데요?"

"머튼 공작 미망인이시라네."

"정말 놀랄 만한 일이로군요! 대체 무슨 일로 오셨답니까?"

"함께 아래층으로 내려가 보면 알게 될 걸세."

나는 서둘러 그 말에 응했고, 우리는 함께 그 방으로 들어갔다.

공작 미망인은 높은 코에 사람을 억누르는 듯한 눈매를 하고 있는 체구가 작은 여인이었다. 비록 키는 작았지만, 아무도 그녀가 작다고 감히 말할 수가 없을 것 같았다. 유행에 뒤떨어진 검은 드레스를 입고 있었는데도, 역시 온몸에서 귀부인의 분위기를 풍기고 있었다. 또한 나는 그녀에게서 매우 엄한 성격의 소유자라는 인상을 받았다. 그녀의 아들이 소극적인 성격인데 반해서, 그녀는 매우 적극적이었다. 그녀의 의지력은 대단한 것이었다. 나는 그녀에게서 발산되는 힘의 파동을 거의 감지할 수가 있었다. 이런 여인을 대하는 사람은 저절로 위압감을 느끼게 될 것이다.

그녀는 안경을 눈에 대고는 나를 살펴본 다음에 포와로를 보았다. 그러고 나서 그에게 말했다. 그녀의 목소리는 또렷하고도 사람을 복종시키는 듯한 분위기를 풍겼는데, 그것은 남에게 명령을 하고 복종시키는 일에 익숙해진 목소리였다.

"당신이 에르큘 포와로입니까?"

내 친구는 정중히 머리를 숙였다.

"그렇습니다, 공작부인."

그녀는 나에게 시선을 던졌다.

"이 사람은 내 친구인 헤이스팅스 대위입니다. 제가 다루는 사건을 도와주고 있지요."

그녀의 눈에는 순간적으로 의심스러워하는 빛이 떠올랐다. 그러고는 이윽고 승인한다는 듯이 고개를 끄덕였다. 그녀는 포와로가 내준 의자에 앉았다.

"나는 아주 미묘한 문제에 대해 당신과 상의하러 왔습니다, 포와로 씨. 그리고 이제부터 당신에게 말씀드리는 것은 절대로 비밀을 지켜 주셨으면 합니다."

"그야 여부가 있겠습니까, 부인."

"당신 이야기를 해준 사람은 야들리 부인이었지요. 그녀가 당신에 대해서 말하는 투나, 당신에 대한 감사의 정으로 보아 당신이야말로 나에게 도움을 줄 수 있는 유일한 사람이라고 느꼈지요."

"안심하셔도 좋습니다. 최선을 다하겠습니다, 부인."

아직도 그녀는 망설이고 있었다. 잠시 뒤에, 이윽고 결심한 듯이 요점을 꺼냈는데, 그것은 그 잊지 못할 그날 밤 사보이 호텔에서 제인 윌킨슨이 기이할 정도로 나에게 깊은 인상을 주었던 천진난만한 모습을 상기하도록 만들었다.

"포와로 씨, 나는 내 아들이 그 여배우인가 하는 제인 윌킨슨이라는 여자와 결혼을 하지 않게 되기를 바라고 있어요."

포와로가 그 말에 놀랐는지는 모를 일이었지만, 하여튼 그는 그런 표정을 겉으로 나타내 보이지는 않았다. 그는 공작 미망인을 주의깊게 바라보며 오히려 되물었다.

"좀더 구체적으로 말씀해 주실 수 없겠습니까, 부인. 내가 어떻게 해 드리길 원하는지에 대해서 말입니다."

"그건 쉽지가 않군요. 아무튼 나는 그 결혼이 커다란 불행을 자초하게 될 거라고 생각해요. 그것은 내 아들의 일생을 파멸로 이끌어갈 거예요."

"정말 그렇게 생각하십니까, 부인?"

"틀림없을 거예요. 내 아들은 아주 높은 이상을 품고 있답니다. 사실이지 그

아이는 세상에 대해서는 거의 무지와 다를 바가 없어요. 그 애는 자기와 같은 계층의 처녀들에게는 결코 관심을 둔 적이 없답니다. 그런 처녀들은 머리가 텅텅 비어 있고 경박하다고 생각하고 있어요. 하지만, 그 여자에 대해서는—글쎄요, 그녀가 아름답다는 것은 나도 인정해요. 게다가, 그녀는 사내들의 마음을 사로잡는 힘을 가지고 있거든요. 그 여자는 내 아들을 홀렸던 거예요. 나는 그 애가 모쪼록 냉정을 되찾기만을 기다렸어요. 다행스럽게도 그녀는 자유로운 신세가 아니었지요. 하지만, 이제는 그녀의 남편이 죽었으니……."

그녀는 갑자기 이야기를 중단했다.

"그들은 몇 달 안으로 결혼을 할 예정입니다. 내 아들의 일생의 모든 행복이 바야흐로 위태로운 지경에 놓이게 된 것이지요."

그녀는 더욱 독단적으로 말했다.

"그것을 막아야 합니다, 포와로 씨."

포와로는 어깨를 으쓱해 보였다.

"부인 생각이 옳지 않다고는 말하지 않겠습니다. 저도 그 결혼이 적합하지 않다는 것에는 동감합니다. 하지만, 누가 그것을 막을 수 있을는지요?"

"당신이라면 무슨 대책을 강구하실 수 있을 거예요."

포와로는 천천히 고개를 저었다.

"그렇지 않아요. 당신은 나를 도와주셔야 해요."

"무슨 수를 쓴다고 해서 별 효과가 있을 것 같지는 않습니다, 부인. 감히 말씀드리지만, 자제분께서는 그 여인에 대해서 비방하는 말은 결코 들으려 하질 않을 겁니다! 게다가, 그녀의 과거를 샅샅이 캐어본들 그녀에게 불리한 일들이 나올 거라고는 생각되지 않는군요. 그녀는 지금까지(말하자면), 조심스럽게 처신해 왔다고나 할까요."

"그건 알고 있어요."

공작 미망인은 비위에 거슬리는 듯 험악한 목소리로 말했다.

"아! 그러시다면 부인은 이미 그 방면에 대해서 조사를 해보셨나 보군요?"

그녀는 포와로의 예리한 시선을 대하자 얼굴을 약간 붉혔다.

"포와로 씨, 내 아들을 결혼으로부터 구해 낼 수만 있다면야 내가 무슨 짓인들 못하겠습니까?" 그녀는 그 말을 다시 강조해서 말했다.

"무슨 짓이든 말이에요!"

그녀는 잠시 멈추었다가 다시 이야기를 계속했다.

"비용은 아무리 들어도 상관없어요. 수수료가 얼마나 들지 말씀하세요. 어떻게든 그 결혼은 막아야 합니다. 당신이야말로 그 일을 할 수 있는 사람이에요."

포와로는 천천히 고개를 저었다.

"돈이 문제가 아닙니다. 저는 아무것도 할 수가 없답니다—그 이유는 나중에 말씀드리지요. 하지만 굳이 말씀드리자면, 뭔가 할 수 있는 일이 있다고는 보이지 않습니다. 도움이 되어 드릴 수가 없군요, 공작부인. 제가 한 말씀 충고를 드린다면, 혹시 저를 무례하다고 나무라시지나 않을는지요."

"어떤 충고인가요?"

"아드님에게 반대하시지 말라는 거지요. 그분도 이제는 자신의 일을 스스로 선택할 나이가 되었습니다. 그의 선택이 부인의 선택과 일치하지 않는다고 해서, 꼭 부인이 옳다고만 생각하시면 안 됩니다. 설사 그의 선택이 잘못되었더라도 받아들이셔야 하지요. 그가 도움을 필요로 할 때 그를 도와줄 수 있는 것은 곁에 계셔 주는 겁니다. 그가 부인에게서 등을 돌리게 해서는 안 되는 거지요."

"당신은 이해를 못 하시는군요."

그녀는 자리에서 벌떡 일어났다. 그녀의 입술은 분노로 떨리고 있었다.

"허나, 공작부인, 물론 잘 알고 있습니다. 저도 어머니의 심정이 어떠하다는 것을 충분히 이해합니다. 이 에르큘 포와로보다 더 잘 이해할 사람은 아무도 없지요. 엄숙히 말씀드리건대, 참고 기다리시라는 겁니다. 침착하게, 인내를 가지시고, 부인의 감정을 드러내지 마시기 바랍니다. 아직은 그 문제가 스스로 해결될 기회가 있습니다. 섣부른 반대는 오히려 아드님의 고집을 더 강하게 만드는 결과만 가져오게 될 겁니다."

"실례하겠어요, 포와로 씨." 그녀가 냉정하게 말했다.

"나는 실망했습니다."

"정말 죄송스럽기 짝이 없군요, 부인. 도움이 되어 드리질 못해서요. 저는 어려운 입장에 처해 있답니다. 에지웨어 부인이 이미 저에게 의뢰해 온 바가 있어서요."

"오! 알겠어요." 그녀의 목소리는 비수처럼 날카로웠다.

"당신은 결국 적의 편에 서 있군요. 의심할 것도 없이, 아직까지 에지웨어 부인이 남편 살인죄로 체포되지 않은 까닭이 그걸로 충분히 설명이 되는군요."

"무슨 말씀이신지, 공작부인?"

"당신도 내 말을 들었을 텐데요? 어째서 그녀가 체포되지 않았나요? 그녀는 그날 저녁에 그곳에 있었어요. 그 집으로 들어가는 것이 목격되었고—그의 서재에 들어가는 것도 역시 목격되었어요. 그녀 말고는 아무도 그의 근처에 가지 않았는데, 그는 시체로 발견되었던 거예요. 그런데도 아직 그녀가 체포당하지 않았다니! 우리 경찰은 그야말로 썩을 대로 썩은 거예요."

떨리는 손으로 그녀는 목에 스카프를 두르고 나서 가볍게 고개를 숙여 보이고는 방을 나갔다.

"휘유!" 나는 숨을 크게 내쉬며 말했다.

"대단히 깐깐한 부인이군요! 하지만 그녀에게 감탄했습니다. 당신은요?"

"그녀는 자신이 원한다면 우주의 질서까지도 바뀌어야 한다는 사고방식을 가지고 있는 게 아닐까?"

"글쎄요, 그녀는 단지 충심으로 아들의 행복만을 추구했기 때문일 테죠."

포와로는 고개를 끄덕였다.

"그야 충분히 있을 수 있는 일이지. 하지만, 헤이스팅스, 정말로 공작과 제인 윌킨슨이 결혼하는 것이 그렇게 불행한 일이 될까?"

"그런데 당신은 그녀가 정말로 공작을 사랑하고 있다고 생각진 않죠?"

"그럴지도 모르지. 아마 거의 틀림없는 사실일 게야. 하지만, 그녀는 그의 지위만은 무진장 사랑할 테지. 그러니까 그녀는 아주 조심스럽게 자신의 역할을 연출할 걸세. 그녀는 대단한 미인인데다가 야망도 있지. 그렇게 파멸적인 결혼은 아니라고 공작이 그와 같은 이유 때문에 자기와 같은 계층의 아가씨와 결혼한다는 것은 무척 손쉬운 일일 테지. 하지만, 그 따위 얘기는 아무도 들어주지 않을 걸세."

"그야 그럴 테지만……."

"그리고 만일 그가 자신을 열렬히 사랑하는 아가씨와 결혼한다고 한다면, 과연 그런 면에 있어서 대단한 행운을 잡게 되는 걸까? 나는 가끔 이런 생각을 한다네. 사랑하는 아내가 있는 남자야말로 대단히 불행한 존재라고 말일세. 그녀는 은근히 질투하는 장면을 연출하고는, 남편을 어리석은 존재로 만들고, 온종일 자기에게만 신경을 써달라고 우기거든. 아! 아닐세, 그것은 결코 장미 화원만은 아니라고."

내가 참지 못하고 말했다.

"포와로, 당신은 구제 불능의 늙은 독설가입니다."

"원, 천만에. 난 단지 내 감상을 느낀 대로 말했을 뿐이지. 자네도 알다시피, 실은 나는 그 좋은 어머니 편에 서 있다네!"

그 오만한 공작 미망인을 그런 식으로 묘사하는 것을 듣고는 도저히 웃음을 참을 수가 없었다. 포와로는 아주 엄숙한 표정을 짓고 있었다.

"그렇게 웃지 말게나. 이건 중요한 문제라고 나는 심사숙고를 해야 한다네. 많은 문제들을 생각해야 한다고, 헤이스팅스."

"나는 그 문제에 있어서 당신이 무얼 할 수 있을지 모르겠군요."

내가 비꼬는 투로 말했다.

포와로는 전혀 아랑곳하지 않았다.

"자네도 보았겠지, 헤이스팅스 공작 미망인이 얼마나 잘 알고 있던가를. 그리고 얼마나 원한이 깊던가를. 그녀는 제인 윌킨슨에게 불리한 증거를 모두 알고 있었네."

"비난하기 위한 입장이지, 지키기 위한 입장은 아니었지요."

내가 미소를 지으며 말했다.

"어떻게 그녀가 그 사실들을 알게 되었을까?"

"제인이 공작에게 말했고, 다시 공작이 어머니한테 말했겠죠." 내가 말했다.

"그래, 그럴 수도 있겠지. 하지만 나는……."

그때 전화벨이 울려서 내가 받았다.

내가 한 말이라곤 이따금씩 '예' 하고 대답하는 것뿐이었다. 이윽고 나는 수화기를 내려놓고 황급히 포와로를 돌아다보았다.

"재프 경감한테서 온 겁니다. 첫째로, 당신은 여느 때처럼 '기가 막히다'는 군요. 둘째로는, 미국에서 전보를 받았답니다. 셋째로, 그는 택시 운전사를 찾아냈다는군요. 넷째로는, 그 택시 운전사가 무슨 말을 하는지 들어 보고 싶지 않느냐는 거였습니다. 다섯째는, 거듭 당신이 '기가 막히다'는 거였고요. 그리고, 처음부터 그는 이 사건의 배후에는 어떤 남자가 있을 거라고 한 당신의 말은 귀신같은 추리였다는 것을 확신하고 있었다는군요! 나는 경찰이 형편없이 타락했다고 말하는 사람이 방금 이곳을 다녀갔다는 말은 하지 않았습니다."

"그렇다면 재프도 결국 확신하게 되었구먼."

포와로는 뭔가를 생각하며 중얼거렸다.

"내가 다른 유력한 가설 쪽으로 기울고 있는 바로 그 순간에 흑막의 사나이에 대한 가설이 입증되다니 정말 묘한 일인데."

"어떤 가설입니까?"

"살인 동기가 에지웨어 경 본인과는 아무런 관계도 없는 것일지도 모른다는 가설이지. 누군가가 제인 윌킨슨을 증오했다—다시 말해, 그녀가 살인죄로 교수형 당하게 만들고 싶도록 그녀를 증오하는 누군가가 있었다고 상상해 보게. 이것도 하나의 훌륭한 착상이 아닐까?"

그는 한숨을 내쉬고는 벌떡 의자에서 일어났다.

"여보게, 헤이스팅스, 우리 재프가 무슨 말을 하는지 들으러 가세나."

제20장

택시 운전사

우리가 갔을 때, 재프는 수염이 덥수룩하게 난 안경을 낀 노인을 심문하고 있었다. 그 노인은 쉬고 애원하는 듯한 목소리로 대답하고 있었다.

"아! 오셨군요." 재프는 명랑한 표정으로 말했다.

"이제는, 모든 일이 다 잘 풀려 나가고 있는 것 같습니다. 이 사람은, 좁슨이라고 하는데, 그러니까 지난 6월 29일 밤에 롱 에이커에서 손님 두 사람을 태웠답니다."

"그렇습니다." 좁슨이 쉰 목소리로 그 사실을 인정했다.

"상쾌한 밤이었죠. 둥근 달이 휘영청 밝은 아주 멋진 밤이었어요. 젊은 숙녀분과 신사 양반이 지하철 역 옆에 서 있다가 날 불러 세웠지요."

"그들은 야회복을 입고 있었던가?"

"예, 신사분은 흰 조끼를 입었고, 숙녀분은 새 무늬를 수놓은 흰색 드레스를 입고 있었죠. 로열 오페라를 보고 나온 것이라고 생각했습니다."

"그게 몇 시경이었나?"

"11시가 조금 못 되어서였을 겝니다."

"그래서, 그 다음에는?"

"리젠트 게이트로 가자고 하더군요—그곳에 도착하게 되면 어느 집인지 일러 주겠다고 했습니다. 그러고는 빨리 가자고 재촉했지요. 손님들은 늘 그러지요. 마치 우리들이 일부러 늑장이라도 부리는 줄로 여기시는가 봅니다. 좀더 일찍 목적지에 도착하게 되면 우리들도 좋지요. 그런데, 손님들은 결코 그렇게 생각하지 않아요. 게다가, 만일 사고라도 난 다 치면, 우리가 위험하게 차를 몰았다고 하면서 호통을 칠뿐이죠!"

"허튼 소리 그만하고." 재프는 짜증을 내며 다그쳤다.

"그때 무슨 사고라도 났었나, 응?"

"아니, 그런 일은 없었습니다."

그는 마치 그런 일이 일어날 수도 있다는 자기의 주장을 마지못해 포기라도 한 듯이 볼멘소리로 부정했다.

"아닙니다. 실은 아무런 사고도 없었어요. 아무튼, 내가 리젠트 게이트에 도착했을 때는—7분도 채 안 걸렸습니다. 그러고는 신사분이 유리창을 두드려서 나는 차를 세웠습니다. 그곳은 8번지쯤이었죠. 음, 그러고는 그 신사분과 숙녀분이 차에서 내렸지요. 신사분은 나에게 그곳에서 대기하고 있으라고 하더군요. 숙녀분은 길을 건너가서 맞은편의 집들이 늘어선 곳의 반대편으로 거슬러 올라가더군요. 신사분은 남아서 내게서 등을 돌린 채로 그 여자를 지켜보고 있었습니다. 주머니에 손을 넣은 채였지요.

한 5분쯤 지났을 때 나는 그가 뭐라고 하는 소리를 들었는데, 그것은 터져 나오는 외침소리를 억지로 참는 듯한 것이었죠. 그러고는 그 신사분도 그쪽으로 가버리더군요. 나는 혹시 차비를 떼일까 싶어서 그 신사분을 지켜봤죠. 전에도 그런 일을 당한 적이 있었기 때문에, 줄곧 그에게서 눈을 떼지 않았습니다. 그는 맞은편에 있는 집의 층계를 올라가서 집 안으로 들어가더군요. 이상입니다."

"그가 그냥 문을 열고 들어가던가?"

"아뇨, 열쇠를 가지고 있었습니다."

"그 집은 몇 번지였나?"

"17이나 19번지였을 겁니다. 그러다 보니까 나는 그가 기다리고 있으라고 한 말이 점점 의심스러워지더군요. 그래서 계속 지켜보았습니다. 그가 들어가고 나서 한 5분쯤 지났을 때 그 젊은 숙녀분과 함께 나오더군요. 두 사람은 택시로 돌아와서는 다시 코벤트 가든 오페라 하우스로 돌아가자고 했어요. 그러고는 그곳에서 좀 못 미친 곳에 차를 멈추게 하더니 요금을 주더군요. 요금을 너무 후하게 줘서, 혹시나 내가 무슨 말썽에 휘말리게 되는 것이 아닌가 하고 생각했습니다. 하지만, 거기에는 아무런 말썽도 없는 것 같더군요."

"자네 생각이 옳아." 재프가 엄한 목소리로 말했다.

"그건 그렇고 이쪽을 보게나. 이 사진 중에서 그 젊은 숙녀가 있으면 말해 주게."

모두가 비슷비슷한 타입의 사진이 대여섯 장 있었다. 나는 그의 어깨너머로 상당히 흥미를 느끼며 그것을 지켜보았다.

"이게 그 여자입니다."

이윽고 좁슨이 말했다. 그는 이브닝드레스를 입고 있는 제럴딘 마쉬의 사진을 지적했다.

"틀림없나?"

"틀림없습니다. 창백한 얼굴에 검은 머리하며."

"이번엔 남자 쪽이야."

또 다른 뭉치가 그에게 쥐어졌다.

그는 사진들을 주의깊게 살펴보고 나서 고개를 설레설레 저었다.

"글쎄요, 잘 모르겠는데요―확실하지가 않아서요. 이쪽 둘이 비슷하기는 한 것 같은데."

그 사진들 중에는 로널드 마쉬의 것도 들어 있었지만, 그는 마쉬와 조금은 닮은 타입의 사진을 두 장 지적했다.

좁슨이 나가자 재프는 그 사진들을 테이블 위로 내던졌다.

"그 정도면 충분하지. 새로운 에지웨어 경에 대한 확인이 좀더 분명했더라 면 좋았을 텐데. 물론 이 사진은 좀 오래된 것이기는 합니다. 한 7년이나 8년 쯤 전의 것이죠. 이것밖에는 입수할 수가 없었답니다. 하여간, 좀더 확증을 잡 고 싶었는데, 물론 상황은 충분하리만큼 분명해졌어요. 두 사람의 알리바이는 날아가 버렸단 말입니다. 그건 그렇고, 그런 걸 생각해 내시다니 정말 당신은 최고입니다, 포와로."

포와로는 겸손한 표정을 지어 보였다.

"그녀와 사촌오빠가 둘 다 오페라에 갔었다는 사실을 알게 되었을 때, 문득 나에게 이런 생각이 들었던 거지. 혹시 그들 두 사람이 막간에 함께 있었지 않았을까 하는 생각이 말일세. 그들과 함께 간 사람들이 있었지만 그들이 중 간에 오페라 하우스를 떠나지 않았으리라고 생각하는 건 당연한 일이지. 하지만 30분이라면 리젠트 게이트까지 갔다가 돌아오는 데는 충분한 시간 아닌가. 새로운 에지웨어 경이 자기의 알리바이를 그토록 강조하는 것을 보고는 즉시 여기에는 뭔가 수상한 점이 있다는 확신이 생겼던 걸세."

"당신은 정말 기막히게 의심이 많은 사람이로군요, 예?"

재프는 감탄한다는 듯이 말했다.

"아무튼, 당신 생각이 옳을 겁니다. 이런 범죄 세계에서는 아무리 의심해도 지나칠 것이 없으니 말입니다. 그 새로운 에지웨어 나리가 바로 우리가 찾던 사람이라! 틀림없어요. 그건 그렇고, 이걸 보십시오."

그는 종이를 한 장 꺼냈다.

"뉴욕에서 온 전보입니다. 그쪽 경찰이 루시 애덤스 양과 손이 닿았던 거죠. 그 편지는 오늘 아침 그녀에게 들어갔답니다. 그녀는 필요없을 거라면서 원본을 내주려 하지 않았지만, 그쪽 경찰이 사본을 만드는 것은 기꺼이 허락해서, 그들이 우리에게 전보로 보내 온 겁니다. 여기, 당신이 그토록 원하시던 바로 그 편지가 있습니다."

포와로는 대단한 관심을 보이며 그 전보를 받아 쥐었다. 나는 그의 어깨너머로 그것을 읽었다.

다음은 런던 S. W. 3번지 로즈듀 맨션 8호발, 6월 29일자 루시 애덤스 앞으로 보내진 편지의 원문이다.

보고 싶은 루시

지난주에는 그토록 짧은 편지 밖에 보내지 못해서 미안하구나. 하지만 일이 몹시 바빴고 이것저것 알아볼 일도 많았기 때문이란다. 공연은 정말 성공적이었단다! 비평도 그런대로 훌륭했고, 표는 날개 돋친 듯 팔렸으며, 모두들 몹시 친절하게 대해 주었어. 이곳에서 나는 몇몇 친한 친구를 사귀었고, 내년에는 어떤 극장에서 2개월간 공연할 예정이란다. 러시아 댄서에 대한 묘사는 너무 많이 알려졌고, 파리의 미국 여성도 역시 그렇지만 그러나 외국인 호텔 장면 묘사는 아직도 인기

가 있을 거라고 생각해.

야, 지금 나는 너무나 흥분해서 내가 무슨 말을 하고 있는지도 모를 지경이란다. 곧 너도 그 이유를 알게 될 테지만 우선 너에게 사람들이 무슨 말을 했는지부터 알려야겠지? 히그스하이머 씨는 정말 너무나도 친절하게도 내게 무척 도움이 될 몬태규 코너 경과 만날 수 있도록 점심식사에 나를 초대하시겠다고 했단다. 얼마 전에는 제인 윌킨슨을 만났는데 그녀는 내 쇼와 자기의 흉내를 낸 내 연기를 굉장히 칭찬해 주었어. 이제부터 너에게 알리는 일은 바로 그것이 계기가 된 일이란다.

사실 난 그녀를 별로 좋아하지 않아. 왜냐하면 최근에 누군가로부터 그녀에 대한 좋지 못한 소식을 들었고, 또한 나도 그녀가 잔인하게 내가 생각하기로는, 음흉한 방법으로 처신했다는 걸 알고 있기 때문이지. 하지만 그 문제에 대해서는 더 이상 얘기할 수가 없단다. 너도 그녀가 에지웨어 부인이란 걸 알고 있지? 에지웨어 경에 대해서도 역시 요즈음에 많은 얘기를 들었지만 그가 좋지 않은 사람이란 건 확실해. 내가 언젠가 말했던 마쉬 대위가 그의 조카인데 그와 몹시 심하게 다투었다는 거야. 가장 수치스러운 방법으로—글쎄, 집에서 쫓아냈다는구나. 그러고는 다시는 들어오지 못하게 했대. 그가 나한테 그 일에 대해서 모두 말해 주었는데, 정말이지 그가 너무나 불쌍하다는 생각이 들었지 뭐니.

그는 내 쇼를 무척 좋아한다며 이렇게 말했단다.

"그 정도라면 에지웨어 경 본인도 속아 넘어갈 거라고 믿어요. 어때요, 나하고 내기 하지 않겠어요?" 그래서 난 웃으면서 말했단다.

"얼마를 거실래요?"

보고 싶은 루시, 난 그 대답을 듣고는 그만 숨이 넘어갈 뻔했단다. 글쎄 1만 달러라는 거야! 1만 달러라니, 생각해 봐. 어리석은 내기로 그만한 돈을 벌 수 있다니, 세상에!

"어머나—." 하고 내가 놀라서 말했지.

"그렇다면 버킹검 궁전에서 국왕에게 장난을 걸어 불경죄로 체포된다고 하더라도 해보겠어요."

아무튼 그러고 나서 나중에 우리는 그 일에 대해서 자세하게 의논을 했단다. 다음 주에는 전부 다 알려 줄게—내가 가짜라는 게 탄로 나든 않든 간에 말이야.

하지만 너무나도 보고 싶은 루시야. 내가 성공하든 실패하든 1만 달러를 받게 되어 있단다. 오! 루시, 내 귀여운 동생, 그것이 얼마나 중요한 일이겠니? 더 이상 시간이 없구나. 이제 '장난'을 치러 가야 한단다. 말로는 표현할 수 없는 온갖 사랑을 너에게 듬뿍 보낸다.

그럼 안녕. 너의 캐로타가.

포와로는 편지를 내려놓았다. 그 편지가 포와로를 감동시켰다는 것을 나는 알 수 있었다. 하지만, 재프는 전혀 다른 반향으로 반응을 보였다.

"우리는 그를 잡았습니다." 재프가 자랑스러운 듯이 말했다.

"그렇구먼."

포와로가 말했다. 그의 목소리는 이상하게도 맥없이 들렸다. 재프가 이상하다는 듯이 그를 쳐다보았다.

"뭐가 잘못되었습니까, 포와로 씨?"

"아니오, 아무것도." 힘없이 포와로가 말했다.

"어쩐지 내가 생각했던 것과 좀 다른 것뿐이야. 그것뿐일세."

그는 몹시 불만스러워하는 듯한 기색이었다.

"하지만, 그럴 수도 있겠지."

그는 마치 자기 자신을 타이르듯이 중얼거렸다.

"맞아, 그럴 수도 있는 일이고말고."

"그야 두말할 것도 없는 사실이죠. 거참, 당신은 처음부터 일이 그렇게 될 거라고 말씀하셨지 않았습니까?"

"아니, 그렇지 않네. 자네는 나를 잘못 이해한 거야."

"그렇다면 당신은 이 사건의 배후에는 누군가가 있고, 그자가 캐로타로 하여금 멋도 모르고 그런 장난을 하도록 유혹했다고 말씀하시지 않았다는 겁니까?"

"물론, 그렇게 말했지만."

"아니, 그런데 뭘 더 바라시는 겁니까?"

포와로는 아무 말도 않고 그저 한숨만 내쉬었다.

"당신은 정말 알 수 없는 사람입니다. 도대체 만족이란 게 없으니 말입니다. 그 아가씨가 이 편지를 쓴 것은 우리에겐 정말 행운이었던 것 같습니다."

포와로는 여태껏 보여 주던 무기력함과는 달리 원기 있게 맞장구를 쳤다.

"맞아. 그것은 살인자가 전혀 예상치 못했던 사실이지. 애덤스 양이 그 1만 달러의 제의를 수락했을 때, 그녀는 자신의 사형 집행 영장에 서명한 꼴이 된 걸세. 살인자는 만반의 주의를 다 기울였다고 생각했겠지—그런데, 애덤스 양은 아주 무의식중에 그를 앞질렀단 말씀이야. 죽은 사람이 입을 연 걸세. 그래, 때로는 사자(死者)가 입을 여는 수도 있지."

"나도 그녀가 독단적으로 범행을 저지른 것이라고는 추호도 생각해 본 적이 없었습니다."

재프는 얼굴 하나 안 붉히고 뻔뻔스럽게 말했다.

"그야, 그랬을 테지." 포와로는 건성으로 대답했다.

"어쨌든, 일을 시작해야겠습니다."

"자네는 마쉬 대위, 그러니까 에지웨어 경을 체포할 생각인가?"

"왜요? 안 됩니까? 그가 유죄임을 보여 주는 사실이 완전히 입증된 것 같은데요."

"그야 그렇지만."

"당신은 영 흥이 나지 않는 모양이군요, 포와로 씨? 그건 매사를 어렵게만 만들려고 하시기 때문이에요. 이렇게 당신의 추리가 적중됐는데도 만족을 하지 않다니 우리가 입수한 증거에 무슨 결함이라도 보입니까?"

포와로는 힘없이 고개를 저었다.

"마쉬 양이 공범인지 아닌지는 모르겠습니다." 다시 재프가 말을 이었다.

"그녀가 오페라를 보던 도중에 그와 함께 나와 그곳에 간 것을 보면 그녀도 그 일에 대해서 알고 있던 것이 아닐까 싶은데요. 그렇지 않다면, 어째서 그가 굳이 그녀를 데려 갔겠습니까? 아무튼, 그들이 뭐라고 할지 들어 봐야겠군요."

"함께 가도 괜찮겠나?" 포와로는 거의 애원하듯이 말했다.

"물론이죠. 나는 당신의 사고력을 정말 존경한답니다!"

그는 테이블 위에 있는 전보용지를 집어들었다. 나는 포와로를 옆으로 끌어당겼다.

"무슨 걱정거리라도 있습니까, 포와로?"

"나는 매우 불행하다네, 헤이스팅스. 이건 마치 순풍에 돛을 단 격이지. 그러나 뭔가 잘못되어 있어. 어느 구석엔가, 헤이스팅스, 우리가 미처 발견하지 못한 사실이 있단 말일세. 모든 게 잘 맞아떨어지고 있어. 내가 생각했던 그대로지. 그런데도 말일세, 뭔가 잘못되어 있단 말이야."

그는 애처로운 눈빛으로 나를 쳐다보았다. 나는 뭐라고 위로할 말이 없었다.

제21장

로널드의 이야기

나는 포와로의 태도를 도무지 이해할 수가 없었다. 확실히 이것은 그가 처음부터 예견했던 그대로가 아닌가?

리젠트 게이트로 가는 동안 그는 줄곧 곤혹스러운 듯 눈살을 찌푸린 채 말없이 앉아서는 재프가 제 흥에 겨워 지껄여대는 소리에는 전혀 신경을 쓰지 않았다.

이윽고 그는 한숨을 길게 내쉬며 상념에서 깨어났다.

"그의 말을 들어 보면 모든 사정을 알 수 있겠지."

그는 중얼거리듯 말했다.

"더 이상 알아보고 자시고 할 것도 없어요. 설사 그가 시치미를 뗀다고 하더라도 말입니다."

재프가 자신 있게 말했다.

"지나치게 진술에 의존해서 결국 자신을 교수대에 목을 매도록 만든 사람들도 얼마든지 있지요. 어느 누구도 우리가 사전에 경고하지 않았다고 말할 수는 없는 겁니다! 그것은 아주 공평한 처사지요. 게다가 더욱 나쁜 것은, 그런 응분의 대가를 모면할 요량으로 열심히 거짓말을 늘어놓는다는 겁니다. 그들은 거짓말을 하려거든 먼저 변호사에게 털어놓아야 한다는 사실을 모르고 있어요." 그는 한숨을 내쉬고는 다시 말을 이었다.

"변호사와 검시관은 경찰에게 있어서 최대의 적인 셈이죠. 아무리 살펴보아도 완전히 명백한 사건을 쥐뿔도 모르는 검시관이 마구 주물러 놓아서 결국 범인들이 빠져나가도록 하거든요. 변호사들에 대해서는 당신도 항변할 말이 별로 없을 겁니다. 그들은 교묘한 언변으로 사건을 이리저리 꼬이게 만드는 대가로 돈을 번다 이거죠."

리젠트 게이트에 닿자, 우리가 찾는 사람이 집에 있음을 알 수 있었다. 가족들은 그때까지 점심식사를 마치지 않고 있었다. 재프가 에지웨어 경과 사적으로 만났으면 한다고 청했다. 우리는 서재로 안내되었다.

잠시 뒤 그 젊은이가 들어왔다. 그는 얼굴에 여유 있는 미소를 짓고 있었지만, 우리들을 재빨리 훑어보고 나서는 표정이 약간 변했다. 그는 입술을 지그시 깨물었다.

"안녕하십니까, 경감님." 그는 태연하게 인사를 했다.

"대체 웬일들이십니까?"

재프는 딱딱한 태도로 짤막하게 사정을 설명했다.

"아하, 일이 그렇게 된 것이로군요?" 로널드가 말했다.

그는 의자를 하나 끌어당겨서 앉았다. 그러고는 담뱃갑을 꺼냈다.

"경감님, 나는 진술을 할까 합니다만."

"그건 좋을 대로 하십시오, 에지웨어 경."

"그렇게 한다는 것은 '내가 바보다' 하고 말하는 것과 똑같죠. 하지만, 나는 기꺼이 진술을 하겠습니다. 영웅들이 노상 말하는 것처럼, '진실을 두려워 할 이유는 전혀 없다'는 것이죠."

재프는 아무런 말도 하지 않았다. 그의 얼굴은 여전히 무표정한 채로였다.

"저기 제법 그럴듯한 테이블과 의자가 있군요."

다시 로널드가 말을 이었다.

"당신 부하가 앉아서 내 진술을 속기로 받아 적기에는 조금도 불편하지 않을 겁니다."

재프가 자신의 수사 협조 의뢰에 그토록 친절하게 응하는 경우는 겪어 보지 못했으리라. 아무튼 에지웨어 경의 제안은 수락되었다.

"우선 말씀드릴 것은……." 로널드가 말문을 열었다.

"나도 내 기막힌 알리바이가 깨졌다는 것쯤은 쉽게 짐작할 만큼 제법 눈치가 있다는 거요. 연기처럼 사라져 버렸다는 거죠. 유리한 증인들인 도르트하이머 가족의 퇴장이라. 택시 운전사한테 알아내셨구먼요?"

"우리는 그날 밤 당신의 행적에 대해서 모두 알고 있습니다."

재프가 딱딱한 어조로 말했다.

"런던경시청에 대해 최대의 찬사를 보내는 바입니다. 하지만, 이 점만은 아셔야 합니다. 만일에 내가 정말로 그 끔찍한 범행을 계획하고 있었다면, 택시를 잡아타고 현장으로 곧장 달려가서, 게다가 그 운전사를 대기시키기까지는 하지 않았을 거란 말입니다. 당신은 그 점을 생각해 보셨습니까? 아하! 포와로 씨는 물론 이미 그런 생각을 하셨을 테지요."

"그런 생각이 들었던 것은 사실이오." 포와로가 말했다.

"그런 행동은 사전에 치밀하게 계획된 범죄와는 어울리지가 않습니다."

다시 로널드가 말했다.

"붉은 콧수염에 뿔테 안경을 쓰고는 그곳을 지나쳐 다음 거리까지 택시를 타고 가서 요금을 지불하는 겁니다. 그러고는 지하철을 타고—그리고 뭐, 그 이상은 말하지 않겠습니다. 다만 말씀드릴 것은 수천 기니를 손에 넣을 수 있게 된다면 그보다는 훨씬 멋지게 해치울 거요. 물론 나도 알아요. 우발적인 범행이었다 이거죠. 현장에 내가 있었고, 택시에서 기다리다가 등등…… 이런 생각이 드는군요. '자 여보게, 기운을 차리게나.'

아무튼, 사실을 말씀드리겠습니다. 나는 완전히 빈털터리였죠. 그것은 모두들 잘 알고 있을 거라고 생각합니다. 상당히 절망적인 상태였지요. 이튿날까지 돈이 들어오지 않으면 파산할 지경이었던 겁니다. 나는 백부에게 매달려 볼 생각이었죠. 내게 아무런 애정도 없었지만, 자기 체면을 생각하리라 싶었던 겁니다. 중년에 접어든 사람들은 가끔 그럴 수도 있거든요. 하지만 나는, 백부의 그 냉소적인 무관심으로 비정한 현실을 새삼 느끼게 되었습니다.

글쎄요, 그건 마치 자조하는 것처럼 보이기도 했습니다. 나는 도르트하이머로부터 빌려 볼까도 생각해 봤으나 희망이 없다는 걸 알았죠. 그의 딸을 즐겁게 해줄 수가 없었던 겁니다. 내가 감당하기엔 지나치게 똑똑한 아가씨죠. 그런데 우연히 오페라에서 사촌누이를 만난 겁니다. 그동안 그녀와 자주 만나지는 않았지만, 내가 그 집에서 지내고 있을 때는 나에게 무척 상냥하게 대해 주었죠. 나는 그녀에게 모든 사정을 털어놓았습니다. 어차피 그녀도 아버지한테서 무슨 말을 들었을 테니까요. 그러자 그녀는 깊은 관심을 보여 주었습니다. 그녀는 자기의 진주 목걸이를 쓰면 어떻겠냐고 하더군요. 그것은 백모의 유물이었죠."

그는 잠시 말을 멈추었다. 그의 목소리에는 뭔가 진실한 감정 같은 것이 담겨 있다고 나는 생각했다. 그게 아니라면 내게 그런 생각이 들게 할 만큼 기막히게 그런 분위기를 연출해 냈던 것이리라.

"아무튼, 나는 고마운 그녀의 제의를 받아들였습니다. 그것을 잡히면 필요한 돈은 조달할 수 있었지요. 비록 힘든 일일 테지만, 틀림없이 다시 찾아 주겠다고 약속했습니다. 그러나 그 진주 목걸이는 리젠트 게이트의 집에 있었죠. 제일 좋은 방법은 우리가 가서 당장 그것을 가져오는 것이라고 생각했습니다. 우리는 곧 택시를 잡아타고 리젠트 게이트로 달려갔지요.

누군가가 집 안에서 택시가 멈추는 소리를 듣게 될 경우를 대비해서, 우리는 차를 길 건너편에 세우도록 했습니다. 제럴딘은 차에서 내려 길을 건너갔어요. 그녀는 열쇠를 가지고 있었지요. 그녀는 아무도 몰래 집 안으로 들어가서, 그 진주 목걸이를 가지고 나올 생각이었습니다. 하인 말고는 누구와도 마주치지 않으리라고 생각했던 거지요. 비서인 캐롤 양은 보통 9시 30분이면 잠자리에 들죠. 그리고, 백부는 아마도 서재에 있었을 테지요.

아무튼 디나는 안으로 들어갔습니다. 나는 담배를 피우며 보도에 서 있었죠. 이제나저제나 하고 나는 그녀가 돌아오기만을 기다리며 그 집 쪽을 바라보고 있었습니다. 그런데, 지금부터 하는 이야기는 당신이 믿든, 믿지 않든 그건 당신 자유입니다. 어쨌든, 그때 한 사나이가 내 곁을 스치고 지나갔습니다. 자연히 나는 그를 주목하게 되었지요. 나를 놀라게 한 것은 그가 계단을 올라가 17번지로 들어갔다는 사실이었죠.

나는 그것이 17번지였다고 생각하기는 했지만, 물론 내가 있던 곳과는 상당한 거리가 있었습니다. 그것은 두 가지 이유로 해서 나를 몹시 놀라게 했지요. 하나는 그가 열쇠를 가지고 있었다는 것이었고, 다른 하나는 그의 모습이 어느 유명한 배우처럼 보였다는 겁니다. 너무 놀라운 일이라 나는 사정을 알아봐야겠다고 결심했죠. 그때 나는 우연찮게 내 주머니에 17번지 열쇠가 들어 있다는 것을 알게 되었습니다.

3년 전에 그것을 잃어버린 것으로 알고 있었는데, 뜻밖에도 며칠 전에 그것을 찾아내게 되었기에 그날 오전 백부를 방문할 때 돌려주려고 생각했던 거죠. 그런데, 그만 백부와 심하게 말다툼을 한 통에 잊어버리고 말았던 겁니다. 그러고는 옷을 갈아입을 때 주머니 속에 들어 있던 다른 물건과 함께 옮겨졌던 거죠.

나는 택시 운전사에게 기다리고 있으라고 하고는 서둘러 보도를 거슬러 올라가 길을 건너서 17번지 계단을 올라가서 내 열쇠로 문을 열었습니다. 홀엔 아무도 없었지요. 방금 누군가가 들어왔던 흔적은 전혀 찾아볼 수가 없었습니다. 나는 잠깐 동안 사방을 두리번거리다가 서재 쪽으로 걸어갔지요. 아마도 그 사람은 백부와 함께 있나 보다고 생각했던 겁니다. 그렇다면 두런거리는 소리를 들을 수 있었을 텐데, 서재 문 바로 바깥에 서 있었는데도 아무런 소리도 들을 수가 없었지요.

그때 갑자기 나는 내가 어리석기 그지없는 바보짓을 하고 있다는 생각이 들었습니다. 그 사나이는 다른 집으로 들어갔을 수도 있다—아마도 옆집일 테지. 리젠트 게이트는 밤엔 불빛이 조금 침침하거든요. 나는 바보짓을 했다는 생각이 들었습니다. 도대체 내가 무엇에 홀렸다고 할 수밖에는 달리 생각할 도리가 없었죠. '내가 이렇게 아주 멍청이처럼 서 있다가 만일에 백부가 갑자기 서재에서 나와 나를 발견하게 되면 내 입장이 어떻게 될지…… 제럴딘까지 말썽에 끌어넣게 되어 둘 다 입장이 무척 곤란해질 테지. 이 모든 게 그 사나이가 뭔가 은밀하게 행동하는 것이 괜히 수상쩍다는 상상을 불러일으켰기 때문이다. 다행히도 아직 아무한테도 발견되지 않았다. 어서 밖으로 나가는 게 상책이다.' 하고 생각했던 겁니다.

내가 살금살금 현관 쪽으로 다가가고 있는데 바로 그때 제럴딘이 진주를 손에 들고 계단을 내려오더군요. 물론, 그녀는 나를 보자 소스라치게 놀랐지요. 나는 그녀를 집 밖으로 데리고 나와, 전후 사정을 얘기해 주었습니다."

그는 말을 멈추고 잠시 숨을 돌렸다.

"우리는 서둘러 극장으로 돌아왔는데, 마침 막 무대의 막이 오르려는 참이었지요. 우리가 잠시 극장에서 나갔었다는 사실을 눈치 챈 사람은 아무도 없었습니다. 무더운 밤이라 바람을 쐬기 위해 밖에 나와 있던 사람이 여럿 있었기 때문이었죠"

그는 다시 말을 멈추었다가 한숨을 내쉬고는 계속했다.

"당신이 뭐라고 하실지 잘 알고 있습니다. 사실이 그렇다면 왜 진작에 바른 대로 털어놓지 않았느냐는 것이겠죠? 그래서 지금 이렇게 말씀드리고 있는 겁니다. 당신이라면, 아주 명백한 살인 동기를 가지고 있으면서 문제의 그날 밤 바로 살인이 저질러졌던 그곳에 자신이 실제로 있었다는 사실을 아무 거리낌도 없이 솔직하게 털어놓을 수가 있겠습니까?

솔직히 말해서, 나는 두려웠던 겁니다! 설혹 우리 이야기를 믿어 준다고 하더라도 그것은 나와 제럴딘에게 몹시 번거로운 일이 될 테니까요. 우리는 살인과 아무런 관계가 없습니다. 우리는 아무것도 보지 못했고, 아무것도 듣지 못했단 말입니다. 당연한 일일 테지만, 나는 제인 아주머니가 한 짓이었다고 생각했던 겁니다. 그런 판국에 뭣 때문에 나 자신을 골치 아픈 일에 끼어들게 합니까? 나는 백부와 말다툼한 일, 또한 돈에 몹시 쪼들리고 있었다는 일에 대해서 당신에게 솔직히 털어놓았습니다. 왜냐하면 조만간 당신들이 그 일을 알아내게 될 거란 사실을 잘 알고 있었기 때문이지요. 만일 내가 그 사실을 감추려고 든다면 당신네들은 더욱 의심을 품게 될 테고, 결국 알리바이를 보다 철저히 조사하려 했을 테니까요. 그래서 나는 오히려 내 쪽에서 설치고 나서게 되면 당신들의 의혹을 제거하게 되지 않을까 싶었던 겁니다.

도르트하이머 가족들은 내가 내내 코벤트 가든에 있었다는 데 대해서 조금도 의심치 않는다는 것을 알았죠. 그것은 내가 막간에 사촌누이와 함께 시간을 보내는 것에 대해서 의심을 할 만한 하등의 이유가 없었기 때문이었을 겁니다. 그리고, 그녀도 나와 함께 그곳에 죽 있었지 그곳을 떠났었다고는 하지 않았을 테지요"

"그렇다면 마쉬 양도, 이 허위 진술에 동의했습니까?"

"물론입니다. 나는 그 소식을 듣자마자 곧 그녀에게로 달려가 전날 밤 극장에서 나가 집에 갔다 온 사실에 대해서 절대로 입 밖에 내면 안 된다고 주의를 주었지요. 마지막 막간 동안 우리는 함께 코벤트 가든에 있었던 걸로 해두자고 했습니다. 함께 잠시 거리를 거닌 것이 고작이었다고 하기로 했지요. 그녀도 사태의 심각성을 충분히 이해하고 내 말에 주저 없이 따라 주었던 겁니다."

그는 잠시 말을 멈추고는 숨을 돌렸다.

"이렇게 사실이 밝혀진 이상, 매우 수상쩍게 보인다는 것은 나도 잘 압니다만, 그러나 내가 한 말은 사실입니다. 나는 그 다음 날 아침에 진주 목걸이를 맡기고 돈을 빌린 사람의 이름과 주소를 말씀드릴 수 있어요. 그리고 제럴딘에게 물어보아도, 그녀 역시 내가 한 말을 전부 다 뒷받침해 줄 겁니다."

그는 의자에 등을 기대면서 재프를 쳐다보았다. 재프는 여전히 무표정한 그대로였다.

"당신은 제인 윌킨슨이 그 살인을 저질렀다고 생각하는 겁니까, 에지웨어 경?" 그가 냉담한 목소리로 물었다.

"글쎄요, 당신들도 한때는 그렇게 생각하지 않았습니까? 그 집사의 이야기를 듣고는 말입니다."

"애덤스 양과 한 내기에 대해서는 뭐라고 할 셈입니까?"

"애덤스 양과의 내기라니요? 캐로타 애덤스를 말씀하시는 겁니까? 대체 그녀가 그 일과 무슨 관계가 있습니까?"

"그날 밤 그녀가 제인 윌킨슨으로 가장을 하고 에지웨어 경을 방문하면 1만 달러를 주겠다고 제안했던 것을 부정하시는 겁니까?"

로널드는 깜짝 놀라는 눈치였다.

"그녀에게 1만 달러를 제공한다고요? 세상에, 말도 안 되는 소리. 누군가 당신에게 실없는 소리를 한 모양이군요. 이것 보세요. 내겐 내기를 걸 만한 1만 달러라는 그 큰돈이 없었다고요. 당신은 완전히 헛다리를 짚은 거요. 그녀가 그렇게 말합디까? 오! 제기랄, 깜빡 잊고 있었구먼. 그녀는 이미 죽었겠다?"

"그렇소." 포와로가 침착한 목소리로 말했다.

"그녀는 이미 죽었지요."

로널드는 우리를 한 사람씩 돌아가며 살펴보았다. 그에게서는 이미 사근사근함이라곤 찾아볼 수가 없었다. 그의 안색은 창백하게 질린 채, 눈에는 공포의 빛이 역력했다.

"나, 나는 뭐가 뭔지 도대체 모르겠군요"

그는 겁에 질린 목소리로 말했다.

"지금 내가 드린 말씀은 사실입니다. 당신들은 나를 믿지 않으시는가 보군요—아무도"

그러자 놀랍게도 포와로가 한 걸음 내디디며 이렇게 말했다.

"아뇨, 나는 당신을 믿습니다."

제22장

에르큘 포와로의 이상한 행동

포와로와 나는 우리들 방에 있었다.

"아니 도대체 무슨……?" 나는 그만 참지 못하고 따지려 들었다.

포와로는 일찍이 보여 준 일이 없을 정도의 요란한 몸짓을 써 가며 내 말을 가로막았다. 그는 두 팔을 마구 내저으며 말했다.

"제발 부탁하네, 헤이스팅스! 제발, 지금은 아무 말도 하지 말게! 제발, 더 이상 아무것도 묻지 말게나!"

그리곤 갑자기 모자를 움켜쥐고 아무렇게나 되는대로 머리에 올려놓고는 방을 뛰쳐나갔다. 그로부터 한 시간가량이 지났는데도 그는 돌아오지 않았고, 대신에 재프가 모습을 나타냈다.

"꼬마 영감님은 외출하셨소?"

그가 물었다. 나는 그렇다고 고개를 끄덕였다.

재프는 의자에 털썩 주저앉았다. 그는 손수건을 꺼내어 이마의 땀을 닦았다. 날씨가 꽤 더웠기 때문이다.

"대체 영감님께 무슨 마귀라도 씌운 것 아닙니까?" 그가 다시 말을 꺼냈다.

"솔직히 얘기하자면, 헤이스팅스 대위, 영감님이 그때 한 걸음 내디디며 그에게 마치 무슨 로맨틱한 멜로드라마의 한 장면처럼 아주 그럴듯한 표정으로 '나는 당신을 믿습니다.'라고 말했을 때, 누군가 내 몸에 슬쩍 손가락만 대었어도 나는 쓰러졌을 겁니다. 정말 기절초풍할 지경이었죠."

그건 나 역시도 마찬가지였다고 대답했다.

"그러고는 마치 행진이라도 하듯이 그 집을 나섰거든요."

다시 재프가 말을 이었다.

"대체 영감님께서 그 일에 대해 뭐라고 말씀합디까?"

"아무 말도 하지 않더군요." 내가 솔직히 말했다.

"아니, 전혀 아무 말도 하지 않았다는 말씀이오?"

"아무런 말도, 전혀. 내가 그에게 물어보려고 하자 그는 손을 휘저어 나를 물리치더군요. 나는 그를 혼자 내버려 두는 게 상책이라고 생각했죠. 집으로 돌아와 곧 나는 그에게 질문하기 시작했는데, 그는 팔을 마구 휘젓더니, 모자를 집어 쓰고는 횡하니 밖으로 나가 버렸답니다."

우리는 서로를 멍청하게 쳐다보고 있었다. 재프는 의미심장하게 자기 이마를 톡톡 치며 말했다.

"틀림없이 갔구먼." 그가 말했다.

그 말을 듣는 순간 불쑥 나는 그의 의견에 동조하고 싶은 심정이 들었다. 재프는 전에도 종종 포와로가 그의 말마따나 '머리가 약간 이상하다'고 넌지시 비추었던 적이 있었다. 그런 경우에는 단순히 포와로가 대체 무엇을 하려는지 종잡을 수가 없었다는 의미에 지나지 않았었다. 이제는 나도 솔직히 고백하거니와, 나도 도무지 포와로의 태도를 이해할 수가 없었다. 설사 머리가 약간 이상해진 것이 아니라고 하더라도, 아무튼 그가 심하게 심적인 동요를 겪고 있다는 사실은 의심할 나위가 없었다. 자신의 가설이 기막히게 적중했는데도, 만족해하기는커녕 오히려 그 반대로 의기소침해졌으니 말이다. 물론, 그의 따뜻하기 그지없는 인정미가 그를 당황하고 근심스럽게 했을 수도 있었다. 나는 기운을 차리기라도 하려는 듯 고개를 힘차게 흔들었다.

"그분은 내 말마따나 매우 유별난 존재죠."

재프는 심드렁한 어조로 다시 말을 꺼냈다.

"자신만의 독특한 시각으로 사물을 직시하거든요. 그것도 아주 괴상한 각도로 말입니다. 그가 일종의 천재라는 것은 나도 인정합니다. 하지만, 흔히들 말하듯이 천재들이란 까딱 잘못하면 정신이 돌아 버릴 수가 있거든요. 그 영감님은 무슨 일이든지 어렵게 만들기를 좋아했지요. 단순한 사건은 영 맘에 들어 하시질 않았단 말입니다. 그렇죠, 그분에게 있어서 사건은 복잡하게 얽히고 설켜 있어야 했어요. 현실과는 늘 동떨어져 있었단 말이죠.

영감님은 자신만의 게임을 즐기는 겁니다. 그건 마치 나이 많은 할망구들이

혼자서 카드놀이를 즐기는 것과 비슷하다고 볼 수 있죠. 그녀들은 카드가 제대로 풀리지 않으면 슬쩍 속임수를 쓰거든요. 하기야 그분의 경우에 있어서는 이것과는 영 딴판이라고 할 수 있지만, 오히려 게임이 너무 쉽게 풀리기라도 할라치면, 그걸 보다 어렵게 만들려고 하다니, 원 세상에! 아무튼, 나는 그렇게 보고 있습니다."

나는 그에게 답변하기가 몹시 궁했다. 분명하게 생각을 정돈하기에는 너무나 혼란스러웠고 근심에 가득 차 있었기 때문이다. 나 역시도 포와로의 행동을 도무지 헤아릴 길이 없었던 것이다. 게다가 나는, 나의 기묘하고 작은 친구를 몹시도 사랑하고 있었기에, 이번 일은 도저히 표현할 길이 없을 정도로 가슴이 아팠다.

우리가 이처럼 우울한 침묵 속에 잠겨 있을 때 포와로가 불쑥 방으로 들어섰다. 그는, 정말 고맙게도 이제는 꽤 안정을 되찾고 있었다. 아주 조심스럽게 그는 모자를 벗어서 지팡이와 함께 테이블 위에 가지런히 내려놓았다. 그러고는 그가 즐겨 앉던 의자에 앉았다.

"마침 여기 와 있었군, 경감. 잘됐어. 그렇지 않아도 될 수 있으면 빨리 자네를 만나보고 싶었는데 말이야."

재프는 아무런 대답도 않고 멀거니 그를 바라보았다. 그는 이것이 단지 전주(前奏)에 지나지 않는다는 사실을 알고 있었다. 그는 포와로가 스스로 설명해 줄 때를 기다렸다. 나의 친구는 천천히, 그리고 조심스럽게 이야기를 하기 시작했다.

"이것 보게, 재프. 우리는 잘못 짚었네. 완전히 잘못 짚었단 말이야. 그 사실을 인정한다는 것은 가슴 아픈 일이지만, 우리가 실수를 범한 것만은 사실일세."

"전혀 잘못된 데가 없는데요." 재프가 자신 있게 말했다.

"하지만, 완전히 틀려 버렸네. 참으로 애석한 일이야. 그 일이 내 가슴을 이토록 쓰리게 만들고 있다네."

"당신은 그 젊은이 때문에 가슴 아파하실 필요가 없습니다. 그는 당연히 받아야 할 대가를 받는 것뿐이니까 말입니다."

"내가 가슴 아파하는 것은 그 때문이 아니라네. 그건 바로 자네 때문일세."

"나 때문에요? 나에 관해서는 걱정하실 필요가 없는데요."

"하지만, 나는 걱정하지 않을 수가 없네. 자네도 누가 자네를 이런 방향으로 수사하도록 한 것인지 알 테지? 그것은 바로 이 에르퀼 포와로였단 말일세. 그래, 바로 내가 자네를 이런 방향으로 끌어들인 걸세. 나는 자네에게 캐로타 애덤스를 주목하라고 지시했어. 미국으로 부친 편지 건에 대해서도 언급했지. 이런 결론에 이르기까지 모든 과정을 하나하나 지적해 준 것은 바로 나였단 말일세."

"아무튼, 나도 그렇게 할밖에 다른 길은 없었습니다."

재프가 냉담하게 말했다.

"단지 당신이 나보다 약간 앞서 있었던 것뿐이죠."

"그야 그럴 수도 있었을 테지. 하지만, 그렇다고 해서 그것이 나에게 위안이 되지는 않네. 자네가 내 하잘것없는 생각에 귀를 기울인 덕분으로 체통을 잃게 된다면, 나는 너무나 수치스러워서 도저히 얼굴을 들고 다니지 못하게 될 거란 말이네."

재프는 다만 재미있다는 표정을 짓고 있을 뿐이었다. 그는 전혀 순수치 못한 동기를 가지고 포와로를 대했던 것 같다. 아마도 그는 포와로가 성공적인 사건 해결로 인해 얻게 될 자기의 명성을 시기하고 있다고 생각한 모양이었다.

"그만하면 알겠습니다." 그가 심드렁하게 말했다.

"이번 사건에 있어서 내가 당신에게 상당한 도움을 받았다는 사실이 세상에 알려지도록 하는 것을 결코 잊지 않겠습니다."

그는 나에게 눈을 찡긋해 보였다.

"아하! 결코 그런 이유 때문이 아니란 말이네."

포와로는 참을 수 없다는 듯이 열을 내며 말했다.

"나는 결코 명성을 얻고자 함이 아니란 말일세. 그리고 더욱이 자네도 결코 명성을 얻지 못할 거라는 사실을 엄숙히 얘기하는 걸세. 자네를 기다리고 있는 것은 바로 대실패고, 나 에르퀼 포와로는 그 원흉이라는 거지."

갑자기, 포와로의 더할 수 없이 우울한 표정을 보고 있다가, 재프는 느닷없이 웃음을 터뜨렸다. 포와로는 화가 난 표정을 지어 보였다.

"미안합니다, 포와로." 그는 눈물을 닦으며 말했다.

"당신은 꼭 벼락을 맞아 죽어가는 오리 같은 몰골을 하고 있군요. 자, 이것 보세요, 이런 일들은 다 잊어버립시다. 이번 사건으로 명성을 얻게 되든, 비난을 받게 되든 내 기꺼이 다 감당하겠습니다. 물론 대단한 소동이 벌어질 겁니다. 그 점에 있어서는 당신이 옳지요. 아무튼 난 확증을 잡기 위해 백방으로 뛰어다닐 겁니다. 아마도 영리한 변호사라면 그를 풀려 나오게 할 수도 있을 테지요. 당신은 배심이란 게 대체 무얼 하는 것인지 결코 모를 겁니다.

하지만, 그렇게 된다고 하더라도 나에게 해가 될 것은 없을 겁니다. 비록 우리가 확증을 잡지 못한다고 하더라도, 우리가 제대로 범인을 잡았다는 사실은 알려지게 될 테니까요. 그리고 우연히도 제3의 인물—하녀라고 해둘까요? 그런 인물이 갑자기 발작을 일으켜 그를 죽였다고 털어놓는 일이 생긴다면……, 글쎄요, 그렇다고 하더라도 내가 책임을 지지 당신에게 왜 나를 엉뚱한 곳으로 끌고 갔느냐고 불평하지는 않겠습니다. 충분히 있을 수 있는 일이니까요."

포와로는 온화하면서도 서글픈 듯한 시선으로 그를 쳐다보았다.

"자네는 자신에 차 있군. 늘 확신에 차 있어! 잠시 멈추고 자신에게 이렇게 묻는 법이 없어. '과연 그럴 수 있을까?' 하고 말일세. 의심을 결코 하지 않아—도대체 스스로에게 자문을 해보는 적이 없단 말일세. '이건 너무 잘 풀리는데' 하고 생각해 보지 않는다는 거야."

"물론 나야 절대로 그런 짓을 하지 않죠. 그리고 바로 그 점에 있어서, 이렇게 함부로 말해서 죄송합니다만, 당신은 노상 탈선하신다는 겁니다. 일이 쉽게 풀려 가면 뭐 안 될 일이라도 있는 겁니까? 일이 쉽게 풀리면 누가 배 아파 하기라도 한답니까?"

포와로는 그를 물끄러미 쳐다보더니 한숨을 내쉬며 팔을 약간 벌리고는 천천히 고개를 저었다.

"그만두겠네! 이젠 더 이상 왈가왈부하지 않겠어."

"훌륭하십니다." 재프는 의기양양하게 말했다.

"자, 이제 요점으로 넘어갑시다. 내 수사 결과에 대해 듣고 싶으시겠죠?"

"물론일세."

"나는 마쉬 양을 만나보았는데, 그녀의 진술은 에지웨어 경의 이야기와 전혀 다를 바가 없었습니다. 그들 두 사람이 모두 사건과 관계가 있을지도 모르지만, 난 그렇게 생각지는 않습니다. 그가 마쉬 양에게 으름장을 놓았을 거라는 것이 내 생각이지요. 그녀는 십중팔구 그에게 빠져 있는 것 같습니다. 그가 체포되었다는 사실을 듣자 까무러칠 듯이 놀라더군요."

"그런가? 그리고, 그 여비서—캐롤 양은 어떻던가?"

"그리 놀라는 것 같지는 않더군요. 하지만, 그건 순전히 내 개인적인 느낌이었습니다."

"그 진주 목걸이는 어떻게 되었습니까? 그 진주에 대한 이야기는 사실이었습니까?"

나는 호기심을 참지 못하고 물었다.

"틀림없는 사실이었습니다. 그 다음 날 아침에 그는 그것을 맡기고 돈을 빌렸더군요. 하지만, 그 일이 사건 줄거리하고 무슨 관계가 있으리라고는 생각지 않습니다. 내가 생각해 본 바로는 이렇게 된 겁니다. 그가 우연히 오페라에서 사촌누이를 만나자 그의 머릿속에 그 계획이 떠올랐던 거죠. 마치 섬광처럼 번뜩인 겁니다. 그는 절망적인 상태였는데, 여기 그 탈출구가 보였던 거지요. 나는 그가 오래전부터 그와 같은 모종의 계획을 품고 있었다고 생각합니다. 그가 그 열쇠를 가지고 있었던 것만 봐도 능히 짐작이 가는 일이죠. 우연히 그 열쇠를 발견했다는 따위의 말은 믿을 수 없어요.

그가 사촌누이와 이야기를 나눌 때, 그녀를 일에 끌어들이게 되면 자신이 보다 안전하게 되리라는 것을 알게 되었던 겁니다. 그녀의 감정에 호소를 하며 슬쩍 그 진주 이야기를 비치자 그녀도 이내 응했던 것이고, 그리하여 그들은 함께 그곳으로 가게 된 것이지요. 그녀가 집 안으로 들어가자마자 곧 그도 그녀를 따라 들어가서 몰래 서재로 침입했을 겁니다. 아마도 그의 백부는 의자에 앉아서 졸고 있었을 테지요. 하여간, 그는 순식간에 목적을 달성하고는 다시 홀로 빠져나왔지요.

내 생각으로는, 그가 집 안에서 마쉬 양과 마주치게 되리라고는 생각지 못했을 겁니다. 그는 시간을 잘 맞추어 다시 택시가 있던 곳으로 돌아올 셈이었을 테지요. 또한, 택시 운전사가 집 안으로 들어가는 그의 모습을 목격하게 되리란 것도 예상치 못했던 일이었을 겁니다. 아마 실제로는 마쉬 양을 기다리며 담배를 피워 물고 서성거리고 있는 것처럼 보일 심산이었겠죠. 택시가 반대쪽 방향을 향해 있었다는 사실을 상기해 보십시오.

물론, 이튿날 아침 그는 진주를 저당잡혀야 했습니다. 여전히 돈이 필요한 것처럼 보여야 할 필요가 있었기 때문이었죠. 그러고는 범죄 소식을 접하자, 그는 마쉬 양에게 겁을 주어서 그들이 집에 갔었던 사실을 숨기도록 종용했습니다. 그들은 그 막간에 함께 오페라 하우스에서 시간을 보냈다고 말할 심산이었겠지요."

"그런데, 어째서 그렇게 말하지 않았을까?" 포와로가 날카롭게 물었다.

재프는 어깨는 으쓱해 보였다.

"마음이 변했겠죠. 아니면 그녀가 사실을 털어놓을지도 모른다고 판단했거나. 그녀는 신경이 예민한 편이거든요."

"그렇지." 포와로가 신중한 목소리로 말했다.

"그녀는 확실히 신경이 날카로운 타입이지."

잠시 뒤 다시 말을 이었다.

"당신에겐 그런 생각이 들지 않는 모양이지. 마쉬 대위가 혼자서 막간을 이용해 오페라 하우스를 떠나, 자기 열쇠로 문을 열고 집 안으로 잠입해 백부를 살해한 다음, 다시 오페라 하우스로 돌아오는 것이 보다 쉽고 간단했을 거라는 사실을 말일세―택시를 밖에 대기시켜 놓고, 게다가 자신의 비밀 행각을 털어놓을지도 모르는 신경이 날카로운 아가씨가 집 안 계단을 내려오다가 자기를 발견하게 될 위험을 감수하는 대신에 말이야."

재프는 잇몸을 온통 드러내며 싱긋이 웃었다.

"그야 당신이나 나라면 그렇게 했을 수도 있겠죠. 하지만, 우리들이 로널드 마쉬 대위보다 약간 똑똑하다는 사실을 아셔야죠."

"나로서는 이해가 가지 않는 일일세. 그는 제법 똑똑한 것 같던데 말이야."

"그러나, 결코 에르큘 포와로만큼은 현명하지가 못하죠! 그렇지 않습니까? 나는 확신하고 있습니다!" 재프는 다시 웃기 시작했다.

포와로는 냉담한 눈초리로 그를 쳐다보았다.

"만약에 그가 범인이 아니라면, 무엇 때문에 애덤스 양에게 그런 장난을 하도록 충동질했겠습니까?" 재프가 다시 말을 이었다.

"그런 쇼를 벌인 이유는 딱 한 가지 밖에 없지요—즉, 진범을 숨기는 일입니다."

"그 점에 있어서는 나도 자네와 완전히 동감일세."

"야, 우리가 어떤 점에 있어서는 의견의 일치를 보고 있다니 정말 기쁜 일이 아닐 수 없군요."

"애덤스 양을 꾄 것은 실상 그일지도 모르겠구먼."

포와로는 혼잣말을 하듯이 중얼거렸다.

"그렇지만, 정말, 아니, 그건 정말 말도 안 되는 소리야."

그러고 나선 갑자기 재프를 돌아다보며 재빨리 물었다.

"그렇다면, 그녀의 죽음에 대해서는 어떻게 생각하나?"

재프는 짐짓 목청을 가다듬으며 말했다.

"나는 우연한 사고였다고 믿고 싶습니다. 사실 너무나도 기막힌 우연의 일치라는 것은 인정합니다만. 그가 애덤스 양의 죽음과 무슨 관계가 있었다고는 보이지 않습니다. 오페라가 끝난 다음의 그의 알리바이는 완벽하거든요. 그는 새벽 1시까지 도르트하이머 가족과 함께 소브러니에 있었다는 것이 확인되었습니다. 그때는 이미 애덤스 양이 잠자리에 들고도 남을 시각이었죠. 그렇습니다, 나는 그가 기막히게 재수가 좋은 범인의 실례였다고 생각합니다. 한편, 그런 사고가 일어나지 않았다면, 그는 그녀와 흥정을 하려고 계획했을 겁니다. 우선 그녀에게 공포감을 조성한다—즉, 그녀가 진상을 털어놓게 되면, 살인 용의자로 체포될 거라고 말이죠. 그리고 나서는 돈을 듬뿍 안겨 주어 그녀를 매수하려 했을 겁니다."

"그렇게 생각한다는 말인가—." 포와로는 그를 똑바로 주시하며 말했다.

"자네는 애덤스 양이 다른 여인을 구제해 줄 수 있는 결정적인 증거를 가지고 있는데도 그냥 그 여인이 교수형을 당하도록 내버려 둘 여자라고 생각한다 이건가?"

"제인 윌킨슨은 결코 교수형을 당하지 않았을 겁니다. 몬태규 코너 경이 주최한 파티에 그녀가 참석했었다는 증거가 너무나도 뚜렷하지 않습니까?"

"하지만, 그 살인범은 그 사실을 몰랐었지. 그는 캐로타 애덤스를 침묵시킴으로써 제인 윌킨슨이 교수형을 당하도록 만들 속셈을 가지고 있었을 거란 말일세."

"당신은 너무도 순진한 말씀만 하시는구면요, 포와로? 이제는 아예 로널드 마쉬가 나쁜 짓이라고는 전혀 모르는 착하기 그지없는 청년이라고 확신하시는 듯이 말씀하시니 말입니다. 당신은 집 안으로 몰래 잠입하는 사나이를 목격했다는 그의 말을 믿습니까?"

포와로는 어깨를 으쓱해 보였다.

"그게 누구였다고 생각하는지 알고 있습니까?"

"그야 대략 짐작이 가네."

"그의 말은 그게 영화배우 브라이언 마틴 같았다는 겁니다. 그 점에 대해서는 어떻게 보십니까? 마틴은 고(故) 에지웨어 경과는 일면식도 없었단 말입니다."

"누군가 그런 사람이 그 집 열쇠를 가지고 집 안으로 들어가는 것을 보았다면, 그건 확실히 이상한 일이라고 할 수 있겠지."

"쯧쯧!" 재프는 한심스럽다는 듯이 혀를 차며 말했다.

"그날 밤 브라이언 마틴이 런던에 없었다는 사실을 아시게 되면 놀라실 테죠? 그는 젊은 숙녀분과 함께 몰시로 저녁식사를 하러 내려갔었습니다. 그들은 자정이 되도록 런던으로 돌아오지 않았단 말입니다."

"그런 일이 있었구면!" 포와로는 아무렇지도 않다는 듯이 말했다.

"별로, 그리 놀랄 일도 아니구면. 그래 그 젊은 숙녀분도 역시 여배우였겠군?"

"그렇지 않습니다. 모자가게를 하는 아가씨죠. 실은, 애덤스 양의 친구인 드라이버 양이었습니다. 그녀의 증언에 의문의 여지가 없다는 사실은 당신도 인정하시리라고 생각합니다만."

"그야 더 이상 말할 것도 없잖나, 이보게."

"이제 당신이 졌다는 사실을 잘 아실 테죠, 예?"

재프가 다시 의기양양하게 웃으며 말했다.

"그것은 엉겁결에 지어낸 헛소리였다는 겁니다. 17번지에 들어간 사람은 아무도 없었죠—17번지 부근에는 아무도 없었다는 겁니다. 그렇다면 어떻게 된 일이겠습니까? 우리의 고명하신 그 나리가 거짓말을 했다는 것 아니겠습니까?"

포와로는 처량하게 고개를 흔들어 보였다.

재프는 기운을 차리며 의자에서 일어섰다.

"아시다시피, 이제는 만사가 다 규명된 셈입니다."

"파리, 11월의 D란 누구였을까?"

재프는 어깨를 으쓱해 보였다.

"오래된 일인 듯싶습니다. 그래, 한 아가씨가 6개월 전에 이번 사건과는 아무런 관계도 없이 그런 선물을 받을 수는 없다는 말씀입니까? 모쪼록 우리는 상식적인 감각 능력을 지키도록 해야 할 겁니다."

"6개월 전이라……."

포와로는 중얼거리듯 말했다. 갑자기 그는 눈을 빛냈다.

"맞아, 그럴 가능성은 충분히 있지!"

"뭐라고 말씀하시는 겁니까?"

재프는 포와로가 불어로 중얼거리는 말을 알아듣지 못한 듯 나를 쳐다보며 물었다.

"들어 보게나." 포와로는 일어서서 재프의 가슴을 가볍게 쳤다.

"왜 애덤스 양의 하녀는 그 상자를 알아보지 못했을까? 그리고, 드라이버 양 역시 그 상자를 알아보지 못한 것은 대체 어찌된 일인가?"

"대체 무슨 말씀을 하시는 겁니까?"

"그것은 바로 그 상자를 처음 보는 것이었기 때문일세. 단지 그 운명의 날에 그녀의 손에 있게 된 것뿐이라 이거지. 파리, 11월(그건 정말 그럴듯해). 확실히 그 상자를 선물받은 장소와 날짜로 보이지. 하지만 그렇지 않다면, 그 상자는 당일 그녀의 손에 넘어갔던 것이라는 말이 되네. 누군가가 그것을 샀던 걸세. 단지 어떤 목적을 위해 누군가가 산 것에 불과하단 말일세! 그 문제에 대해서 부디 조사해 주기를 바라네. 이것은 하나의 결정적인 단서라 볼 수 있거든. 그 상자는 이곳에서 산 것이 아니라, 외국에서 산 걸세. 만일 이곳에서 산 거라면, 그걸 판 보석상이 이미 나섰을 걸세. 그 상자에 대해서는 신문지상에 사진과 함께 자세히 보도되었으니까 말이야. 틀림없이 파리가 맞을 걸세. 다른 외국 도시일 수도 있겠으나, 내 생각에는 파리가 맞는 것 같네. 다시 한 번 그 일을 조사해 주길 바라네. 부디, 나는—나는 이 신비에 싸인 D란 인물이 누구인지 알고 싶어서 견딜 수가 없을 지경이거든"

"그렇게 한다고 해서 손해 볼 거야 하나도 없겠죠"

재프가 친절하게 말했다.

"그 일에 대해서 상당히 구미가 당긴다고야 할 수는 없지만. 아무튼 내가 할 수 있는 데까지는 조사해 보겠습니다. 우리야 더 많은 사실을 알게 되면 그만큼 유리한 법이니까요."

재프는 쾌활하게 우리에게 고개를 끄덕여 보이고는 방을 나섰다.

제23장

편지

"자, 이제, 우리는 점심이나 먹으러 가세." 포와로가 말했다.

그는 다정하게 내 팔을 끼면서 나에게 미소를 지어 보였다.

"아직 희망이 있거든." 그는 자신의 기분을 설명해 주었다.

아직도 나는 로널드가 범인일 거라는 확신을 품고 있었지만, 아무튼 포와로가 예전의 자신감을 회복한 것을 보자 한층 마음이 놓였다. 나는 포와로가 이번 대화를 통해서 재프의 주장을 수긍하게 된 것이라고 생각했다. 그 상자를 산 사람을 찾아보라고 한 것은 아마도 자기 면목을 세우기 위한 마지막 제스처였으리라. 우리는 사이좋게 점심식사를 하러 나갔다.

내가 흥미롭게 느낀 것은, 저쪽 테이블에서 함께 점심을 먹고 있는 브라이언 마틴과 제니 드라이버의 모습을 보게 된 사실이었다. 재프가 한 말을 상기해 보면서, 나는 그들 사이에 아마 로맨스라도 있는 게 아닐까 싶었다. 그들 역시 우리를 알아보았고, 제니가 손을 흔들어 보였다.

우리가 커피를 마시고 있을 때 제니가 마틴을 남겨 둔 채, 우리 테이블로 건너왔다. 그녀는 여전히 아주 발랄하고 생동감 넘치는 모습이었다.

"여기에 앉아서 잠깐 입방아를 찧어도 될까요, 포와로 씨?"

"물론입니다, 마드모아젤. 이렇게 뵙게 되니 영광이올시다. 그런데, 마틴 씨도 함께 오시지 않고요?"

"내가 그냥 앉아 있으라고 했어요. 실은 캐로타 일로 해서 선생님께 드릴 말씀이 있거든요."

"무슨 말씀을 하시려고, 마드모아젤?"

"선생님께서는 캐로타의 남자친구에 대해서 알고 싶어 하셨죠, 내 말이 틀렸나요?"

"천만의 말씀을. 물론 알고 싶고말고요."

"아무튼, 그 뒤로 곰곰이 생각해 봤거든요. 때로는 곧바로 생각이 나지 않는 경우가 있답니다. 그럴 때면 지난 일을 돌이켜 생각해 봐야 해요—그 당시는 별로 대수롭지 않게 여겼던 말이나, 사소한 단어들을 곰곰이 되새겨 보아야 하거든요. 그래서 저는 전에 캐로타가 했던 말들을 상기하며 생각에 생각을 거듭해 봤어요. 그러고는 어떤 결론에 이르게 되었답니다."

"흠, 그래서요, 마드모아젤?"

"그녀가 관심을 기울였던, 아니면, 관심을 기울이기 시작했다고 볼 수 있는 남자는, 로널드 마쉬, 그러니까, 이번에 작위를 물려받은 그 사람인 것 같아요."

"어째서 그런 생각을 하게 되었습니까, 마드모아젤?"

"글쎄요, 하나는 언젠가 캐로타가 어떤 남자에 대해서 흔히들 하는 이야기 투로 말한 적이 있거든요. 어떤 남자가 불행을 겪게 되면 그것이 그의 성격에 어떤 영향을 미치는가에 대해서였지요. 그로 인해서 본래는 진실한 사람이었는데도 결국 타락하게 될 수가 있다는 거였어요. 말하자면, 자기가 저지른 죄 이상으로 비난을 받게 된다는 거죠—아마 선생님도 잘 아실 거예요. 한 여성이 어떤 남자에게 애정을 느끼기 시작하면 우선은 그처럼 시큰털털한 얘기들을 늘어놓게 되는 법이거든요. 그런 낡은 수법엔 이미 도통한 바가 있답니다!

마치 생활의 즐거움에 대해서는 전혀 모르는 고집 센 당나귀처럼 이런 이야기를 털어놓게 된 것도 쉽지 않은 일이었지만, 캐로타는 사실 감정이 풍부한 애였어요. 그래서 난 속으로 외쳤어요. '이봐, 좀더 용기를 내라고' 그녀는 그 남자의 이름을 거론하진 않았답니다. 그냥 남자라고만 했어요. 그러고는 갑자기 로널드 마쉬의 이야기를 꺼내면서 그가 부당하게 취급당하고 있는 것 같다고 하는 거였어요. 아주 냉정하고 무관심한 듯한 어조로 말이에요. 그 당시는 그 두 가지 이야기를 연결지어 생각하지는 못했어요. 하지만, 지금 와서 생각해 보니까 그녀가 말했던 것은 바로 로널드를 두고 했던 것 같아요. 선생님은 어떻게 생각하세요, 포와로 씨?"

그녀는 진지한 표정으로 그의 얼굴을 주시했다.

"흠, 아가씨는 나에게 매우 가치 있는 정보를 제공해 주신 것 같습니다, 마드모아젤."

"어머나! 그렇담 정말 잘됐군요." 제니는 기뻐하며 손뼉을 쳤다.

포와로는 부드러운 시선으로 그녀를 바라보았다.

"아마도 아직 듣지 못하신 것 같은데, 아가씨가 말한 그 신사분—로널드 마쉬, 에지웨어 경은 방금 전에 체포되었습니다."

"어머나!" 그녀는 놀라서 입을 다물 줄 몰랐다.

"그렇담 내 생각도 이미 때가 늦은 모양이로군요."

"결코 늦은 것이 아닙니다." 포와로가 온화하게 말했다.

"나에게 있어서는 아직 늦지 않았다는 것이죠. 아무튼 감사합니다, 마드모아젤."

그녀는 우리를 떠나서 브라이언 마틴에게로 돌아갔다.

"이봐요, 포와로." 내가 말했다.

"확실히 그 이야기는 당신 신념을 흔들어 놓았을 겁니다."

"천만에, 헤이스팅스 그 반대로 내 신념은 더욱 확고해졌다네."

그처럼 단호한 확언에도 불구하고 나는 그가 속으로 남몰래 동요하고 있는 것이라고 생각했다.

그로부터 며칠 동안 그는 에지웨어 사건에 대해서는 한마디도 입 밖에 내지 않았다. 어쩌다 내가 그 일에 대해서 물을라치면, 관심 없다는 듯이 아무렇게나 대꾸하곤 했다. 다른 말로 표현하자면, 그는 그 사건에서 완전히 손을 뗀 셈이었다. 그의 공상적인 두뇌 속에 무슨 꿍꿍이속이 들어 있었던지 간에, 이제는 그 생각이 도저히 실현 불가능하다는 사실을 자신도 어쩔 수 없이 인정해야만 할 것 같았다—그 사건에 대해서 그가 맨 처음 세웠던 가설이 바른 추리였음이 입증되었고, 문제가 된다면 로널드 마쉬의 혐의가 지나칠 정도로 뚜렷하다는 사실이었다. 단지 포와로에게 있어서는, 그런 사실을 솔직히 인정하기가 어려웠을 뿐이었다. 그렇기 때문에 짐짓 관심이 없는 체한 것이었으리라.

이상이 포와로의 태도에 대해서 내 나름대로 해석을 내린 것이었다. 그것은 드러난 사실들에 의해서도 뒷받침되는 것 같았다. 어느 사건에 있어서건 순전히 형식적인 절차에 지나지 않는 경찰수사에 그는 하등의 관심도 기울이지 않았다. 그는 다른 사건들로 해서 분주하게 나날을 보내고 있었을 뿐, 내가 이미 언급했듯이 이번 사건에 대해서는 일말의 흥미도 보이지 않았다.

내가 그의 태도를 완전히 오해하고 있었다는 사실을 깨닫게 된 것은 그로부터 2주일 가까이 지나서였다. 우리가 아침식사를 들고 있을 때였다. 평상시처럼 포와로의 접시 곁에는 편지 뭉치가 쌓여 있었다. 그는 재빠른 솜씨로 그것들을 분류했다. 이윽고 그는 기쁨의 탄성을 지르며 미국의 우표가 붙어 있는 편지 한 통을 집어들었다. 그러고는 조그마한 가위로 겉봉을 잘랐다. 그가 그 편지에 대해서 그토록 기쁨을 나타내는 것을 보고 나는 상당히 호기심을 가지고 그것을 들여다보았다. 그 속에는 편지 한 통과 제법 두툼한 어떤 뭉치가 함께 들어 있었다. 포와로는 편지를 읽고 나서 고개를 들었다.

"이걸 읽어 볼 텐가, 헤이스팅스?"

나는 그에게서 편지를 받아들었다. 거기에는 다음과 같은 글이 적혀 있었다.

포와로 씨

선생님의 친절하신 너무도 친절하신 편지 정말 고맙게 보았습니다. 저는 여러 가지 일로 해서 몹시 번민하고 있었답니다. 언니의 죽음으로 인한 슬픔이야 말할 것도 없지만 캐로타 언니, 너무도 자상하고 너무나도 보고 싶은 언니에 대해서 좋지 못한 소문이 떠도는 것 같아서 안타깝기 그지없답니다. 아니에요, 포와로 씨, 언니는 약 같은 것을 절대로 복용하지 않았어요. 저는 확신해요. 언니는 그런 약들을 아주 싫어했거든요. 전에도 언니가 그런 말을 하는 걸 종종 들었어요. 그리고 언니가 그 가엾은 분의 죽음과 관계가 있었다고 하더라도, 그것은 완전히 사정을 모르고 했던 것일 거예요. 그도 그럴 것이, 언니가 보낸 편지를 봐도 그건 충분히 알 수가 있거든요. 선생님께서 원하신다고 하시니 편지 원본을 보내 드립니다. 언니의 마지막 편지를 내놓기는 정말 싫지만 저는 선생님께서 그 편지를 소중히 보관하셨다가 다시 돌려주시리란 것을 잘 알고 있고, 또한 그것이 언니의 죽음에 대한 의혹을 밝혀내는 데 도움이 된다면 선생님 말씀대로 따라

야 하겠지요. 선생님께서는 캐로타 언니가 편지에서 특히 관심을 나타낸 친구들이 있었는지에 대해서 물으셨지요? 언니는 많은 사람들에 대해서 이야기했지만 물론 특별히 유별나게 관심을 보였던 사람은 없었던 것 같아요. 음, 몇 년 전부터 알고 지내는 브라이언 마틴 제니 드라이버라는 이름의 아가씨, 로널드 마쉬 대위 등이 그래도 언니가 관심을 보였던 사람들인 것 같군요. 저도 선생님께 다소나마 도움을 드릴 수 있는 생각을 해낼 수 있다면 좋겠어요. 선생님께서 그토록 친절하시고 인정에 넘친 편지를 보내 주신 것을 보니 선생님께서도 저와 캐로타 언니가 서로를 얼마나 사랑하고 있었는지 잘 알고 계시리라 여겨진답니다.

다시없는 감사를 드리며, 루시 애덤스

추신; 방금 경찰에서 편지를 달라고 왔었답니다. 저는 벌써 선생님께 보냈다고 말했지요. 이 말은 물론 사실이 아니었지만, 그러나 어쩐지 선생님께서 제일 먼저 그 편지를 보셔야 할 것 같은 생각이 들었기 때문이랍니다. 런던경시청에서도 그 살인범에 대한 증거물로 그 편지가 필요할 거예요. 하지만 외, 제발 그 편지를 다시 선생님께서 되돌려 받아야 한다고 다짐을 받으셔야 해요. 선생님께서도 아시다시피, 그것은 캐로타 언니의 마지막 편지거든요.

"당신이 직접 그녀에게 편지를 썼군요." 나는 편지를 내려놓으며 말했다.

"대체 무슨 까닭에서 그런 일을 하신 거죠, 포와로? 그리고 어째서 굳이 캐로타 애덤스의 편지 원본을 보내 달라고 한 겁니까?"

그는 편지와 함께 동봉된 문제의 그 편지 원본 뭉치를 들여다보고 있었다.

"솔직히 말해서, 나도 잘 모르겠다네, 헤이스팅스. 다만 그 편지의 원본이 해명이 안 되는 문제를 풀어 주는 열쇠가 될지도 모른다는 희망이 있었기 때문이라고나 할까?"

"당신이 대체 그 편지 원본에서 무엇을 알아낼 수 있을는지 모르겠군요. 캐로타 애덤스가 직접 하녀에게 주어서 그 길로 우체통에 넣어졌지 않습니까? 거기에는 아무런 속임수도 없었고, 게다가 내용 자체도 전혀 위조된 곳이 없는 평범한 편지임이 확실한 것 같은데요."

포와로는 한숨을 쉬었다.

"알아. 나도 잘 알고 있다네. 바로 그 점이 문제를 그토록 어렵게 만드는 것이라고. 왜냐하면, 헤이스팅스, 그대로라면 이 편지는 앞뒤가 맞지 않거든."

"원, 말도 안 되는 소리를."

"쯧쯧, 글쎄 그렇다니까. 여보게, 전에도 설명했듯이 어떤 일에든 필연성이 존재하는 법일세. 그들은 이해할 수 있는 어떤 유형을 따라 일정한 방법과 순서에 입각해서 서로가 연결되게 마련이지. 하지만, 이 편지를 볼 것 같으면 앞뒤가 맞지 않거든. 그렇다면, 과연 누가 잘못된 것일까? 에르퀼 포와로일까, 아니면 이 편지일까?"

"당신은 에르퀼 포와로가 잘못되었을 가능성은 전혀 없다고 생각합니까?"

나는 될 수 있는 대로 그의 감정을 건드리지 않으려고 애썼다.

포와로는 즉시 힐난하는 듯한 시선을 내게 던졌다.

"물론, 내가 실수한 적도 여러 번 있었지—하지만 이번에는 그렇지가 않아. 분명히 그렇다면, 이 편지가 어딘지 앞뒤가 맞지 않는 것 같다면, 그것은 정말로 앞뒤가 맞지 않는 것일세. 거기에는 우리가 미처 깨닫지 못하고 있는 어떤 사실이 있다는 말이지. 나는 그 사실을 찾아내려고 하는 것일세."

그러고는 즉시 작은 돋보기를 꺼내어 문제의 그 편지를 다시 조사하기 시작했다. 그는 조사가 끝날 때마다 한 장씩 내게 넘겨주었다. 확실히 나는 아무런 이상도 발견할 수가 없었다. 편지는 분명하고, 상당히 알아보기가 쉬운 필적으로 쓰여 있었고, 지난번 전보로 보내 온 내용과 하나도 다르지가 않았다.

포와로는 땅이 꺼져라 한숨을 내쉬었다.

"여기에는 전혀 위조된 부분이 없어. 전혀 없어. 모두가 한 사람의 필체로 쓰인 걸세. 그런데도 여전히 앞뒤가 맞지 않아……."

　그는 갑자기 말을 멈췄다. 그러고는 초조한 듯이 내게 그 편지 뭉치를 달라는 몸짓을 했다. 그걸 넘겨주자, 그는 다시 한 번 그것들을 천천히 조사하기 시작했다. 갑자기 그가 괴상한 소리를 질렀다. 그때 나는 식탁을 떠나 창가에서 밖을 내려다보고 있었다. 그 소리를 듣고 나는 급히 돌아다보았다. 포와로는 지나치게 흥분한 나머지 몸을 떨고 있었다. 그의 눈은 고양이의 눈처럼 파랗게 빛나고 있었으며, 가리키고 있는 손가락은 부들부들 떨리고 있었다.

　"알겠나, 헤이스팅스? 이걸 보라고, 어서 이리 와보라고."

　나는 급히 그에게 달려갔다. 그의 앞에는 편지 뭉치 중 가운데 장이 펼쳐져 있었다. 나는 달리 특별한 점을 전혀 발견할 수가 없었다.

"아직도 모르겠나? 여기 다른 편지들은 모두 옆면이 반듯하게 잘려져 있어. 즉, 한 장의 종이라는 말일세. 그런데 이것은, 보게나, 한쪽 면이 울퉁불퉁하게 되어 있어. 다시 말해서 한쪽이 찢겨 나갔단 말일세. 자, 이제 내가 무슨 말을 하는지 알겠나? 이것은 두 쪽으로 된 종이였는데, 보다시피 편지 한쪽이 없어 졌단 말일세."

나는 멍청하게 쳐다보고 있었다.

"하지만 그게 어떻다는 말입니까? 뜻이 잘 통하고 있지 않습니까?"

"그래, 맞아. 뜻은 통하고 있지. 그것이 바로 이 기막힌 간계의 교묘한 점이 라네. 읽어 보게, 그러면 자네도 알게 될 테니까."

나는 그것을 다시 읽어 보았지만, 별다른 차이점을 발견할 수가 없었다.

"아직도 모르겠나?" 포와로는 답답하다는 듯이 말했다.

"이 편지는 캐로타 애덤스 양이 마쉬 대위에 대해서 이야기하고 있는 부분 이 찢겨져 나갔단 말일세. 그녀는 그에 대해서 불쌍하다는 생각을 하고 있었 고, 그다음에 그녀가 말하기를 '그는 내 쇼를 무척 좋아한다.'라고 했거든. 그 러고 나서 새로운 페이지에 그녀는 계속해서 '그가 이렇게 말했단다—.' 하고 쓰여 있어. 그러나 여보게, 실은 한 페이지가 없어진 거라고 새 페이지의 '그' 는 앞 페이지의 '그'가 아닐 수도 있어. 사실은 앞 페이지에서 말한 '그'가 아 니야. 그 장난을 제의한 자는 전혀 다른 '그'란 말일세. 보라고, 여기서부터는 한 군데도 이름이 적혀 있지를 않아. 아! 정말 기막힌 솜씨야! 어떤 식으로든 범인은 이 편지를 손에 넣었겠지. 거기에는 자기 정체가 드러나 있거든. 물론 범인은 이 편지를 없애려고 생각했을 테고 그런데(편지를 다시 한 번 읽어 보 는 사이에), 그는 다른 처리 방법을 궁리해 내게 된 것이지. 한 페이지를 없애 버리면, 편지의 내용이 엉뚱하게 바뀌어서 다른 남자, 역시 에지웨어 경을 살 해할 만한 충분한 동기를 가지고 있는 남자에게 그 살인 혐의를 뒤집어씌울 수가 있다는 것을 말일세. 아! 그건 정말 천재적인 착상이었다네. 자네 말처럼 꿩 먹고 알 먹는 식이지! 그자는 그 페이지를 찢어 버리고 다시 제자리에 갖 다놓은 것일세."

나는 다소 존경스러운 눈초리로 포와로를 주시했다. 그렇다고 해서 그의 가설이 맞는다고 절대적으로 확신한 것은 아니었다. 내게 있어서는 캐로타가 별나게 이미 반쪽으로 찢겨진 편지지를 사용했을 가능성이 높은 것으로 보였지만, 그러나 포와로가 그토록 즐거워하며 자신의 생각을 피력하는 것을 보고는 내 생각을 말하고 싶은 마음이 전혀 없었다. 결국은 그가 옳게 될 테니 말이다.

하지만 그가 가설을 설정하는 과정에 놓여 있는 한두 가지의 난점들을 지적하는 모험을 시도했다.

"하지만, 그가 누구였든 간에, 어떻게 그가 이 편지를 손에 넣었을까요? 애덤스 양은 그것을 자기 손으로 직접 핸드백에서 꺼내어 하녀에게 주어서 우체통에 넣었잖습니까? 그 하녀가 그렇게 말하지 않았습니까?"

"그러니까 우리는 두 가지 상황 중 어느 한 가지를 가정해야 한다네. 하녀가 거짓말을 했던지, 그렇지 않으면 그날 밤 캐로타 애덤스가 그 살인범과 만났던지─이 둘 중 어느 한쪽을 택해야 하지."

나는 고개를 끄덕였다.

"나에게는 나중 것일 가능성이 보다 그럴듯하다고 여겨지는군. 우리는 아직도 캐로타 애덤스가 자기 아파트를 나와서 유스턴 역에 가방을 맡긴 9시 사이에 어디에 있었는지 전혀 모르고 있어. 그 사이에 그녀는 아마 어떤 약속 장소에서 살인범과 만나고 있었을 거라고 생각해. 그들은 함께 식사를 했을 걸세. 이 편지에 관해서는 정확히 무슨 일이 있었는지 우리는 모르고 있어. 다만 한 가지 추측을 할 수 있을 뿐이라네. 그녀는 그것을 우체통에 넣을 생각으로 손에 들고 다녔을 테지. 그러다가 레스토랑에서 식탁 위에 그 편지를 내려놓았던 것이고, 범인은 그 주소를 보고는 직감적으로 위험의 낌새를 느꼈던 거야. 그자는 애덤스 양이 눈치 채지 못하게 그 편지를 슬쩍 집어넣고는 무슨 핑계를 대서 식탁을 떠나 은밀한 곳에서 편지를 꺼내 읽고는, 문제의 그 페이지를 잘라낸 다음 그것을 다시 테이블 위에 올려놓았거나, 아니면 그녀가 그곳을 떠날 때 그녀에게 깜빡 잊고 그 편지를 떨어뜨렸나 보다고 말하며 그녀에게 넘겨주었을 테지. 그 일이 정확히 어떤 방법으로 행해졌는지는 그리 중요한 것이 아니지. 그러나 한 가지 분명하다고 생각되는 사실은─캐로타 애덤스가 그날 밤, 에지웨어 경이 살해되기 전이나 아니면 살해된 뒤(그녀가 랑데부를 위해 코너 하우스를 떠난 다음이었을 테지)의 둘 중 어느 때인가에 그 살인범을 만났을 거라는 사실이라네. 내가 생각하고 있는 것은, 물론 내가 잘못 생각했을 수도 있지만, 그녀에게 그 금빛 상자를 준 것은 바로 그 살인범이었을 거라는 것이지. 그 상자는 아마도 그들의 첫 번째 만남을 기념하는 감상적인 기념품이었을 테고. 만일 그렇다면, 살인범은 바로 D라는 인물인 셈이지."

"나로서는 그 금빛 상자가 지니고 있는 의미를 알 수가 없는데요."

"들어 보게나. 헤이스팅스 캐로타 애덤스는 베로날을 상용하지 않았어. 루시 애덤스도 그렇게 말하고 있고, 나 역시 그것이 사실이라고 믿고 있다네. 그녀는 그런 약들을 혐오하는 총명하고 건전한 처녀였어. 그녀의 친구들이나 하녀도 그 상자를 전혀 알아보지 못했다네. 그렇다면, 어째서 그것이 그녀가 죽은 다음에 그녀의 소지품 속에서 발견된 것일까? 그것은 그녀가 베로날을 상용하고 있었으며, 그것도 상당한 기간 동안—말하자면, 적어도 6개월 동안 베로날을 상용하고 있었다는 인상을 창출하기 위해서였다네. 그녀가 에지웨어 경이 살해된 뒤에 단 몇 분간만이라도 그 살인범과 만났다고 가정해 보세. 헤이스팅스, 그들은 자신들의 계획이 성공적으로 이루어진 것을 자축하기 위해 건배를 했을 테고, 그자는 애덤스 양의 잔 속에 베로날을 듬뿍 집어넣어 그녀가 다음 날 아침 다시는 눈을 뜨지 못하도록 만들었던 게야. 알겠나, 헤이스팅스?"

"끔찍한 일이로군요." 나는 몸서리치며 말했다.

"그래, 정말 비열한 짓이었지." 포와로는 냉담한 목소리로 말했다.

"재프에게 이 사실을 알릴 셈인가요?" 잠시 뒤에 내가 물었다.

"당장은 어려워. 대체 뭐라고 말해야 하지? 그 훌륭한 재프는 이렇게 말할걸세. '또다시 터무니없는 망상을 하셨구먼요! 그 처녀는 처음부터 한쪽이 찢겨져 나간 편지지를 그대로 사용했던 거라고요!' 틀림없어."

나는 내 속셈을 들킨 것 같아 바닥만 내려다보고 있었다.

"그 말에 대해서 내가 무슨 대꾸를 할 수 있겠나? 그것은 단지 그렇게 되었을 수도 있다는 가정에 지나지 않아. 내가 알고 있는 것은, 단지 그런 일이 일어나지 않았다면 그것은 그런 일이 굳이 일어나지 않았어도 될 만한 필요성이 있었기 때문이라는 사실이야."

그는 잠시 말을 멈추었다. 꿈을 꾸는 듯한 표정이 그의 얼굴을 스치고 지나 갔다.

"한번 생각해 보게, 헤이스팅스 만일 그자가 철저하게 행동을 취할 수 있었 다면, 그는 그 페이지를 그렇게 찢어 버리지 않고, 깨끗하게 잘라냈을 걸세. 그렇게 되었다면 우리는 아무것도 알아차리지 못했을 테지. 아무것도 말일세!"

"그렇다면 그자는 조심성이 없는 사람이라고 봐야겠군요."

나는 미소를 지으며 말했다.

"아니, 그렇지가 않아. 그자는 서둘러야 했을 거야. 이처럼 몹시 거칠게 찢 겨 나간 것을 보게나. 오! 완전히 그자는 시간에 쫓기고 있었던 것일세."

그는 잠시 멈추었다가 다시 말을 이었다.

"자네가 특히 유념해 주길 바라는 사실은, 이 사람—이 D라는 인물에게는 그날 밤 행적에 대해서 아주 그럴듯한 알리바이가 있었음에 틀림없을 거라는 말일세."

"그자가 먼저 에지웨어 경을 살해하러 리젠트 게이트에 갔었고, 그다음에 캐로타 애덤스를 만났다면 대체 어떻게 자신의 알리바이를 꾸밀 수가 있었을 지 도통 모르겠군요."

"자네 말이 맞아." 포와로가 말했다.

"그것이 바로 내가 하고 싶은 말일세. 그에게는 알리바이가 절대적으로 필 요했을 테고, 따라서 그는 미리 알리바이를 꾸며 두었다는 것은 의심할 나위 가 없지. 또 다른 문제는, 과연 그자의 이름이 정말로 D자로 시작될까? 아니 면 그자가 애덤스 양에게 알려 준 애칭으로서 D를 사용한 것일까?"

그는 다시 숨을 돌리고 나서 부드러운 어조로 말했다.

"머리글자 또는 애칭이 D라는 인물, 우리는 그자를 찾아내야 해, 헤이스팅 스 그렇다네, 우리는 기필코 그자를 찾아내야만 한다고."

제24장

파리로부터의 소식

　다음 날 우리는 뜻밖의 방문객을 맞았다. 제럴딘 마쉬가 찾아온 것이었다. 포와로가 그녀에게 인사를 하며 의자를 권하는 동안 나는 그녀가 애처롭게 느껴졌다. 그녀의 새까만 두 눈은 전보다도 더욱 크고 그늘져 보였다. 또한 눈가가 거무스름하고 푸석푸석해 있는 것을 보면 그녀가 제대로 잠을 이루지 못하는 모양이었다. 그녀의 얼굴은 그토록 어린 소녀(소녀라기에는 좀더 나이가 들었지만)로서는 보기 드물게 초췌하고 피로에 찌들어 있었다.

　"어떻게 해야 좋을지 몰라서 이렇게 선생님을 뵈러 왔답니다, 포와로 씨. 저는 너무나 걱정이 되고 혼란스러워서 견딜 수가 없어요."

　"물론 그러실 테죠, 마드모아젤"

　포와로의 태도는 정중하면서도 깊은 연민의 정을 나타내고 있었다.

　"로널드는 저에게 그날 선생님이 하셨던 말씀을 들려주었어요. 그가 체포되었던 그날 말씀이에요." 그녀는 몸을 부르르 떨었다.

　"그가 아무도 자기를 믿어 주지 않을 거라고 말했을 때, 선생님이 갑자기 나서며 그에게 '나는 당신을 믿습니다.'라고 말씀하셨다더군요. 그게 사실인가요, 포와로 씨?"

　"사실이랍니다, 마드모아젤 내가 그렇게 말했지요."

　"저도 알고 있어요. 하지만, 제가 말씀드리는 것은 선생님이 그렇게 말씀하셨다는 사실이 아니라, 선생님 말씀이 진정에서 하신 말씀이었나 하는 거예요. 제 말은, 선생님은 진심으로 그의 이야기를 믿으셨나요?"

　두 손을 꼭 쥔 채, 몸을 앞으로 내밀고 있는 그녀의 모습은 얼마나 그녀가 그 말을 고대하고 있는지 보기에도 안타까울 지경이었다.

　"그 말은 사실입니다, 마드모아젤" 포와로는 조용한 목소리로 말했다.

"나는 아가씨 사촌오빠가 에지웨어 경을 살해했다고는 믿지 않습니다."

"오!" 그녀의 얼굴에는 화색이 돌고, 그 커다란 눈이 더욱 크게 떠졌다.

"그렇다면 선생님은 정말로 그리 생각하시는군요. 누군가 다른 사람의 짓이라고 생각하시는 거죠!"

"물론이지요, 마드모아젤." 그는 미소를 지으며 말했다.

"전 바보예요. 표현을 제대로 못했나 봐요. 제 말은, 그 누군가가 누구인지 선생님은 알고 계시는지요?"

그녀는 진지한 모습으로 상체를 내밀고 있었다.

"물론, 어느 정도는 생각하고 있지요. 글쎄, 용의자라고나 할까요?"

"제게 말씀해 주시지 않겠어요? 제발—예, 제발."

포와로는 고개를 저었다.

"글쎄요, 그건 온당한 처사라고 볼 수는 없지요."

"그렇다면, 선생님은 누군가에 대해 확고한 혐의를 두고 계신가요?"

포와로는 아무 말도 해줄 수 없다는 듯이 고개를 저었다.

"단지 조금만 더 진상을 알 수 있다면……."

그 가련한 아가씨는 애원하듯 말했다.

"제 마음이 더할 수 없이 홀가분해질 텐데. 그리고 저는 아마도 선생님께 도움이 되어 드릴 수 있을 거예요."

그녀의 애원은 도저히 외면할 수가 없을 정도로 간절했지만, 포와로는 여전히 고개만 젓고 있을 뿐이었다.

"머튼 공작부인은 아직도 그것이 계모의 짓이었다고 믿고 있답니다."

그녀는 신중한 어조로 말했다. 그러고는 묻는 듯한 시선을 포와로에게 던졌다. 그는 전혀 반응을 보이지 않았다.

"하지만, 전 어떻게 그럴 수가 있는지 모르겠어요."

"그녀에 대해서 어떻게 생각합니까? 아가씨 계모에 대해서요?"

"글쎄요, 전 계모를 거의 몰라요. 아버지가 그녀와 결혼할 당시 전 파리에 있는 학교에 다니고 있었거든요. 제가 집으로 돌아왔을 때, 그녀는 제게 친절히 대해 주었어요. 제 말은, 그녀가 제 존재를 별로 염두에 두지 않았다는 거예요. 저는 그녀가 아주 무식하고, 게다가, 음, 타산적이라고 할까, 그렇게 생각했어요."

포와로는 고개를 끄덕였다.

"아가씨는 방금 머튼 공작부인에 대해서 말했는데, 그분을 자주 뵙고 있습니까?"

"예, 그 부인은 저에게 몹시 친절하게 대해 주셨답니다. 지난 2주일 동안 저는 부인을 자주 뵈었어요. 기자들이 찾아오고, 로널드가 체포되는 등등, 너무도 끔찍한 나날이었지요." 제럴딘은 다시 몸을 떨었다.

"저에게 따뜻한 정을 나누어 줄 수 있는 친구가 하나도 없는 줄 알았는데, 공작부인이 저에게 너무도 따뜻하게 대해 주셨어요. 그리고 그분도 잘 대해 주셨답니다—부인의 아드님 말이에요."

"그분을 좋아합니까?"

"그분은 수줍음이 많고, 태도가 딱딱하며, 다소 사귀기가 어려운 분인 것 같아요. 하지만, 공작부인이 그분에 대해 많은 이야기를 해주셔서, 여러 가지로 그분을 잘 알게 되었어요."

"알겠습니다. 그런데, 마드모아젤, 아가씨는 사촌오빠를 좋아하십니까?"

"로널드 말씀인가요? 물론이에요. 그는, 지난 2년 동안 별로 만나지 못했지만, 그러나 전에는 한집에서 같이 지냈어요. 저는, 저는 늘 그가 멋진 사람이라고 생각했지요. 항상 농담도 잘하고 엉뚱한 것을 생각해 내곤 했거든요. 아! 그 음산하기만 한 집에서 그는 늘 새로운 기분을 느끼게 만들었어요."

포와로는 동정하듯 고개를 끄덕이더니, 갑자기 뜻밖의 말을 함으로써 나를 놀라게 했다.

"음, 그렇다면, 아가씨는 그가 교수형당하기를 바라진 않겠군요?"

"아—아, 그럴 수는 없어요! 어떻게 그런 일이."

제럴딘은 격렬하게 몸을 흔들었다.

"오, 제발! 그런 일은 있을 수 없어요. 아! 그게 그녀였다면, 계모 말이에요. 그녀의 짓일 거예요. 공작부인도 그럴 거라고 말씀하셨어요."

"아! 그렇다면 마쉬 대위가 그냥 택시 안에서 기다리고 있었더라면 하고 바라는 건가요?"

"예, 그랬더라면……, 아니, 대체 무슨 말씀을 하시려는 거죠?"

그녀는 눈살을 찌푸렸다.

"무슨 말씀이신지 모르겠군요."

"그가 그 남자를 따라서 집 안으로 들어가지 않았더라면 좋았을 거라는 말입니다. 그런데, 아가씨는 누군가가 집 안으로 들어오는 소리를 못 들었습니까?"

"아뇨, 전 아무 소리도 듣지 못했어요."

"아가씨는 집으로 들어간 다음 어떻게 했습니까?"

"선생님도 아시다시피, 저는 진주 목걸이를 가져오기 위해서 곧장 위층으로 올라갔어요."

"물론, 그 진주 목걸이를 가져오는 데 다소 시간이 걸렸겠지요?"

"예. 바로 제 보석 상자의 열쇠를 찾을 수가 없었거든요."

"그런 일은 흔히 있지요. 서두르다 보면 오히려 더욱 늦어지는 수도 있습니다. 아가씨가 아래층으로 내려오기까지에는 다소 시간이 걸렸고, 그런데—아가씨는 홀에서 사촌오빠를 발견했다고요?"

"예, 서재 쪽에서 걸어오고 있었어요." 그녀는 간신히 대답했다.

"알겠습니다. 그 일로 해서 몹시 놀랐겠군요."

"예, 정말 질겁을 했답니다. 정말 너무나 놀랐어요."

그녀는 포와로의 온정 어린 말씨를 상당히 고맙게 느끼고 있는 것 같았다.

"흠, 그랬겠지요."

"로니가 제 뒤에서 '이봐, 디나, 그걸 가져왔어?' 하고 말해서 가슴이 덜컥 내려앉을 정도로 저를 놀라게 했답니다."

"알겠습니다." 포와로가 다시 부드럽게 말했다.

"앞서 말했듯이 그가 밖에서 기다리지 않았던 것은 정말 유감이로군요. 그렇다면, 택시 운전사도 그가 결코 집 안으로 들어가지 않았다고 증언할 수 있었을 텐데."

그녀는 고개를 끄덕였다. 그녀의 눈에서 눈물이 흐르기 시작해, 그녀의 무릎을 흥건히 적셨다. 이윽고 그녀가 일어나자 포와로는 그녀의 손을 잡으며 말했다.

"아가씨를 위해 내가 그를 곤경에서 구해 주기를 바라고 있죠? 그렇죠?"

"예, 물론이에요. 오! 제발, 그렇게 해주세요. 선생님은 모르실 거예요……."

그녀는 두 손을 꼭 움켜쥔 채 자신을 억제하느라고 무진 애를 쓰며 서 있었다.

"정말 고생이 많군요, 마드모아젤." 포와로가 부드러운 어조로 말했다.

"나도 충분히 짐작이 갑니다. 아니, 그 고통을 어찌 말로 쉽게 표현할 수 있겠습니까? 여보게, 헤이스팅스, 아가씨를 위해 택시를 잡아 주지 않겠나?"

나는 제럴딘과 함께 내려가서 그녀에게 택시를 잡아 주었다. 이제는 그녀도 침착을 되찾았고, 나에게 매우 상냥하게 고맙다는 인사를 했다.

방으로 돌아오자, 나는 포와로가 무언가를 생각하는 듯 눈살을 찌푸린 채 방 안을 오락가락하고 있는 것을 보았다. 그런 그의 모습은 보기가 딱했다.

그때 마침 전화벨이 울려 그의 기분이 전환될 수 있게 되어 나는 다소 마음이 놓였다.

"누구신지요! 오! 재프로구먼, 안녕하신가, 경감?"

"뭐라고 합니까?" 나는 전화기 곁으로 더욱 가까이 다가섰다.

이윽고, 여러 가지 감탄사를 발한 뒤에 포와로가 말했다.

"옳거니, 그래 누가 그것을 주문했다고 하던가? 그들이 알고 있다던가?"

어떤 대답이 있었는지는 몰라도, 아무튼 그가 예상하고 있는 것은 아닌 모양이었다. 그는 우스꽝스러울 정도로 멍청한 얼굴을 하고 있었다.

"확실한가?……아니, 약간 뜻밖이랄까, 뭐 그뿐일세……. 그렇구먼, 생각을 다시 해봐야겠는 걸……뭐라고?……결국, 내가 옳았군. 물론, 상세한 것은 자네 말대로……아니, 아직도 나는 같은 생각일세. 바라건대, 앞으로도 계속 리젠트 게이트와 유스턴 역, 토튼햄 코트 로(路) 그리고 가능하면 옥스퍼드가 근방의 레스토랑들을 조사해 보게……그렇지, 한 여인과 한 남자에 대해서. 그리고 역시 그날 밤 자정 조금 못 되어서 스트랜드 일대도 뭐라고?……하지만 물론, 나도 마쉬 대위가 도르트하이머 가족과 함께 있었다는 것은 알아. 하지만, 마쉬 대위 말고도 세상에는 많은 사람들이 있지……내가 돼지처럼 고집스럽다는 말은 별로 듣기가 안 좋구먼. 어쨌든 이 문제에 있어서는 좀 사정을 봐주게. 그럼 부탁하겠네." 그는 수화기를 내려놓았다.

"무슨 얘기입니까?" 나는 성급히 물어보았다.

"무슨 얘기였냐고? 나도 생각 중일세. 헤이스팅스, 그 금빛 상자는 파리에서 구입된 거라네. 그것은 편지로 주문됐는데, 그런 물건들만 전문적으로 취급하는 유명한 파리 상점에서 팔았다는군. 그 편지는 애커라—콘스탄스 애커리 부인이라는 사람이 보냈다는구먼. 물론 그런 사람은 존재하지 않지. 그 편지는 살인사건이 있기 이틀 전에 도착했는데, 거기에는 루비로(아마도 주문인의 이름의), 머리글자를 새겨 넣을 것과 안쪽에 헌사를 적어 달라고 되어 있었다는 걸세. 그 다음 날 찾으러 오겠다고 독촉했다는 게야. 바로 살인사건 전날이 되는 셈이지."

"그래, 찾으러 왔었답니까?"

"물론, 찾으러 와서는 현찰로 지불했다는군."

"그게 누구였답니까?" 나는 흥분해서 물었다.

우리가 드디어 사건의 진상에 점점 더 가까이 다가가고 있는 듯한 느낌이었다.

"어떤 여자가 찾아갔다는구먼, 헤이스팅스."

"여자요?" 나는 깜짝 놀라며 물었다.

"그래, 어떤 여자라네. 작은 키에, 코안경을 낀 중년 여자였다고 하는구먼."

우리는 그만 완전히 맥이 빠진 표정으로 서로의 얼굴만 빤히 쳐다보았다.

제25장

오찬 모임

우리가 클래리지 레스토랑에서 열린 위드번 부부의 오찬 모임에 참석하게 된 것은 그 다음 날이었던 것으로 기억된다. 포와로와 나는 둘 다 별로 참석하고 싶지가 않았다. 사실은 우리가 초대를 받은 것이 그것으로 여섯 번째였다. 위드번 부인은 끈질긴 여자였고, 또한 유명 인사들을 좋아했다. 여러 차례의 사양에도 불구하고, 그녀는 마침내 피할 길 없는 수많은 초대일 중 어느 하나를 골라잡으라고 독촉이 성화같았다. 그런 상황에서 우리는 더 이상 거절을 못하고 참석하게 되었다.

파리로부터의 소식을 들은 이후로 포와로는 아예 입을 봉하고 있었다. 내가 사건에 대해서 입을 열 때마다 그는 늘 같은 대답만 되풀이했다.

"여기에는 뭔가 이해하기 어려운 점이 있단 말일세."

그러고는 한두 번 입속말로 중얼거렸다.

"코안경, 파리에서의 코안경. 캐로타 애덤스의 핸드백 속에 들어 있던 코안경."

사실 나는 기분 전환을 위한 방편으로써 그 오찬 모임을 기꺼이 환영했다.

젊은 도널드 로스 군도 참석했다가 나를 보자 우리 쪽으로 다가오며 명랑하게 인사를 했다. 여자보다는 남자가 더 많았으므로 그는 내 옆에 자리를 잡았다. 제인 윌킨슨은 우리와 거의 마주 보고 앉아 있었고, 그녀와 위드번 부인 사이에 젊은 머튼 공작이 앉아 있었다.

나는 생각했다(물론 그건 순전히 나 혼자만의 공상이었을지도 모르지만). 그 젊은 공작이 약간 불편해하고 있는 것 같다고 말이다. 자리를 같이 하는 사람들 중에서 자신을 빼놓고는 거의 다 자기와 기호가 다르기 때문이었을 게다. 그는 매우 보수적이고 다소 복고풍의 젊은이로, 마치 어떤 착오로 인해 중세인이 현세에 발을 내딛은 것처럼 보이는 사람이었다. 그런 그가 극히 현대적인 제인 윌킨슨에게 흠뻑 빠져 있다는 것은 자연의 여신이 즐기고 싶어 하는 시대착오적인 장난의 하나였으리라.

제인의 아름다운 용모와 그 미묘한 허스키 목소리로 인해 아주 시시한 이야기들조차 매력적으로 들리게 만드는 사실에 감탄하고 있자니, 그가 사랑의 포로가 되어 있는 것이 그리 놀라운 일도 아닌 것 같았다. 그러나 완벽한 미모와 사람을 매료시키는 목소리도 조만간 싫증을 느끼게 마련이다! 아마도 어느 순간엔가 비치게 될 이성의 빛이 눈을 흐리게 하던 사랑의 안개를 흐트러지게 할 거라는 생각이 문득 떠올랐다. 그것은 우연히 던진 한마디—제인이 저지른 참으로 어처구니없는 실수가 나에게 그런 인상을 주었다.

누군가가—그게 누구였는지는 잊었지만, '파리스의 심판(그리스 신화에 나오는 말로, 트로이의 왕자 파리스에 대한 심판이 원인이 되어 트로이 전쟁이 일어났다)'이라는 말을 하자, 곧바로 제인의 명랑한 목소리가 낭랑하게 울려 나왔다.

"파리스(영어로 파리(Paris)를 '파리스'라고 발음한다)라고요?"

그녀는 신나서 떠들어댔다.

"어머나, 파리의 유행도 이젠 옛말이랍니다. 지금은 런던과 뉴욕이 더 나아요."

어쩌다가 일어날 수 있는 일이지만, 하필이면 사람들의 대화가 일시적으로 중단되고 있을 때 그 말이 튀어나온 것이었다. 참으로 입장이 몹시 난처한 순간이었다. 내 오른쪽에 있던 도널드 로스가 급히 숨을 들이키는 소리가 들렸다. 위드번 부인이 갑자기 러시아 오페라에 대해서 떠들기 시작했다. 모든 사람들이 허둥지둥 중구난방으로 지껄여댔다. 오직 제인만이 자기가 저지른 실수를 조금도 깨닫지 못하고 태연히 좌중을 둘러보고 있었다.

내가 공작에게 주의가 끌린 것은 바로 그때였다. 입술을 굳게 다물고 얼굴을 붉히고 있었으며, 제인에게서부터 약간 몸을 비킨 것처럼 보였다. 마치 그는 자기 같은 지위에 있는 사람이 제인 윌킨슨 같은 여인과 결혼하게 되면 언젠가 꼴사나운 입장에 빠지게 될지도 모른다는 불길한 예감을 느끼고 있었음이 틀림없어 보였다.

흔히 있는 일이었지만, 나는 내 왼쪽에 앉아 있는, 아이들의 자선 모임을 주관하고 있는 뚱뚱한 부인에게 고개를 돌려 무턱대고 말을 꺼냈다. 내가 꺼낸 문제의 그 말은 다음과 같은 것으로 기억된다.

"저쪽 테이블 끝에 자주색 옷을 입고 있는 저 괴상한 부인은 누구입니까?"

맙소사, 그런데 그것은 바로 그 부인의 여동생이었던 것이! 나는 더듬거리며 사과를 하고는 고개를 돌려 로스에게 말을 걸었지만 그는 건성으로 대꾸할 뿐이었다.

이렇게 양쪽에서 코가 납작해졌을 때 나는 브라이언 마틴을 보게 되었다. 그는 아마도 좀 늦게 온 모양으로, 그전까지는 그를 보지 못했었다. 그는 내게서 약간 떨어져 있는 곳에 앉아 있었는데, 몸을 약간 앞으로 내민 채 앞자리의 금발 미인에게 열심히 말을 걸고 있었다.

이처럼 가까이에서 그를 본 지도 상당히 오래간만이었는데, 그가 상당히 활기에 차 보인다는 사실을 즉시 알 수 있었다. 그 초췌하던 인상은 거의 찾아볼 수가 없었다. 더욱 젊어 보였고, 모든 면에서 활력에 넘쳐 보였다. 그가 앞좌석에 앉은 미인과 웃으며 이야기를 주고받는 모습이 그 어느 때보다도 생기 있어 보였다.

나는 더 이상 그를 관찰하고 있을 여유가 없었다. 그도 그럴 것이, 그때 내 옆에 있던 뚱뚱한 부인이 나의 실수를 용서하고는 자기가 계획하고 있는 아이들의 자선 모임에 대한 장황한 이야기를 들을 수 있는 영광을 허락했기 때문이었다.

포와로는 약속이 있어서 일찍 떠나야 했다. 그는 어느 대사의 구두 분실에 대한 괴상한 사건을 조사하고 있었는데, 2시 30분에 만나기로 되어 있었다. 그는 나에게 자신의 작별 인사를 위드번 부인에게 대신 전해 달라고 떠맡긴 채 자리를 떠났다. 내가 그 일 때문에 기다리고 있는 동안에(위드번 부인은 연신 '달링' 하고 작별을 고하는 친구들에게 둘러싸여 있어서 그것도 쉬운 일이 아니었다), 누군가가 내 어깨에 손을 올려놓았다. 그것은 로스 군이었다.

"포와로 씨는 여기 안 계신가요? 그분께 말씀드리고 싶은 게 있는데요?"

나는 포와로가 방금 떠났다는 사실을 알려 주었다. 로스는 뜻밖이라는 듯한 태도를 보였다. 좀더 자세히 관찰해 본 결과, 무슨 일로 해서 몹시 당황하고 있는 것 같다는 사실을 알 수 있었다. 그는 안색이 창백하고 긴장되어 있었는데, 그의 눈에는 알 수 없는 기묘한 불안감이 나타나 있었다.

"그를 꼭 만나봐야만 합니까?" 내가 물었다.

그는 더듬거리며 대답했다.

"실은……, 나도 잘 모르겠습니다."

정말 어처구니없는 대답이어서 나는 깜짝 놀라며 그를 주시했다.

"물론 이상하게 들리실 거란 사실을 저도 잘 알고 있습니다만, 실은 어떤 기묘한 일이 있었는데, 저는 도무지 이해할 수가 없는 일이었기 때문이랍니다. 저, 저는 그 일로 해서 포와로 씨에게 조언을 듣고 싶었답니다. 왜냐하면, 어떻게 해야 좋을지 모르기 때문이죠. 괜히 그분을 성가시게 해 드리고 싶지는 않지만, 그러나……."

그가 몹시 당황하고 불안해하는 것 같아 나는 서둘러 그를 안심시켰다.

"포와로는 약속이 있어서 먼저 떠났습니다." 나는 부드럽게 말했다.

"하지만, 5시까지는 돌아올 예정이랍니다. 그때 전화를 걸든지, 아니면 직접 오든지요?"

"고맙습니다. 그렇게 하지요. 5시라고 하셨습니까?"

"오기 전에 먼저 전화를 걸어 확인하는 게 좋을 것 같습니다." 내가 말했다.

"좋습니다. 그렇게 하도록 하지요. 고맙습니다, 헤이스팅스 대위님. 아시겠지만, 저는 그것이(어디까지나 가정에 지나지 않습니다만), 아주 중대한 일일지도 모르겠다는 생각이 들어서요."

나는 고개를 끄덕이고는 다시 위드번 부인이 여러 손님과 악수를 나누며 작별 인사를 보내는 쪽으로 돌아섰다. 임무를 무사히 마친 나는 누군가의 손에 이끌려서 그 자리를 물러나게 되었다.

"내 손을 뿌리치지 마세요."

누군가가 쾌활한 목소리로 말했다. 그 사람은 다름 아닌 제니 드라이버였는데, 극히 세련된 모습을 하고 있었다.

"안녕하시오?" 나도 상당히 반가워하며 인사를 보냈다.

"그런데 어디에 숨어 있다가 이렇게 갑자기 나타나셨소?"

"나는 당신 바로 옆 테이블에서 점심을 먹고 있었답니다."

"아, 그런데도 전혀 보지 못했다니, 사업은 잘되십니까?"

"덕분에요. 굉장히 경기가 좋습니다."

"그 수프 접시들도 잘 팔리고 있나요?"

"당신이 그렇게 무례하게 말씀하시는 그 수프 접시들은 아주 잘 팔리고 있어요. 모든 사람들이 오랫동안 그런 것들을 쓰게 되면 몹시 꼴사나운 일이 될 거예요. 깃털을 꽂는 곳에는 방울처럼 생긴 것이 있는데, 그것이 아마 한가운데를 닳아빠지게 만들 테니까요."

"저런, 큰일 날 짓을 하셨구먼." 나는 웃으며 말을 받았다.

"오, 절대로 그런 일은 없을 거예요. 누군가가 그 가엾은 타조 깃털들을 돌보아 주어야 할 거예요. 그 불쌍한 것들은 모두 실업 수당을 받고 있는 형편이랍니다." 그녀는 웃으며 물러갔다.

"그럼, 다음에 뵙겠어요. 나는 오후에는 일에서 손을 뗀답니다. 시골로 드라이브나 갈까 해요."

"그거 정말 좋지요." 나는 그녀의 말에 공감을 하며 말했다.

"오늘따라 런던이 정말 숨 막힐 듯이 답답하군요."

잠시 뒤 나는 하이드 파크 공원을 통해 산책을 즐기듯 천천히 빠져나왔다. 내가 집에 도착한 것은 오후 4시경이었다. 포와로는 아직 돌아오지 않았다. 그가 돌아온 것은 4시 40분께였다. 그는 눈을 빛내며 상당히 기분이 좋아 보였다.

"알겠습니다, 홈스 씨." 나는 농담조로 한마디 던졌다.

"기어코 그 대사의 구두를 찾아내셨군요."

"그것은 코카인 밀수사건이었다네. 아주 독창적인 수법이었지. 난 한 시간 정도 미용실에 있었는데, 거기에는 자네의 그 감상적인 마음을 즉시 사로잡을 다갈색 머리를 한 아가씨가 있었다고"

포와로는 언제나 내가 다갈색 머리에 감상적일 거라는 별난 생각을 가지고 있었다. 나는 그 문제에 대해서 더 이상 귀찮게 따지고 싶은 생각이 없었다.

그때 전화벨이 울렸다.

"아마 로널드 로스한테서 온 전화일 겁니다."

내가 전화기 쪽으로 걸어가며 말했다.

"도널드 로스?"

"예. 왜, 치스위크에서 만났던 그 젊은이 말입니다. 그가 무슨 일로 해서 당신을 만나고 싶어 하더군요." 나는 수화기를 들었다.

"여보세요, 헤이스팅스 대위입니다."

그것은 로스였다.

"아, 헤이스팅스 대위님이시군요? 포와로 씨는 들어오셨습니까?"

"예, 지금 여기 있습니다. 전화로 말씀하시겠습니까, 아니면 이쪽으로 건너오시렵니까?"

"그리 대단한 일은 아닙니다. 전화로도 충분히 말씀드릴 수 있을 겁니다."

"알겠습니다. 잠시 기다려요."

포와로가 내 대신 수화기를 손에 들었다. 나는 가까이 있었기 때문에 희미하나마 로스의 목소리를 들을 수 있었다.

"포와로 씨세요?" 그 목소리는 진지하고 흥분되어 있는 것 같았다.

"예, 그렇소"

"저는 선생님을 공연히 귀찮게 해 드리고 싶지는 않습니다만, 좀 이상하다고 생각되는 것이 있어서요. 에지웨어 경의 죽음과 관계가 있는 일입니다만"

나는 포와로의 몸이 잔뜩 긴장하는 것을 알 수 있었다.

"어서 계속해 보시오."

"그건 선생님께는 아주 당치도 않은 일로 여겨질 테지만."

"아니오, 절대로 그렇지가 않아요. 자, 어서 말해 봐요."

"파리에 대한 이야기에서 문득 깨닫게 된 일이었습니다. 아시다시피……."

아주 희미하게 벨이 울리는 소리를 들을 수 있었다.

"잠깐 기다려 주십시오." 로스가 말했다.

저쪽에서 수화기를 내려놓는 소리가 들렸다.

우리는 기다렸다. 포와로는 수화기를 움켜쥐고 있었고, 나는 그 옆에서 뻣뻣하게 서 있었다.

말 그대로 우리는 기다렸다.

2분이 지나고, 3분, 4분, 그리고 5분이 지났다. 포와로는 불안한 듯 발의 위치를 자주 바꾸었다. 다시 시계를 올려다보았다. 그러고는 전화 스위치를 눌러 교환을 불러냈다. 그리고 나를 돌아다보았다.

"저쪽에서는 아직 전화를 끊지 않았는데, 계속 호출해도 아무런 대답이 없다는 게야. 서두르게, 헤이스팅스. 전화번호부에서 로스의 주소를 빨리 찾아보라고. 당장 그쪽으로 가봐야겠어."

제26장

파리

잠시 뒤 우리는 택시에 올라타 있었다. 포와로는 몹시 엄중한 표정을 짓고 있었다.

"정말 걱정이 되는군, 헤이스팅스." 포와로가 초조해하며 말했다.

"정말 걱정스럽다네."

"설마 그런 뜻으로 하는 말은……." 나는 더 이상 말을 이을 수가 없었다.

"우리가 상대하고 있는 자는 벌써 두 번씩이나 살인을 저지른 자라네. 그자는 또다시 살인을 저지르는 일을 조금도 주저하지 않을 걸세. 마치 궁지에 몰린 쥐처럼 필사적으로 이리 뛰고 저리 뛰며 저항하고 있는 것이지. 로스는 위험인물이야. 그래서 결국 로스는 제거되어야 할 운명이라네."

"그가 말하려던 사실이 그토록 중요한 일이었을까요?"

나는 미심쩍어하며 물었다.

"그 자신은 그렇게 생각하지 않는 것 같던데요."

"그렇다면 그가 잘못 생각한 거야. 그가 말하려던 것은 분명히 극히 중대한 사실이었을 걸세."

"하지만 어떻게 다른 사람이 알 수 있었을까요?"

"그가 자네에게 말했다고, 자네가 말하지 않았나? 거기, 클래리지에서 말이야. 주위에는 많은 사람들이 있었겠지. 어처구니없는─정말 어처구니없는 얘기라고. 아! 어째서 자네는 그를 데리고 오지 않았나. 그를 잘 보호해서, 내가 그의 말을 듣게 될 때까지 아무도 그에게 접근하지 못하도록 하지 않았는가 말일세."

"그렇게 될 줄은……, 정말 꿈에도 생각지 못했는데."

나는 더듬거리며 말했다.

포와로는 재빨리 내 말을 막았다.

"너무 자신을 질책하지 말게나. 어떻게 자네가 알 수 있었겠나? 나, 나라면 알 수 있었을지도 모르지만. 여보게, 헤이스팅스, 그 살인범은 호랑이처럼 교활하고 무자비한 자라네. 아! 이래가지고서야 언제나 도착할까?"

이윽고 우리는 그곳에 도착했다. 로스는 켄싱톤 광장에 있는 집의 2층에 세들어 살고 있었다. 현관 벨 옆에 나 있는 작은 홈에 꽂혀 있는 명함을 보고 우리는 그의 방을 알 수 있었다. 현관문은 열려 있었고, 안쪽에는 위층으로 통하는 널찍한 층계가 있었다.

"드나들기가 쉽겠군. 아무에게도 들키지 않고 말이야."

포와로는 계단을 뛰어올라가며 중얼거렸다. 2층은 칸막이 같은 것으로 나뉘어 있었고, 예일식 자물쇠가 달린 좁은 문이 달려 있었다. 그 문 가운데에 로스의 명함이 걸려 있었다.

우리는 잠시 멈추어 섰다. 사방은 죽음 같은 정적으로 싸여 있었다.

내가 문을 손으로 밀자, 놀랍게도 쉽게 열렸다. 우리는 안으로 들어갔다.

좁은 홀과 한쪽으로 열린 문이 하나 있었고, 우리의 정면에 열린 채로 있는 또 다른 문은 거실로 통하고 있었다.

우리는 거실로 들어섰다. 그곳은 커다란 객실을 둘로 나눈 방이었다. 값싼, 그러나 안락해 보이는 가구들이 있었고, 그 밖에는 아무것도 없었다. 작은 테이블 위에는 전화기가 놓여 있었는데, 수화기가 그 옆에 내려진 채로였다.

포와로는 재빨리 한 걸음 앞으로 내디디며 사방을 둘러보고는 고개를 저었다.

"아무도 없어. 이리 오게, 헤이스팅스"

우리는 돌아서서 홀로 나온 다음, 다른 문으로 들어갔다. 그곳은 작은 식당이었다. 식탁 한쪽에 의자에서 굴러 떨어져 식탁과 반대 방향으로 쓰러져 있는 물체가 보였다. 그것은 바로 로스였다.

포와로가 황급히 그의 가슴에 귀를 갖다 대더니, 이윽고 몸을 다시 바로 세웠다. 그의 얼굴은 몹시 창백했다.

"죽었다네. 두개골 기부를 찔렸어."

그날 오후에 일어난 사건은 그 뒤에도 오랫동안 내 마음속에 악몽처럼 남아 있었다. 그렇게 된 것은 바로 나에게 책임이 있다는 자책을 좀처럼 떨쳐 버릴 수가 없었다.

그날 밤 늦게 우리 둘만이 남아 있게 되었을 때, 나는 더듬거리면서 포와로에게 쓰라린 내 양심의 가책을 털어놓았다. 그러자 포와로가 재빨리 말했다.

"아니야, 그렇지가 않다네. 너무 자신을 꾸짖지 말게나, 자네가 어떻게 그렇게 되리라고 짐작할 수 있었겠나? 하나님께서 자네에게 선천적인 의심의 본능을 주시지 않은 것뿐일세."

"당신이었다면 어느 정도 예상했을 테죠?"

"그건 문제가 다르다네. 자네도 알다시피, 나는 전 인생을 살인범 추적에 바쳐 왔거든. 시간이 흐를수록 살인의 충동은 강해지고, 마침내는 지극히 사소한 동기로도 살인을 저지르는 것이 살인범의 공통된 특성이라는 것을 나는 알고 있어." 그는 더 이상은 말하지 않았다.

그 끔찍한 발견을 한 이후로 그는 아주 냉정해져 있었다. 경찰이 도착하고, 그 집에 사는 사람들에 대한 심문, 그리고 살인사건이라면 으레 따르는 갖가지 번거로운 절차 등을 통해서 포와로는 초연해 있었다(이상할 정도로 침착하게). 꿈을 꾸는 듯한, 사색에 잠긴 듯한 표정이 그의 눈에 어린 채로 묵묵히 앉아 있었다. 지금도, 갑자기 이야기를 중단한 그의 눈빛에는 그런 꿈꾸는 듯한, 사색에 잠긴 듯한 기색이 남아 있었다.

"우리는 후회나 하면서 헛되게 낭비할 시간이 조금도 없다네, 헤이스팅스."

포와로가 침착하게 말했다.

"더 이상 '만일에'라는 말을 되뇔 시간이 없어. 살해당한 그 가엾은 젊은이는 우리에게 뭔가를 이야기하려고 했었고, 우리는 이제 그 무엇인가가 매우 중요한 이야기였음이 틀림없을 거라는 사실을 알고 있어. 그렇지 않다면, 그는 살해당하지 않았을 걸세. 이제는 그가 더 이상 우리에게 이야기를 할 수가 없게 되었으니까, 우리는 추측을 해야만 해. 그렇지. 우리는 추측하지 않으면 안되네—우리를 인도하는 아주 실낱같은 단서만 가지고서 말일세."

"파리 말입니까?" 내가 물었다.

"그렇지, 파리일세." 그는 일어나서 방 안을 이리저리 거닐기 시작했다.

"이번 사건에 있어서는 파리에 대한 언급이 수차례나 있었지. 하지만, 유감스럽게도 서로 아무런 연관성이 없단 말일세. 그 금빛 상자에는 파리라는 글자가 적혀 있어. '11월 10일 파리에서'라고. 애덤스 양이 당시 파리에 있었고—아마 로스도 그곳에 있었을 테지. 그들 말고 로스가 알고 있는 다른 누군가가 그곳에 있었고, 그자가 뭔가 수상해 보이는 상황 하에서 애덤스 양과 함께 있는 것을 로스가 보았던 것일까?"

"그야 이제는 영원히 알 수 없는 일이 되었죠." 내가 조심스럽게 말했다.

"아니, 그렇지는 않아. 우리는 알 수가 있어. 기필코 알게 될 걸세! 인간 두뇌의 능력이란, 헤이스팅스, 거의 무한정한 것이라네. 우리가 알고 있는 이번 사건에서 파리에 대한 언급은 어떤 것이 있지? 보석 상점에서 그 금빛 상자를 찾아간 코안경을 쓴 키가 작은 여인이 있어. 로스가 그녀를 알고 있었을까? 살인사건이 일어났을 때 머튼 공작은 파리에 있었지. 파리, 파리, 파리……. 고(故) 에지웨어 경도 파리에 갈 예정이었어—아! 거기에는 아마 무엇인가가 있을 거야. 그가 파리에 가지 못하도록 살해했던 것일까?"

그는 다시 의자에 앉아서는 눈살을 잔뜩 찌푸린 채 생각에 잠겼다. 그가 격렬하게 생각을 집중시키고 있다는 것을 피부로 느낄 수가 있었다.

"그 오찬 모임에서 대체 무슨 일이 있었던 것일까?" 다시 그가 중얼거렸다.

"몇 마디의 대수롭지 않은 말들이 계기가 되어 도널드 로스가 이미 알고 있던 사실에 대해 예전에는 미처 그 진의를 깨닫지 못하고 있었던 숨은 의미를 깨닫게 되었던 것임에 틀림없어. 뭔가 프랑스에 대한 이야기가 나왔었나? 아니면 파리에 대해서? 자네가 앉아 있던 테이블 근처에서 말일세."

"파리(Paris)라는 말이 언급되기는 했지만 그런 뜻이 아니었지요."

나는 제인 윌킨슨이 얼토당토않은 소리를 지껄였던 일에 대해서 말해 주었다.

"흠, 그것으로 아마 설명될 수도 있을 테지." 그는 곰곰이 생각하며 말했다.

"'파리'라는 말만으로도 충분했을 게야—다른 어떤 일과 연결지어 생각하기에는 말일세. 하지만 대체 그 다른 어떤 일이라는 게 과연 무엇이었을까? 그 당시 로스는 무엇을 보고 있었나? 아니면 그 말이 나왔을 때 그는 무슨 이야기를 하고 있었나?"

"그는 스코틀랜드의 미신에 대한 이야기를 하고 있었어요."

"흠, 그리고 그의 눈은 어디를 보고 있었나?"

"확실히는 모르겠군요. 아마 위드번 부인이 앉아 있던 테이블 쪽을 보고 있었던 것 같기도 한데……."

"그녀 옆에는 누가 앉아 있었지?"

"머튼 공작, 그리고 제인 윌킨슨, 그리고 내가 모르는 어떤 남자가 있었지요."

"공작이라? 파리라는 말이 나왔을 때 로스는 공작을 주시하고 있었을지도 모르겠군. 그 살인사건이 있었을 때 공작은 파리에 있었거나, 아니면 파리에 있다고 여겨졌던 사실을 생각해 보게. 로스가 갑자기 어떤 사실을 생각해 냈고, 그 결과 머튼 공작이 파리에 없었다는 사실이 판명되었다고 가정해 보게나."

"설마 그런 일이……, 포와로!"

"맞아, 자네는 그런 생각이 터무니없는 망상이라고 여길 테지. 공작에게는 살인을 저지를 만한 동기가 있었을까? 물론이지, 그것도 아주 강한 동기가 있었다네. 그러나 그가 살인을 저질렀다고 가정한다는 것은, 오! 완전히 어불성설이지. 그는 부자에다, 신분도 아주 높고, 게다가 고상한 성격의 소유자로 알려져 있단 말씀이야. 그 누구도 그의 알리바이를 지나치게 캐내려 들지 않을걸세. 그렇다고 해도 커다란 호텔에서 알리바이를 조작하기란 그리 어려운 일이 아니지. 오후 배편으로 건너왔다가, 돌아간다. 가능한 일이지. 여보게, 헤이스팅스, 파리라는 말이 나왔을 때 로스가 뭐라고 하던가?"

"그는 상당히 급히 숨을 들이마시는 것 같았습니다만."

"그러고 나서 그가 자네에게 이야기를 할 때 태도는 몹시 당황해하거나, 어리둥절해하지 않던가?"

"그래요, 당신 말대로 매우 당황해하는 것 같았어요."

"그렇다면 분명하구먼! 그에게 문득 어떤 생각이 떠올랐던 게야. 뭔가 불합리하다고 생각한 거지! 전혀 앞뒤가 맞지 않는다! 이렇게 말일세. 그러나……, 그 말을 선뜻 입 밖에 내놓기가 꺼림칙했던 게야. 먼저 나에게 이야기하려고 했겠지. 하지만 아뿔싸! 그가 그렇게 마음을 먹었을 때에는, 이미 나는 떠나간 뒤였거든."

"그가 조금만 더 나에게 이야기를 해주었더라면……."

나는 안타깝게 말했다.

"맞아, 그렇게만 했더라면—그때 자네 근처에는 누가 있었는가?"

"글쎄요, 여러 사람들이 있었는데, 그들은 위드번 부인과 작별 인사를 나누고 있었지요. 특별히 주의해서 보지는 못했습니다."

포와로는 다시 일어났다.

"과연 내가 완전히 잘못 짚은 것일까?"

그는 방 안을 오락가락하며 중얼거렸다.

"처음부터 줄곧 내가 잘못 짚고 있었단 말인가?"

나는 딱한 심정으로 그를 쳐다보았다. 그의 머릿속에 무슨 생각들이 스치고 있는지는 정확히 알 수가 없었다. '입이 무겁다'라고 재프가 말했는데, 그 런던경시청의 경감이 한 말은 정확한 묘사였다. 그 순간 내가 알 수 있는 것은 단지 그가 자신과 싸움을 하고 있었다는 것뿐이었다.

"아무튼 이번 살인은 로널드 마쉬에게 그 죄를 덮어씌울 수는 없겠지요?"

내가 조심스럽게 말을 꺼냈다.

"그 점에 있어서는 그에게 유리할 테지." 그는 건성으로 대꾸했다.

"하지만 그 문제는 지금 거론할 성질의 것이 못 돼."

갑자기 그는 다시 의자에 앉았다.

"내가 완전히 잘못 짚고 있을 리는 없어. 헤이스팅스, 내가 전에 다섯 가지 의문점을 가지고 있다고 말했던 것이 생각나나?"

"뭔가 그런 말을 했던 것이 어렴풋하게 생각나는군요."

"그 의문점들이란 다음과 같은 것들이었지. 어째서 에지웨어 경은 이혼에 대한 자신의 결심을 바꾸었던 것일까? 그는 그 일에 대해서 아내에게 편지를 보냈다고 했고, 그녀는 받지 못했다고 했는데 그건 어찌된 일일까? 우리가 그의 집을 나설 때 그의 얼굴에 떠올랐던 분노의 표정은 무엇을 뜻하는 것이었을까? 캐로타 애덤스의 핸드백 속에 코안경이 들어 있었던 것은 대체 어찌된 일인가? 누군가가 치스위크에 있던 에지웨어 부인에게 전화를 걸고, 그녀가 전화를 받자 이내 전화를 끊은 것은 대체 무슨 속셈이었을까?"

"맞아요. 그런 의문점들이었지요." 내가 생각이 난다는 듯이 말했다.

"이제야 생각이 나는군요."

"헤이스팅스, 나는 줄곧 어떤 조그만 착상을 마음속에 품고 있었다네. 그자가, 그 배후의 인물이 누구냐에 대한 생각이지. 다섯 가지 의문 중 세 가지에 대해서는 해답을 내렸고, 그 해답은 내 조그만 착상과 부합이 되고 있어. 하지만 나머지 두 가지 의문에 대해서는, 헤이스팅스, 대답할 길이 없다네.

그게 무엇을 뜻하는 것인지 자네도 알 걸세. 내가 그 사람을 잘못 짚었던 것이고, 따라서 그 사람이 범인일 근거가 없을 수밖에 없다는 것이거나, 아니면 내가 대답할 길이 없는 두 가지 의문에 대한 해답이 애초부터 줄곧 거기에 있었거나 어느 한쪽일 테지. 어느 쪽일까? 헤이스팅스, 과연 어느 쪽일까?"

의자에서 일어나 책상 쪽으로 가더니, 그는 서랍을 열고 루시 애덤스가 미국에서 보내 온 그 편지를 꺼냈다. 그는 그것을 며칠 동안 가지고 있을 수 없겠냐고 재프에게 부탁했고, 재프도 그것을 쾌히 승낙했던 것이다. 포와로는 그것을 테이블 위에 펼쳐 놓고 뚫어져라 들여다보고 있었다.

몇 분이 흘렀다. 나는 하품을 하며 책을 한 권 집어들었다. 포와로가 다시 조사한다고 해서 뭔가 뾰족한 결과를 얻을 수 있으리라고는 생각지 않았다. 우리는 이미 그 편지를 몇 차례나 조사해 보았기 때문이다. 그 편지에서 가리키고 있는 인물이 설사 로널드 마쉬가 아니었다고 하더라도 그 밖에는 달리 지목할 만한 인물이 전혀 없었다.

나는 건성으로 책장을 넘겼다. 아마도 내가 그만 깜빡 졸았던 모양이다.

포와로가 나지막이 외쳤다. 나는 깜짝 놀라며 몸을 일으켰다. 그는 뭐라고 형언할 수 없는 표정으로 나를 쳐다보고 있었는데, 그의 눈은 파랗게 빛나고 있었다.

"헤이스팅스, 이봐, 헤이스팅스."

"예? 대체 무슨 일입니까?"

"만일에 살인자가 용의주도한 자였다면 이 페이지를 거칠게 찢어내지 않고 깔끔하게 오려냈을 거라고 했던 말을 자네도 기억하지?"

"그래서요?"

"내가 잘못 생각했던 거야. 이 범죄는 처음부터 끝까지 일정한 질서와 방법에 따라 용의주도하게 행해진 것이라네. 그 페이지는 거칠게 찢겨져야만 했던 거야. 꼼꼼하게 오려내지 않고. 자네도 한번 보게나."

나는 다시 한 번 들여다보았다.

"그래, 알 수 있겠나?" 나는 고개를 저었다.

"범인이 서둘렀다는 말씀인가요?"

"서둘렀든 서두르지 않았든 간에 결과는 마찬가지였을 걸세. 정말 모르겠나, 헤이스팅스? 그 페이지는 반드시 거칠게 찢어내야만 했던 거라고."

나는 여전히 모르겠다고 말할 수밖에 없었다.

나지막한 목소리로 포와로가 말했다.

"난 멍텅구리였어. 눈뜬장님이었다고. 이제—이제는 기필코 알아내고야 말겠어."

제27장

코안경에 대하여

잠시 뒤 그의 기분은 싹 달라져 있었다. 그는 자리를 박차고 일어났다. 나도 덩달아 벌떡 일어났는데, 까닭도 모르면서 괜히 용기백배해서 말이다.

"택시를 타세. 아직 9시밖에 안 됐으니까 방문하기에는 너무 늦었다고 할 수야 없겠지."

나는 서둘러서 그를 따라 계단을 내려갔다.

"그런데 누구를 찾아가려는 겁니까?"

"리젠트 게이트로 가는 거야."

나는 입을 다물고 있는 것이 상책이라고 판단했다. 지금 포와로가 질문에 대답할 기분이 아니라는 것을 깨달았기 때문이다. 그가 몹시 흥분하고 있다는 것은 나도 알 수 있었다. 우리는 나란히 택시에 앉아 있었는데, 여느 때의 침착하던 모습은 찾아볼 수 없이 포와로는 몹시 초조한 듯 연방 손가락으로 무릎을 두드리고 있었다.

나는 마음속으로 캐로타 애덤스가 여동생에게 보낸 편지의 내용을 한자 한자 되새겨 보았다. 이제는 거의 욀 지경이었다. 포와로가 그 찢겨져 버린 편지에 관해 했던 말도 곰곰이 생각해 보았다. 하지만 그것은 전혀 소용없는 짓이었다. 생각하면 할수록 포와로의 말이 이치에 닿지 않는 것으로 여겨질 뿐이었으니 말이다. 어째서 꼭 거칠게 찢겨져 나가야만 했을까? 나로서는 도무지 이해가 가지 않았다.

새로 온 집사가 리젠트 게이트의 문간에서 우리를 맞이했다. 포와로가 캐롤 양을 만나러 왔다고 하고, 우리는 집사를 따라 계단을 올라갔다. 계단을 오르는 동안 나는 먼젓번의 '희랍 신상' 같던 집사는 어떻게 되었을지 무척 궁금한 생각이 들었다. 지금까지는 경찰이 그를 궁지에 몰아넣는 일에 실패를 거듭해 왔다. 혹시 그도 이미 죽은 게 아닐까 하는 생각이 들자 나는 갑자기 소름이 돋는 듯한 전율을 느꼈다.

캐롤 양의 활기 있고, 정갈하며, 완숙한 모습을 보자 나는 공상적인 상념에서 깨어났다.

그녀는 포와로를 보자 확실히 매우 놀라는 것 같았다.

"아직도 여기 있는 것을 알게 되어 기쁘군요, 마드모아젤."

포와로는 이렇게 말하며 그녀의 손에 입을 맞추었다.

"나는 벌써 이 댁에서 나가신 게 아닌가 은근히 걱정이 되었답니다."

"제럴딘이 내가 나가는 것을 허락지 않는답니다." 캐롤 양은 다시 덧붙였다.

"날보고 같이 있어 달라는 거예요. 그리고 사실 이런 어려운 때를 당해서, 그 가엾은 아가씨에게는 누군가의 보살핌이 필요해요. 아무도 필요없다고 하지만, 사실상 그녀에게는 일종의 완충기 역할을 해줄 사람이 필요한 거예요. 분명히 말씀드리지만, 필요한 경우에 나는 아주 능률적인 완충기가 되어 줄 수 있답니다, 포와로 씨."

그녀의 말에는 단호한 결심이 담겨져 있었다. 그녀라면 진드기처럼 달라붙는 기자들이나 정보 수집원들을 간단하게 처리할 수 있을 거라는 생각이 들었다.

"마드모아젤, 언제 봐도 당신은 능률의 표본처럼 보입니다. 그런 능률에 대해서는 나도 무척 경탄하는 바입니다. 그건 좀처럼 보기 힘든 거라서요. 그에 반해서, 마쉬 양은 그리 현실적인 성격이 못 되는 것 같습니다만."

"그녀는 몽상가예요." 캐롤 양은 침착하게 대꾸했다.

"조금도 현실적이지 못해요. 늘 그래 왔거든요. 다행히도 생계를 꾸려 나갈 걱정을 할 필요가 없으니 말이에요."

"하긴 그렇겠군."

"그런데 당신은 현실적인 사람이냐 비현실적인 사람이냐에 대해서 말씀하시려고 찾아오신 건 아닐 테죠? 나를 만나고자 하신 용건이 무엇입니까, 포와로 씨?"

나는 포와로가 이런 식으로 본론을 추궁당하는 것을 썩 좋아하리라고는 생각지 않는다. 그에게는 다소 우회적인 접근을 좋아하는 버릇이 있었다. 하지만,

캐롤 양에게 있어서만큼은 그런 방법이 통하지가 않았다. 그녀는 도수가 높은 안경을 통해 눈을 깜박이며 무엇인가를 캐내듯이 그를 주시하고 있었다.

"실은 몇 가지 확인해 보고 싶은 문제들이 있어서 이렇게 찾아왔습니다만, 나는 당신의 기억력이 뛰어나다는 것을 알고 있습니다, 캐롤 양."

"당신이 생각하시는 것처럼 내가 비서로서 그렇게 유능하다고는 생각지 않아요."

캐롤 양은 매몰차게 말했다.

"작년 11월에 에지웨어 경은 파리에 갔었지요?"

"그래요."

"그 정확한 날짜를 알고 있습니까?"

"그건 찾아봐야 알 것 같군요."

그녀는 일어서서 서랍을 하나 열고, 그 속에서 작은 수첩을 꺼내 한참 뒤적이더니 이윽고 말했다.

"에지웨어 경께서는 11월 3일 파리에 가셨다가 7일에 돌아오셨습니다. 그리고 역시 11월 29일 파리에 가셨다가 12월 4일에 돌아오셨어요. 그 밖에 더 물어보실 것이 있나요?"

"예, 무슨 목적으로 갔었습니까?"

"첫 번째 방문은 사고 싶어 하시던 조각품들을 미리 보아 두시려고 가셨던 거예요. 그 물건은 곧 경매에 부칠 예정이었거든요. 두 번째 방문은 제가 알기로는 그리 뚜렷한 목적이 없었던 것 같았어요."

"마쉬 양은 그때마다 아버지와 동행했습니까?"

"그녀가 부친과 동행한 적은 한 번도 없었어요, 포와로 씨. 에지웨어 경은 그런 일은 꿈에도 생각지 않으셨습니다. 그 무렵 그녀는 파리에 있는 수녀원에 있었어요. 하지만, 경께서 그녀를 보러 갔다든가, 아니면 그녀를 데리고 나왔으리라고는 생각되지 않는군요―그런 일이 있었다면, 적어도 그것은 나에게 아주 뜻밖의 일로 여겨질 테지요."

"당신은 경과 동행하지 않았습니까?"

"아뇨."

그녀는 수상쩍다는 듯이 그를 쳐다보더니 갑자기 물었다.

"어째서 이런 질문들을 내게 하시는 거죠, 포와로 씨? 대체 요점이 뭔가요?"

포와로는 이 질문에 대답을 하지 않았다. 대신에 그는 이렇게 되물었다.

"마쉬 양은 그녀의 사촌오빠를 무척 좋아했지요, 그렇지 않습니까?"

"솔직히 말씀드려서, 포와로 씨, 대체 그 일이 당신과 무슨 관계가 있는지 알 수가 없군요."

"일전에 그녀가 나를 찾아왔었습니다. 당신도 그 사실을 알고 있죠?"

"아뇨, 전 처음 듣는 이야기예요." 그녀는 깜짝 놀란 것 같았다.

"그녀가 뭐라고 하던가요?"

"그녀가 말하기를—비록 구체적으로 말한 것은 아니었지만, 마쉬 대위를 몹시 좋아했다고 하더군요."

"오, 그렇다면 어째서 나에게 물어보시는 거죠?"

"왜냐하면 당신의 의견을 듣고 싶기 때문이오."

이번에는 캐롤 양도 확실하게 대답했다.

"내 생각으로도 그를 무척 좋아했던 것 같아요. 언제나 그랬지요."

"당신은 새로운 에지웨어 경을 좋아하지 않는군요."

"그렇다고 할 수는 없어요. 내가 그분에게 별로 소용이 안 된다는 것뿐이지요. 그분은 진지한 면이 없어요. 그분이 쾌활하시다는 것은 저도 부인하지 않겠어요. 그분에게는 남을 설득하는 힘이 있거든요. 하지만 나는 오히려 제럴딘이 좀더 착실한 사람에게 관심을 가졌으면 싶답니다."

"머튼 공작 같은 사람 말입니까?"

"저는 공작을 잘 몰라요. 하지만, 그분은 자신의 지위에 맞게 품위를 지키시는 분 같다고 생각해요. 그러나, 그분은 지금 그 여자—그 매력이 넘치는 제인 윌킨슨에게 빠져 있다고 알고 있어요."

"공작의 어머니는……."

"오! 그분 어머니께서는 그분과 제럴딘이 결혼하기를 바라시는 것 같다고 말씀드릴 수 있어요. 하지만, 어머니들이 무엇을 할 수 있겠어요? 아들들은 결코 어머니가 좋아하는 아가씨들과는 결혼하고 싶어 하지 않는 법이에요."

"당신은 마쉬 대위가 정말 그녀에게 관심이 있다고 생각합니까?"

"관심이 있든 없든 현재 그분의 입장에서 무슨 문제가 될까요?"

"그렇다면 그가 유죄 판결을 받게 될 거라고 생각하고 있습니까?"

"아뇨, 그렇지는 않아요. 그분에게 죄가 있다고는 생각지 않습니다."

"하지만, 결국 그는 유죄 판결을 받을 가능성도 있지 않을까요?"

캐롤 양은 대답하지 않았다.

"당신을 너무 오래 붙들 수는 없는 일이겠지요. 그런데, 혹시 캐로타 애덤스를 알고 있습니까?"

"그녀의 연기를 본 적이 있어요. 아주 훌륭한 배우였어요."

"그렇지요. 그녀의 연기는 훌륭했습니다." 그는 생각에 잠겨 있는 것 같았다.

"아! 장갑을 놔두고 갈 뻔했군."

그는 장갑을 놓아 둔 테이블에서 그것을 잡으려고 몸을 내밀다가, 그만 그의 소매가 캐롤 양의 코안경 테에 걸려 그녀의 안경을 날려 버리고 말았다. 포와로는 안경과 다시 떨어뜨린 장갑을 주워 들며, 허둥지둥 사과를 했다.

"이거 정말 죄송스러워서 몸 둘 바를 모르겠군요."

그는 거듭 사과를 하면서 말했다.

"하지만, 나는 에지웨어 경이 지난해에 누군가와 논쟁을 벌였다면 혹시 거기에 어떤 단서가 될 만한 것이 없을까 하고 생각하던 중이었답니다. 그래서 나는 파리 방문에 대해서 물었던 거였지요. 그것도 한낱 물거품이 된 것 같은데, 하지만 당신은 그 사람이 그녀였다고 확신하는 것 같은데…… 아무튼, 안녕히 계십시오, 마드모아젤. 너무 실례가 많았던 것 같군요."

우리가 문 앞에 이르렀을 때 캐롤 양이 재빨리 우리를 불렀다.

"포와로 씨, 이건 제 안경이 아닌데요. 도무지 눈에 맞지가 않아요."

"무슨 말인지?"

포와로는 놀라며 그녀를 쳐다보았다. 그러고는 이내 미소를 지으며 말했다.

"이런 어처구니없는 실수가! 내 장갑과 당신 안경을 주우려고 몸을 굽혔을 때 그만 내 안경도 같이 떨어졌거든요. 그래서 그 둘을 혼동했던 모양입니다. 보시다시피, 영락없이 비슷해 보이거든요."

두 사람은 서로 미소를 지어 보이며 안경을 교환하고는 다시 작별 인사를 나누었다.

우리가 밖으로 나오게 되었을 때 내가 말했다.

"포와로, 당신은 안경을 쓰지 않잖습니까?"

그는 나에게 밝게 미소를 지어 보였다.

"눈치 챘구먼! 자네, 그 점을 빨리도 알아차렸네그려."

"그 안경은 캐로타 애덤스의 핸드백에서 나온 코안경이었지요?"

"맞았네."

"어째서 캐롤 양의 것이라고 생각한 거죠?"

포와로는 어깨를 으쓱해 보였다.

"이번 사건에 관련된 사람 중에서 안경을 낀 사람은 그녀뿐이거든."

"하지만 그녀의 것이 아니었어요." 나는 신중히 생각하며 말했다.

"그렇게 된 셈이지."

"당신은 의심 많은 늙은 악마예요."

"아냐, 전혀 그렇지가 않다고 아마도 그녀의 말이 맞을 걸세. 나도 그녀가 거짓말을 했다고는 생각지 않아. 그렇지 않다면, 바뀐 사실을 그녀가 알아채지 못했을 거야. 나는 아주 교묘하게 감쪽같이 바꿔치기를 했거든."

우리는 발길 닿는 대로 거리를 거닐었다. 내가 택시를 타는 게 어떻겠느냐고 했지만 포와로는 고개를 저었다.

"나는 생각 좀 해야겠어. 여보게, 걷는다는 것은 생각을 하는 데 도움을 주거든."

나는 더 이상 권하지 않았다. 사실 무더운 밤이었기 때문에 나도 서둘러 집에 돌아갈 생각은 없었다.

"파리 방문에 대해서 물은 것도 순전히 위장 전술이었습니까?"

"순전히 그렇다고는 할 수 없다네."

"우리는 아직 D란 머리글자를 가진 인물에 대한 의혹도 풀지 못했습니다."

나는 곰곰이 생각하며 말했다.

"사건에 관계가 있는 사람들 중에서 D란 머리글자를 가진 사람이 하나도 없다는 것은 이상한 일입니다. 별명이라든가, 아니면 세례명이라면, 다만, 아!
그렇군요, 그건 이상한데—도널드 로스뿐이거든요. 그런데 그는 죽었단 말입니
다."

"그렇지." 포와로가 가라앉은 목소리로 말했다.

"그는 죽었어."

나는 언젠가 셋이서 밤길을 걸었던 일을 생각해 보았다. 그러다가 문득 또
다른 사실을 생각해 내곤 갑자기 숨을 들이켰다.

"맙소사, 포와로. 당신도 생각납니까?" 내가 불쑥 물었다.

"뭐가 생각난다는 거지, 헤이스팅스?"

"로스가 식탁의 열세 사람에 대해서 한 이야기 말입니다. 그리고 그가 제일
먼저 자리를 떴다는 것도요."

포와로는 대답하지 않았다. 미신이 맞았다고 판명되었을 때 누구나가 그러
하듯이 나는 왠지 꺼림칙한 기분이 들었다.

"그건 참으로 묘한 일이야." 나는 나지막한 목소리로 말했다.

"당신도 그것이 기묘하다는 것은 인정해야 할 겁니다."

"뭐라고 했나?"

"내 말은 기묘하다는 겁니다—로스와 13명에 대한 이야기가. 포와로, 당신
은 어떻게 생각하고 있습니까?"

순전히 나 혼자만이 놀라서 괜히 꺼림칙한 생각이 든 거라는 사실을 인정
하지 않는 바는 아니었지만, 포와로는 갑자기 요란하게 웃어대기 시작했다. 그
는 계속해서 웃어댔다. 무엇인가가 그를 참을 수 없도록 웃게 만들고 있음
이 분명했다.

"도대체 무엇 때문에 그렇게 웃는 겁니까?" 나는 소리를 빽 질렀다.

"오! 오! 오!" 포와로는 숨을 헐떡였다.

"아무것도 아니라네. 언젠가 들었던 수수께끼를 생각하고 있어. 내 자네에게
들려줌세. 다리가 두 개에 깃털이 나고, 개처럼 짖는 게 뭔가?"

"그야 물론 닭이죠." 나는 시큰둥하게 대답했다.

"어린애였을 때부터 그 이야기를 알고 있지요."

"자네는 도가 지나치게 잘 알고 있는 걸세, 헤이스팅스. 자네는 이렇게 말해야지 '모르겠는데요.' 그러면 내가 이렇게 말하는 걸세. '닭이지.' 그리고 나서 자네가 말하는 거야. '하지만 닭은 개처럼 짖지는 않아요.' 그러면 다시 내가 이렇게 말하지. '아! 나는 좀더 어렵게 만들려고 그렇게 표현한 거라네.' 이보게, 헤이스팅스, D란 글자에 대해서도 이렇게 설명할 수 있지 않을까?"

"그건 정말 말도 안 되는 소리입니다!"

"그렇지, 대부분의 사람들에게는. 하지만 특정한 심성을 가진 사람에게는—아! 내가 누구 같기만 했다면 물어볼 수 있을 텐데……."

우리는 커다란 영화관 앞을 지나가고 있었다. 사람들이 영화관에서 쏟아져 나오며, 일에 대한 이야기, 하인에 대한 이야기, 애인에 대한 이야기들을 떠들어대고 있었고, 간혹 가다가 방금 보고 나온 영화 이야기도 들렸다.

그 군중에 휩쓸려서 우리는 유스턴 로(路)를 건너가고 있었다.

"너무 멋졌어요." 한 아가씨가 한숨을 쉬며 말했다.

"브라이언 마틴은 정말 멋지다고 생각해요. 그가 나오는 영화는 빼놓지 않고 다 봤어요. 그가 말을 타고 벼랑을 내려가서, 그 돈 뭉치를 가지고 아슬아슬하게 그곳에 도착하는 장면은 정말……."

그녀의 애인인 듯한 남자는 별로 감명을 받지 않은 것 같았다.

"뻔한 스토리야. 그들이 곧바로 엘리스에게 물어볼 만한 지각만 있었어도. 지각이 있는 사람이라면 누구라도 그렇게 할 수 있었을 거야……."

그다음 말은 들을 수가 없었다. 보도에 닿았을 때 내가 뒤를 돌아다보니, 양옆으로 버스가 달려오는 도로 한복판에 포와로가 멍청히 서 있었다. 그만 나는 본능적으로 손을 들어 눈을 가렸다. 브레이크 밟는 소리가 들리고, 버스 운전사의 고함치는 목소리가 들렸다. 여전히 포와로는 의젓한 태도로 보도를 걸어나왔다. 마치 몽유병 환자처럼 보였다.

"포와로!" 내가 어이가 없어서 말했다.

"아니, 당신 미쳤어요?"

"아냐, 이보게. 그냥 어떤—어떤 생각이 문득 떠올랐을 뿐이었다네. 거기에서, 그 순간에."

"참으로 기막힌 순간이었군요. 게다가, 자칫하면 마지막이 될 뻔한 순간이기도 했고요."

"그런 건 문제가 안 되네. 아아! 여보게, 난 장님이었고, 귀머거리였고, 게다가 어리석기 짝이 없는 인간이었어. 이제는 그 모든 의문점들에 해답을 내릴 수가 있다네—그렇지, 다섯 가지 모두 말이지. 암, 이젠 모든 것을 알 수 있어. 아주 간단하고, 어린애 장난처럼 단순하다네."

제28장

포와로의 질문

이상하게 우리는 줄곧 걸어서 집으로 돌아왔다. 포와로는 분명히 마음속으로 사고의 실마리를 더듬고 있었다. 이따금씩 그는 입속으로 무슨 말인가를 중얼거리곤 했다. 한두 마디는 알아들을 수 있었다. 한 번은 '촛불'이라고 했고, 또 한 번은 내가 듣기로는 '12'라고 하는 것 같았다. 내가 정말로 현명했다면 그의 사고가 더듬고 있는 줄거리를 꿰뚫어볼 수 있었을 것이다. 그것은 사실 너무나도 분명한 줄거리였던 것이다. 하지만, 그 당시에는 나에게는 순전히 헛소리로밖에는 들리지가 않았다.

집으로 돌아오자마자 그는 전화기로 달려갔다. 그는 사보이 호텔로 전화를 걸어서 에지웨어 부인을 대달라고 했다.

"헛수고일 겁니다, 포와로." 나는 왠지 즐거운 기분으로 이렇게 말했다.

내가 그에게 종종 하는 말이지만, 포와로는 세상에서 가장 정보가 느린 사람 중 하나였다.

"모르시겠어요?" 내가 다시 말을 이었다.

"그녀는 새 연극에 출연하고 있답니다. 아마 지금쯤 극장에 있을걸요. 이제 10시 30분밖에 안 되었으니 말입니다."

포와로는 내 말에 전혀 귀를 기울이지 않았다. 그는 호텔 직원과 통화를 하고 있었는데, 직원 역시 내가 방금 그에게 해준 말과 똑같은 내용을 반복하고 있음이 틀림없었다.

"아! 그래요? 그렇다면 에지웨어 부인의 하녀와 통화하고 싶습니다만."

잠시 뒤 전화가 연결되었다.

"에지웨어 부인의 가정부인가요? 나는 포와로올시다, 에르큘 포와로. 나를 기억하시겠소?……좋아요. 그런데 실은 중대한 일이 일어나서요. 지금 곧바로 이리로 와주었으면 좋겠는데……하지만, 그렇죠, 매우 중대한 일이오. 내 주소를 일러 드리리다. 잘 들으시오."

그는 주소를 두 번 되풀이해서 일러 주고는 심각한 표정으로 수화기를 내려놓았다.

"대체 무슨 생각을 하고 있는 겁니까? 나는 호기심으로 가득 차 물었다.

"정말로 무슨 중대한 일이 있는 겁니까?"

"아닐세, 헤이스팅스. 그녀가 나에게 정보를 제공해 줄 거라네."

"어떤 정보를?"

"어떤 사람에 대한 정보지."

"제인 윌킨슨에 대한 정보요?"

"오! 그녀에 대해서는 필요한 모든 정보를 가지고 있지. 자네 말마따나 속속들이 죄다 알고 있다네."

"그렇다면, 대체 누구에 대한 정보를?"

포와로는 그 아주 감질나게 만드는 미소를 지어 보이며, 나에게 잠시만 기다려 보면 알게 될 거라고 말했다. 그러고는 야단스럽게 방을 정돈한답시고 법석을 떨었다.

10분쯤 지나서 그 하녀가 도착했다. 그녀는 다소 당황해하는 눈치였다. 검은 옷을 입은 자그마한 체구에 깔끔한 용모를 한 그녀는 불안한 듯 주위를 두리번거렸다.

포와로가 재빨리 앞으로 나섰다.

"아! 오셨군요. 정말 수고하셨습니다. 이리로 앉으시죠. 그런데 마드모아젤 엘리스라고 했죠?"

"그렇습니다, 선생님. 엘리스라고 합니다."

그녀는 포와로가 끌어당겨 준 의자에 앉았다.

그녀는 깍지를 낀 손을 무릎 위에 올려놓은 채 우리를 번갈아 쳐다보았다. 그녀의 작고 핏기가 없는 얼굴은 아주 침착해 보였고, 그녀의 얇은 입술은 굳게 다물어져 있었다.

"우선 묻고 싶은 것이 있는데, 엘리스 양, 당신은 에지웨어 부인을 모신 지

얼마나 되었습니까?"

"3년 되었습니다, 선생님."

"나도 그럴 거라고 생각했지. 그렇다면 부인에 대해서 여러 모로 잘 알고 있겠군요?"

엘리스는 대답하지 않았다. 그 대신에 힐난하는 듯한 표정을 지어 보였다.

"내 말은, 당신이라면 누가 부인을 미워하고 있는지에 대해서 잘 알고 있을 거라는 뜻이오."

엘리스는 더욱 굳게 입술을 다물었다.

"대개의 여자들은 마님에 대해서 앙심을 품고 있지요, 선생님. 그래요, 그들은 언제나 마님을 적대시해 왔어요. 몹시 질투하고 있는 거죠."

"같은 여성들도 부인을 좋아하지 않는다, 이거요?"

"그렇습니다, 선생님. 마님은 너무나 아름다우세요. 그리고 원하시는 것은 항상 손에 넣으시거든요. 연극계에 있는 사람들은 질투가 몹시 심하답니다."

"남자들은 어떻소?"

엘리스는 그 핏기 없는 얼굴에 냉담한 미소를 띠었다.

"마님은 신사분들을 마음대로 하실 수가 있답니다, 선생님. 그건 정말 사실이에요."

"나도 동감입니다." 포와로는 미소를 지으며 말했다.

"하지만, 그렇다고 해도, 나는 어떤 상황이 벌어질 수도 있다는 것을 상상할 수……." 그는 돌연 말을 중단했다. 그러고는 전혀 달라진 목소리로 말했다.

"당신은 영화배우 브라이언 마틴 씨를 알고 있죠?"

"오, 물론이죠, 선생님."

"아주 잘 알고 있습니까?"

"정말 아주 잘 알고 있어요."

"한 1년 전쯤에 브라이언 마틴 씨가 당신 마님에게 몹시 빠져 있었다고 말해도 그다지 틀리지는 않겠지요?"

"완전히 빠져 있었지요, 선생님. 그리고 그것은 그때뿐만이 아니라 지금도 마찬가지예요."

"그 당시에 그는 부인이 자기와 결혼해줄 거라고 믿고 있었나요?"

"예, 선생님."

"부인도 진심으로 그와 결혼할 생각이었습니까?"

"마님께서는 그럴 생각이셨죠, 선생님. 에지웨어 경한테서 풀려나실 수 있었다면 마님께서는 그분과 결혼하셨을 거라고 생각해요."

"그런데, 갑자기 머튼 공작이 둘 사이에 끼어들었다, 이거로군요?"

"그렇죠, 선생님. 그분께서는 미국을 여행하시는 중이었는데, 마님을 보자 첫눈에 반해 버리신 거죠."

"그래서 브라이언 마틴의 기회는 사라져 버린 것이군요."

엘리스는 고개를 끄덕였다.

"물론, 마틴 씨는 많은 재산을 모으셨지만, 머튼 공작께서는 재산 말고도 훌륭한 지위가 있었던 거예요. 그리고 마님은 지위에 대해서 매우 흠모하고 계셨거든요. 공작과 결혼하시게 되면 영국의 귀부인 중 한 분이 되실 테니까요."

하녀의 목소리에는 흐뭇해하는 만족감이 깃들어 있어서 내 흥미를 끌었다.

"그렇다면 브라이언 마틴 씨는, 뭐라고 할까, 버림받은 셈이었군요? 그는 분명히 그것을 순순히 받아들이지 않았겠지요?"

"그분은 끔찍한 짓을 저지르셨답니다, 선생님."

"아!"

"그분은 권총을 들이대고 마님을 위협했어요. 그러고는 한바탕 소동을 일으켰답니다! 정말 무시무시했어요. 게다가, 술까지 잔뜩 마셔서 완전히 제정신이 아니었거든요."

"하지만 결국에 가서는 그도 흥분을 가라앉혔겠지요?"

"그런 것 같았습니다, 선생님. 하지만 여전히 무서운 눈빛을 하고 있었어요. 저는 마님께 그것을 조심하시라고 경고를 했답니다. 그러나 마님은 단지 웃으시기만 했어요. 마님은 자신의 힘을 과시하기를 즐기시는 분이에요. 제 말뜻을 아실지 모르겠군요."

"물론이죠." 포와로는 신중하게 말했다.

"무슨 말을 하는 건지 알 것 같습니다."

"최근에는 그분을 자주 뵙지 못했답니다, 선생님. 제 생각으로는 잘된 일인 것 같아요. 그분도 그 상처를 차츰 극복하시는 모양입니다."

"글쎄요."

포와로의 말투 속에 들어 있는 무엇인가가 그 하녀를 섬뜩하게 만든 모양이었다. 그녀는 걱정스러운 듯이 물었다.

"마님이 위험한 상태라고 생각하시는 건 아닐 테죠, 선생님?"

"바로 그렇습니다." 포와로는 엄숙한 표정을 지으며 말했다.

"나는 부인이 매우 위태로운 지경에 놓여 있다고 생각합니다. 하지만, 그것은 그녀 스스로가 불러들인 거지요."

그의 손이 난롯가를 따라서 힘없이 움직여 나아가다가 그만 장미 꽃병에 부딪혀 그것을 넘어뜨리고 말았다. 물이 엘리스의 얼굴과 머리에 튀었다. 나는 포와로가 실수하는 것을 좀처럼 본 적이 없었으므로, 그가 얼마나 커다란 심적 갈등을 겪고 있었는지 능히 짐작할 수가 있었다. 그는 몹시 당황해하며 얼른 수건을 가지고 와서, 얼굴과 목에 묻은 물기를 닦아 내고 있는 하녀를 친절하게 거들어 주면서 거듭 사과를 했다.

이윽고 그는 엘리스에게 지폐를 한 장 쥐여주고는, 문 앞까지 배웅을 해주며 찾아와 주어서 정말 고맙다고 인사를 했다.

"아직 늦지는 않았겠죠?" 그는 시계를 흘끗 쳐다보면서 말했다.

"당신 마님이 돌아오시기 전에 얼른 가야겠습니다."

"오, 그건 정말 옳으신 말씀이세요, 선생님. 마님께서는 야식을 하시러 외출하실 거예요. 그리고 마님께선 특별한 일이 없는 한 저를 늘 옆에 있게 하시거든요."

갑자기 포와로가 화제에 벗어난 말을 했다.

"마드모아젤, 실례지만 다리를 저는군요?"

"아무것도 아니랍니다, 선생님. 발바닥이 약간 아플 뿐이에요."

"티눈이 박혔나 보군요?"

포와로는 자기도 그런 고통을 겪어 보았다는 듯이 친절하게 속삭였다.

그것은 확실히 티눈이었다. 포와로는 자기가 해본 결과 놀라운 효과가 있었다는 치료법을 상세히 설명해 주었다.

마침내 엘리스가 돌아갔다.

나는 호기심을 누를 길이 없었다.

"어땠습니까, 포와로? 무슨 소득이 있었나요?"

그는 나의 성급함에 미소를 지어 보였다.

"여보게, 난 오늘 밤엔 아무 말도 않겠네. 내일 아침 일찍 재프에게 전화를 걸어서 이리 와달라고 해야겠네. 그리고 브라이언 마틴에게도 전화를 걸어야지. 그가 우리에게 뭔가 흥미있는 이야기를 들려줄 수 있을 거라고 생각해. 또한, 나도 그에게 진 빚을 갚고 싶다네."

"예에?"

나는 포와로를 곁눈질로 흘겨보았다. 그는 기묘한 미소를 머금고 있었다.

"아무튼." 내가 다시 말을 이었다.

"그에게 에지웨어 경에 대한 살인 혐의를 씌울 수는 없어요. 특히 오늘 밤에 그런 이야기를 듣고 난 다음에야 더욱 그렇지요. 그것은 그가 제인의 농간에 완전히 놀아난 꼴이 될 테니까요. 그녀를 다른 남자와 결혼시켜 주려고 그녀의 남편을 죽여준다는 것은 도대체 말도 안 되는 소리이기 때문입니다."

"허, 기막히게 훌륭한 판단이로구먼!"

"그렇게 빈정거리지 마십시오." 나는 약간 화가 나서 말했다.

"그런데 도대체 아까부터 무얼 그렇게 만지작거리고 있는 겁니까?"

포와로는 그 문제의 물건을 내밀었다.

"착한 엘리스의 코안경이라네, 여보게. 그녀가 놔두고 갔어."

"말도 안 되는 소리, 그녀는 나갈 때 분명히 안경을 끼고 있었어요."

그는 부드럽게 고개를 저었다.

"천만에! 자네는 완전히 잘못 본 거라고! 그녀가 끼고 간 것은, 헤이스팅스, 우리가 캐로타 애덤스의 핸드백에서 발견한 그 코안경이었다네."

나는 더 이상 말을 할 수가 없었다.

제29장

포와로가 입을 열다

다음 날 아침 재프 경감에게 전화를 거는 것은 내 일이 되었다. 그의 목소리는 다소 맥이 빠져 있는 것 같았다.

"오, 헤이스팅스 대위시로군. 그런데, 무슨 바람이 불어서 이렇게 전화를 다 하셨습니까?"

나는 포와로의 말을 그대로 전했다.

"11시에 들러 달라고요? 글쎄요, 갈 수 있겠지요. 영감님께선 혹시 로스의 죽음에 대한 단서를 알려 주려고 하시는 건 아닙니까? 솔직히 말씀드려서, 우리도 뭔가 단서를 잡을 수 있다면 좋겠습니다. 제기랄, 도대체 단서라고는 눈곱만큼도 없으니, 정말 수수께끼 같은 사건입니다."

"그가 당신에게 뭔가 단서를 줄 것도 같습니다만." 나는 대충 얼버무렸다.

"그는 모든 사건에 대해서 대단히 만족한 결과를 얻어낸 것 같더군요."

"그건 정말 뜻밖인데요. 알겠습니다, 헤이스팅스 대위. 꼭 들르도록 하겠습니다."

다음으로 할 일은 브라이언 마틴에게 전화를 거는 것이었다. 그에게 나는 포와로가 시킨 대로—마틴 씨가 듣고 싶어 할 상당히 흥미있는 사실을 그가 발견했다고 말했다. 그게 뭐냐고 묻자, 나는 전혀 아는 바가 없다고 대답했다. 사실 포와로는 나에게 아무것도 밝힌 것이 없었다. 잠시 말이 끊어졌다.

"알았습니다." 브라이언이 이윽고 말했다.

"곧 가겠습니다."

그가 전화를 끊었다.

그런데, 포와로가 제니 드라이버에게 전화를 걸어 참석해 달라고 부탁하는 것이 아닌가! 나에게는 상당히 뜻밖이었다.

그는 침착하고 상당히 엄숙한 표정을 짓고 있었다. 나는 그에게 아무것도 묻지 않았다.

브라이언 마틴이 제일 먼저 도착했다. 그는 몸과 마음이 모두 활기에 넘쳐 보였는데, 하지만(내가 지레 짐작했을지도 모르지만), 약간 불안해 보였다. 그리고 제니 드라이버가 꼬리를 물듯이 바로 그의 뒤를 이어 도착했다. 그녀는 브라이언을 보고는 상당히 놀라는 것 같았는데, 그건 브라이언 쪽에서도 마찬가지였다.

포와로는 의자 두 개를 끌어당겨 그들에게 앉으라고 권했다. 그는 시계를 흘끗 보았다.

"재프 경감이 잠시 뒤면 도착할 겁니다."

"재프 경감이오?" 브라이언은 깜짝 놀란 것 같았다.

"그렇습니다. 그에게도 이리 와달라고 부탁했는데(비공식적인 요청으로), 친구로서 참석해 달라고 했지요."

"알겠습니다."

그는 입을 다물었다. 제니는 그에게 재빠른 시선을 던지고 나서 다시 고개를 돌렸다. 그녀는 그날 아침 무슨 일인가에 대해서 골몰하고 있는 것 같았다.

잠시 뒤 재프가 방으로 들어섰다. 그가 브라이언 마틴과 제니 드라이버가 와 있는 것을 보고 뜻밖이라고 여기지 않을까 생각했지만, 전혀 내색을 하지 않았다. 다만 평상시처럼 포와로에게 농담 섞인 인사를 보냈을 뿐이다.

"오, 포와로 씨, 대체 무슨 일입니까? 뭔가 기발한 생각이라도 해내신 모양입니다?"

포와로는 그를 보며 밝게 미소를 지었다.

"원, 그렇지도 않네. 기발한 것은 전혀 없다네. 그저 시시한 이야기에 지나지 않아. 아주 간단하고—너무 간단해서 내가 미처 깨닫지 못했던 것이 부끄러울 지경이지. 자네만 좋다면 이번 사건의 경과를 처음부터 더듬어 보고 싶군."

재프는 한숨을 쉬며 시계를 들여다보았다.

"한 시간 이상 걸리지 않는다면……" 그는 말끝을 흐렸다.

"내 보증하지." 포와로가 분명한 어조로 말했다.

"한 시간까지도 안 걸릴 걸세. 여보게, 자네는 알고 싶을 걸세. 누가 에지웨어 경을 살해했는지, 애덤스 양을 살해한 자가 누군지, 그리고 도널드 로스는 누가 살해했는지에 대해서 말이야, 그렇지 않은가?"

"나는 마지막 것을 더 알고 싶은데요." 재프가 궁금하다는 듯이 말했다.

"내 말을 들어 보면 모든 것을 알 수 있을 걸세. 흠, 나는 좀 겸손을 떨어야겠는데."

당치도 않은 소리! 나는 포와로의 그 겸손을 떤다는 말이 도무지 믿기 어려웠다.

"우선, 여러분에게 내가 그동안 더듬어 온 경과를 말씀드리겠소. 내가 얼마나 눈이 어두웠고, 얼마나 어리석은 실수를 저질렀으며, 또한 내 친구 헤이스팅스와 나눈 대화와 길거리에서 우연히 부딪친 낯선 사람이 무심코 뱉은 한마디가 나를 바른길로 인도해 주는데 있어서 얼마나 소중한 도움이 되었는지를 솔직히 털어놓겠습니다."

그는 잠시 숨을 돌렸다가 목청을 한 번 가다듬고는, 소위 내가 '강의'라고 일컫는 목소리로 이야기하기 시작했다.

"사보이 호텔에서 있었던 저녁 모임에서부터 시작하지요. 그때 에지웨어 부인이 내게 와서는 개인적으로 만나고 싶다고 말했습니다. 그녀는 남편을 몰아내고 싶어 했지요. 우리의 대화가 끝나갈 무렵 그녀가(내 생각으로는 다소 경솔하게), 택시를 잡아타고 쳐들어가서 남편을 직접 해치워 버릴지도 모르겠다고 했지요. 그 말은 마침 그 방으로 들어오던 브라이언 마틴 씨도 듣게 되었습니다."

그는 좌중을 둘러보았다.

"자, 내 말이 맞지 않습니까?"

"우리 모두가 들었지요." 브라이언이 말을 받았다.

"위드번 부부, 마쉬, 캐로타—모두가 들었습니다."

"오! 나도 동감이올시다. 분명히 그랬죠. 아무튼, 나는 에지웨어 부인이 한 그 말을 다시 상기하게 된 일을 겪었습니다. 즉, 브라이언 마틴 씨가 다음 날 그 말을 내게 강하게 심어줄 목적으로 나를 찾아왔었다는 겁니다."

"무슨, 천만의 말씀을." 브라이언 마틴은 화를 내며 소리쳤다.

"내가 찾아갔던 것은……."

포와로는 손을 들어 그의 말을 제지시켰다.

"당신은, 겉으로는 누군가에게 미행을 당하고 있다는 엉터리 이야기를 내게 들려주려고 찾아왔었지만, 그건 애들도 쉽게 알아차릴 속임수였습니다. 아마도 옛날 영화에서 그런 엉터리 이야기를 끄집어냈을 테지요. 어떤 아가씨에게 허락을 받아야 한다느냐―그자가 금니를 하고 있어서 쉽게 알아 볼 수 있었다느니 하면서. 여보시오, 요즘 세상에 금니를 하고 다닐 젊은이가 어디 있겠소? 더구나 미국에서 말이오. 치과계에서조차 금니는 희망 없는 구식 처방으로 취급되고 있소이다. 그건 모두가 생각해볼 가치도 없는 얘기였소―아주 터무니없는 엉터리 구실에 지나지 않았지! 당신은 그런 엉터리 이야기들을 늘어놓은 다음에, 방문의 진짜 목적으로 들어갔소. 내 머릿속에 에지웨어 부인에 대한 그릇된 편견을 심어 놓는 일이었지요. 그렇게 함으로써 분명히 당신은 그녀가 남편을 살해할 경우를 대비한 무대를 꾸며 놓게 되는 거죠."

"대체 당신이 무슨 말씀을 하시는 건지 모르겠군요."

브라이언 마틴은 하얗게 질린 표정으로 웅얼거렸다.

"당신은 에지웨어 경이 이혼에 동의하리라는 것은 정말 웃기는 일이라고 속으로 비웃고 있었을 겁니다! 당신은 내가 그 다음 날 그를 찾아갈 거라고 생각했지만, 실은 약속이 변경되었던 거요. 내가 그날 오전 그를 찾아갔더니, 그는 이혼에 기꺼이 동의한다고 했소. 에지웨어 부인에게는 범행 동기가 사라진 셈이었지. 게다가 그가 말하기를, 이혼에 동의한다는 내용의 편지를 이미 에지웨어 부인에게 보낸 바 있다고 했소.

그러나, 에지웨어 부인은 그런 편지를 받아 본 일이 없다고 딱 잡아뗍디다. 그녀가 거짓말을 했거나, 아니면 그녀의 남편이 거짓말을 했던 것이고, 그 둘 다 아니라면 누군가가 그 편지를 도중에서 슬쩍했던 것일 텐데―과연 그는 누구였을까요?

그래서 나는 자신에게 물어보았습니다. 왜 브라이언 마틴은 수고를 아끼지 않고 나를 찾아와서는 그런 헛소리를 늘어놓은 것일까? 그의 내부에서 어떤 충동이 일어났던 것일까? 그러고 나선 나는 한 가지 가정을 세워 보았지요, 선생. 즉, 당신은 그 부인을 열렬히 사모해 왔다고 말입니다.

에지웨어 경도 자기 아내가 어떤 배우와 결혼할 작정이라고 자기에게 말했다고 했지요. 아무튼, 그 일은 그렇게 될 것이었는데, 그만 그 부인이 변심해 버린 겁니다. 이런 판국에 이혼에 동의한다는 에지웨어 경의 편지가 도착하게 되면 그녀는 즉시 누군가에게 청혼을 하게 될 테지요—당신이 아닌 다른 사람에게! 그렇다면, 당신에게는 그 편지를 도중에서 슬쩍 가로챌 만한 이유가 있게 되는 셈입니다."

"나는 결코……."

"가만, 잠시만 기다리면 당신도 하고 싶은 이야기를 모두 할 수 있을 겁니다. 지금은 내 말을 끝까지 들어 보시오.

아무튼, 그렇다면 당신의 심정은 어떠했을까요—실연이란 걸 한 번도 맛보지 못한, 뭇 여성들의 우상인 당신의 심정 말이오. 할 수만 있다면 에지웨어 부인을 철저히 파괴시키고자 하는 비통하고도 격심한 욕망 같은 것에 사로잡혀 있으리란 걸 능히 짐작할 수 있지요. 그러면 과연 그녀에게 살인죄를 뒤집어씌워—아마도 교수형을 당하게 하는 것보다 더 그녀를 완전하게 파멸시키는 방법이 있을까요?"

"맙소사!" 재프가 갑자기 숨을 들이키며 말했다.

포와로는 그를 돌아다보았다.

"바로 그런 것이 내 마음속에 자리 잡기 시작했던 자그마한 착상이었소이다. 몇 가지 상황들이 그런 생각을 뒷받침해 주었지요. 캐로타 애덤스에게는 두 사람의 제법 가까운 남자친구가 있었습니다—마쉬 대위와 브라이언 마틴이죠.

그렇다면, 부자인 브라이언 마틴이 그녀에게 장난을 제안하고, 그 장난을 실행한다면 1만 달러를 주겠다고 한 사람이었을 가능성이 농후한 겁니다. 로널드 마쉬가 그녀에게 1만 달러를 줄 만한 재력이 있으리라고 애덤스 양은 생각했을지도 모른다는 것은 애당초 나에게는 있을 수 없는 일로 여겨졌지요. 왜냐하면 그녀도 마쉬가 경제적으로 극히 곤란한 처지에 놓여 있었다는 사실을 잘 알고 있었을 테니 말입니다. 그런 점에서 브라이언 마틴은 더욱 범인일 가능성이 높아졌던 겁니다."

"나는 아닙니다—분명히 말하지만 그건 결코 내가 아닙니다."

그 영화배우의 입에서 비명 같은 소리가 튀어나왔다.

"애덤스 양이 동생에게 보낸 편지의 내용을 미국에서 전보로 알려 왔을 때, 아! 나는 몹시 당황했습니다. 내 추론이 완전히 잘못된 것처럼 보였던 거지요. 하지만, 나중에 나는 한 가지 사실을 발견하게 되었지요. 그 편지의 원본이 내게 들어오자 나는 그 편지가 이어지지 않고 중간에 한 페이지가 없어졌다는 것을 알아차리게 된 겁니다. 그러므로 '그'란 인물은 마쉬 대위가 아닌 다른 사람을 가리키는 것일지도 모른다는 사실이 대두된 거죠.

또 다른 증거가 하나 있습니다. 마쉬 대위가 체포되던 날, 그는 브라이언 마틴이 그 집으로 들어가는 것을 본 것 같다고 진술했지요. 이미 기소된 사람이 한 진술이라, 그것은 별로 신빙성이 없어 보였습니다. 또한 마틴 씨에게는 알리바이가 있었지요. 그야 당연한 이치입니다! 이미 예상하고 있었던 것이었죠. 마틴 씨가 살인을 했다면, 알리바이를 조작한다는 것은 절대적으로 필요한 일이었을 테니까요. 그리고 그 알리바이는 오직 한 사람—드라이버 양에 의해서만 확인되었습니다."

"그게 어떻다는 거죠?" 드라이버 양이 날카로운 목소리로 물었다.

"아무것도 아니올시다."

포와로는 그녀에게 미소를 지어 보이며 다시 말을 이었다.

"내가 당신이 마틴 씨와 함께 점심을 먹는 모습을 발견했던 그날, 당신은 일부러 우리 테이블로 건너와 당신 친구 애덤스 양이 특별히 관심을 가졌던 남자는 바로 로널드 마쉬지, 내가 생각하고 있던 브라이언 마틴이 아니라는 사실을 나에게 인식시키려고 노력했던 것을 제외하고는 말입니다."

"말도 안 되는 소리요." 브라이언 마틴은 단호한 어조로 반박했다.

다시 포와로가 침착하게 말했다.

"당신은 애덤스 양이 당신에게 특별한 관심을 가졌었다는 사실을 미처 깨닫지 못했을지도 모르지만, 나는 그것이 사실이었다고 생각합니다. 그것은, 다른 건 필요없이 그녀가 에지웨어 부인을 미워했다는 것만으로도 충분히 설명이 되지요. 그 마음은 바로 당신에 대한 연모였던 겁니다. 당신은 그녀에게 당신이 실연당한 사실을 털어놓았겠죠, 그렇지 않습니까?"

"그게……, 그래요. 나는 누군가에게 털어놓고 싶었고, 그녀는……."

"온정이 많았지요. 그렇습니다. 그녀는 무척 온정적이었소. 그 점은 나도 알고 있지요. 그건 그렇고, 다음에는 무슨 일이 일어났습니까? 로널드 마쉬가 체포된 겁니다. 그러자, 이내 당신은 기운을 되찾게 되었습니다. 혹시나 하던 불안감이 사라져 버린 거죠. 비록 당신의 계획, 에지웨어 부인에게 살인 혐의를 뒤집어씌우려던 계획은 마지막 순간에 그녀가 변덕을 부림으로써 완전히 틀어졌지만, 대신에 다른 사람이 범인으로 지목되자 당신은 모든 불안으로부터 벗어나게 되었던 겁니다. 그런데, 그만, 오찬 모임에서, 명랑하지만 다소 얼간이 같은 젊은이인 도널드 로스가 헤이스팅스에게 무슨 말인가를 하는 것을 듣게 되자 당신은 여전히 안심할 처지가 못 된다고 생각했던 거요."

"그건 사실이 아닙니다."

그 영화배우는 짐승처럼 울부짖었다. 그의 눈에는 야수와 같은 공포의 기색이 담겨 있었다.

"분명히 말하지만, 나는 아무것도 들은 것이 없어요. 아무것도. 나는 아무것도 듣지 못했단 말이오."

그 다음의 장면이 그날 아침 가장 충격적인 장면이었던 것 같다.

"당신 말은 틀림없는 사실입니다." 포와로는 침착한 목소리로 말했다.

"그것으로 나도 당신이 나에게, 나, 에르퀼 포와로에게 엉터리 이야기를 들고 찾아왔던 무례함에 대한 충분한 보상을 받았다고 생각합니다."

모두들 그만 꿀 먹은 벙어리가 되었다. 포와로는 계속 나른한 목소리로 말을 이었다.

"여러분, 지금까지 나는 내 실패담을 들려준 겁니다. 나는 나름대로 다섯 가지의 의문점을 세웠었습니다. 헤이스팅스도 그것들을 잘 알고 있지요. 그중 세 가지에 대한 해답은 아주 잘 들어맞았습니다. 누가 그 편지를 가로챘을까? 확실히 브라이언 마틴이었다고 한다면 그 의문에 잘 부합되었지요. 또 다른 의문점은 왜 갑자기 에지웨어 경은 이혼에 동의하기로 마음을 바꾸게 되었을까?

글쎄요, 거기에 대해서 나는 한 가지 가설을 세웠습니다. 즉, 그는 다시 결혼하려 했거나(하지만 나는 그 점을 확인해 주는 아무런 증거도 찾을 수가 없었지요) 아니면, 어떤 협박을 받고 있었거나 했을 거라고 말입니다.

에지웨어 경은 유별난 취미를 가진 사람이었죠. 그의 그런 약점이 세상에 드러나게 되면, 물론 그것으로 영국에서 아내에게 이혼의 권리가 주어지는 것은 아니지만, 그녀는 그 사실을 세상에 퍼뜨리겠다고 위협하는 것으로 그를 움직이는 지렛대로 이용할 가능성은 있었던 겁니다. 나는 실제로 그런 상황이 벌어졌을 거라고 생각합니다.

에지웨어 경은 자신의 이름에 관계된 스캔들이 공공연하게 퍼지는 것을 원치 않았을 테니까요. 그는 결국 그녀의 요구에 승복하고 말았죠. 그래서 남의 눈에 띄지 않을 때에는 그의 얼굴에 자신이 그렇게 하지 않으면 안 되었던 것으로 인한 격렬한 분노의 표정을 띠게 된 겁니다. 그 사실은, 내가 묻기도 전에, 그가 먼저 '아내의 편지에 적혀 있던 그 무엇 때문에 승낙하는 것은 아니오.'라고 의심스러울 정도로 재빨리 얼버무리던 것으로도 설명이 되지요.

이제 두 가지 의문이 남았습니다. 애덤스 양의 핸드백에서 나온 이상한 코안경(그녀의 것이 아니었습니다), 그에 대한 의문과, 에지웨어 부인이 치스위크의 디너파티에 있을 때 그녀에게 걸려온 전화에 대한 의문이죠. 이상의 두 가지 의문 중 어느 한쪽에도 브라이언 마틴 씨를 적당하게 결부시킬 만한 근거가 전혀 없었습니다.

그래서 나는 브라이언 마틴 씨에 대한 내 추측이 잘못되었거나, 아니면 그런 의문 자체가 잘못되었거나 했다는 결론을 내리지 않을 수 없었습니다. 거의 절망적인 기분으로 나는 애덤스 양의 편지를 다시 한 번 자세하게 들여다보다가, 드디어 뭔가를 찾아낸 것이지요! 그렇습니다, 나는 뭔가를 찾아냈던 겁니다!

여러분도 한번 보십시오. 여기 있습니다. 종이가 찢겨 있지 않습니까? 들쭉날쭉 거칠게 찢겨나간 겁니다. 자, 그렇다면 맨 윗줄의 'h'자 앞에 's'자가 있었다고 가정해 봅시다.

바로 그겁니다! 여러분도 아셨군요? 맞습니다. '그(he)'가 아니라—'그녀(she)'

인 겁니다. 캐로타 애덤스에게 이런 장난을 제의했던 것은 바로 여자였던 것이죠. 그래서 나는 이번 사건과 다소라도 관계가 있는 여성들의 명단을 작성했습니다. 제인 윌킨슨 말고도 네 사람이 있지요—제럴딘 마쉬, 캐롤 양, 드라이버 양, 그리고 머튼 공작 미망인, 이 넷입니다.

그들 네 명 중에서 가장 나의 관심을 끈 것은 캐롤 양이었죠. 그녀는 안경을 꼈으며, 사건 당일 집에 있었고, 그녀가 부정확한 진술을 한 것은 에지웨어 부인에게 죄를 전가시키려 한 거라고 볼 수 있으며, 또한 그녀는 그런 범죄를 실행에 옮길 만한 수완과 용기를 가지고 있습니다. 동기는 다소 모호하지만, 그러나 그녀는 에지웨어 경과 몇 년 간 같이 일해 왔으므로, 우리가 전혀 알지 못하는 어떤 동기가 있을지도 모르는 일이죠.

또한, 제럴딘 마쉬도 이 사건에서 완전히 제외시킬 수는 없다고 생각했습니다. 그녀는 아버지를 증오했습니다—그녀가 직접 나에게 그런 말을 했지요. 신경질적이고, 아주 흥분하기 쉬운 성격이라고 볼 수 있습니다. 그날 밤 그녀가 집으로 들어가서 아버지를 찌르고 태연히 위층으로 올라가 진주 목걸이를 꺼내 왔다고 가정해 보시오. 그때 홀에서 자기가 그토록 사랑하는 사촌오빠를 발견하고는, 왜 택시 곁에서 기다리고 있지 않고 집으로 따라 들어왔는지 그녀가 얼마나 안타까워했을지 상상해 보십시오!

그녀가 몹시 당황하던 태도는 이런 식으로 설명될 수 있습니다. 하지만, 마찬가지로 그녀는 아무 죄도 없지만, 사촌오빠가 정말로 살인을 저질렀을 거라는 생각에 동요하고 있었던 거라고 설명될 수도 있지요. 그 밖에 또 다른 사소한 문제가 있습니다. 애덤스 양의 핸드백 속에서 나온 D라는 머리글자가 새겨진 금빛 상자 말입니다. 나는 마쉬 대위가 제럴딘을 '디나'라고 부르는 걸 들은 적이 있습니다. 또한, 그녀는 작년 11월에 파리의 기숙사에 있었고, 그때 파리에서 캐로타 애덤스와 만났을 가능성이 있는 겁니다.

여러분은 내가 그 명단에 머튼 공작 미망인을 넣은 것은 너무 지나친 비약이라고 여기실 테죠. 하지만, 그녀가 나를 찾아왔을 때, 나는 그녀가 광신적인 타입이라는 걸 깨달았습니다. 그녀는 모든 애정을 아들에게 쏟아 붓고 있었고, 그래서 아들의 인생을 망쳐 놓으려는 여자를 파멸시킬 계획을 꾸몄을 수도 있지요.

그 다음으로는 제니 드라이버 양이 있습니다—."

그는 말을 멈추고 제니를 바라보았다. 그녀도 지지 않겠다는 듯이 고개를 갸웃한 채 마주 보았다.

"그래서, 내게 무슨 혐의가 있었나요?"

"아무것도 없습니다, 마드모아젤. 당신이 브라이언 마틴의 친구라는 것과 당신 성이 D자로 시작된다는 점을 제외하고는."

"뭐 별로 대단치 않군요."

"한 가지가 더 있습니다. 당신에게는 그런 범죄를 저지를 만한 두뇌와 배짱이 있다는 거지요. 그 밖에 달리 누가 있을 것 같지는 않습니다."

그녀는 담배에 불을 붙였다.

"계속하세요." 그녀는 쾌활하게 말했다.

"마틴 씨의 알리바이가 진짜였는가? 이것이 내가 결정해야 할 문제였습니다. 진짜였다면, 그 집으로 들어가는 것이 로널드 마쉬에게 목격된 사람은 누구였을까? 그때 갑자기 어떤 생각이 떠올랐지요. 리젠트 게이트의 미남 집사는 마틴 씨와 아주 닮았었습니다. 마쉬 대위가 보았던 남자는 바로 그였다고 보고 나는 하나의 가설을 세웠죠.

그는 주인이 살해당한 것을 발견했던 겁니다. 주인의 시체 옆에는 백 파운드 상당의 프랑스 지폐가 들어 있는 돈 봉투가 있었지요. 그는 그 돈을 챙겨서 집을 살짝 빠져나와 자기 패거리에게 그것을 안전하게 맡긴 다음 다시 돌아와서는, 에지웨어 경의 열쇠로 문을 열고 들어간 겁니다. 그는 그 살인사건이 있은 다음 날 아침 가정부에 의해 발견될 때까지 그냥 놔두었지요.

그는 에지웨어 부인의 소행이라고 확신하고 있었으므로 자기 신변에 대해서는 전혀 위험을 느끼지 못했고, 또한 그 돈은 집 밖으로 유출되어 돈이 없어졌다는 사실이 발견되기 전에 이미 다른 화폐로 바뀌어졌을 겁니다. 하지만, 에지웨어 부인에게 알리바이가 있고, 런던경시청이 그의 신원을 조사하기 시작하자 겁을 먹고 줄행랑을 쳤던 겁니다."

재프 경감이 찬성한다는 듯 고개를 끄덕였다.

"아직 그 코안경 문제를 해결해야 하지요. 만일 캐롤 양이 그 안경의 임자라면 문제는 간단히 해결되리라 생각했었습니다. 그녀는 그 편지를 슬쩍할 수도 있었고, 캐로타 애덤스와 세부 계획을 세우거나, 아니면 살인이 있었던 날 저녁에 애덤스 양과 만났을 때, 그 코안경이 실수로 캐로타 애덤스 양의 핸드백 속으로 들어갔을 가능성도 있습니다.

하지만 그 코안경은 아무래도 캐롤 양과는 전혀 무관한 것 같았습니다. 나는 다소 낙심한 채로 헤이스팅스와 함께 집으로 걸어오면서 순서와 방법에 따라 차곡차곡 머릿속에 들어 있던 모든 생각들을 정리하고 있었습니다. 그런데 바로 그때 기적이 일어났던 거죠!

우선 헤이스팅스가 어떤 순서에 따라 사건을 이야기하기 시작했습니다. 그는 몬태큐 코너 경의 만찬 테이블에 앉았던 13명 중에는 도널드 로스도 들어 있었고, 그가 제일 먼저 자리를 떴다는 얘기를 언급했지요. 나는 내 자신의 생각에 몰두해 있느라고 그의 이야기에는 별로 관심을 기울이지 않았습니다. 그때 그 말이 내 마음속을 꿰뚫고 들어왔는데, 엄밀히 말하자면 그건 사실과 달랐지요. 그는 디너파티가 끝나고 제일 먼저 떠났을지 모르지만, 실제로는 에지웨어 부인이 전화를 받기 위해서 자리를 제일 먼저 떠났던 겁니다.

그녀를 생각하자, 문득 어떤 수수께끼가 떠올랐지요─그 수수께끼는 다소 어린애처럼 단순한 심리 상태를 가지고 있는 에지웨어 부인에게 잘 어울릴 것 같다는 생각이 들었습니다. 나는 그 수수께끼를 헤이스팅스에게 말해 주었는데, 그는 마치 빅토리아 여왕처럼 별로 재미있어하지 않았거든요.

그래서 나는 제인 윌킨슨에 대한 마틴 씨의 감정에 대해 과연 누구에게 물어봐야 할까 하는 생각을 하게 되었던 겁니다. 그녀 자신은 물론 나에게 말해 주지 않을 거란 사실을 나는 잘 알고 있었지요. 그때 우리는 길을 건너가고 있었는데, 바로 그때 행인 중 누군가가 단순한 한마디를 내뱉었습니다.

그 사람은 옆에 있던 여자친구에게 누군가가, '엘리스한테 물었으면 좋았을 텐데' 하고 말했지요. 그러자 순식간에 사건 전모가 마치 섬광처럼 내 머릿속에 번쩍 비쳤던 겁니다.

그렇습니다. 코안경, 전화, 파리에서 그 금빛 상자를 찾아간 작은 여인. 그건 엘리스였습니다. 제인 월킨슨의 하녀 말입니다. 나는 사건 전개의 모든 단계를 하나하나 밟아 보았지요. 촛불, 희미한 불빛, 반 듀센 부인, 그 모든 것들을. 나는 죄다 알게 되었던 겁니다!"

제30장

사건의 진상

그는 우리를 둘러보았다. 그러고는 침착한 목소리로 말했다.

"자, 여러분, 그럼 그날 밤 일어났던 일의 진상을 말씀드리겠습니다.

캐로타 애덤스는 그날 밤 7시에 그녀의 아파트를 떠났습니다. 그곳에서 택시를 타고 피카딜리 팰리스 호텔로 갔지요."

"뭐라고요?" 나는 놀라서 불쑥 물었다.

"피카딜리 팰리스 호텔. 그날 낮에 그녀는 반 듀센 부인이라는 이름으로 방을 예약해 둔 겁니다. 그녀는 도수 높은 안경을 쓰고 있었는데, 아시다시피, 그렇게 하면 얼굴이 아주 달라 보이게 마련이지요.

이미 말했듯이, 그녀는 방을 예약하며 '야간 기선 연락 열차'로 리버풀에 갈 예정인데 짐은 먼저 부쳤다고 해두었던 겁니다. 8시 30분경에 에지웨어 부인이 도착해서 그녀에게 면회를 요청했지요. 부인은 그녀의 방으로 안내되었겠죠. 그곳에서 그들은 서로 옷을 바꿔 입은 겁니다. 금발의 가발을 쓰고, 흰 드레스와 숄을 두르고는 제인 윌킨슨이 아니라 캐로타 애덤스가 그 호텔을 나서서 치스위크로 향한 거지요.

그렇습니다. 충분히 있을 수 있는 일입니다. 나는 저녁때 몬태규 코너 경 댁을 방문한 적이 있습니다. 그 만찬 테이블은 촛불만 받고 있을 뿐이었고, 램프는 침침했으며, 제인 윌킨슨을 잘 알고 있는 사람은 아무도 없었지요. 아는 거라곤 금발에, 유명한 허스키 목소리와 그 거동뿐이었을 테니—아, 일은 아주 수월했을 겁니다. 그리고 만일 그 일이 실패로 돌아갈 경우, 누군가가 그녀의 정체를 알아내게 되면—글쎄요, 거기에 대해서는 이미 준비가 되어 있었을 테죠. 한편 에지웨어 부인은 검은 가발을 쓰고, 캐로타의 옷을 입고 코안경을 낀 다음, 숙박비를 지불하고 캐로타의 가방을 택시에 싣고는 유스턴 역으로 달려

간 겁니다. 화장실에서 가발을 벗고, 가방을 수하물 취급소에 맡겼지요.

그녀는 리젠트 게이트로 가기 전에 치스위크로 전화를 걸어 에지웨어 부인을 바꿔 달라고 하는 겁니다. 이것은 사전에 약속해 두었던 일이었죠. 일이 잘 진행되어 캐로타의 위장이 탄로 나지 않았으면, 그녀는 단지 '그렇습니다.' 하고 대답하게 되어 있었을 겁니다. 애덤스 양은 그 전화의 참뜻을 전혀 몰랐을 게요. 아무튼 캐로타의 대답을 들은 뒤, 에지웨어 부인은 곧장 리젠트 게이트로 달려가서는 에지웨어 경을 찾아왔다고 하는 겁니다.

자기 이름을 밝히고는 서재로 들어가서 첫 번째 살인을 저지른 거죠. 물론 그녀는 캐롤 양이 위에서 지켜볼 줄은 몰랐을 겁니다. 될 수 있는 한 그녀는 자신의 정체가 집사의 진술에 의해서만 밝혀지게 되기를 원했지, 자신을 잘 알고 있는 사람에 의해서 밝혀지는 건 바라지 않았을 거요(집사는 그녀를 본 적이 없었다는 사실을 기억하십시오—그리고 또한, 그녀는 그의 시선으로부터 얼굴을 가리기 위해 모자를 쓰고 있었지요).

그녀는 그 집을 나와 유스턴으로 돌아가 다시 검은 가발을 쓰고는 가방을 찾아왔습니다. 이제 그녀는 캐로타 애덤스가 치스위크에서 돌아올 때까지 시간을 보내야 했지요. 두 사람은 구체적인 시간 약속을 해두었을 겁니다.

그녀는 코너 하우스로 가서, 초조한 듯이 이따금씩 시계를 들여다봅니다. 그때 그녀는 두 번째 살인을 준비한 거죠. 파리에서 주문한 작은 금빛 상자를 자기가 가지고 있던 캐로타의 핸드백 속에 집어넣은 겁니다. 아마 그때 그 편지를 발견했겠지요. 아니면 훨씬 전이었거나. 아무튼, 겉봉에 적힌 주소를 보자 그녀는 곧 위험을 느끼고 편지를 뜯어 본 겁니다—그녀의 의심이 맞았던 거죠.

아마 처음에는 그 편지를 아예 없애버리고 싶은 충동이 일었을 겁니다. 그러나, 곧 그녀는 더 좋은 방법을 찾아냈지요. 그중 한 페이지를 찢어내게 되면 혐의는 로널드 마쉬—살인을 저지를 만한 강력한 동기가 있는 사람에게 돌아가게 되는 내용이 되거든요. 설사 로널드 마쉬에게 알리바이가 있다고 하더라도, '그녀(she)'를 '그(he)'로 보이게 찢어내게 되면 여전히 남자에게 혐의가 있는 내용이 되는 겁니다. 그리고 나선 다시 봉투 속에 집어넣어 애덤스 양의 가방 안에 넣어 둔다 이거죠.

시간이 되자, 그녀는 사보이 호텔로 걸어갔습니다. 호텔에 도착하자 걸음을 빨리 해서 남들이 눈치 채기 전에 입구로 들어가 곧장 계단 쪽으로 갔을 테죠. 그녀는 별로 눈에 띄지 않는 검은색 드레스를 입고 있었습니다. 누군가 그녀를 알아본다는 것은 그렇게 쉽지 않은 일이었을 거요.

그녀가 자기 방에 도착했을 때는 캐로타 애덤스가 방금 전에 와 있었을 겁니다. 하녀에게는 평상시처럼 먼저 자라고 해놓았을 테고 그들은 다시 옷을 바꿔 입고, 그리고 아마 에지웨어 부인이 자축하는 의미에서 한잔 마시자고 제안했겠죠. 마실 것 속에는 베로날이 듬뿍 들어 있었을 겁니다. 그녀는 자기의 희생물에게 축하를 보내며 다음 날 수표를 끊어 주겠다고 했겠지요. 그리곤 캐로타 애덤스는 집으로 돌아왔습니다.

그녀는 몹시 졸렸습니다. 친구에게(아마 마틴 씨나 마쉬 대위였을 겁니다. 둘 다 빅토리아 국번이니까) 전화를 걸려고 했지만, 이내 포기했지요. 그녀는 너무도 피곤했습니다. 베로날이 효력을 나타내기 시작했던 거지요. 그녀는 침대에 들어가서 그 길로 영원히 잠에서 깨어나지 못하게 되었던 겁니다. 두 번째 살인도 완벽하게 이루어진 것이지요.

이제 세 번째 살인입니다. 그것은 어느 오찬 모임에서 시작됩니다. 몬태규코너 경이 무심코 그 살인이 있었던 밤에 에지웨어 부인과 나누었던 대화를 언급한 거지요. 그것은 흔히 있을 수 있는 일이었습니다. 그녀는 단지 비위를 맞추는 말만 지껄일 뿐이죠. 그런데 뜻하지 않게 네미시스(그리스 신화에 나오는 복수의 여신)가 그녀를 덮치게 된 겁니다. '파리스의 심판'이라는 말이 나오자 그녀는 '파리스'가 프랑스의 수도—패션과 유행의 본고장인 파리를 말하는 줄 알고 멋대로 떠들어댄 거죠!

그러나, 그녀의 맞은편에는 치스위크의 디너파티에 참석했던 청년이 앉아 있었는데, 그 로스라는 청년은 그날 밤 에지웨어 부인이 호머(BC 800?~BC 750, 고대 그리스의 시인)와 그리스 문명 전반에 걸쳐 유창하게 논하는 것을 들었던 겁니다. 캐로타 애덤스는 교양이 있고 아는 것도 많은 아가씨였지요.

그는 이해할 수가 없었습니다. 그래서 그녀를 자세히 주시했을 테죠. 그러자 갑자기 이런 생각이 들게 되었던 겁니다. '이 여자는 그때 그 여자가 아니다.' 하고 말이오. 그는 몹시 당황했습니다. 자신의 판단에 확신이 없었을 테죠. 그는 누군가에게 물어봐야겠다고 생각했을 겁니다. 그래서 나를 찾았던 것인데, 내가 없자 헤이스팅스에게 물었던 거지요.

하지만, 그 부인이 그의 이야기를 엿듣게 된 것이었습니다. 그녀는 자신의 정체가 탄로 났다는 것을 깨닫기에는 충분할 정도로 머리가 잘 돌아가고 빈틈 없는 여자였소. 내가 5시까지는 돌아오지 않을 거라는 헤이스팅스의 이야기를 엿듣고는 5시 20분 전에 로스의 집을 찾아갔습니다.

그는 문을 열고 그녀가 찾아온 것을 보자 몹시 놀라기는 했겠지만 결코 두렵다는 생각은 하지 않았을 거요. 그도 그럴 것이, 건장하고 사지가 멀쩡한 청년이 여인을 두려워할 리가 없는 법 아니겠소?

그는 그녀를 식당으로 안내했습니다. 그녀는 쓸데없는 소리들을 늘어놓았겠죠. 그러고는 아마도 무릎을 꿇으며 두 팔을 벌려 그의 목을 끌어안았을 겁니다. 그리곤 재빨리, 정확하게 목덜미를 찌른 겁니다—지난번과 똑같이. 아마도 그는 숨이 넘어가는 가냘픈 비명 이외에는 전혀 소리도 못 냈을 겁니다. 결국 그도 침묵을 지키게 된 것이지요."

잠시 침묵이 흘렀다. 그러고 나서 재프가 쉰 목소리로 말했다.

"당신 말씀은……, 처음부터 끝까지 다 그녀의 소행이었다는 겁니까?"

포와로는 고개를 끄덕였다.

"하지만, 어째서 남편이 이혼에 기꺼이 동의했는데도 그를 살해한 거지요?"

"왜냐하면 머튼 공작은 철저한 성공회 신자였기 때문이라네. 남편이 살아 있는 여자와 결혼한다는 것은 그로서는 감히 꿈도 못 꿀 일이었기 때문일세. 그는 광신적으로 교리를 신봉하는 청년이었지. 과부가 된다면, 그녀는 그와 결혼할 수 있으리라고 믿었던 거라네. 틀림없이 그녀는 남편과 이혼하겠다는 뜻을 그에게 비쳤을 테지만, 그는 요지부동이었을 걸세."

"그렇다면 어째서 당신을 에지웨어 경에게 보낸 겁니까?"

"아! 그야 뻔한 일이잖나!"

포와로는 영어를 완벽하게 구사했지만, 그 순간에는 갑자기 불어가 튀어나왔다.

"내 눈을 속이기 위해서였지! 나를 자신에게는 살인의 동기가 없었다는 사실의 증인으로 삼기 위해서였단 말일세! 그래, 그녀가 감히 나, 에르쿨 포와로를 도구로 삼으려 했단 말이네! 게다가, 그녀는 분명히 성공했단 말일세! 아! 그 기묘한 머리는—어린애 같으면서도 교활하기 짝이 없는 것이었어. 그녀는 기막힌 연기를 한 거지! 그녀의 남편이 편지를 보냈다는 사실을 일러 주자 그녀는 몹시 놀라면서 결코 받아 본 일이 없다고 딱 잡아떼던 그 교묘한 연기란! 그녀가 세 번의 살인을 저지르면서 한 번이라도 일말의 양심의 가책을 느꼈을 것 같나? 천만의 말씀이지."

"그녀가 어떤 사람이라는 걸 나는 당신에게 말씀드린 바 있습니다."

갑자기 브라이언 마틴이 외쳤다.

"나는 이미 말씀드렸단 말입니다. 그녀가 그를 살해할 것이라는 사실을 난 알고 있었거든요. 난 그걸 감지할 수 있었단 말입니다. 그리고, 그녀가 어떻게 해서든지 법망을 빠져나갈 것이라고 생각했었지요. 그녀는 영리해요—머리가 좀 모자라 보이는 듯싶지만, 실상 악마처럼 교활하답니다. 나는 그녀가 고통을 당하기를 바랐단 말입니다. 그 일로 해서 그녀가 교수형당하기를 바랐다는 말씀입니다."

그는 얼굴에 핏대를 세우며 격앙된 목소리로 외쳐댔다.

"자, 이제 그만 진정해요." 제니 드라이버가 그를 달랬다.

그녀의 말투는 마치 공원에서 어린아이를 달래는 보모의 말투처럼 들렸다.

"그러면 안쪽에 D라는 머리글자와 '파리에서 11월'이라고 적혀 있는 그 금빛 상자는 어떻게 되는 거죠?" 다시 재프가 물었다.

"그녀는 그것을 편지로 주문해서 하녀인 엘리스를 보내 찾아오도록 했던 걸세. 물론 엘리스는 그 꾸러미를 받고 돈만 지불했을 뿐이었지, 그 안에 무엇이 들어 있었는지에 대해서는 전혀 몰랐을 걸세. 또한, 에지웨어 부인은 반 듀센으로 변장하기 위해서 엘리스의 코안경을 빌렸던 거지. 그녀는 그것을 깜빡 잊고 캐로타 애덤스의 핸드백 속에 넣어 둔 것인데—그게 그녀의 한 가지 실수였지.

아! 그 모두가 생각난 것은—바로 내가 길 한복판에 서 있었을 때였던 걸세. 버스 운전사가 나에게 점잖지 못한 욕지거리를 퍼부었지만, 그런 건 다 소용없는 짓이었어. 엘리스! 엘리스의 코안경. 엘리스가 파리에 가서 문제의 금빛 상자를 찾았다. 엘리스, 그러므로 자연히 제인 월킨슨이 관련된 거지. 아주 가능성이 높은 것으로, 그녀는 코안경 말고도 엘리스한테 빌린 것이 또 있을 걸세."

"그게 뭡니까?"

"티눈 자르는 데 쓰는 칼."

나는 소름이 오싹 끼쳤다. 순간 무거운 침묵이 주위를 감쌌다. 그리고 나서 재프가 좀처럼 믿기지 않는다는 듯이 다시 물었다.

"포와로 씨, 그게 사실입니까?"

"틀림없는 사실이오, 경감."

그러자 브라이언 마틴이 입을 열었는데, 그가 한 말은 정말 고맙다고 생각되었다. 그는 볼멘소리로 말했다.

"그렇지만, 이것 보세요, 대체 내가 뭐 어쨌다는 말입니까? 도대체 무엇 때문에 오늘 나를 이곳에 부른 겁니까? 어째서 그토록 나에게 겁을 주었던 건가요?"

포와로는 그를 날카로운 눈초리로 쳐다보았다.

"당신, 당신의 무례함에 대한 응분의 대가를 지불하기 위함이었소! 어떻게 감히 당신이 나, 에르퀼 포와로를 우롱하려고 했소?"

그러자, 제니 드라이버가 깔깔거리고 웃음을 터뜨렸다. 한참 웃고 나서 그녀가 말했다.

"당신 스스로 판 무덤이에요, 브라이언."

다시 그녀는 포와로를 돌아보며 말했다.

"로니 마쉬가 죄가 없다는 사실을 알게 되어서 기뻐요. 나는 그를 항상 좋아했거든요. 그리고 무엇보다도 캐로타의 죽음에 대한 진상이 밝혀져서 정말 너무나도 기쁩니다! 여기 브라이언 말인데요, 포와로 씨, 나는 이이와 결혼할 거랍니다. 그리고 이이가 할리우드의 유행에 따라 2~3년마다 결혼과 이혼을 밥 먹듯이 할 수 있을 거라고 생각할지 모르지만, 이이는 이제 다시는 그런 실수를 저지르지 못하게 될 거예요. 나하고 결혼하게 되면 다시는 벗어나지 못할 테니까요."

포와로는 그녀의 단호해 보이는 턱과 타는 듯한 붉은 머리를 유심히 바라보았다. 그러고 나서 그가 말했다.

"당신이라면 그렇게 할 수 있을 겁니다, 마드모아젤. 당신은 어떤 고난도 이겨낼 충분한 용기를 가지고 있으니까요. 물론 영화배우와 결혼하는 일도 말입니다."

제31장

제인 윌킨슨의 수기

그로부터 2~3일 뒤에 나는 갑작스런 볼일로 아르헨티나에 가게 되어서 제인 윌킨슨을 다시는 보지 못하게 되었고, 단지 신문지상을 통해 그녀의 재판과 유죄 판결에 대해서 알게 되었다.

진상을 밝히자 그녀의 자제심이 완전히 무너져 버렸다는 것은 적어도 내게 있어서는 아주 뜻밖의 사실로 여겨졌다.

그녀가 자신의 현명함과 연기력에 대해 자신감을 가질 수 있었을 때는, 그녀는 전혀 실수를 하지 않았다. 그러나 누군가에 의해 그녀의 죄상이 밝혀지게 되자 그녀는 일순간에 자신감을 상실하고, 마치 거짓말을 감추려는 어린아이처럼 무기력하게 항복을 했던 것이다.

반대 심문을 받자, 그녀는 완전히 무너져 버리고 말았다.

그래서 앞서 말했듯이 그날 오찬 모임에서 그녀의 모습을 본 것이 마지막이 되고 말았다. 하지만 제인 윌킨슨에 대한 생각을 할 때면 언제나 같은 모습으로 상기되었다─사보이 호텔에서 진지하고 황홀한 표정으로 비싼 검은 드레스를 걸치고는 거울에 비추어 보던 모습을 말이다.

거기에는 조금도 꾸민 듯한 기미가 없었다고 나는 확신한다.

그녀는 매우 자연스러워 보였다. 그녀의 계획이 성공했던 것이고, 따라서 그녀에게는 더 이상 불안이나 걱정이 없었던 것이다. 또한, 그녀가 저지른 세 번의 살인에 대해 한 번이라도 양심의 가책을 받았으리라고는 생각지 않는다.

여기에 그녀가, 자기가 죽은 다음에 포와로에게 보내 달라고 유언한 그녀의 수기를 실어 두는 바이다. 이것은 그 기막히게 아름다우면서도 양심이라고는 전혀 없는 여인을 완벽하게 나타내 주는 글이 될 것이다.

친애하는 포와로 씨

 여러모로 생각하던 끝에 이 수기를 당신에게 보내는 것이 좋겠다고 생각했습니다. 나는 당신이 가끔 자신이 다루었던 사건의 기록을 세상에 발표한다는 것을 알고 있답니다. 그렇지만, 범인 자신이 쓴 수기가 발표된 일은 없었을 거라고 생각해요. 나는 내가 어떻게 범행을 저질렀는지에 대해서 세상 사람들이 똑똑히 알았으면 좋겠다고 생각합니다. 아직도 난 그것이 기막히게 멋진 계획이었다고 생각하거든요. 당신만 없었다면, 만사가 다 잘되었을 테니까요. 그걸 생각하면 조금 속이 상하지만, 뭐 당신도 어쩔 수 없었을 거라고 생각됩니다.

 이 글을 당신에게 보내면 당신이 세상에 널리 알리리라고 믿어요. 그렇게 해주시겠죠? 나는 사람들에게 기억되고 싶답니다. 그리고 나 자신도 내가 세상에서 유일무이한 존재라고 생각하거든요. 이곳에 있는 사람들도 모두 그렇게 생각하는 것 같아요.

 일의 발단은 미국에서 머튼을 만났을 때부터였어요. 나는, 내가 미망인이 된다면 그가 결혼에 응할 거라는 것을 알았지요. 불행하게도 그는 이혼에 대해서 아주 괴상한 편견을 가지고 있었거든요. 어떻게 설득해 보려고 했지만 소용이 없었어요. 그리고 나는 조심스럽게 처신해야 했어요. 왜냐하면 그는 아주 괴상한 성격이었기 때문이지요.

 남편이 죽어 주기만 하면 된다는 것을 깨달았지만, 도대체 어떻게 해야 할지 난 몰랐어요. 미국에서는 이런 일이 비일비재했답니다. 나는 궁리에 궁리를 거듭했지만 뾰족한 수가 없었어요. 그러다가 캐로타 애덤스가 내 흉내를 잘 낸다는 것을 알고는 즉시 한 가지 방법이 떠올랐답니다. 그녀의 도움을 받으면 나는 알리바이를 꾸밀 수가 있다는 것이었죠.

 그날 저녁 나는 당신을 보았고, 갑자기 멋진 궁리가 떠올랐어요. 즉, 당신을 남편에게 보내 이혼 교섭을 하도록 하면 어떨까 싶었던 거죠. 동시에 나는 남편을 죽여 버려야겠다는 말을 아무데서나 함부로 내뱉고 다니기로 했어요. 왜냐하면, 좀 얼간이같이 사실을 말한다면 아무도 믿어 주지 않는다는 것을 잘 알고 있었거든요. 상대방보다 어수룩하게 보임으로써 오히려 유리한 입장에 설 수도 있어요.

두 번째로 캐로타 애덤스와 만났을 때 나는 내 생각을 털어놓았답니다. 내기를 하자고 한 거죠—그러자 그녀는 즉시 걸려 들더군요. 그녀가 내 대신 어떤 파티에 참석하는 것인데, 그녀가 들키지 않고 해내면 1만 달러를 주겠다고 한 거예요. 그녀는 굉장히 열중해서 들었으며, 몇 가지 아이디어를 내놓기도 했답니다—옷을 바꿔 입는다는 등 하는 거였죠.

당신도 알다시피 엘리스 때문에 내 방에서는 그렇게 할 수가 없었고, 또한 그녀 집에서도 하녀 때문에 그럴 수가 없었어요. 물론, 그녀는 어째서 할 수 없는 것인지 전혀 몰랐답니다. 그게 좀 어색했어요. 나는 단지 '안 돼요.'라고만 말했지요. 그녀는 내가 좀 멍청하다고 여겼을 테지만, 아무튼 그녀는 승복을 했고, 우리는 다른 호텔을 빌리기로 했어요. 나는 엘리스의 코안경을 가지고 나갔지요.

물론 나는 그녀도 없애 버려야겠다는 것을 곧 깨달았어요. 조금 가엾기는 했지만, 아무튼 그녀의 그 흉내는 정말이지 너무도 무례했거든요. 나는 그렇게 자주 복용하지는 않았지만 베로날을 가지고 있었기 때문에 그건 쉬운 일이었어요. 그런데 그때 기막힌 생각이 떠오른 거예요.

아시다시피, 그녀가 베로날을 오랫동안 상용해 왔던 것처럼 보이게 된다면 훨씬 효과적일 거라는 생각이었죠. 그래서 나는 상자—내가 선물로 받았던 약상자와 똑같은 것을 주문했지요. 그 뚜껑에 그녀의 머리글자를 새기고 안쪽에는 달콤한 말을 넣게 했답니다. 또한 안쪽에다 엉터리 머리글자와 '파리에서 11월'이라는 글자를 새겨 넣으면 더욱 갈피를 잡지 못하게 될 거라고 생각했죠.

나는 어느 날 리츠 호텔에서 점심을 먹으며 그 상자를 주문하는 편지를 썼어요. 그리고 엘리스를 보내 그것을 찾아오도록 했지요. 그녀는 물론 그게 무엇인지 알지 못했죠. 그날 밤엔 만사가 뜻대로 잘되었어요.

엘리스가 파리에 있는 동안 나는 그녀의 티눈용 칼을 하나 실례했지요. 모양도 괜찮고 날카로웠거든요. 나중에 도로 넣어 두었기 때문에 그녀는 전혀 눈치 채지 못했답니다. 내게 사람의 신체 중 어디를 찌르면 치명적인지를 가르쳐 준 것은 샌프란시스코의 의사였어요. 나는 그에게 거듭해서 정확한 위치를 배웠답니다. 필시 언젠가는 유용하게 되리라고 생각했던 거예요. 의사에게는 영화에 필요한 거라고 했어요.

캐로타 애덤스가 그녀의 여동생에게 편지를 쓴 것은 정말 비겁한 짓이었어요. 그녀는 아무에게도 말하지 않겠다고 약속했었거든요. 내가 한 페이지를 찢어내어 'she' 자를 'he' 자로 만들어 놓은 것은 아주 기막힌 속임수였다고 생각해요. 나 혼자서 그런 생각을 해냈던 거예요. 다른 그 어떤 방법보다도 자랑스럽게 여긴답니다. 모두들 내가 둔하다고 말들 하지요—하지만, 필요한 때에 그런 생각을 해내는 것이야말로 진짜 머리가 좋은 거라고 생각해요.

나는 아주 조심스럽게 행동했다고 생각했고, 런던경시청의 사람이 찾아왔을 때에도 나는 계획했던 대로 행동했어요. 그 일이 나는 상당히 재미있었답니다. 나는 생각했어요. 아마도 이 사람이 정말 나를 체포하려나 보다고 말이에요. 나는 아주 안전하다고 생각했거든요. 왜냐하면, 경찰은 그 디너파티에 참석했던 사람들을 모두 믿어야 할 테고, 또한 나와 캐로타가 옷을 바꿔 입은 사실을 그들이 알아내리라곤 생각할 수 없었기 때문이었죠.

아무튼, 그 뒤로 나는 매우 행복하고 즐거운 기분을 느꼈어요. 내 운명의 여신이 나를 받쳐 주고 있었으며, 사실 만사가 다 제대로 되어가고 있는 것처럼 느꼈답니다. 그 늙은 공작부인이 나를 모질게 대했지만, 그러나 머튼은 더할 수 없이 다정했어요. 그는 될 수 있는 대로 빨리 나와 결혼하고 싶어 했고, 나에 대해서는 조금도 의심하지 않았지요.

나는 그 몇 주 동안보다 행복하게 지냈던 때는 없었다고 생각해요. 내 남편의 조카가 체포된 것은 그 무엇보다도 내가 안전해졌다는 생각이 들게 했지요. 그래서 나는 더욱더 캐로타 애덤스의 편지를 한 장 찢어낸 내 기막힌 아이디어가 자랑스럽기 짝이 없었답니다.

도널드 로스 일은 순전히 재수가 없었을 뿐이에요. 난 지금도 어떻게 그가 나를 알아볼 수 있었는지 짐작이 안 가요 '파리스(Paris)'라는 말이 사람을 뜻하는 거지 장소를 뜻하는 게 아닌가 보지요? 아직까지도 난 파리스가 누군지 모르겠어요—아무튼, 사람 이름치고는 좀 이상하다고 생각돼요.

재수가 한번 빠져나가기 시작하면, 걷잡을 수 없이 새어 나간다는 것은 정말 이상한 일이에요. 나는 도널드 로스를 어떻게든 빨리 처치해야만 했고, 그건 제대로 되었어요. 하지만, 미처 알리바이를 꾸미거나 생각해 낼만 한 시간적 여유가 없었기 때문에 다소 걱정스럽기도 했답니다. 그렇지만, 결국에는 내가 안전하다고 생각했죠.

물론 엘리스가 당신에게 불려갔던 일과 그녀에게 질문했던 사실을 그녀가 내게 말해 주었지요. 하지만, 나는 뭔가 브라이언 마틴과 관계가 있는 일을 조사한 것이라고 생각했지요. 나는 대체 당신이 무얼 찾고 있었는지 전혀 알지 못했거든요.

당신은 엘리스에게 파리에서 물건을 찾아왔는지에 대해서는 묻지 않았죠? 아마 당신은 그런 질문을 받게 되면 엘리스가 나에게 말하게 되어 내가 이상하게 여길 거라고 생각했을 거예요. 그래서 나는 모든 진상이 드러나게 되었을 때 정말 놀라고 말았답니다. 그런 사실을 좀처럼 믿을 수가 없었어요. 당신이 내가 저지른 모든 행동을 낱낱이 다 알고 있는 것 같은 생각이 들자, 정말 소름이 끼쳤답니다.

이제는 다 틀렸다는 생각이 들었어요. 운명과 싸울 순 없는 노릇이잖아요? 재수가 없었던 거예요, 그렇지 않은가요? 당신도 당신이 하신 일에 대해서 후회하지 않을까 싶어요. 아무튼, 나는 단지 내 방법대로 행복을 잡으려고 했을 뿐이에요. 그리고 만일에 내가 당신을 끌어들이지만 않았어도 당신은 이 사건에 대해서 결코 아무것도 하지 못했을 거예요. 나는 당신이 그토록 현명하리라고는 꿈에도 생각지 못했답니다. 당신은 별로 똑똑해 보이지가 않았거든요.

웃기는 일이지만, 나는 내 용모에 대한 자신감을 조금도 잃지 않고 있었어요. 그런데도 그쪽 옆에 있던 그 남자는 끔찍할 정도로 귀찮게 무시무시한 이야기들을 나에게 늘어놓았고, 또한 그는 지독히도 질문을 퍼부었단 말이에요.

 지금 나는 상당히 창백하고 야위어 보이지만, 그게 어쩐지 나에게 어울리는 것 같아요. 사람들은 모두 내가 놀라울 정도로 용감하다고 말해요. 설마하니 나를 군중들 앞에서 목매달지는 않겠죠? 그건 너무 가혹하다고 생각해요.

 지금까지는 나처럼 아름다운 미녀 살인범일 결코 없었을 거라고 나는 확신한답니다.

 이제 '안녕'이라고 해야 할 것 같군요. 정말 기묘한 일이에요. 나는 아직도 뭐가 뭔지 도통 감이 잡히지가 않는답니다. 왜 내가 교수형을 당해야 하는지 말이에요. 내일은 목사님을 만나볼 예정이에요.

 당신을 용서하면서(왜냐하면 나는 나의 적들을 용서해야 하거든요. 그렇지 않은가요?).

제인 윌킨슨

추신— 당신은 그들이 나를 마담 터소(런던에 있는 밀랍 인형관)에 보낼 거라고 생각하세요?

<끝>

■ 작품 해설 ■

《13인의 만찬(13 at Dinner, 1933)》은 애거서 크리스티의 열세 번째 장편이며 1930년대의 걸작들 중 하나로 꼽히고 있다.

이 장편은 발표 당시 굉장한 센세이션을 일으켰는데, 그 원인 중 하나는 작중인물로 미남 배우와 미녀 배우가 등장하기 때문이었다.

내레이터인 헤이스팅스 대위는 에르퀼 포와로와 함께 '캐로타'라는 여배우가 유명한 인기 배우인 '제인 윌킨슨'을 완벽하게 흉내 내는 연극을 본 뒤에 사보이 호텔에서 포와로와 함께 점심을 먹는다. 제인 윌킨슨은 헤이스팅스 대위가 가장 좋아하는 여배우였는데, 바로 그곳에 그녀가 당대의 인기 절정인 미남 배우 '브라이언 마틴'과 함께 앉아 있는 것이다.

에지웨어 경의 부인인 제인 윌킨슨은 초면인 에르퀼 포와로에게 당돌하게 도움을 요청한다. 남편과 이혼하는데 도와 달라는 것이다. 에르퀼 포와로는 이 미인 여배우의 청을 심리학적인 흥미 때문에 끝까지 거절하지 못한다.

포와로는 에지웨어 경을 방문하여 부인의 요구를 전달하는데, 에지웨어 경은 포와로의 제의를 쾌히 받아들이면서, 이혼을 승낙하는 편지를 아내에게 이미 보냈다고 한다. 그런데 제인 윌킨슨은 편지를 받아보지 못했다고 하는 게 아닌가.

그런데, 에지웨어 경이 자택에서 피살된다. 제인은 그 시간에 만찬회에 있었고 증인이 여러 사람 있다.

혐의는 에지웨어 경의 조카 로널드 마쉬에게 씌워진다. 사건은 미궁에 빠지고 포와로도 헤이스팅스도 런던경시청의 재프 경감도 당황한다. 그러나, 에르퀼 포와로의 두뇌는 비상한 두뇌의 소유자인 범인과의 싸움에서 이겨내어 참으로 뜻밖의 진상을 밝혀내고야 만다.